U0939761

最初的光明，最后的黑暗

[美] 格雷尼姆·穆尔——著
尚晓蕾——译

中信出版集团·北京

图书在版编目（CIP）数据

最初的光明，最后的黑暗 /（美）格雷厄姆 · 穆尔著；
尚晓蕾译 . -- 北京：中信出版社，2017.8
书名原文：The Last Days of Night
ISBN 978-7-5086-7778-1

I. ① 最… II. ① 格… ② 尚… Ⅲ . ①长篇历史小说
－美国－现代 Ⅳ . ① I712.45

中国版本图书馆 CIP 数据核字（2017）第 144607 号

最初的光明，最后的黑暗

著　　者：[美] 格雷厄姆 · 穆尔
译　　者：尚晓蕾
出版发行：中信出版集团股份有限公司
（北京市朝阳区惠新东街甲 4 号富盛大厦 2 座　邮编　100029）
承 印 者：北京盛通印刷股份有限公司

开　　本：880mm × 1230mm　1/32　　印　　张：13　　字　　数：297 千字
版　　次：2017 年 8 月第 1 版　　印　　次：2017 年 8 月第 1 次印刷
京权图字：01-2017-4012　　广告经营许可证：京朝工商广字第 8087 号
书　　号：ISBN 978-7-5086-7778-1
定　　价：45.00 元

服务热线：400-600-8099
投稿邮箱：author@citicpub.com

献给我的祖父查利·斯坦纳博士，我九岁那年，他带我参观贝尔实验室，是第一个教导我敬重科学的人。

他本身就是一个智慧、善良和礼貌的模范，让我每天都渴望自己能够成为他那样的人。

目录

Salients

第一部分

突出

你们还不明白吗？史蒂夫·乔布斯对技术一窍不通。他只是一个超级推销员……他对计算机工程一无所知，他的言论和想法有99%都是错的。

——比尔·盖茨

人们并不知道自己要什么，直到你展示给他们看。
——史蒂夫·乔布斯

1
最初的光明，最后的黑暗

1888年5月11日

与托马斯·爱迪生初次见面的那天，保罗亲眼目睹一个人在百老汇上空被活活烧死。

焚烧事件发生在一个周五的上午。午餐的繁忙时段已经开始，保罗离开办公室，下楼来到拥挤的街道上。在涌动的人潮中，他的身影显得高大英俊：六英尺四英寸[1]的身高，宽阔的肩膀，胡须刮得很干净的脸庞，穿着相称的黑色西服和马甲，打着一条长领带，这正是纽约年轻职员应该有的装束。他的头发一丝不乱地梳成左偏分，发际线刚开始有后退的迹象，在额头隐约显出一点V形尖。他今年二十六岁，但看上去比实际年龄更成熟。

1 1 英尺 =12 英寸 =0.3048 米。

保罗走进百老汇大街上的人群中时，忽然瞥见一个穿着西联电报公司制服的年轻人站在一把梯子上。那名工人正用手拨弄着一束输电线缆，这些粗黑的线缆最近才刚开始在城市的天空中划过。它们与略细也略陈旧的电报线缆交缠着，阵阵春风的吹拂又将它们拧成了一团，还打着结。西联的工人正试图把两种线缆分开。他看上去像是个小孩子一般，面对着一大团缠在一起的鞋带搞得不知所措。

保罗脑子里想的却是咖啡。金融区，还有百老汇大街346号三楼他上班的那间律师事务所，对他来说仍然是陌生而新鲜的。他还没决定要到附近哪家咖啡馆去。北边的沃克街上有一家。还有一家的服务速度稍慢但更时髦，在巴克斯特街，门上有一只公鸡。保罗很疲倦。微风吹在脸颊上的感觉真好。这是他今天第一次到外面来。昨晚他睡在办公室里了。

看到第一颗火星迸出的时候，他并没有马上意识到发生了什么。当时那名工人正抓住一根电线用力拉扯。保罗听见“砰”的一声——只是短促而奇怪的一声“砰”而已——那个人就剧烈颤抖起来。后来保罗回想起来，他还看到了一道闪光，不过当时他并不确定那到底是什么。那名工人急忙伸出另一只手想抓住什么作为支撑，他握住了另一根电线。正是这个举动，保罗之后会明白，让那个人铸成大错。他这一握就相当于创建了一个电流回路。而他自己就成了一个带电导体。

然后，工人的两只胳膊都抖动起来，并爆出橙色的火花。

那天上午街上足有两百个人，似乎所有人都在同一时间抬头看了过去。戴着宽边大礼帽招摇过市的金融家们，紧握内部消息往华尔街方向猛跑的股票交易员助理们，身穿鸭绿色裙子并搭配着时髦上装的高级秘书们，出来买三明治的会计师们，穿着杜塞礼服从华盛顿广场区来逛街的淑女们，期待着能够忙里偷闲吃个午餐的当地政客们，还有拉着宽轮马车驶过高低不平的鹅卵石路面的马儿们……百老汇大街是通往曼哈顿下城的主动脉。此前在地球表面无人知晓的巨大财富正从这几条街道的下方汩汩地涌出来。就在当天的早报上，保罗读道，约翰·雅各布·阿斯特刚刚正式成为比英国女王更富有的人。

所有目光都集中在半空中那个人的身上。他的嘴里喷出一股蓝色的火焰。火焰点燃了他的头发。他的衣服立刻被烧光了。他向前跌落，手臂仍然与电线缠绕在一起。他的双脚在梯子旁边晃来晃去。他的身体呈现出耶稣在十字架上的姿态。蓝色的火焰从他嘴里往外蔓延，把他的皮肤烧化，从骨头上剥落。

没有人尖叫。保罗甚至仍然不能确定他看到了什么。他见识过令人惊骇的场面。他是在田纳西州的农场里长大的。在坎伯兰河的沿岸，死亡与垂死者都是司空见惯的景象，但是他从没见过这样的死法。

漫长的几秒钟过后，那个工人的鲜血泼洒到他正下方的一群报童身上，惊叫声开始爆发。人们疯狂地四散奔逃。人高马大的男人们撞在女士们身上。报童从人群中窜过，漫无目的，只是拼命奔跑。一边跑，一边努力把烧焦的皮肉从头发上抓下来。

马儿们后腿下踞，前腿踢向天空。它们在已经吓呆的主人面前扬起蹄子。保罗呆立当场，直到他看见一个报童摔倒在一辆双驾马车的轮下。正值壮年的马匹甩着缰绳向前狂奔，眼看着车轮就要碾过那个小男孩的前胸。保罗还没想自己要不要冲上去——他就已经这样做了。他抓住男孩的肩膀，把他拖离马路。

保罗用大衣的袖子擦掉孩子脸上的泥土和血迹。不过他还没来得及检查他是否受了伤，那个小男孩就又一次跑进人群里无影无踪了。

保罗倚着附近一根电线杆坐了下来，他的胃里翻江倒海。坐在尘土飞扬的大街上，他意识到自己正气喘吁吁，于是竭力让呼吸平静下来。

又过了十分钟之后，随着一阵警铃声，消防队终于来了。三匹马拉着一辆水车，在惨不忍睹的现场旁边停下。六名穿着黑扣子制服的消防员望向天空，眼神里充满着难以置信。其中一名消防员下意识地去拿蒸汽动力的水管，其他人则只是惊恐地保持凝视。这与他们以往见过的任何一场火都不一样。这是电力引起的。这种人造闪电如同黑暗的神迹，像《旧约》中的瘟疫一样神秘莫测又难以捉摸。

那群心怀恐惧的消防员花了四十五分钟才把焦黑的尸体切割下来，这期间保罗一直呆坐着。他把每一个细节都看在眼里，不是为了记住，而是为了忘记。

保罗是一名律师，而这就是他尚且短暂的律师生涯教给他的思维方式——细节能够让他宽慰。只有像百科全书般攫取到所有的细节，才能让他的极度恐惧有所缓解。

保罗是一名专业的概述者，他能把一件事简明扼要地讲出来。他的工作就是把一系列独立事件去芜存菁，然后再从中提炼出相互递进的关联性。这个早晨发生的那些各不相关的场面—— 一名例行公事的工人，一个愚蠢的错误，一只紧握的手，一条拥挤的街道，一阵火花，一个溅满鲜血的小孩，一具悬垂的尸体——可以组成一个故事。这个故事会有开头、中间和结尾。故事总会讲完，然后它们就消失了。故事那曾经让人迫切渴求的魔力也随之消失。而那天发生的故事，一旦在他的头脑中讲述过了，就可以结束，就可以被放下，只有需要时才会重新想起。妥善整理后的概述可以保护他的头脑免受原始记忆的恐怖侵袭。

即便真实发生过的故事也同样是经过虚构的，保罗知道。这是一种抚慰人心的手段，我们用它把周围混乱的世界组织整理成一种易于理解的方式。它是一台认知机器，能够把情感的麦粒从印象的麦麸中剥离出来。真实世界里有太多突发事故，并且层出不穷。在我们的故事里，我们无视绝大多数的事件，直到有明确的理由和动机将其呈现出来。每一个故事都是一项发明创造，一台技术设备，与那天上午把一个人的皮肤从他的骨头上烧掉的那种能量并没有什么不同。一个优秀的故事也可以有着相当危险的意图。

作为一名律师，保罗所讲述的故事都是有关道德的故事。在他的叙述中，只有受害者与施暴者，被诽谤者与说谎者，受骗者与盗窃者。保罗在故事中费尽心思构建出这些角色，直到他的原告方——或者被告方——的正义之势变得不可阻挡。一名诉讼律师的职责并不是去判断事实真相；他的职责是基于那些事实构建起一个故事，并最终从中产生一个明确的道德结论。这就是保罗那些故事的作用：陈述一种毋庸置疑的世界观。然后，当世界已经秩序井然，一笔丰厚的收入进账之后，这些故事也就消失了。醒目的开篇，惊心动魄的主体，令人满意的结尾，也许最后再加上一点点转折，然后……完了。归类、封箱，束之高阁。

保罗要做的只是把今天的故事讲给自己，然后它就会消失。在脑海中一遍遍回想当时的画面。在重复中得到救赎。

然而，百老汇上空那具燃烧的尸体还并不是保罗·克拉瓦斯那天见到的最恐怖的画面。

那天晚上——他的秘书已经下班返回她在约克威尔的公寓，他的资深合伙人们已经回到他们第五大道上段的三层豪宅中休息，保罗也早已过了下班时间，却仍然没法回到他在五十街的单身公寓，而是仍然握着那支硬橡胶制沃特曼牌钢笔奋笔疾书，他写下了太多的笔记，导致右手中指都磨起了水疱，这时——办公室门口出现了一个男孩。他送来了一封电报。

“请立即来见我，”电文上说，“需密谈诸多事宜。”

署名者：“托·爱迪生”。

2
门洛公园的魔法师

保罗抓过外套，把领带系紧，朝门口走去。六个月以来，他一直忙于对托马斯·爱迪生提起法律诉讼，却还没有见过这位全世界最著名的发明家。

爱迪生一定也听说了那起事故。在城市的街道上，一个人被电死在公众面前。他肯定在为回应此事做准备，但是他找保罗干什么？

离开之前，保罗从抽屉里拿出一个文件夹。他收集了一些文件放进羊毛大衣内衬的口袋。无论爱迪生有什么打算，保罗都准备了自己的一份惊喜给他。

已经入夜的百老汇光线昏暗，寥寥几盏煤气街灯给鹅卵石路面撒上薄薄的一层黄光。只有一个地方在远处闪耀着灯火。往南看过去，在昏暗煤烟缭绕的曼哈顿岛上，华尔街像是一座被充足的电灯光照亮的城堡。

保罗转向黑黢黢的北面，很快招呼来了一辆四轮马车。

“第五大道65号。”他告诉车夫。虽然爱迪生通用电气公司仍然把它颇负盛名的实验室保留在新泽西州，但公司总部已经搬到了一个更为高档的地点。

车夫回过头来看了保罗一眼。“你要去见魔法师？”

“我很难想象他妈妈会这样叫他。”

“他妈妈很久之前就死了，”车夫回答，“你不知道？”

围绕爱迪生的经历而产生的各种民间传说总是能让保罗吃惊。进入公众视野还不到十年，爱迪生已经把自己塑造成当代的苹果佬约翰尼[1]。这让人窝火，不过你也不得不佩服他的本领。

“他只是一个普通人，”保罗说，“不管《太阳报》上怎么说他。”

“他创造出了奇迹。玻璃瓶子里的闪电，铜线里的声音。这些事情，哪种人能做得出来？”

“有钱的人。”

马车一路小跑拉着他们沿百老汇大街北上，路过安静的休斯敦街和十四街那些时髦的联排房屋。曼哈顿岛上一片黑暗，直到他们转入第五大道，点亮街道的电灯突然出现在眼前。纽约绝大部分地区的街道在夜间都靠煤气灯照明，这种一成不变的微光已经为这座城市闪烁了一百年。但是最近几位富有的实业家已经能够在他们的大厦里安装这些新式电灯泡。仅仅几条街道，已经占用了全美国99%的电力，这些街道的名字也是如雷贯耳：华尔街，麦迪逊大道，三十四街。每一天这些街区都会因为又有一座大厦通了电而变得更明亮了一些。高悬在每一个街区上空的电线如同筑起堡垒。保罗朝

1　苹果佬约翰尼（Johnny Appleseed），指美国农业传奇人物、苹果种子的传播者约翰 · 查普曼。——译者注

第五大道望去，能目睹这一趋势的蔓延。

不过，如果他能够成功，他就会看到爱迪生那座灯火通明的王国轰然倒塌。

晚上十一点钟，保罗走进第五大道65号。玻璃窗后面彪悍的警卫漫不经心地挎着武器。他们不需要做出好斗的姿态，只有特别愚蠢的人走进那座大楼的时候才不会感到害怕。

一个蓄着络腮胡子的中年男人在中间的楼梯前迎接保罗。他伸出手来的时候，脸上并没有笑意。“查尔斯·巴彻勒。”

“我知道你是谁。”保罗说。巴彻勒是爱迪生的得力助手：主管着他的实验室，也是他的头号打手。如果爱迪生需要挖出谁的丑闻，那么巴彻勒就会是那个四处搜罗信息的人。报纸上说两个人总是形影不离。不过，与他的老板不同的是，巴彻勒从未接受过任何采访，也从来没有跟爱迪生一起在头版头条露过面。

巴彻勒只说了四个字：“他在等你。”他带着保罗上楼。爱迪生的私人办公室位于四楼。巴彻勒推动两扇对开的橡木大门，请保罗进去，然后安静地在玄关处踱步守候。仿佛在没有进一步指示之前，他就是个隐身人。

办公室装饰豪华。椅子上都包覆着西班牙皮革，一张上了釉的红木书桌上摆满了电气设备，远处墙角里放着一张帆布床。有传闻说爱迪生每晚只睡三个小时，但是，正如大多数与托马斯·爱迪生有关的传闻一样，保罗并不确定这说法是否可信。

在饰有图案的墙面上，每隔几英尺就安装了一只玫瑰花造型的漂亮的电灯泡。而且，老天啊，它们真的太亮了。

保罗低头看着自己的双手，他意识到他还从来没有在电灯光下看过自己的双手。他能看到皮肤下面有蓝色的血管延伸。雀斑、痘印、伤疤、尘土，还有一个人活到二十六岁积累下的丑陋的皱纹。他的中指又泄露了秘密，因为每当他紧张的时候，中指就会像现在这样微微颤动。保罗觉得，不仅这些灯光是崭新的，连他自己都是崭新的。灯丝发着光,也照射着他,揭示出一个让他超乎想象的自己。

那张巨大的红木书桌后面，有一个人坐在那里抽着雪茄，那就是托马斯·爱迪生。

他比保罗想象中还要英俊一些，看起来也比照片上瘦，有着一个中西部美国人特有的硬朗下颌。虽然已经四十多岁了，但他的头发还是像个中学生一样乱蓬蓬的。这种发型会让一个无名氏显得老气，却让爱迪生看起来像是他因为有更重要的事情而不拘小节。在强烈的灯光下，保罗甚至可以看到他眼睛里的灰色。

“晚上好。”

“为什么找我来，爱迪生先生？”

“直奔主题。一个律师有这种素质，很让我欣赏。”

“我不是你的律师。”

爱迪生好奇地扬起眉毛，然后把一张纸从桌面上推过来。保罗犹豫了一下，才走上前去。他不想做出顺应的姿态，但他也想看看爱迪生给他看的是什么。

那是一张《纽约时报》头版的样张。“在电线之间与死亡相遇”，大标题醒目地写着。“恐怖的一幕—— 一名线路工人被电网烤焦”。标题下面刊登了一篇情绪激昂的文章，痛斥电力的危险性。编辑们纷纷质疑，在城市里布下线缆输送这种原始且未知的能量，是否安全。

“这是明天的报纸，”保罗说，“你怎么得到的？”

爱迪生没有理会他的问题。“你们那个小事务所，叫什么名字来着？就在附近，对吧？”

“我目睹了事发经过。”

“是吗？”

“我看到了那个人被点燃，消防员把他的尸体从电线上切下来的时候，我也在场。但是百老汇下城的电缆不是你们公司的，也不是我客户公司的。它们是美国照明公司的线路。所以，鉴于我并不是林奇先生的律师，谢天谢地，这件事跟我没有任何关系。也跟你和乔治·威斯汀豪斯之间的纠纷无关。”

“你真是这样认为的？”

“找我来这里到底是为什么？”

爱迪生沉吟片刻又重新开口。“克拉瓦斯先生，或许你还没有意识到，这是一场战争。过不了几年，就会有人建立起一个把整个国家都点亮的电力系统。这个人可能是我，也可能是威斯汀豪斯先生。但是今天过后，就绝对不可能是林奇先生了。明天早上媒体会把他生吞活剥得一根骨头都不剩。”

“从我方角度看来，这似乎是个好日子啊。”

爱迪生朝一个黄金烟缸里掸了掸雪茄的烟灰。

“过去一年里，”他说，“我有太多的对手，每一个我都要兼顾。但是今天之后，我就只剩一个对手了，就是你的客户。要么我会赢，要么威斯汀豪斯先生会赢。就这么简单。我公司的规模是他的十倍。在生产这项技术方面我有七年的领先优势。J. P. 摩根本人已经向我做出承诺，会对我们的发展壮大给予无限量的资金支持。而我……嗯。我想你应该知道我是谁。”

爱迪生深深吸了一口雪茄，然后朝着空中吐出一团烟雾。“我把你叫到这里来就是想问你这个问题：你真觉得你们有任何胜算吗？”

他看着保罗，就像是一名捕狗者看着一只马上要被人道毁灭的流浪狗。

“克拉瓦斯先生，发明电灯泡的人是我，不是乔治·威斯汀豪斯。所以我要告得他倾家荡产。他是个有钱人，而你即将把他的钱都浪费在一场我已经打赢的官司上。等到一切都结束的时候，我会拥有威斯汀豪斯的公司，我会拥有你的律师事务所。所以停手吧。我已经把底线划在这里了，任何挡我路的人都会吃苦头的。我也是为你着想，希望你不要变成其中之一。”

爱迪生那双灰色眼睛的眼角奇怪地皱了一下。保罗良久之后才看懂那个表情的含义：托马斯·爱迪生在向他表达……担忧。

而这激起了保罗的愤怒。

“我很高兴你让我今晚来见你，”保罗说，“省得我再跟你约见了。”

“哦？你想约我见面有什么事吗？”

“来传达一些坏消息。你被起诉了。”

“是吗？”爱迪生说着，嘴角浮现出一丝笑容，“被谁？”

“乔治·威斯汀豪斯。”

“小伙子，我想你是搞反了吧。”

“我们要反诉你。”

爱迪生大笑。“以什么罪名？”

“侵犯**我们的**电灯泡专利。”

“电灯泡是我发明的。”

“专利局也这么说。只是……在你的专利之前，就没有已经存在的电灯泡专利吗？就没人曾经为相似的设计申请过专利吗？”

爱迪生很快就明白了保罗指的是什么。“索耶和曼的专利？那根本就是个笑话，他们的设计跟我的相差十万八千里。如果他们愿意告我，我随时欢迎。”

“恐怕他们不能告你，因为他们不再是那项专利的拥有者了。”保罗举起他离开办公室前揣进怀里的那个文件夹，把里面的文件放在红木书桌上，推到爱迪生面前，“我们才是。”

爱迪生仔细阅读着面前的文件。他一边用手指在敦实的桌面上敲击出无声的节奏，一边读到威斯汀豪斯电气公司（今西屋电气公司）已经与威廉·索耶和阿尔本·曼达成专利权转让协议。威斯汀豪斯现在独家拥有生产、出售和分销该项专利所设计的电灯泡的权利。

“这是极其聪明的做法，克拉瓦斯先生，”爱迪生终于说道，“真的。我能明白乔治为什么喜欢你了。”

对威斯汀豪斯亲切地直呼其名是有意为之的举动。爱迪生把文件从桌面上推了回去。他斜倚进宽大的扶手椅中，然后开口了。“我调查了你的背景。希望你不要介意。”

“我也想不出你能有什么发现。”

“两年前以全年级第一的成绩从哥伦比亚大学法学院毕业，当时你被沃尔特·卡特招至麾下，并亲自指导。太了不起了。一年半以后，卡特自立门户，你就跟随他到了他新成立的事务所。你立即被提拔为合伙人，才二十六岁。”

“我比较早熟。”

“你有野心。六个月前你当上了新律师事务所里资历最浅的合伙人。你一个案子都没接过。然后，不知道为什么，你竟然成功地得到了你的第一个客户：乔治·威斯汀豪斯先生，我刚刚起诉了他，索赔金额比你、你的儿女、你的子子孙孙庸庸碌碌几辈子见过的钱加起来都还多。”

“威斯汀豪斯先生慧眼识才。”

“你是个受聘在这个国家历史上最大的专利诉讼案中担任首席律师的毛孩子。”

“我工作很出色。”

爱迪生的笑声像是深沉的轰鸣。“唉，得了吧，克拉瓦斯先生，没有人能**那么**出色。你是怎么让乔治聘用你的？”

“爱迪生先生，”保罗说，“你为什么要装出一副很欣赏我的样子？”

“你凭什么认为我对你的仰慕不是发自内心的呢？”

“因为我现在就站在第五大道四楼的办公室，这个办公室属于神界及人间历史上最伟大的发明家，他二十一岁就申请了第一项专利，三十岁挣到了第一个一百万美元，他说的每一句话都被《纽约时报》用三十八号字体刊登在头版头条，就好像他是德尔斐的神谕[1]，而且美国总统——以及大部分的美国人民——都真的相信他是一个魔法师，他的名字在每一个有挣扎也有梦想的孩子心中激发出无限崇敬，也让华尔街的每一位银行家心生恐惧，而他竟然觉得**我**有野心。”

爱迪生平静地点了点头。然后第一次转向了守候在门口的助手。“巴彻勒先生,可否帮我个忙,把玛丽安娜桌上那些文件拿来？”

巴彻勒抱着一堆足有三英尺高的文件回来了。

“放在桌上就好，谢谢你。”爱迪生说，“现在，克拉瓦斯先生，

1 在希腊神话中，德尔斐是世界的中心，阿波罗的神谕由此地传达。德尔斐神谕是古希腊时间最持久、影响力最大的神谕。——编者注

你不需要我来告诉你这些都是诉讼文件吧。"

"数目可观，起码看起来是。"保罗飞快地瞥了一眼那堆文件。

"310份，"爱迪生说，"我相信，这里有310份诉状。被告方都是威斯汀豪斯的子公司。"

"312份，"巴彻勒纠正道，"罗得岛和缅因州的诉状今晚刚刚完成。"

"没错，312份。你看到了吧，我不仅要告你们，我还要告所有跟你们做生意的人，我要告所有曾经跟你们**做过**生意的人。每一家威斯汀豪斯的子公司，每一家本地和州立的生产商，每一家工厂，每一间销售办事处。问题在于，我不需要打赢所有这些官司。我甚至不需要打赢大部分的官司。我只需要打赢其中一场官司就可以了。你们要反诉我？那就真要祝你好运了。因为仅仅击败我一次还远远不够。你需要做的是击败我310——对不起，应该是312次，一次都不能输。"

爱迪生的手指划过红木书桌，划过那些神秘兮兮的盒子、密封的玻璃管和细细的铜丝，落到最远端的一枚黑色按钮上。

"你喜欢这里的景色吗？"爱迪生转向窗户。在玻璃外面，曼哈顿下城区伫立在海洋的环绕中。城市在燃油和煤气的微光下闪烁，偶尔打开的电灯光点缀其中。"从这里你可以看到雕像。"

就在那里：远在贝德罗岛上的自由女神像，依稀可见。保罗回想起自己第一次来到纽约的情景，当时女神的一只手臂被安置在麦迪逊广场公园展览，后来市政府才筹集到了足够的资金把雕像的其余部分建造起来。保罗和朋友们曾经在她手肘的阴影中野餐。

远远看去，雕像发出的光很暗淡，但是它的光源却毫无疑问：电灯。女神手中火炬的灯光是由珍珠街上的一座发电机供应的。那是爱迪生的发电机。那是爱迪生的电灯光。

“我们在珍珠街的电站最近常常会出问题，”爱迪生说，“有些不太稳定。”他按下了黑色的按钮。

火炬的灯光一下子熄灭了。托马斯·爱迪生轻轻动一下手指，五英里[1]外自由女神像的火炬就灭了。

“能量是非常难以捉摸的，煤气太好控制。你拿来一堆煤，把它们燃烧，过滤，加压，点燃一根火柴，好了——能够点亮房间的火光就出现了。电能则更为狡猾。太多不同种类的灯泡——不同的灯丝、灯罩、发电机、填充气。只要有一点差池，我们就都会被丢回黑暗之中。然而旧的能源系统已经开始过时了，新兴的系统将会取而代之。当新系统足够稳定之后——当它趋于完美并广泛普及之后——我们就不会再有倒退。你知道吗，警方告诉我，在我的电灯照亮的公共场所，各种恐怖的暴力犯罪都有所减少。受惠于我制造的光明，人们的工作时间不需要再受日落的制约。工厂的生产力翻倍。午夜和正午不再有分别。我们祖先经历的黑夜即将结束。电灯是我们的未来。掌控它的人不仅能赚到无法想象的巨额财富，还能够左右政局。他控制的不仅是华尔街，或者华盛顿，或者新闻媒体，或者电报公司,或者我们还无法想象的几百万家庭的电气设备。不，不，不。掌控电能的人将会控制天空中的那轮太阳。”说完这番话，托马斯·爱迪生再次按下他桌子上的黑色按钮，自由女神的火炬重新亮了起来。

“你应该担忧的问题，”他向后靠在椅子上说，“并不是我为了获胜想要付出多少，而是你坚持多久才会输掉。”

---

1 1 英里 =1.609344 公里。

一个好律师没那么容易被惊吓，一个伟大的律师则根本视惊吓为无物。但是他看着远方壮丽的自由女神像，看着爱迪生桌上的黑色装置，看着那312桩他必须打赢的官司，看着那个动一根手指就能做到牛顿们、胡克们和富兰克林们世世代代根本无法想象的事情的男人，看着他苍白的面容，保罗惊恐了。因为就在那个时刻，保罗才明白什么是真正的强大。

渴求。所谓强大，就是对某一件事物的渴求太过强烈，以至于绝对没有任何事情能够阻止你去得到它。拥有这样的一种渴求，胜利就不再是愿望而已。它是一个时间问题。而托马斯·爱迪生比他见过的任何一个人都更加渴求胜利。

“如果你觉得你能阻止我，”爱迪生柔声说，“那就放手一试吧。只是你不得不在黑暗中去做了。”

如果你想成就伟大的事业，偶尔被大材小用也是有必要的。
——詹姆斯·沃森，DNA的发现者之一

3
神童

一年前，保罗还是一个信心百倍的青年才俊，他已经拥有纽约法律界人人都向往的头衔，却还没有一个客户。

1886年春天，从哥伦比亚大学法学院毕业前几周，保罗被德高望重的沃尔特·卡特钦点录用。保罗接受了在卡特—霍恩布洛尔—伯恩律师事务所担任实习生的工作，并且成为卡特先生本人的学徒。在全纽约，保罗还从未见过哪一位法律系毕业生不对这样一份工作梦寐以求的。

所以，仅仅几个月过后，这家律师事务所濒临解散之时，保罗感觉整个世界都崩塌了。突然之间，卡特和伯恩甚至都不再跟对方讲话了。保罗一直没了解两人到底因为什么产生不和；事已至此是什么都不重要了。两人分道扬镳，各立门户，而保罗则需要选择投靠哪一方。

伯恩带走了霍恩布洛尔，还带走了大部分客户以及几乎所有的品牌资产。如果保罗跟伯恩走，他就能在纽约市最著名的律师事务所里当个实习生。

相比之下，卡特的新事务所只有两个人。如果保罗加入，就是三个。卡特的合伙人是一个没有什么经验的律师，他叫查尔斯·休斯，实际上他甚至比保罗还要年轻，并且已经跟卡特的女儿订了婚。他们的家庭式律师事务所里没有实习生，这里也没有可以炫耀的重要客户。卡特这个名字是它唯一的招牌，但因为与伯恩的交恶，卡特的名誉也受到了损害。

然而，正因为他的新事务所规模太小，卡特才能够给保罗一个伯恩没法开出的条件：合伙人资格。当然，卡特提出的分成比例一点都不慷慨——60/24/16，保罗拿最少的那份。可是……世界上也不会再有另外一家律师事务所能让保罗把名字写在门牌上。

保罗想当伯恩的实习生？还是卡特的合伙人？

1888年1月1日，卡特—休斯—克拉瓦斯律师事务所正式开张。

事务所成立之初，至关重要的事情就是吸引客户。卡特在自己几十年的行业人脉中发掘。休斯也起到了一定作用，从罗马—沃特敦—奥格登斯堡铁路公司得到了一些琐碎但长效的法务项目。但是保罗除了向几个大学同学求助并准备了一套精彩的推销辞之外，什么成果都没有。第六周结束时，他仍然没有给公司带来哪怕一美元的生意，保罗觉得自己的信心已经被沮丧取代。他独自消磨在办公桌前的每一个小时，都因为无所事事而格外安静，都在揭露他是一个名不副实的家伙。

结果，他的老同学们既没帮上忙也没表示过同情。“哦，这太像保罗干出来的事情了，”保罗跟他们约在俱乐部见面喝过威士忌之后，他们会这样说，“要想占尽每一件好事一定没那么容易。”

事实上也是。不过，他怎么才能说明这份工作面临的压力与不确定性呢？毕竟这是一个让他们所有人都宁可在暗中互相插刀也要去争取的职位。他拥有的是他们都梦寐以求的。如果他跟那些嫉妒他成功的人说，这份成功其实并非他所希望的样子，而只是一系列更加苛刻的压力和焦虑，那就等于在玷污他的梦想，是在用别人误以为的虚假谦虚来漠视他的野心。

保罗一直想当神童。但是没有人告诉过保罗，神童们从来不觉得自己是神童；他们会觉得自己老了。所谓的那些成功的时刻，在他们自己看来已经是过眼云烟。当他们因为早熟或者年轻的聪明才智而备受赞誉的时候，他们只会耸耸肩，因为他们心里非常清楚，自己已经老朽不堪。只有当一段时间之后，多年的成就把他们从不安全感中解放出来，他们才终于不再被称为神童，而只是被称为伟大的成功者了。然后他们又会觉得难堪。因为只有当他们的神童光环逐渐减弱的时候，他们才意识到，自己是真正的神童。

有时，保罗也暗自希望，自己还能够回头去当一名实习生。

然后，让他大为意外的是，乔治·威斯汀豪斯邀他到府上共进晚餐。

原来，几年前，保罗有一位叫作凯莱布的远房叔叔在俄亥俄州一家威斯汀豪斯的附属公司找到了一份工作。凯莱布无意间听到一位资深员工抱怨公司的法务代表毫无建树让人失望，于是他就提了一个建议。凯莱布有一位侄子在纽约。凯莱布说他是个天资聪慧的年轻人。绝对是个神童，刚刚二十六岁的年纪，已经是大名鼎鼎的沃尔特·卡特的合伙人了。威斯汀豪斯先生应该跟他吃顿饭。那孩子或许能出点儿主意。

凯莱布起初托保罗的父亲捎信来说他把侄子推荐给了威斯汀豪斯电气公司的时候，保罗觉得有点尴尬。他绝对无法胜任这样的职位。他能想到的结果只有一个，威斯汀豪斯先生听到他的名字，然后礼貌地回绝。

保罗甚至还给父亲去信说，虽然家里人的支持一定是出于好意，但也有点幼稚。这里是纽约，不是田纳西。伊拉斯塔斯·克拉瓦斯只是在简短的回信中引用了两句谚语，并提醒他耶稣的温暖拥抱永远与他同在。保罗已经不止一次在与家人的通信中感觉到，他的父亲真的不明白他身陷其中的这片水到底有多深。

然而让保罗感到惊讶的是，两周之后他收到了一封信。“宾夕法尼亚州匹兹堡的乔治·威斯汀豪斯先生诚挚邀请您明晚共进晚餐。”

去匹兹堡的旅途中，保罗生平第一次坐进了头等车厢。火车开了一天，他全程都把自己唯一一件拿得出手的晚礼服小心地放在膝盖上。保罗最大的担忧就是昨晚刚熨好的这件礼服会被压皱。他没有第二件了。他从法学院里学到的经验是，如果你能把一件黑色晚礼服保养得足够好，你就可以穿着它出席每一场正式晚宴，而不会让人看出来这是你唯一的一件礼服。

在匹兹堡的联合车站，保罗被请上了“格伦·艾尔号”——威斯汀豪斯的私人列车。列车载着保罗——而且只载了保罗一人——行驶了六英里，来到树木葱茏的霍姆伍德，威斯汀豪斯家族的白色砖石别墅就坐落于此。**一个人设计的火车要够一定数量**，保罗想，**他们才会给他专属的火车头**。威斯汀豪斯有属于自己的**铁路线**。

晚餐共有十六人出席。威斯汀豪斯实验室里的几位工程师，耶鲁大学的一位客座教授，铁路业的几位大亨，还有一位德国金融家，他的名字保罗一直都没搞清楚。玛格丽特·威斯汀豪斯安排大家在摆放着塞夫尔瓷器和足金餐具的餐桌旁就座，而她的丈夫正在准备沙拉的调味汁。玛格丽特解释说这是乔治的规矩——无论家里雇了多少个厨师，调味汁都必须由他亲自制作，用他母亲的秘方。结婚二十年来，她从没给丈夫做过一次沙拉。玛格丽特的微笑表明，这一惯例仍然在反复实行，并且大家都乐此不疲。

乔治·威斯汀豪斯用强有力的握手和长久的注视欢迎保罗的到来。然后就完全无视他的存在了。威斯汀豪斯气势威严。他健壮得像一头熊，留着一大把络腮胡子，花白的八字须长得太茂密，以至于遮住了全部的上嘴唇和下嘴唇的大半部分。他比保罗矮几英寸，但是并排站在一起的时候，年轻的律师觉得自己反而矮他一头。

晚餐桌上的谈话都跟技术有关。起初保罗还想努力跟上，但是很快就放弃了。那几位铁路大亨和威斯汀豪斯家族从七十年代一同迈入百万富翁行列时就成了朋友。他们问了无数个关于气动刹车的问题。其中一位甚至还想邀请保罗加入探讨。

“您是不是也同意詹森先生的设想呢，克拉瓦斯先生？”

“如果我能听懂哪怕一丁点儿你们这些讨论的意思，我想我一定会同意的，”保罗回答，他希望自己能用诙谐来表达自己的兴味索然，“恐怕我上学时错过了自然科学的课程，还有数学课。”

在长条餐桌的那一端，威斯汀豪斯脸上的神色清楚地表明，保罗的俏皮话用得不是地方。

“数学教育的衰败将会是这个国家衰败的开始，”发明家声称，“这一代年轻人连代数都从没听说过，更别提计算瞬时变化率了。你们这些人还能发明出什么来？”

“确实，发明不出来。”保罗回答，“但如果您负责发明创造，我们会负责在法庭上捍卫您的权利。”

威斯汀豪斯耸了耸肩，把注意力放回到面前那盘烤南瓜汤里点缀的鲜奶油上。

这就是保罗在这番对话中的全部贡献。他只有一次机会让威斯汀豪斯对他刮目相看，但是他把它浪费掉了。保罗把自己的羞愧都发泄在波尔多红酒上，谁知道他以后还有没有机会再喝到这么贵的酒呢？

他垂头丧气地沉迷于酒杯之时，那位教授一句不礼貌的言论引起了他的注意。只是长餐桌那边传来的只言片语，与耶鲁大学物理系有关的事情，对一位新来的博士研究生的不满，老生常谈的学术八卦与牢骚，等等。只是，有一个词听起来分外刺耳。“让一个黑鬼进入物理系？”那位教授一边说一边无力地摇了摇头。“学院里有几个倒也没所谓，可是还让他们教课？而且还是教科学？”

“那你是想让他到别的地方去教课吗？”话一出口，保罗才意识到自己的嗓门太大了。

“你说什么？”教授问道，显然吃了一惊。

“我——呃——”保罗一时语塞。继续说下去是很不明智的，更不用说有多无礼了。然而他喝掉的红酒似乎在替他开口。“你更希望那个人到别的地方去教物理吧，我猜？比如到麻省理工学院去给那群无能的蠢货拖后腿？”

“我本人还真的见过一些麻省理工学院出来的无能的蠢货。”威斯汀豪斯说。他试图尽快缓解一下局面。

“或许他可以回他自己的那些破大学里去教书。”教授说。

“可惜，在任何一所黑鬼大学里都没有物理专业。不过据我所知，菲斯克大学很快就会开设这门学科。原本只能在田里埋头种地的一代人以后会学到更多关于你们那些气动刹车和电线的知识，会比我懂得还多。”

“你怎么会知道这些？”教授问。

“因为我的父亲创办了菲斯克大学。”

沉默的气氛在餐桌上蔓延。保罗的处境本来已经很尴尬了，可他还用威斯汀豪斯先生制造的蒸汽发动机的动力把这种尴尬扩大了好多倍。

“你父亲创办了一座黑人大学？”传来晚宴主人好奇的声音。

“是家族的传统，威斯汀豪斯先生。”保罗说。

一般来说，保罗并不会特别自豪地想要跟别人提起这件事。他认同父母的政治倾向，但是并不会为他们四处摇旗呐喊。可能是红酒发挥了作用。可能是在如此高雅的晚餐场合失礼让他觉得羞耻。也可能只是因为想到即使自己在纽约失败，田纳西的农场也会愿意让他回去，心里就很愉悦。“我的祖父是俄亥俄州一间叫作欧柏林的小型学院的早期创办者。他一直在呼吁给女性受教育的机会，这座学校就是他的伟大尝试。男人和女人可以在同一个教室里学习。我自己也在那里上过学。我的父母在欧柏林的神学院相识并结婚，我父亲后来成了一名执事。战争期间他做过随军牧师，这段经历也让他找到了毕生的事业，就像我的祖父当年致力于让女性受教育一样，这一事业对我父亲同样意义非凡：他看到南方的黑人在受教育方面困难重重。他是一个虔诚的教徒，他当时觉得——到现在也仍然觉得——上帝让他来到这个世界是有原因的——他也找到了那个原因。一所大学，就像耶鲁能让有钱的纽约人受教育一样，这所大学也能够让南方的黑人受教育。”

保罗的陈词结束时，并没有掌声。只有汤匙磕碰塞夫尔瓷器发出的尴尬的撞击声。他并没有做出任何出色的理性争辩，他只是让自己出了丑。

晚餐继续进行。一直到最后一道奶酪上桌的时候，保罗的脸色因为窘迫而涨得通红。然后，威斯汀豪斯说了一句话，不仅让保罗大吃一惊，也让在座的每一位客人大为意外。

“可以跟我到书房来一下吗，克拉瓦斯先生？”

保罗仍然无法确定威斯汀豪斯是不是叫错了人，但还是跟着发明家进入了他的书房。光是那张书桌就已经比保罗在曼哈顿的整间公寓都大了。地板上铺着厚厚的波斯地毯，一个摆满工程期刊的书柜一直顶到天花板。威斯汀豪斯把门关上了。

“抽雪茄吗？”他问。

“不抽，谢谢。”保罗说，“我不抽烟。”

“我也不抽。受不了那个气味。但是玛格丽特说不给客人准备会不礼貌。”他在两个平底玻璃杯中倒上了陈年的威士忌。“孩子，我感觉你应该是个诚实的人。”

“您过奖了，先生。不过我不确定在我们这个行当，这算不算是受人欢迎的名声。”

“最近我正需要找到一个令人信服的人。”他停顿了，似乎是在决定接下来的话题该怎么说才最合适。“我被起诉了。”

保罗心知肚明。接到晚餐的邀请之后，他把报纸上关于威斯汀豪斯公司遇到棘手官司的所有报道都仔细读了一遍。这场纠纷的公众曝光度很高。“托马斯·爱迪生控告您侵犯了他持有的白炽灯泡的专利权。”

“爱迪生的灯泡很糟糕——设计的质量很差，比我的落后两代。

全国有十几家公司都在生产比爱迪生的设计更为先进的灯泡，我的设计恰好是目前为止最优秀的。”

“您的设计是更好，但是爱迪生的更早。法律关心的是后面这一点。您的难题在于，专利权掌握在他手里。”

“我并没有抄袭爱迪生的灯泡设计，我在他设计的基础上进行了改进，巨大的改进。我的灯泡和他的相比，就像汽车相对于马车一样。因为马车的存在就禁止本茨[1]先生销售汽车，这公平吗？当然不。爱迪生告的并不是我——他告的是改进的行为，因为他没有能力继续进行发明创造。”

“听起来，”保罗提出，“您似乎需要一个非常优秀的律师。”

“我需要一个非常优秀，并且不惧怕托马斯·爱迪生的律师。”

威斯汀豪斯宽大的身躯坐进一把皮面扶手椅中。他喝了一口威士忌。“如果你决心追求正义，我可以向你保证，没有比对抗爱迪生更加正义的事业。你的事务所很小，这很好。我雇人，自然希望他能投入全部精力。我也做了一些背景调查，不必显得很惊讶。人人都能请律师，克拉瓦斯先生。我需要的是一个合作伙伴。我需要一个正直的人，他不怕把最难以接受的事实直接告诉我。我是当今最擅长技术的发明家,这就已经吓退一些人了。你会被吓退吗？”

“您给我留下了深刻的印象，”保罗说，“但是您没有也并不会吓到我。就此而言，托马斯·爱迪生也不会。”

威斯汀豪斯微微地笑了一下。“每个人最初都是这样想，然后才发现自己卷进了多大的事情。”

“那我卷进了多大的事情？”

1 卡尔·本茨（Karl Benz），奔驰汽车的品牌创始人。——译者注

“是这起诉讼案……索赔数额极为巨大。”

“当然。”

“我的会计师们仍然在核算具体数字，尽量估算出这个案子的规模。要想给室内电灯光明码标价真的不太可能，你得明白。”

“我和卡特先生在上一家事务所里经手过一个与库恩洛布巨额投资有关的案子。”保罗在夸大其词，他几乎没参与这个案子，但是反正威斯汀豪斯也不可能知道内情。“损害赔偿金是二十七万五千美元，前所未有。我们打赢了。”

威斯汀豪斯挑起一只眉毛，“那可是很大一笔钱。”

“是的。”

“托马斯·爱迪生的索赔金额是十亿美元。”

威斯汀豪斯审视着保罗脸上的表情，然后，当晚第一次，他的脸上展现出一个巨大的笑容。

“那么，”威斯汀豪斯说，“你还想要这份工作吗？”

若要成为一个成功的科学家，你必须明白，与新闻媒体和科学家母亲们的普遍观点所不同的是，相当多的科学家不仅思路狭窄毫无创新，而且也相当愚蠢。

——詹姆斯·沃森，DNA的发现者之一

4
一个庭外和解的提议

必需的文件被寄往纽约，双方交换并签署了合同。保险箱里堆满了钱，威斯汀豪斯不仅是按时付款而已——他提前付款。年长的合伙人卡特喜出望外，年轻的合伙人休斯则赤裸裸地表示出嫉妒。他们这位资格最浅的合伙人刚刚签下了全国最有钱的客户之一。不过关于合作关系的条款也被界定得非常明确：保罗是与威斯汀豪斯签约的人，意味着这是保罗的案子。年长的两位合伙人可以拿走84%的代理费，但是不能拿走保罗的功劳。

接下来的三个月里，保罗这位唯一的客户几乎没有任何音信，他也没有收到过任何指示。威斯汀豪斯似乎对法务上的细节并不关心。每当保罗向他索要案件中所涉及的各种设备的技术图纸时，文档总是很快寄到，并且没有任何附言。保罗寄去自己撰写的辩护要点，也从未收到过回复。他们偶尔在匹兹堡安排几次会议，但会上大部分时间，威斯汀豪斯都沉默不语。他好像一直在期待保罗提起某些事情，一些保罗至今为止尚未提及的事情。对于客户的沉默，保罗的回应方法就是不停地说下去。保罗最擅长用冗长的发言来表达友善。

只有在某些技术要点被提及的时候，威斯汀豪斯才会活跃起来，开始讲话，声音洪亮，滔滔不绝。威斯汀豪斯似乎只有两种互动模式：沉默或者讲课。保罗常常感觉自己说的话威斯汀豪斯一个字都没听进去。保罗会向他提问题，威斯汀豪斯会默默地看着桌子上的文件沉思一会儿，然后给出一个风马牛不相及的回答。

有的时候保罗觉得自己更像是在陪着客户过家家，而不是在尽力拯救他的公司。

唯一能够让那位老人关注的非科学类话题就是爱迪生。每当听到这个名字，威斯汀豪斯都会嗤之以鼻。听闻爱迪生的律师团用很大篇幅指出灯泡是爱迪生发明的，而威斯汀豪斯非法窃取了他的劳动成果时，威斯汀豪斯会气得语无伦次。

谁是对的？保罗既不是科学家也不是工程师。他无法判断。他的工作就是积极地为他的客户辩护，他也一定会这么做。他自己的前途取决于能否成功。如果威斯汀豪斯能够多少帮上点忙就好了。

百老汇大街工人被焚以及深夜密会爱迪生的翌日，保罗立刻动身前往匹兹堡。他并没有礼貌地请求客户接见，只是发了封简短的电报说他当晚抵达。

保罗在实验室里找到了没穿外套、挽起袖子的威斯汀豪斯。他正对着面前工作台上的一个钢质圆盘沉思。

保罗向他复述了爱迪生办公室里发生的一切，威斯汀豪斯摩挲着面前的设备，用手指抚摸它粗糙的轮廓。好像他的触碰足以让这台还没有完成的机器运转起来似的。

“爱迪生想吓唬我，”保罗解释说，“这倒并不一定是件坏事。这说明他自己也在惧怕着什么。”

威斯汀豪斯伸手挥了一下。“你说他桌上有一个开关能控制自由女神像的火炬？那不可能。”

保罗不知道该如何作答。

“第五大道到自由女神像距离多远？”威斯汀豪斯高声质疑，“一定有四英里，甚至五英里？爱迪生的电力设备不可能覆盖那么大的一片地区。他的电流只能从发电机向外延伸几百英尺。它什么样子？”

“看起来就是一座巨大的雕像，一位女神举着一只火炬……”

“不是，不是，那个开关。那个开关什么样子？”

保罗盯着自己的客户。他把黑色长领带顶部的温莎结系紧了些，定了定神。“我恐怕不记得了，先生。”

“这是传输距离的问题，”威斯汀豪斯讲解道，“我的人日以继夜地工作就是想解决这个问题。电流需要携带能让灯泡发光所需的电压，目前它只能输送几百英尺的距离，之后就会衰减。爱迪生发出的一定是电报讯号——对，就是这样。给珍珠街电站的人发出摩尔斯电码，那个人就会为他关闭或者打开火炬的灯光。这是唯一的解释。爱迪生的团队不可能已经解决了传输距离的问题，我不相信。”

保罗忍着没有表露任何情绪。威斯汀豪斯骨子里是个工程师，很容易疯狂地纠结于一些微小的技术细节，而对更大更迫切的问题视而不见。事关十亿美元的巨额赔偿，他却只在意爱迪生的开关是什么样子。保罗需要向他的客户说清楚，谁家的开关做得更精致并不重要；如果爱迪生成功地把他告得一败涂地，威斯汀豪斯最终的下场只能是在包厘街的堆场里设计直流电发电机。

“除非，”威斯汀豪斯继续说，“他的这次演示是给我，而不是给你看的。他知道你会向我报告这件事，他想让我以为他解决了距离的问题。他想要吓唬我。好吧，他没得逞，是不是？”

“您不太喜欢律师，对吧，先生？”保罗说。

威斯汀豪斯的脸上充满好奇的神情。保罗终于引起了他的注意。

“我并不想责怪您，但是您现在非常需要一名律师，而我也需要您帮我完成我的工作。”

“非常好。”

“我的工作之一就是提出所有对您有利的办法，特别是您此前并没想到的一些办法。”

威斯汀豪斯坐回椅子里。保罗也说不出，到底是自己的巧舌，抑或只是无礼的态度，打动了他的客户。

“我希望我们开始考虑庭外和解的可能性。”保罗建议。

“和解？”

“这样做符合您的利益，也对您的产品最为有利。无论公平与否，我们所处的世界就是这样。”

“你说的庭外和解具体是指什么？”

“那不是我能断言的，”保罗婉转地说，“通过很多种不同的方法都能达成庭外和解。我们可以花些时间来判断哪一种对您最有利。”

“比如？”

“比如合并，成为威斯汀豪斯—爱迪生电力公司。或者，可以称之为美国电力公司；简单一点，把你们两个人的名字都拿掉。或者——这样如何？签一份专利使用许可协议，就像我们跟索耶和曼所做的那样。你可以出售爱迪生公司生产的发电机，并付给他使用费，同时他也可以出售你生产的高级很多的电灯泡，并向你支付使用费。或者你们可以出售对方生产的灯泡**以及**对方生产的发电机，遵循相似的使用费方案，让消费者去选择他们要买谁家的产品。"

"我的产品更好。"威斯汀豪斯简短而严肃的声明似乎让这场谈话陷入僵局。

"好吧。"除此之外保罗还能说什么呢？

"爱迪生的灯泡经常出故障，他的发电机的维修频率甚至超过他的那些劣等电报机。你知道吗，他的灯泡的使用寿命是我们的一半，而且亮度只有我们的四分之三，从任何方面来说都是次等品，可是人们还是一车一车地买。虽然他的产品设计很糟糕，但他的销量是我的四倍。谁知道是为什么？人们都看不出来吗？爱迪生并没有设计生产优质产品的耐心，更不用说技能和工艺了。爱迪生通用电气公司生产了那么多产品，广泛程度前所未见，然而其中每一种，恕我直言，都是垃圾。它们是垃圾。爱迪生生产垃圾，还卖掉了那么多垃圾，而且没有人注意到它们全是垃圾。托马斯·爱迪生发明的是**垃圾**。我发明的才是灯泡。我把它变得完美，把它生产出来。它是全世界最好的产品，而且只会越来越好。"

保罗的客户让他想到的不是别人，正是爱迪生。这两个人实在是太相似。他们都对自己拥有的才华信心百倍，同时也蔑视对方的能力。

威斯汀豪斯的自负程度丝毫不亚于他的对手。保罗明白，自己的首要任务并不是跟爱迪生谈判，而是要跟自己的客户谈判。

"我知道，先生，"保罗说，"但是，如果这样做会导致您的公司破产，那么您就算做到了最好，又能从中得到什么？您在经营一家公司，它是全国规模最大的公司之一。眼下这家公司的未来正面临着非常多的变数，您还有选择的余地。确保您认识到这一点是我的职责所在。”

威斯汀豪斯的炭色外套就挂在门边。他没看保罗，径直走过去，从内衬口袋里掏出来一张叠好的纸。他的动作小心翼翼，好像那张纸比他的机器还金贵，他把纸拿回来，交给保罗。

“六个月之前，”威斯汀豪斯说，“我给爱迪生写了封信，那是在你加入我们之前。我向他提出的就是这样的一个‘和解’建议。对于我们之间这次如《圣经》里大卫对抗巨人歌利亚般实力悬殊的较量，我没有任何不切实际的幻想。我知道我们的胜算微乎其微。每个人都同情弱者，但是那并不代表处于弱势的人能成为很好的投资对象。所以我写了封信，我希望寻求和解。这是他的回复。”

保罗低头看信。信是托马斯 · 爱迪生亲笔回复的，上面只有一个词：“决不。”

“所以，孩子，”威斯汀豪斯等保罗花了几分钟回过神来之后说，“你应该是法律界的精英，证明给我看吧。”

我并没有失败。我只是发现了一万种不成功的做法。
——托马斯 · 爱迪生

5
美国专利许可223898号奇案

谁发明了灯泡?

这就是本案的主题。技术上说，这起诉讼的双方分别是爱迪生电灯公司和芒特莫里斯电灯公司，但是众所周知，这两家公司都是各自母公司的附属机构兼法律代理方。就连这桩十亿美元的讼案的双方律师都简单明了地将其称为**爱迪生诉威斯汀豪斯案**。摆在他们面前的问题是：1880年1月27日授予托马斯 · 爱迪生的美国专利许可证第223898号证明他发明了一种“白炽电灯泡”。该项专利很快被媒体取了个外号叫作“灯泡专利”，它毫无疑问是美国历史上发放过的最值钱的一项专利，而乔治 · 威斯汀豪斯被控侵犯了这项专利。

然而，正如保罗向他的客户所指出的，即使是如此简单的一个问题也可以被拆解为很多个层次。实际上，这取决于对这一问题中每一个词的精确定义——“谁”,“发明了”, 以及最重要的一个词,

"灯泡"。

实际上，大约一个世纪之前，第一盏电灯就被发明出来了。这是保罗刚刚着手研究此案时了解到的。汉弗莱·戴维爵士在1807年曾经公开展示过早期的"弧光灯"。他给两支碳棒接上电池，碳棒之间就会产生一条电流形成的U形"弧"线。爆发出的强光令人目眩；如果能够被安全可靠地控制，则非常适合为户外的黑暗地区提供照明。

接下去的几十年中，这种控制得以实现。1830年，迈克尔·法拉第通过在线圈组中移动磁片产生电流，从而制造出第一台手摇式发电机。十九世纪七十年代中期，名字拗口的比利时发明家泽诺布-泰奥菲勒·格拉姆在法拉第发电机的基础上加以改进，并通过把发电机反向组建的简单方式，制造出第一台电动马达。1878年，美国人查尔斯·布拉什把大量的户外弧光灯系统销售到全国的城市和乡镇。地球的另一端，一名叫作保罗·亚布洛奇科夫的俄国人也在出售他所谓的电子"蜡烛"。这些"蜡烛"比戴维发明的那款弧光灯尺寸小得多，但也是根据同样的原理制造，这些"蜡烛"几乎已经能够适用于室内环境……

……**几乎**。所有这些早期的发明改进中，没有一项适合家用——美国的家庭主妇们都不愿在家里安装操作复杂、维修昂贵，而且很容易把织物点燃的电灯。此外，电灯光本身的质量也是个问题。它很吓人，很丑陋，近距离照明会对人的眼睛造成不适。产生于两根碳棒之间的电流仍然太原始了，产生的烧灼感太剧烈。煤气灯仍然是安全又美观太多的选择。

就在那个时候，托马斯·爱迪生出现了。当时他已经因电报和电话而成为全世界最著名的发明家。1878年9月16日，爱迪生在

《纽约太阳报》上宣布他创造出了一种可靠、安全，而且关键是很令人愉悦的室内照明方式，从而解决了困扰大家的难题。他发明了“白炽电灯”。他告诉满怀敬慕的媒体，几个月之内，他要在整个曼哈顿下城地区架设起室内电灯的线路。

爱迪生宣布这项发明的当天，美国和英国所有大型煤气公司的股价跌幅都超过20%。科学界对此则并不以为然：象牙塔里的学者们对这件事的反应首先是怀疑，随后是彻底的嘲笑。不可能，他们声称。目前没有办法能够让通过灯丝的电流保持稳定来产生柔和并持久的灯光。电能是无法约束的。它不像煤油或者石油这些由上帝创造并可以被人们加以利用的天然元素。电是一种**自然力**。驯服电流就像一厢情愿地抵抗地心引力，就像穿越时空。这个世界上有一些事物连科学都无能为力。爱迪生的“柔光”违背了一切公认的物理学定律。

因此，保罗仔细翻阅了办公室里成堆的旧报纸后了解到，爱迪生当时组织过一系列的非公开演示，只有数位经过精心挑选的新闻记者和未来投资者受邀参加。后来出资成立这家公司——也就是爱迪生电气公司——的那些人被带进去观看点亮的灯泡，每次的时长只有几分钟。从未有人给他们看过设计图。然而这些人还是震惊于他们在那个戒备森严的黑房间中所看到的景象。平生第一次，他们看到了一种全新的光。他们一刻不停歇地在报纸、杂志、周刊和投资人报告书中描述着这种光。十年后的这个春天，保罗把他们的描述全部阅读了一遍。这些人写得好像他们发现了一种新的颜色。他们将它命名为“爱迪生”。

1879年11月4日，在媒体上宣布新发明之后又过了一年多，托马斯·爱迪生终于为白炽灯泡递交了专利申请。保罗把那份专利申请书的副本放在办公桌上,每天盯着它看。**整个诉讼的命运全赖于此。**如果专利仍然成立，那么在美国境内除爱迪生之外没有人可以生产并销售白炽灯泡。如果保罗不能推翻这份专利中的声明，那么电灯光本身就会被托马斯·爱迪生一手垄断。

爱迪生直截了当地阐述了关于这项发明的故事，专利申请很轻松地得到了批准。但是以保罗的专业观点来看，没有任何一个故事会是如此简单的。只需要稍微改变一下看问题的角度，再稍加重新组织，爱迪生的故事可能就会给人完全相反的印象。

所以，谁发明了灯泡?

首先，“谁”。爱迪生的实验室里远远不止他一人。有多少人帮助过他?如果爱迪生发明电灯的过程中也利用了别人的劳动成果，他们的工作也能归他所有吗?或者，另一个人是否也可以宣布自己拥有爱迪生所谓的突破中的部分功劳?此外，美国和欧洲有上千个实验室都在致力于解决同样的问题——爱迪生是否借鉴过一些由其他地方率先研究出来并在众多著名工程期刊上发表过的想法?偷窃就是偷窃，无论有意还是无意。

第二，“发明了”。爱迪生的白炽灯是一项全新发明，抑或只是针对某一款早期设备的改造?法律规定，判定有效专利权的标准是所述发明项目必须被视作一项重大突破。你不能把别人的设备加以简单调整之后，就把修改后的机器当作自己的发明。它必须是一项真正的新事物。约瑟夫·斯万不是早已获得过白炽灯的专利权吗?索耶和曼不也一样?爱迪生的白炽灯泡跟别人的有什么不同?是什么让它有资格被认定是一项新发明?

第三，是“灯泡”前面的定冠词，或许是一整句话里最有玄机的地方。就算爱迪生确实是发明者本人，就算发明这一行为确实成立，那么他发明的是“灯泡”——还是“某一种”灯泡？前面为什么没有加上这个定语？灯泡的种类可能像中央公园花圃里盛开的玫瑰种类一样多。凭什么爱迪生的灯泡可以占据主导地位？爱迪生通用电气公司的律师们并没有宣称爱迪生拥有某一种灯泡的某种特定设计的专利；他们宣称这项专利覆盖了所有灯泡的所有设计。他们认为其他公司在法律上没有生产白炽灯泡的权利，因为白炽光本身也在爱迪生专利的保护范围之内。

这就是整件事的核心所在。乔治·威斯汀豪斯和尤金·林奇还有伊莱休·汤普森以及其他几十位竞争者都在各自销售不同的电灯。威斯汀豪斯出品的电灯泡更短小一些，使用的是直线型、没有经过卷绕的灯丝，而不是线圈式灯丝。在工人被焚的惨剧导致他的公司陷入破产之前，尤金·林奇生产的电灯有更宽的底座。所有这些不都是我们所谓的“灯泡”吗？不都是五花八门的灯泡中的一种吗？保罗可以谨慎但完全合乎逻辑地指出，托马斯·爱迪生可以为某一种特别的灯泡申请专利，但是他不能为灯泡这个**概念**申请专利。他或许能够阻止威斯汀豪斯销售某一种特定款式的灯泡，但是他不能完全禁止他的竞争者们生产所有的灯泡。

最后，还有充满魔力的新名词本身：“灯泡。”甚至都没人知道这个词来自哪里，或者是谁创造出来的。直到最近几年，“光”才开始从“玻璃泡”里发出来，从……好吧，是从托马斯·爱迪生开始。这个词流行开来并且越发家喻户晓。然而保罗站在一名律师的立场上，有责任提问：这个词真正所指的是什么？是什么能让一样东西可以被称为灯泡？法律规定，如果一件设备可以申请专利权，它必须具有“非显见性”。你不能拿一样已经存在的东西去申请专利——比方说，火鸡三明治。饥饿的美国人好几辈子都在吃这种三明治。

而且更为重要的是，你也不能拿着一个加了德国泡菜的火鸡三明治去申请专利,即便你真的是全美国第一个创作出这种恶心搭配的人。随便哪个醉醺醺的厨子都有可能意外干出这种事来。

所以这个问题需要被提出：如果托马斯·爱迪生和他的律师团队认为他的专利应该包括灯泡的完整概念，那么，灯泡这个概念不是早就存在了吗？人们为了制造出这样一件物品，不是已经疯狂地努力了好几十年吗？工程师和科学家们不是从1809年起就在讨论这种灯泡概念的可能性吗？灯泡这一概念根本不具备“非显见性”——只有爱迪生发明的某一种独特，也确实很巧妙的电路设计图，才具备这个特性。保罗只是想说，爱迪生在灯泡方面做出的贡献就像是阿巴拉契亚山脉上最高的那一棵冬青树。伟大而夺目，甚至是值得赞美，但同时，它也只是很大一群冬青中的一株而已。

那么是谁发明了灯泡？根据保罗的论证，答案要视情况而定。而联邦政府也不应该在这个仍然很新的领域中将创新扼杀在摇篮里。承认托马斯·爱迪生发明了灯泡对自由企业不利，对科学进步不利，对商业不利，对消费者不利，并且也对美利坚合众国不利。

“你知道吗？”保罗花了几个小时滔滔不绝地把这一策略跟他的客户陈述清楚之后，威斯汀豪斯终于开口了。“你之前对我的判断是对的。我不喜欢律师。”

威斯汀豪斯望向实验室方格窗外的日落景色。

“不过就律师而言，你算是还不错的。”

我总能聘请到很多数学家，但是他们没法聘请我。
——托马斯·爱迪生

6
蝗虫

那年春天，灯泡专利诉讼案像蝗虫一样从天而降。起诉书席卷东岸——纽约、华盛顿、费城，之后又向西横扫了整个美国大陆。攻势如同圣战，律师们的心情都如同末日降临一般。

保罗从没见过这样的阵势，因为它是史无前例的。他知道过去那些专利纠纷案的量级。几十年来，时常出现各种各样关于电报的小规模冲突。缝纫机——如今已经是每一个体面的家庭都拥有的机器——曾经引发了大规模的专利权诉讼与反诉讼。但是与这次相比，那些都是小菜一碟。不仅在托马斯·爱迪生与乔治·威斯汀豪斯之间有着312桩独立的诉讼案，其他几十家小型电力公司之间也在乐此不疲地相互起诉与反诉。

卡特不时会从旁边的办公室过来看看保罗的进展，装出一副很想帮忙的样子询问保罗是否需要别人出出主意。保罗很随意地婉拒了自己昔日恩师的提议。休斯则更狡猾，他会假意奉承地来找保罗请教。保罗必须要赞扬此人的坚持不懈，也必须要承认他表现得实在太假，甚至连“装模作样”都谈不上。没能力作假也算几近诚实吧。“我手上的全国钢铁公司的客户如果知道他们的合同被乔治·威斯汀豪斯的天才律师看过，一定会喜出望外的。”保罗无法拒绝，但是他也足够清楚休斯的竞争野心，所以，他不会让他接触到这个案子，离得越远越好。

“我跟你说，克拉瓦斯，”一个春天的下午，休斯走进保罗的办公室说。他的方脸庞和过早稀疏的头发让他看起来像是个体贴的人，“最近有件事一直让我心神不宁。我觉得，如果爱迪生在那边密谋跟我们对抗，我们或许应该想想他手上都有什么牌。”

保罗注意到休斯很露骨地使用了“我们”这个词，但是他并没有对此做出评价。

休斯鬼鬼祟祟地转身把门关上了。“你有没有想过找个间谍？”

保罗放下手中的直筒笔帽沃特曼钢笔，这支笔用到现在已经在他的手上留下了一个永久的茧痕。

“间谍？”他问。

“在爱迪生公司里，找个人向我们透露他的计划，他的策略。”

“间谍听起来有点太夸张了。”

“我能帮咱们找到一个。”休斯把一份报纸扔在保罗的办公桌上。保罗低头看到，是当天早上出版的《纽约时报》——它并非全纽约报纸里对爱迪生追捧得最厉害的，但也绝不是最不为所动的。休斯所指的报道在十几篇财经新闻和私人广告之下。标题写道：爱迪生解雇资深员工。文章继而描述了发生在春天的一次大裁员——爱迪生的实验室解雇了十几名工程师。

“托马斯·爱迪生打个喷嚏都要成为全国新闻，”休斯说，“我们永远做不到像新闻报纸那样时刻密切关注他。”

“他为什么要解雇这些高层？”

“因为他需要有人承担责任。会不会是这样，爱迪生实验室里的某个项目没有如他所愿取得成功，所以他会更换工程师，直到最终有人能把那个功能实现为止？”

这是一种有意思的可能性，保罗也曾站在爱迪生的角度考虑过这件事情。那位盘踞在第五大道办公室里的伟大人物在困扰什么？这个按下按钮就可以点亮自由女神像的人还有什么未竟的使命？

“是距离，”保罗意识到，“他仍然不能解决输电距离的问题，比如雕像。”

“什么雕像？”

“自由女神像。威斯汀豪斯跟我解释过一次，应该说尽量解释过。总之，电流，就是爱迪生和威斯汀豪斯都在生产的这种，其传输距离只有几百英尺，它不可能从爱迪生第五大道的办公室一路输送到——无所谓了。但是威斯汀豪斯在这一点上很明确：你生产的发电机有多大都无关紧要；电流传输的距离仍然超不出一个街区。”

“为什么？”

“我不知道，但是威斯汀豪斯说这是一个严重的问题。他自己的人废寝忘食都没法解决。两家公司都不得不采取每隔几个街区就安装一台发电机的方式，这样做太昂贵，而且也很没效率。”

休斯指了指爱迪生新解雇的员工名单，“这个人，文章里提到的，雷金纳德·费森登。”

“他是爱迪生最得力的工程师之一，直接向查尔斯·巴彻勒汇报。”

“也就是说他一定参与了解决距离问题的工作。更妙的是:《纽约时报》说他已经在爱迪生通用电气公司供职四年了。”

“所以？”

“所以，如果我花了四年的时间为一个人工作，把我最好的时光都给了他，然后某一天早上他突然就把我开除了，原因只是我没有——我的整个团队都没有——解决掉一个任何人都解决不了的问题，我心里肯定会有想法。”

（任何一台）机器，只要有一个部件不能与其他部件正确协作，就会破坏整台机器并导致它无法按照设计目的运行。

——托马斯·爱迪生

7 竞争

雷金纳德·费森登甚至比保罗还年轻。浓厚的络腮胡子和嘴唇上那又长又硬的八字须都没能让他显得老成一些。可是当费森登开口说话的时候，就呈现出一种大学教授的风范。他的下巴高高扬起，从圆圆的眼镜后面盯着你看，字句从他嘴里缓慢地吐出来。他讲起话来倒真的像一位老人。

保罗知道，费森登有充分的理由扮演教授的角色，因为他刚刚得到一份教职。从爱迪生通用电气公司突然离开之后，印第安纳州普渡大学请他来讲授电机工程。转瞬之间，他发现自己已经不在第五大道设计真空玻璃管，而是到印第安纳的玉米田里讲起了基础的电机原理。和休斯那番谈话之后两周，保罗到普渡大学一间简朴的办公室里找到费森登时，后者似乎对自己职业生涯的意外转折并不感到高兴。

“让托马斯·爱迪生烧死在地狱里吧。”

中西部清晨的湛蓝天空从窗格中投射进来，空气十分清爽，保罗却并非如此。来这里的过夜火车上他几乎没怎么睡，他也没有时间换衣服，他用黑色外套遮住了白衬衫上的褶皱。

“所以你不是主动离开爱迪生的公司的？”保罗假装一无所知地问道。

“我就该主动离开。如果他觉得缺了我也能行，那他就太傻了。缺了我们所有人，他开除了一大批人。跟股票价格有关——跟你的客户打官司花了他不少钱。我的工作才不是去关心他的什么股票，我可以告诉你，我的工作是为他设计机器，而且我干得非常出色。”

“那么，传输距离的问题进展如何？”

费森登眯起了眼睛。“你为什么问这个？”

保罗解释说他需要帮助，要想帮威斯汀豪斯打败这个对他们两人都作过恶的人——这个人不仅毁掉了费森登的职业前途，还利用这场荒唐的侵权官司诋毁威斯汀豪斯的名誉——他需要了解爱迪生实验室的内部情况，越多越好。他想知道他们目前的工作，也想知道多年以前爱迪生第一次提交灯泡专利申请时的情况。费森登掌握的信息，保罗解释说，在保罗手里能够发挥的作用比在他自己手里大得多。

费森登安静地听着。他的脸上没有显露出任何态度。保罗说完之后，他才挑起一只眉毛，提出了一个非常实际的问题。

“那么，克拉瓦斯先生，你给我开出的具体条件是什么？”

保罗想笑，这些科学家内心里也一样都是商人。

“我感觉，”保罗说，“你可能需要找一份新工作。”他指了指窗外广袤的印第安纳田野。在远处，两匹老马正驮着几桶水踱过贫瘠的土地。

他已经提前几天把条件准备好了：匹兹堡，威斯汀豪斯的实验室，工程主管。保罗说出这个职位时，费森登的嘴唇在颤抖。乔治·威斯汀豪斯真的会把如此重要的职位交给这么年轻的人？费森登问道。

“这么说吧，”保罗回答，“我能想到的是，他公司里还有另外一个同样重要的职位，他也交给一个比预料中年轻得多的人。”

费森登向后靠了一下，他椅子上锈蚀的转轴发出吱吱的声响。“你喜欢在那儿工作吗？”

保罗耸了耸肩。“如果你能在别处找到更好的职位，一定告诉我。”

费森登咧嘴笑了。“好吧，”他说，“我加入。”

他们当即签好了合同。条件优越到费森登根本没打算费事征求自己律师的意见，他将会得到极高的薪水。

“那么你想知道什么？”保罗把签字笔放回衣袋时，费森登问道。答案是：很多。爱迪生的实验室是如何运转的？它的组织结构是什么？虽然爱迪生提交灯泡专利申请的时候费森登还没加入，他从当时在场的人那里听说过什么？

“爱迪生提出问题，”费森登解释，“我们解决问题。他的方法就是，试验。没完没了枯燥乏味的试验。所谓发明，你知道，不是媒体描述的那种方式，不是爱迪生和满满一箱电线待在黑暗的房间里。发明是一个体系，是一个产业，是大老板托马斯说，**我们要制造一个灯泡。这些是以前别人试过的做灯泡的所有方法，它们都不成功。现在，我要你们找到一个可以成功的方法。**然后他就安排我们五十个人完成这个任务，为期一年。最终……我们做出了一个灯泡。”

“所以，”保罗兴奋地说，“爱迪生确实是在利用已经存在的技术来进行他自己的灯泡设计？”

“嗯，当然。”

“他有没有查看过此前就已经存在的专利？比如索耶和曼的？埃德温·休斯敦的？”

“我当时不在场，不过据我所知，他一定看过。”

保罗的心跳加速了，这是他想听到的全部。“他看过哪些？”

“我敢肯定他看过所有以前的专利，克拉瓦斯先生，但事情并不是你想的那样。托马斯并没有利用它们来弄清楚该怎么做才能解决问题。他用它们来弄清楚他**不该**怎么做。”

保罗心里一沉，费森登还在继续说。“这就是托马斯的工作方式。并不是问‘**正确的解决方案是什么？**’而是‘**让我们把所有的解决方案都试验一遍，直到我们找到一个没出错的。**’至于你的客户拥有的那些知识产权——那些解决方案都大错特错，这让托马斯很高兴。”

保罗感到很泄气。他又穷追不舍地问了几个小时，但是费森登并没有给出什么有帮助的信息。根据费森登所知道的一切，爱迪生确实是在他自己的实验室里设计出了他的那款灯泡。

保罗还从未听说过任何像爱迪生的工厂那样全是天才的地方。威斯汀豪斯成就了制造业上的伟大壮举——在几百人的工厂里，每人负责一部分，最终生产出非常优秀的产品。这是一条生产线。爱迪生却反而给自己建了一座工厂，不生产机器，而是生产概念。这是发明创造的工业化流程。几百名工程师共同致力于解决大老板发下来一个艰巨的难题，每个人都负责自己那一小部分工作。通过这种方式，他们能够比其他任何人都更有能力应对并解决问题。

太新颖独特了。独特到了又烦人、又该死、又棘手的地步。

保罗的拜访结束时，太阳刚刚开始在玉米田的远端斜坠。这是一次漫长而徒然的会面。费森登将会在下周前往匹兹堡，开始在威斯汀豪斯的实验室里工作。他会被工程师们再一次询问，但是能有多大作用，保罗并不抱什么希望。或许某一个多余的技术细节能够对实验室有利，但是对实验室赖以生存的那场官司来说，他并没有得到任何能有帮助的信息。

“我很抱歉，”保罗起身告辞的时候，费森登说，“恐怕这一趟并没像你期待中那么有收获。”

“威斯汀豪斯先生也会向你提出他的问题，毫无疑问，但是我还算满意。”让费森登觉得沮丧并没有什么意义。威斯汀豪斯需要他到任后能够热情百倍地开始工作。

“你知道，”保罗活动腿脚的时候，费森登随口提到，“如果你有兴趣再找到一个曾在爱迪生手下供职，而且比我更能爆料的工程师，有个人你或许可以去探访一下。”

“不胜感激。他是谁？”

“一个很讨厌的浑蛋，不过以你现在的需求，可能刚好能用上他。他比工程师还要工程师，如果你懂我意思的话。他不善言辞。他讲话有一种特别难懂的口音——塞尔维亚口音吧，我猜？几年前他刚从南街海港下船，身上还带着海水的腥味，就在爱迪生通用电气公司找到了一份工作。他到任的第一分钟就让所有人都特别讨厌他,这似乎是他在职期间达成的唯一成就。你不能否认他非常聪明，但是也一样没什么用。他无法与任何人合作，总是跑去顾他自己的项目。最终他跟爱迪生大吵了一架——到现在也没有人知道具体原因，但是我们都能听见他们的咆哮。查尔斯·巴彻勒不得不把那个可怜的家伙带离大厦。那也是我们最后一次见到他。那是大约……

三年前吧？不过如果你想找一个特别想说爱迪生坏话的人——他或许可以。”费森登看着天花板喃喃自语，“只要你能听懂他嘴里吐出的任何一个词。”

“他的名字是？”保罗一边掏出钢笔一边问。

我不介意在公众场合被称作万维网的发明者，但我希望那种形象能够与我的私人生活截然分开，因为名人效应对私人生活有害。
——蒂姆·伯纳斯-李

8
尼古拉·特斯拉的幽灵

尼古拉·特斯拉已经死了。或者，如果他没死，保罗觉得他也跟死了差不多。

三年前他突然愤怒地离开爱迪生的实验室之后，就再也没有人听到过关于他的任何消息。

据保罗了解，电气工程师这个小圈子的内部彼此的关系很紧密。工程师们经常一起聊天，互通八卦。跳槽这种事——比如费森登刚刚决定到威斯汀豪斯那里工作——并不稀奇。这就让特斯拉的杳无音信显得更加不寻常了。

没有人跟他聊过天。没有人见过他，没有人收到过他的信，也没有人接到过他的电报。保罗推测他已经返回欧洲，或许他已经从事了完全不同的行业，也可能他得了肺结核。这就像是，在抛弃爱迪生实验室里的线圈的同时，特斯拉也把他自己的生命抛弃了。

他是一个幽灵。是工程师之间经常谈论的奇闻。**你还记得那个**

高个子家伙吗？口音很奇怪的那个？多傻的一个人啊！不知道他后来发生了什么事，你觉得呢？

结果，什么事都没发生。

保罗打算下次到威斯汀豪斯府向他的老板汇报近期出庭情况时，也顺便提一下这位失踪的工程师。目前为止，他的策略基本上只是拖延时间。而时间，如果能够争取到的话，会被证明是非常有价值的。爱迪生的灯泡专利还有六年过期。如果在这段时间内，保罗的辩护能够阻止任何不利于他们的明确裁决，那么他们最终就会没事。缓慢地输几乎就等于赢。

保罗抵达后，管家告诉他，主宅的柱廊正在重新粉刷。克拉瓦斯先生是否介意从后门绕行？

保罗尽量不去琢磨这种待遇是否带有某种暗示。他坐在后面走廊里的一把小椅子上，时间一分一秒地过去。

保罗在安静的走廊里等了一个多小时。他公文包里有文件可以读，但是他没有把它们拿出来。如果威斯汀豪斯这样做是有意的，那么保罗也一样。他不想在威斯汀豪斯出现的时候看到他百无聊赖或者一心二用。

终于，保罗听见有人叫他的名字，他转过身，看到玛格丽特·威斯汀豪斯正关切地望着他。她把双臂交叉在胸前。这位女主人一头白发时尚地梳在脑后。就算玛格丽特这辈子真的有过举止不够优雅的时候，保罗反正是一点儿端倪也没有看到。

“保罗，”她亲切地说道，“别告诉我是我丈夫让你一直在这里等着的。”

“没关系的，夫人。”

玛格丽特笑了，这当然有关系。“你是个非常懂礼貌的年轻人。

跟我来。”

保罗跟着玛格丽特一路穿过整座房子，来到巨大的白色厨房里。在门口，玛格丽特停了下来。

“乔治总是喜欢这样对待所有的年轻人。”她边说边转向保罗。

“哦。”“所有的年轻人”这些字眼在保罗脑子里挥之不去。他只是伟大的乔治·威斯汀豪斯的众多晚生后辈里最新入列的一个。玛格丽特的同情无意中却让保罗感到他的地位更加不安全了。

“你的表现一直很好，”她说，似乎猜到了他的想法，“不过你介意我提个建议吗？乔治一天中的大部分时间都在工厂里度过，不是在实验室。他喜欢观看自己的产品被制造出来的过程。”

保罗不确定她的意思。

“工厂车间里非常吵，你懂吧，”看到保罗完全没明白她在说什么，她继续说道，“你跟他讲话的时候尽量大点儿声。有的时候他看起来好像很没礼貌，但是实际上他只是听不清你在说什么。”

保罗笑了。他回想起以前与威斯汀豪斯交谈时，有很多次他都突然打岔或者糊里糊涂地回应。这番话很好地解释了原因。

他再一次深深佩服玛格丽特。她跟他说这些，并不是为了泄露丈夫的秘密；相反，她这样做是因为她知道自己的丈夫目前最需要的就是保罗的帮助。

她带领保罗走进厨房的时候，乔治·威斯汀豪斯正坐在一把圆凳上。他俯下身子，面前有个碗，保罗很快明白了，碗里是沙拉调味汁。

“我在走廊里发现了你的律师，亲爱的，”她说，“如果你让他在那儿等太久的话，我们就得请他一起吃晚餐了。”

威斯汀豪斯听到太太温柔的责备，抬起了头。“进来，进来。”

他简短地说。

玛格丽特知道，这意味着自己该离开了，留他们两人在那里单独谈。

保罗大声地向威斯汀豪斯汇报着那312起诉讼的进展。有些被延期、有些被搁置、有些被推迟——这些是保罗最好的手段。之后，保罗会据理力争，辩明威斯汀豪斯的灯泡没有侵犯爱迪生的专利权，不过他希望这个过程在可控范围内越慢越好。威斯汀豪斯只是含混嘟囔了几声，表示知道了。直到保罗提及有一位曾在爱迪生手下工作过的员工这种小事情时，威斯汀豪斯才抬起头。

“特斯拉？”

“是的，先生，但他已经消失得无影无踪了。”

“尼古拉·特斯拉？”

“是的，先生。”保罗提高音量回答。玛格丽特的建议似乎没有如他期望的那样有效。

“我以前在哪里听到过这个名字？”

“恐怕我不太清楚。”

“奇怪的名字。”威斯汀豪斯一直重复着这个名字，好像这样念念有词就能帮他想起来似的。

突然之间他站起身，带着保罗一同来到府中那间摆满书籍的书房里。保罗意识到，几个月之前第一次到访之后，他就再也没有进过这间书房。

“特斯拉……特斯拉……”威斯汀豪斯一边说，一边翻动着桌上的一大堆信件。它们看起来都像是很久前寄来，一直在等待回复的信；保罗很难相信威斯汀豪斯会及时回复信件。

“在这里！”威斯汀豪斯满意地说，“是托马斯·马丁寄来的一封信。他是一名科学家，有时候也是新闻记者。他是一家科技周刊的编辑，《电气世界》周刊。”

“坦白说我并没订阅这份周刊。”

“可惜。”威斯汀豪斯把信交给保罗，并从封面页下面抽出了另外一张纸，上面是一份绘制极为详细的机械图。保罗连这个设计该正着看还是反着看都搞不清楚，不过他可以确定它很复杂。

保罗把信读了一遍。“你的朋友马丁先生说有一个叫尼古拉·特斯拉的陌生人给他寄来了这张电路图，并且要求他发表在刊物上？”

“而且马丁似乎是被这个大胆的设计勾起了兴趣，所以问我是否愿意看一看，判断一下它们是否能被制造出来。”

“制造出来？”

“设计是一回事，孩子。连托马斯·爱迪生都能设计出一堆垃圾来，而设计出一种可以被实际制造出来的物品则完全是另外一回事。一种能投入使用的产品，那才是真正的发明家该做的事情。他设计能被制造出来的设备。”

“特斯拉的设计能被制造出来吗？”

威斯汀豪斯先把信拿了回去，然后才回答。“我让伙计们研究了一下——它很有意思，我承认你的幽灵干得不错。但是这个设计显然只成型了一半，需要经过几个月的工作才能把它改进成有可能被生产制造出来的设备。”

“这封来信上有特斯拉的地址吗？有办法让我找到他吗？”

“没有，”威斯汀豪斯回答，“但是有一种方法可以让我找到他。”

他又指了指那张电路图。“马丁先生同意发表这张电路图，但他同时要求特斯拉做一次公开演示，以证明他设计的效果。马丁说服特斯拉同意在美国电气工程师协会做现场演示，而我，你可能已经猜到了，也是这个协会的会员。”

仅仅几周后，这场演示会就要在纽约举行。如果保罗想要询问特斯拉关于他在爱迪生实验室里的工作，威斯汀豪斯很愿意邀请保罗作为客人出席。

他们回到实验室去谈论其他事宜的时候，保罗觉得备受鼓舞。他还不知道自己对这位神秘的特斯拉先生会有什么看法，但是每一个爱迪生的敌人都一定是威斯汀豪斯的朋友。

科学或许可以被形容为一门系统地追求极简艺术——也就是辨别出可被有效删减的元素的艺术。

——卡尔·波普尔，哲学家，“开放社会之父”

9
特斯拉先生有些发现……但他不想展示给你们看

三周以后，保罗带着乔治·威斯汀豪斯在四十七街傍晚的人潮中穿行。威斯汀豪斯显然并不喜欢纽约。喧闹、繁忙甚至是噪声都让他难以忍受。他自豪地告诉保罗，自己已经有两年多没有来过曼哈顿了。这位特斯拉先生必须得好好表现一番，才值得他打破自己保持的远离纽约的成功纪录。

两人来到麦迪逊大道的转角，在他们面前，占据着一整个街区的哥伦比亚大学校园在眼前伫立。圣·托马斯教堂钟声回荡，他们走上绿茵茵的草坪。保罗已经有段日子没有回到母校了。当他沿着希腊复兴式大厦的灰色台阶拾级而上时，有种时光倒流的感觉。他走过了当年曾经是聋哑人学院的地方。几年之前，这座产业已经被哥伦比亚大学精明的受托人们买下。随着学校的扩大，几乎每一座大楼都在扩建新翼。法学院离四十九街不远，在校园的最北端。保罗看着草坪上那些懒散的学生，他觉得自己不可思议地老了。仅仅几年之前，他不是还像他们一样年轻吗？

回到自己成长的地方，却已经成了陌生人，在同辈的眼中像个老人，在合伙人眼中却还是个毛头小伙子——这些都是年轻有为者身上常见的年龄错乱感。保罗感觉到一股本能的渴望，他想回到这里，重新当一个踌躇满志的学生。然而他也记得那些年是多么紧张而愁苦。他是一个来自田纳西的穷小子，周围却是一群纽约豪门的富二代。他以为自己已经见过有钱人的样子——商人和铁路大亨的儿子们——奥伯林的那些，但其实那只是因为他还没有见过真正的富人。进入哥伦比亚大学之前，他从不觉得自己穷。

保罗带领威斯汀豪斯进入工程学院时，他注意到，在石头穹顶的走廊下匆匆走过的远远不止他一名毕业生。显然，特斯拉新设计的公开发表在某种程度上起到了广告作用，告诉大家今晚的演讲非比寻常。对于美国电气工程师学会这样一个过于年轻的组织，以及这个过于缺乏经验的科学领域来说，无论“寻常”的意义为何，今晚都注定非同一般。

他和威斯汀豪斯在狭长的演说大厅后面找了两个空位坐下，保罗在距离讲坛几排远的地方看到一张熟悉的面孔。他们四目相对，查尔斯·巴彻勒挤了挤眼睛。然后巴彻勒转过身，消失在一大群工程师之中。

所以，托马斯·爱迪生也在追踪特斯拉的行踪。他当然会。

托马斯·马丁一周前发表在《电气世界》上的电路图并不完整。它展示了某种新设备的雏形，但是几乎没有提及它是如何运转的。不过很显然，无论特斯拉的构想到底是什么，它都有潜力引发一场变革。

没有人确切知道特斯拉要揭晓的是什么。威斯汀豪斯已经说过，根据电路图判断，有可能是一百种不同的电气设备中的任何一种。神秘感只会让潜力更为巨大。

他们等了一个半小时。拖延越久，观众的期望值就越高。特斯拉越是不出现，在场拥挤人群里传出的谈话声就越来越大，越来越密集。他们的窃窃私语甚至把座椅都压得吱吱作响。

终于，大门打开，托马斯・马丁出现了——威斯汀豪斯认出是他——他领着一个必然是尼古拉・特斯拉的人进入大厅。特斯拉瘦得惊人，至少六英尺半的身高，留着略微卷曲的胡子，满头稀薄的黑发，中间已经有一小部分开始谢顶。保罗的第一个想法是，这个人一定是从P.T.巴纳姆马戏团租借来的。特斯拉衣着整洁，穿着浆得笔挺的西服，头发上抹着厚厚的头油，但是他看起来非常不高兴，因为主持人刚刚生拉硬拽地把他拖到了台上。马丁略微尴尬地安排特斯拉先坐在前排一个预留的位子上，然后立刻登上了讲台。

每个人都准备好了，等待当晚的表演。

“我开门见山地说，”马丁用一种不容置疑的语气说道，“我们这位尊贵的客人并不想到这里来。”

这句玩笑在人群中引发了一阵善意的轻笑。马丁在纽约工程师圈子里是一个近乎完美的存在。科学已经逐渐成为年轻人的主场，如果说当晚观众的构成也显示出了这一迹象，那么马丁的白胡子也说明他已经不是年轻人了。

“尼古拉・特斯拉是一个天才，”马丁继续说道，“而且像很多天才一样，他是一个非常内向的人。然而，他让自己接受了我的提议，就在今晚，他会把自己特殊的才能与我们分享。他的这一重大发现，我想你们很快就会明白，是注定不会被埋没在黑暗中的。”保罗能够从马丁的微笑中读出一种满足。所有权，这就是马丁要向在场所有人传递的信息。特斯拉是他发现的。也就是说，无论特斯拉给这个世界带来什么，马丁都能占有一部分功劳。

“先生们，”马丁继续说，“请允许我最后再斗胆提一句，我不会占用时间继续向各位介绍我们这位尊贵的客人。他要求不要透露他在此之前的生活细节，因为那与今晚的事件毫无关系。所以我尊重他的意愿，不多赘言，现在我为大家请上我的朋友和同事尼古拉·特斯拉。他有一些发现，但他**并不**想向你们展示。”

他说完之后又过了一会儿，掌声才响起来。马丁已经跳下讲台。特斯拉起身走到大厅前方的大黑板，然后转过身来面对着人群。他双手插在口袋里，望着远处出神。掌声渐渐平息，但是特斯拉似乎并没有注意到。他并没有在讲台上放任何讲稿。他也没有伸手去拿粉笔，他没有做出任何能告诉别人他即将开始演讲的举动。

特斯拉继续盯着某个模糊不定的远处出神。无论这个人所处的世界是什么样子，他都是其中唯一的居民。他似乎完全没有意识到面前聚集着几百人正全神贯注地想要记住他说的每一个字，如果他能说几句，他们会不胜感激。

“请原谅我的脸，”特斯拉尖厉且口音浓重的声音响起，“我的脸白得没有颜色，我的健康状况很随便。”

他的塞尔维亚口音和混乱不清的语法交织在一起，保罗愣了一会儿才确认特斯拉是在说英语。人们很快发现，特斯拉对语言的元素——比如词汇、短语——掌握得非常深入，但是在复杂运用方面——比如语法、句子结构——就乱七八糟了。那就好像是当提到某个话题时，特斯拉会把自己掌握的词汇全都抛向空中，然后在没看清它们的落点之前就走掉了。

“实验室更适合机器而不是人，”特斯拉继续说道，“但是我扯远了。我接到的通知说今晚的演讲规模不大，而我也没能如你们所愿地认真地对待这个课题。我的健康，我说过了。我请求你们善良的包容，你们的一点点认可都会让我非常感激。”

说完这句话，尼古拉·特斯拉走出了房间。

时刻牢记，完全不会引起误会的说话方式是不存在的：无论如何总是会有人曲解你的意思。
——卡尔 · 波普尔

10
交流电

托马斯 · 马丁竭尽全力让人们冷静下来。马丁脸上委屈的表情让保罗明白，这一幕只不过是特斯拉一贯的离经叛道之举中最新发作的一次而已。

如果马丁的目的是要宣布特斯拉是属于他的，那么这场正在上演的灾难恰恰表达了截然相反的意思。特斯拉不属于任何人。

然后，突然之间，特斯拉打开两扇宽大的门，回来了。他进来的速度与离开时一样快。不过这次他身后还拉着一辆四轮平板车，上面覆盖着一块长长的黑布。黑布外面呈现出不规则的起伏，显然下面覆盖着一件奇怪的东西—— 一件特斯拉想要在恰当的时刻才展示的东西。保罗不禁想到了准备变戏法的魔术师。

“我很荣幸地请各位关注的对象是一个电力分配以及电能传输的全新系统。”特斯拉讲话的音量更适合跟老友午餐闲谈，而不是对着几百人的大厅演讲。听众们都纷纷要求周围安静一点，并极力想要听清他说的话。保罗看了看威斯汀豪斯。这位老人能听见哪怕一个字吗？

“我的系统运转的基础是交流电，因为相对于这个时代到今天仍占据主流的直流电来说，它们具有特别的优势。我自信很快就能将这种电流优越的适应性建立在电力传输以及马达设计上。”

一直安静聆听的人群此时立即爆发了。演讲厅四处传来难以置信的惊呼。“**交流**电？”是很多人喊出的第一句。特斯拉讲到的内容似乎具有极大的争议性。

特斯拉把那块黑布扯掉，揭晓了被盖在下面的三台金属设备。在保罗看来，这些设备每台差不多都有两台打字机那么大，似乎是由线圈、空心管，还有奇怪的齿轮组合而成的。

“请对我原谅，”特斯拉说。由于没有提高音量，他的这句柔声请求很多人没有听见，“看起来我需要做一番解释。”

特斯拉终于走到黑板前，开始在上面写公式。这些保罗看来像是蜘蛛爬的字迹，却对在场的工程师们产生了催眠般的魔力。每当特斯拉写完一行暂停，再往左走十英尺另起一行继续写的时候，观众席中都传出惊叹。保罗很快把注意力从特斯拉转移到观众的表情上。他看到他们眉头紧皱，竭力去理解特斯拉展示的内容。很多人拿出了铅笔和笔记本。但他们自己写下的运算公式似乎只是徒增困惑。他们又抬头看黑板，眯起眼睛，好像是在确认自己眼前的不是幻觉。

“你知道这些都是什么意思吗？”保罗问威斯汀豪斯。保罗转过身，看到自己的客户因为惊愕而张着嘴。“先生？”

“我觉得应该没人知道吧，”威斯汀豪斯回答，他已经被大厅前面的那一片数学公式迷住了。“他用来乘以K的是什么的余弦——

那是什么？是个U吗？”

“恐怕你问的是这里唯一一个不知道什么是余弦的人。”

在大厅前方，特斯拉继续写着，在黑板上做了一次显然引发了强烈反响的演讲。

“呃，”保罗说，“你能给我说一下重点吗？那些机器是干什么的？通俗地讲。”

“我的天啊——那台是发电机。那边那台是马达。中间是一台降压变压器，看起来是。”

“那有什么大惊小怪的？”保罗基本确定这些东西他都听说过。

“是电流，”威斯汀豪斯说，“他做出了——呃，他声称自己做出了，我现在还不能确定——一个交变电流的闭合系统。”

威斯汀豪斯在他的笔记本上奋笔疾书。演讲厅四处，其他几十名工程师在进行类似的对话，试图去理解这个演示。

“什么是交流电？”保罗问。

“你终于开始向我请教科学问题了，这几乎让我觉得有些欣慰。但是我更希望你现在先把嘴闭上。”

威斯汀豪斯把笔记本最上面一页撕下来，开始画出一个简单的电路图。“基本上电流分为两种。一种是持续的，有时候也被叫作直流电，从法拉第以来一直作为应用标准。一种是交流电，实际上也早就被发现了，但是在实验室之外无处可见，因为它没有用。”

“没有用？”

“你知道电力是怎么产生的吗？”

“知道！”保罗热切地回答，“是发电机发出来的。”

“上帝啊……我是说你知道发电机是如何**工作**的吗？它是怎么产生电流的？”

“呃……不知道。”

威斯汀豪斯指着电路图，解释着自己画出的各个部件。“简单说，而且你要明白我现在为了简单易懂而略过了一些重要细节，这是一块磁铁，然后一个线圈围绕磁铁转动。你通常会用手摇柄转动线圈，在大一点的系统里则用蒸汽机转动线圈，而当线圈在磁场中移动的时候，电流就产生了。明白了吗？”

“我想是吧。但是为什么？为什么在磁场中转动线圈就能够产生电流？”

“没人知道。”

“什么叫‘没人知道’？”

“意思就是没人知道。电能是一种自然力。它就是那么产生了。只有上帝知道它从什么地方来。对我们凡人来说，特别是对我们这些自称为科学家的格外聪明的凡人来说，我们所知道的一切就是如何让它产生。还想让我继续讲吗？”

“非常想。”虽然保罗希望威斯汀豪斯不要太强调技术细节，但无论如何他的解释总是会比特斯拉写满黑板的白粉笔公式容易理解。

“每一次线圈经过磁铁的时候，就产生一股电力。嗖！嗖！像是来复枪那样；不过请你注意：它实际上跟开枪没有任何相似之处；我是在使用比喻，方便你理解。现在，为了能够给一台设备正常供电，这一股股的电流被传送到一台叫作整流器的设备里。整流器把一股股的电流整合成一个平稳的电流。就像河流上的水坝。”

“说得通。”

“你能这么说我真的太开心了。因为接着要讲的会更复杂一些。所有电力系统都必须是闭合系统，对吧？这是这种奇怪的自然力最重要的特点。电能只能在一个完整的回路里流动；部分回路是不行的。所以一台发电机，如我之前所说，把这些能量从只有上帝知道的某个地方收集起来，传送给一台整流器进行整合——把它想成是把一系列不同的水滴汇集成一条温柔的水流。然后整流器会把这股电流输送到需要用电的任何设备上去，比如一台马达，或者一盏电灯。那么，为了完成回路，那盏电灯还要接回整流器，以及发电机。”

威斯汀豪斯给保罗展示了他画的电路图。图上是一个圆圈，旁边有一个标着“发电机”的方块，而一个标着“整流器”的方块在中间连接，一个标着“马达”的方块在另一侧。威斯汀豪斯伸手沿着圆圈顺时针滑动，指出电流行进的方向。“电流在这个回路中是持续、不断、直接流动的。就像是一条环形河道。够清楚了吗？我们叫它直流电。”

“我还跟得上。”保罗并不太有把握。

威斯汀豪斯轻轻哼了一声，似乎不太相信。“还有另外一种方法来搭建这个电路。电路都是一样的，只是另一种不同的发电机。拿掉整流器。现在，这台发电机不再像以前那样输送持续的电流了，而是直接输送一股股的电流，知道吗？啪！啪！啪！而且，由于某种对你来说太深奥的发电机设计原理，它现在也不像以前一样顺时针输送电流了——”威斯汀豪斯伸手沿着图上的圆圈比画着，进一步说明他的观点——“这些小股电流一直在变换方向。一股电流先顺时针走一圈，然后停止，转换方向，再逆时针走一圈。然后再停止，转换方向，如此这般。每一秒钟这样的转变会发生好几百次。这种电流是‘交变’的，你懂吧。这就是交流电。我希望你能明白我说顺时针和逆时针的时候，也是在使用比喻，因为电流严格说起来并没有方向。你能接受我用比喻的方法吧？”

“可是谁在乎呢？直流，交流——D/C，A/C——重要吗？”

“不重要。当然，除非你想要让电流通过你的家里。那么它就真的非常重要了。交流电比直流电的电压相对高很多，因为它不需要一台整流器来平衡——或者说抑制——它的能量。所以也更加有效率。”

“那我们为什么不用它？”

“因为它没法用。拿我们生产的灯泡打比方吧。它是靠持续的直流电供电的。所以灯光才能那么稳定平衡。现在想象一下我们给它输送交流电。灯泡会持续开关开关，每秒好几百次。那就太可怕了。此外，想象一下用交流电给马达供电。一下有电，一下没电。很恐怖，对吧？”

“是的。”

“可问题在于，交流电更强。所以如果你可以想办法让它能够被应用……嗯，那你的电灯寿命会更长。你的马达会转得更快。哦，而且，此外，你输送电力的距离也会长得多。”

保罗从电路图上抬眼。“距离问题？交流电是解决方法。”

“交流电**可能**是解决方法。目前还很难说，因为我正在给你讲授基础物理学，所以都没听特斯拉在说什么。”

前排的一位工程师回头让他们小点儿声。威斯汀豪斯并没有对那个人的粗鲁表示恼怒，因为他全神贯注于特斯拉的演示，无暇顾及其他。保罗默默地望向大厅前方，特斯拉已经完成了公式，并且终于开动了他的机器。他启动了某台设备上的一个转轮，一阵机械的轰鸣声传遍了整个大厅。然后他又启动了旁边那台机器的转轮，它发出的轰鸣略为低沉。在保罗听起来，像是远方野兽的嚎叫。

机器平稳地运转着。流畅的轰鸣声听起来甚至有些悦耳。马达的转轮毫无停滞地转动。“特斯拉想出了利用交流电的办法，对吧？”

威斯汀豪斯没有回答。他不需要回答。

保罗跳了起来。托马斯·爱迪生和乔治·威斯汀豪斯之间的战争即将发生一个决定性的转变。一种新型武器在战场上崭露头角。保罗知道，威斯汀豪斯必须要把他拉到自己的阵营里来。

与挣大钱相比，我更在乎的是能先人一步。
——托马斯·爱迪生

11 夺门而出

威斯汀豪斯还没来得及问他要干什么，保罗已经窜到几排座位之外了。他的大衣钩到一些工程师手里正在写字的铅笔，引发了一片抱怨声。来到过道上之后，保罗往大厅后面跑去，他当学生时就知道，那里有一个工作出入口。保罗沿着工作人员通道走到后面的楼梯间，三步并作一步地狂奔起来。

几分钟之后特斯拉就会成为全国最炙手可热的发明家。查尔斯·巴彻勒肯定想立刻重新雇用他。保罗并不知道特斯拉的机器能否对威斯汀豪斯有所帮助，但是他知道他不能让爱迪生得到它们。他也知道自己并没有多少时间。

保罗冲到大楼外寒冷的夜色中。他跑到工程学院的另一侧，晚风吹拂着他的脸。他在一处长长的石头台阶旁边停下。他等待着。

如果他的判断正确的话，特斯拉应该不是那种喜欢暴露在聚光灯下的人。马丁会保护他离开热情的工程师们，带他离开学院，他们会从保罗正在守候的这个门口出来。在短短几秒钟时间里，他该说什么才能吸引特斯拉加入他们呢？他从来没有准备过如此简短的陈述。

半分钟后，特斯拉和马丁走了出来。

“特斯拉先生！”保罗喊道。

看到保罗，马丁扯住特斯拉的衣袖，想把他拉走。

“特斯拉先生！”保罗走近两人，继续说道。近距离看，特斯拉比保罗还要高出几英寸，失去身高优势让保罗有点不习惯。

“对不起……抱歉……”特斯拉嘟囔着。马丁继续拉他离开。

“特斯拉先生，”保罗说，“我为乔治·威斯汀豪斯工作。我们想与您达成一项特殊的合作伙伴关系。”听到“威斯汀豪斯”这个词，特斯拉和马丁都转过头。保罗要争取的目标就在眼前。

“我听说您之前和托马斯·爱迪生有过一些非常不愉快的经历，”保罗继续道，“这个报复的机会您是否感兴趣呢？”

当特斯拉的嘴角开始浮现出好奇的笑容，保罗知道自己说服了他。

对于一个根本不想采取理性态度的人来说，再理性的辩论也产生不了理性的结果。

——卡尔·波普尔

12
德尔莫尼克的龙虾大餐

一排银质餐刀在桌面上闪闪发光。煤气灯在白色的桌布上投下阴影。四周的墙壁上悬挂着油画:平静的风景，古雅的乡村秀色。威廉街南边金融区中那些烟雾缭绕的会议室里的每个男人都曾来过这里，他们坐在那些锋利的餐具后面，并且把它们作为武器，进行着这样或那样的战斗。身穿晚宴正装的保罗·克拉瓦斯僵硬地移动身体，低头瞟向盘子里的手下败将：一只他见过的最细嫩、在黄油中浸泡得最饱满的龙虾。

保罗盘子里的龙虾是在缅因州沿海被捕捞起来的——很可能就在当天早上——这只龙虾随即被装在拥挤的箱子里运到福尔顿街的鱼市。被主厨查尔斯·瑞奥弗亲自选购回来后，这只龙虾被活着丢进一锅热水里，煮上整整二十五分钟。钳子被夹开，尾巴被剪断，所有鲜嫩的龙虾肉都被移出虾壳，放进一口满是澄清黄油的铸铁锅里煎烧。逐渐呈现褐色的龙虾肉上被洒入新鲜奶油，然后，当汁液吸收一半之后，再加入一杯马德拉葡萄酒。锅下面的火被调大之后，锅里的汁液立即再次沸腾起来，把甜酒蒸发掉。再加入一汤匙的干邑白兰地以及四大份蛋清。瑞奥弗大厨最后往上洒了一点点辣椒粉，随后一名侍者把这份鲜嫩的龙虾肉送到保罗的面前。这就是纽堡龙虾，这家餐厅的**招牌菜式**。

晚餐已经进行到第三道菜，他们才刚吃到龙虾而已。他不知道该如何把所有的食物都吞进自己已经胀鼓鼓的肚子里。在梅西百货新买的裤子的纽扣感觉马上就要崩开。身上那件第一次穿的崭新白衬衫已经被汗水浸湿。他的领结把尖领衬衫的领口紧紧地箍在脖子上，好像要把他的脑袋切掉，像是切掉煮熟的大虾脑袋一样。这样的商务晚餐场合绝对够惨烈：一个人在尽量让自己表现出一丁点儿的职业素养的同时，还要狼吞虎咽下多少酒肉啊？

在纽约豪门所钟爱的这家以优雅时尚著称的德尔莫尼克餐厅里，餐食的精美并非仅仅由烹饪的复杂程度所决定，更由其分量决定。太多？没有这回事。蜗牛，蛋糕，小豆蔻，还有零钱——这是四种再怎么多都不为过的东西。如果一定要怪罪，那只能怪保罗生在了这个时代。伴随着舌尖闪过的一丝想念，保罗也不得不承认，对他自身而言，他真的更喜欢**蛋黄酱汁**的味道。

保罗喝了一口波特酒，指着自己同伴面前那一盘一模一样的纽堡龙虾。

“您以前吃过这道龙虾吗，特斯拉先生？”保罗问道，“这是全纽约最好的。”

本质上来说，此话不假。虽然保罗也从来没吃过，但它可能确实是城中最好的龙虾。卡特和休斯经常带客户来这里，但是从未邀请保罗陪同。

保罗今晚的目标是赢得对方的好感。昨天晚上，特斯拉很快接受了他的晚餐邀请后，保罗在酒店里找到威斯汀豪斯，确定了他们的行动计划：威斯汀豪斯和他的团队会分析特斯拉刚刚获得的交流电专利。如果他们可以把公司出售的灯泡改进为能够使用交流电，那么与爱迪生的灯泡相比，他们就更具有无可否认的技术优势。他们的电灯不仅用电效率更高，而且还能利用从更远处传输过来的电力。与此同时，保罗也会让尼古拉·特斯拉明白，谁才是厚待他的一方，无论从哪个方面来看，都是如此。

“我还没有品尝过这种甲壳纲生物，”特斯拉回答，“我的味蕾也不太欢迎鱼类。”特斯拉的手指在盘子边缘画着圈，然后接着提了一个奇怪的问题：“你觉得有多少厘米？三十？”

“您说什么？”

“盘子。三十五厘米？对，我觉得有三十五厘米。四厘米深。”

“我想是吧……”

“菜量不小，是吧？一百四十立方厘米闻起来很香的肉羹，减去龙虾尾巴占去的一部分体积。所以只有……”特斯拉停下来，用手指丈量着龙虾的长度，数着手指的关节。“对，一百零五立方厘米。”

“您的数学很好。”保罗回答。他并不能确切抓住两人这番对话的主旨，所以这样回答大概是所有回应中最好的一种吧。“我猜，这在您从事的行业中是一种很有价值的才能。”

“主要是形状不规则，这是造成计算困难的原因。不然我还能算得更准确。”特斯拉盯着他的食物说。

“您愿意尝尝它吗？”

“我不能。”

“因为您不喜欢带壳的海鲜？”

“因为它并**不是**一百零五立方厘米。保罗 · 克拉瓦斯先生；我想我们都知道。所谓估算都必须要精确到一定程度才能作数。也就是说它们完全没用。”

“您只有在精确计算出龙虾的体积之后才可以把它吃掉？”

“呃，当然不是；请您不要把我当成疯子。我晚餐内容的总体积必须能够被三整除，我才会吃。”

保罗想到，自己从前竟然觉得威斯汀豪斯很难沟通。

四名侍者一起把一块小牛肉切好送上餐桌。保罗继续说：“我的客户能够提供给您一间实验室以及一名助手，供您继续研发您的设备。您已经带来了一些极为惊人的发明创造，但是您还没有把它们开发为能够在市场上销售的产品，对吧？威斯汀豪斯恰好拥有这方面的资源。听起来像是一场美好的婚姻。有幸作为牧师的我提议，举办一场春天的婚礼。”

对于保罗的话，特斯拉既没有表示感动也没有表示出无动于衷。他看上去像是身处一个全然不同的世界。

“产品？”特斯拉说，好像连这个词的发音都不太对劲。

“对，您的设计，建立在您的理论之上的那些奇迹。乔治 · 威斯汀豪斯有能力制造它们，把它们实现，让它们发挥作用。”

特斯拉皱起了眉。“这些东西能不能被制造出来完全不重要。我已经在我的头脑中看到它们了。我知道它们能用。它们是不是你们市场上的产品——跟我有什么关系？”

保罗不知道该如何回答。哪个发明家不愿意亲眼见到自己的创造发挥作用呢？

保罗必须要改变战术。激励和鼓舞着特斯拉的，是某种不得而知的力量。但是，无论特斯拉多不谙世事，保罗希望他至少拥有一些人人都有的基本天性。

“那么托马斯·爱迪生呢？”保罗问道，“您希望让他看到您的设计付诸实现吗？”

“即使这些设备在他眼皮底下被生产出来，托马斯·爱迪生先生也不能理解我做的设计。他不是在发明。他不是科学。他是照片上的一张脸。是舞台上的一名演员。”

“发生了什么？你们两人之间？”

特斯拉脸上的表情就像是喝到了酸臭的牛奶一样，如果特斯拉喝牛奶的话。

“我年轻时离开塞尔维亚到欧洲游历。1882年，我到了法国巴黎，在那里认识了查尔斯·巴彻勒先生。他被派去替爱迪生管理法国巴黎的工厂；那位先生在那里给了我一份工作。他在那儿又待了几个月，他看到我当时设计的那些还很不成型的小玩意儿，让我以后如果有机会到美国纽约的话就去找他。”

“所以你就来了。”

“所以我就来了。我搬到了美国的纽约市，兜里只剩下四美分。我直接去了爱迪生的办公室。那是我第一次见到这位伟大的托马斯·爱迪生先生，那感觉……你见过托马斯·爱迪生先生吗？”

“见过。那种体验，我觉得心灵脆弱的人还是不要尝试为好。”

“他嘲笑了我。‘这个巴黎来的流浪汉是谁啊，他在说些什么？’那就是托马斯·爱迪生先生说的话。我的口音很严重。或许你已经注意到了。查尔斯·巴彻勒先生告诉他我很聪明，但是他不信。所以我提出给他展示一番。他们有一艘船停在美国纽约市的港口——引擎坏了。它本来要运送物资到英国伦敦去，但是没办法起航离港。他们的修理工在美国的波士顿，可是他要两天后才能赶来修理这艘船。所以我说让我来看看吧。”

特斯拉盯着他的那块小牛肉。他拿起银质的餐刀，把它切成两块。然后切成四块。然后又非常均匀精确地切成了八块。

“引擎并不是什么复杂的东西，保罗·克拉瓦斯先生。人们似乎都害怕它们。害怕把手伸到它里面去。‘那么多正在运转中的零件！’我相当聪明，您知道，虽然我也希望这件事可以展现我的智慧，但它并不算什么。因为任何人都能修好一台引擎。你懂吧，你只需要，取下第一个零件。你去研究：这个部件是做什么用的？它和什么连在一起？引擎是一种链式运动，而所有链式原理工作的机器都是通过部件相互连接来运转的。查尔斯·巴彻勒先生也可以做到同样的事情，如果他有耐心的话。”

“但是他没有，”保罗回答，“而你有。”

“爱迪生……感到很意外，或许吧。第二天我就去为他工作了，在美国新泽西他的实验室里。那里很肮脏。”

“肮脏？”

“不仅是因为他不经常让人打扫实验室，而且爱迪生的人工作起来都像是烂泥坑里的猪一样。这边是整流器，那边是变速器，所有的螺丝都放在桌子中间，一大堆，所以要想找到一对螺钉螺母，我的上帝啊，无异于在同一堆稻草里同时找到两根针。爱迪生是个邋遢鬼，像是店里的蛮牛。怎么了？”

“瓷器店。”

“你说什么？”

“是瓷器店，”保罗说，“瓷器店里的蛮牛[1]。这不值得花时间

1 Bull in a china shop，瓷器店里的蛮牛，美国俚语，形容一个人毛手毛脚。——译者注

解释。”

“我很欣赏您的坦率。那间实验室我再也不想回去了，您明白我的意思吗？并不仅是因为它的肮脏。而是因为缺少视野。比如你想制作什么东西……比如，好吧，比如你想做一张桌子。所以你会先把桌面做好，然后爱迪生就会说，**我们试着做一台两条腿的桌子吧！**一个有点常识的人会回答，**可是一张桌子显然需要四条腿。我们照这样去做就行了。**然后爱迪生就会说，**可是我们必须试验。**他就爱用那个词——‘**试验**’。他一直在试验。每一种可能，每一种变化，他能想出来的每一种没用处、没意义、浪费时间的改变。所以，两条腿的桌子，不成功。我就会说，**现在我们能开始做四条腿的桌子了吗**？而爱迪生就会说，**不，我们试试三条腿的桌子！**然后他会去做三条腿的桌子。很久之后，六个月之后，你才终于能够获得托马斯·爱迪生先生大人的恩准，去做一张四条腿的桌子。你浪费了半年的时间在一项本来半天就可以完成的任务上。爱迪生通用电气的实验室并不是为了培养发明创造而设计的，它是为了培养枯燥无聊而设计的。”

“所以你离开了。”保罗说，一名侍者给他的杯子里添了一些蒙哈榭葡萄酒。

“那年年底，工作了一千八百八十个小时之后，我请求他给我加薪。每周增加七美元。这样一来我的薪水将会达到每周二十五美元，相当丰厚。”

“而爱迪生拒绝了这个合理的请求？”保罗同情地问道。实话说，每周二十五美元确实是相当不错的薪水了——可是与爱迪生从实验室开发的专利中所获的收入相比，也根本算不了什么。

“他嘲笑了我，又一次。我永远忘不了他的嘲笑。‘**外面有的是**

你这样的人，特斯拉。’那就是他跟我说的。是他的原话。‘**外面有的是你这样的人，特斯拉。我能以每周十八块的薪水雇到他们，要多少有多少。**’那天我走出了他办公室大门，从此再也没有见过他。”

“听起来是时候跟他算算账了。”

“所以您之前也是这样建议的，克拉瓦斯先生。可是具体该如何实现呢？”

“让我给您看一下如何？”保罗一边说，一边略显夸张地去拿他的支票簿。他拿出一张由威斯汀豪斯的银行账户付款的支票。

当然，保罗推到桌子对面的那张支票上并不是他自己的钱。然而能够动动手指就操纵这么大的一笔钱还是让他感到一阵激动。

“这是五万美元，”他的晚餐同伴低头扫了一眼支票，“您知道最好的报复是什么吗，特斯拉先生？”

保罗示意侍者拿来两杯香槟，然后向后靠在椅子里。

“成功。”

比尔喜欢把自己标榜成一个做产品的人，但他真的不是。他是个商人……他最终也成了全世界最有钱的人，如果那就是他的目标，那么他成功了。但是那从来都不是我的目标。

——史蒂夫·乔布斯

13

钱

特斯拉忘记把钱拿走了。

这件事让保罗感到最为不安，他在自己东五十街的两室公寓里盖着被子却辗转反侧无法入睡。特斯拉把钱落在餐桌上了。服务生把他的大衣拿来，特斯拉快要走出大门的时候，保罗才看见那张支票还在桌上放着。它被压在一把餐刀下面，边缘处还沾上了一点点红酒渍。

保罗跑出去把支票还给特斯拉。后者漫不经心地道了谢。

特斯拉来到纽约的时候身上只有四美分，现在，四年后，他漠然地把一张五万美元的支票落在了餐桌上。

保罗来到纽约的时候身上虽然不止四美分，但也并没有多多少。他能够分毫不差地背诵出自己在第一国家银行账户里的存款数额。每一分钱都是他努力挣来的，他为此感到自豪。人们约定俗成地不会谈论这类事情。这对他来说很困难，比如和朋友们在一起的时候。他的生活还算富裕，他想要跟最亲密的朋友们大喊：**看看我取得的成就！**但是“美元”这个词似乎一说出口就很粗俗。

保罗不理解那些不喜欢钱的人。是什么激励着他们追寻梦想？是什么构成了他们的欲望？快乐能像他们说的那样被“买到”吗？当然不能。但是它也绝对不是免费的。

在保罗看来，不在乎钱的人无外乎有两种。第一种是无忧无虑的富人。生于名门望族，他们一直那么有钱，所以钱对他们来说真的从来不是问题。他们或许能够意识到自身的幸运，但那也只是个理论上的概念。他们抽象地知道自己拥有一些别人没有的东西，但是——或许正因如此——他们似乎总是能凭空生出一些纯属异想天开的愿望，从理论上来说似乎永远无法实现。他们幻想着其他人都更加富有，然后费尽心思地表达着他们与这种真正的腰缠万贯之间的差距。**如果每年都能去一次欧洲该多好啊**，他们会说，**就像某某和某某那样。**诸如此类。然后他们还会为令人厌倦的家庭狗血事件而深感困扰，败家子兄弟和嫁不出去的姐妹造成的各种阴谋交缠的悲剧。每天发生的那一点不体面的家庭情节剧让他们自由地想象着自己在受苦。这种人有条件为自己选择烦恼的缘由。

而第二种人，具有讽刺意味的是，是无意识的穷人。他们一毛钱都没有，他们从未得到过一毛钱，他们也不太有机会拥有一毛钱，所以虽然他们总体上喜欢一毛钱这个概念，但是他们并不知道一毛钱能够给他们买到多少乐趣。他们不是快乐的穷人——这种讽刺太辛辣。贫穷不会让任何人快乐。只是有些人能够做到穷并快乐着。

保罗的父亲接近于第二种人。他不追求金钱，也不追求功名利禄。他追求的是正义，他也会明确告诉你这一点。他想要建立一个更加公平的社会，因为他所敬奉的上帝教他乐于为之付出努力。有时保罗会嫉妒父亲有这么纯粹的人生目标。保罗认为，只追求上主仁慈的光芒，要比追求自身需求简单多了。保罗希望自己能分享父亲的信念。然而无论怎样尝试，伊拉斯塔斯·克拉瓦斯的上帝也无法用强迫的方式把这种信念灌输到他儿子的心里。

特斯拉与金钱的关系则更加奇怪。并不是说他完全不在乎钱。他接受了保罗开出的条件。然而钱很显然并不是他想要的。这就引发了那个让保罗夜不能寐的问题，春天的夜晚越来越温暖，足够让保罗把被子从床上掀到一边：

尼古拉·特斯拉到底想要什么?

14
一次艰难的谈判

特斯拉的律师莱缪尔·瑟雷尔相当明确地表示，他可不像他的客户那样不在乎钱——他希望再加四万美元才能达成交易。这还仅仅是个开始。

瑟雷尔的办公室看起来好像已经存在一百年了，远比实际的十五年要久远得多。在相对新兴的专利律师界，如果真的有传奇人物存在，那么瑟雷尔就是一个。他的父亲很可能是全美第一位专利律师，在《1836年专利法》颁布之后立刻成立起了自己的事务所。这部法案首次勒令政府设立“专利局”这一职能部门，在全世界开创先河。从此以后无论何种专利申请都不会再随便获得认可，也不会在有诉讼发生时才被评估。专利局聘请科学界专家评估每一项申请。瑟雷尔的父亲很聪明地想到，如果是政府专家在管理半是法律半是科学的专利领域，那么私人专家同样会有市场。科学家在法律方面并无专长；同样，律师们对科学也并非了如指掌。老瑟雷尔和他的儿子在这两方面都积累了宝贵的经验。

青年时代的瑟雷尔已经在爱迪生早年的专利事务中初露锋芒。自诩慧眼识才的瑟雷尔把时年二十三岁的爱迪生签为自己的客户，并且一手操办了这位神童早期在电报及电话方面的专利申请。但不久之后，爱迪生就转投格罗夫纳·劳里那家更有名望的事务所。

夏日的阳光把瑟雷尔那张黑枫木的办公桌照得温暖起来。瑟雷尔和保罗面对面坐在高背皮椅中。瑟雷尔自如地脱掉了外套。虽然天气很热，但是保罗还是穿着外套。

"我花了两年时间和尼古拉一起为交流电申请专利，"瑟雷尔用和善的口吻说道，"它们最初被驳回了，专利局要求进一步证明其特殊性，信不信由你。不过当然，亲爱的尼古拉才不会放弃，所以我们不仅改进了他的设备，也对专利申请的措辞重新润色。你可以看到它们现在相当严密。"

"正因为如此，我的客户才想购买它们。"

"对，对，"瑟雷尔说，"购买……"

瑟雷尔把椅子转向一边，望向窗外。这并不是保罗的第一次谈判，他很清楚其中的套路。他收到瑟雷尔的信件时曾经推测，作为一个经验更加老到的律师，他会在谈判中采取恐吓战术，用咆哮叫嚷施加压力。这是爱迪生那伙人的策略。但是瑟雷尔却扮演起一个审慎的温和派。像是某种漠然的第三方，只是希望特斯拉和威斯汀豪斯能够达成一项公平的协议而已。这就让保罗的这个下午轻松了很多，虽然他当然更希望瑟雷尔在具体细节上也这么好说话。

"所以你是威斯汀豪斯手下的青年才俊，"瑟雷尔说道，大玻璃窗外面的光线勾勒出他那张大胡子脸的轮廓，"这么年轻就担此重任。你知道吗，他也曾想让我来做这份工作，在他找你之前。"

保罗绝对不能表现出惊讶。如果承认瑟雷尔比保罗本人更了解他自己的客户的话，后果不堪设想。

“哦，当然，”保罗冷静地撒着谎，“我猜他肯定和城里很多人聊过这份工作。你知道乔治。他从来不喜欢在评估完所有选择之前做决定。”

“关于这件事你有没有问过他？”

“问他什么？”

“问他为什么选择了你。”

保罗死死盯着瑟雷尔的眼睛。他这是敬酒不吃吃罚酒。

“先生，”保罗说，“我并不想无礼，但是最近我经常被威吓。而且比现在这种更强烈。如果您想吓唬我，请便。如果您没有这个意思，您或许可以直接告诉我，您的客户希望我的客户追加多少钱，才能买到他的专利权。然后我们两人都可以找些别的事情度过今天下午余下的时间。”

莱缪尔·瑟雷尔笑了。

“我的天啊，克拉瓦斯先生。你确实是入行不久，对吧？律师行业有这么一条行为守则——就是说，如果能忍得住的话，我们一般不会直接把狠话讲出口。你懂的。在礼貌的掩护下针锋相对，诸如此类。”

“我表示道歉。”

“您确实比我更适合为威斯汀豪斯效力。”瑟雷尔拿出一张纸，写下了一个相对简单的财务公式，“特斯拉先生不会把他的专利卖给你们。冷静，先冷静，别用那样的眼神看着我。他不会**出售**专利权，但是他会授权让你们使用。这笔钱包括现金、股票和每单位使用费。研究一下这些数字，跟威斯汀豪斯商量一下，我们再谈。我本来应该告诉你我需要在二十四小时内得到答复，或者采取类似的限时策略，但我猜你应该不会接受。”

保罗低头看了一眼瑟雷尔递过来的那张纸。上面开出的价码对特斯拉来说确实过于慷慨了。但肯定有得商量。

“很高兴见到您。”保罗把纸折好放进口袋，同时站起身来。

“请代我向卡特先生和休斯先生问好，”瑟雷尔说，“哦，还有……我希望这不会显得没礼貌，不过如果您有跳槽的想法，我们这里也有一些客户，他们一定很高兴能让乔治·威斯汀豪斯的律师代理他们的案子。”

“我对我目前的工作很满意。威斯汀豪斯先生对我们事务所也很满意。不过还是谢谢你。”保罗站在走廊里。有一个念头他却无法打消。

“出于好奇我想问，”保罗说，“您为什么拒绝？”

“啊？”

“威斯汀豪斯先生给您的这份工作。”

“哦，”瑟雷尔低下头，手指扣在一起轻轻敲击，好像它们的节奏能帮助他找到最合适的语言来表述回答。

“更有经验的律师，比如我，我们接必输的案子是得不到任何好处的。不过像你这样……一个刚入行的年轻人，在案卷上留个名就能对你的前途有所帮助。而且我敢肯定，输掉一场不可能获胜的官司，不会有人归咎于你。”

15
网络

交易在七月达成。特斯拉会得到总计七万美元的预付款，其中三分之二是威斯汀豪斯公司的股票,其余三分之一是现金。此外，所有采用了特斯拉的交流电技术的设备上每售出1马力电能，就要向特斯拉支付2.5美元的使用费。不过，特斯拉这笔钱也不能白挣：他会以顾问的身份加入威斯汀豪斯电力公司，并且把自己的实验室搬到匹兹堡。七月第一周一个酷热的清晨，威斯汀豪斯和保罗步入他的书房时，对保罗表达了自己的担忧，他的公司管理更为严格，他担心特斯拉在这个环境中的工作能力。

“大门上仍然挂着‘威斯汀豪斯公司’的牌子，”保罗宽慰他，“您是负责人。如果他想工作，那他就必须为您工作。除非特斯拉先生骗人的手段跟他摆弄电机转子的手段一样高明，否则您不必太担心。”

保罗不知道威斯汀豪斯有没有听见他在说话。他提高了音量，并且决定提出那个敏感的问题。

“您为什么雇用我？”

这个问题本身以及保罗的斗胆提问都让威斯汀豪斯感到惊讶。两个人都避开了对方的视线。

“瑟雷尔说您找过他来做这份工作，在您找我之前。”

威斯汀豪斯片刻之后才回答。“确实如此。”

“那么，为什么选我？除了我的两名合伙人以外，我还能一下子说出五十名比我更有经验的律师。”

“你是想让我考虑一下他们有谁有空来接替你吗？”

“不是，我想让您告诉我您为什么选择我。”

威斯汀豪斯看着保罗的眼睛，他在思忖着什么。

“你是对的，我选择你并不是因为你的经验。实际上，我雇用你正是因为你缺乏经验。在爱迪生通用电气公司和密切关注他的成功的十几位华尔街金融家之间，纽约的每家律师事务所都在某种程度上与爱迪生的关系网有关联。我查过了，相信我。每一家律师事务所都与爱迪生或者爱迪生的某一位支持者有财务上的往来。J. P. 摩根**本人**掌握着爱迪生通用电气公司60%的股权。你能想象要找一家跟摩根没有生意往来的事务所有多困难吗？几乎是不可能。”

“而我当时手上一个客户都没有。”

“没有客户，没有利益冲突，没有暧昧的派系关系。”

威斯汀豪斯的逻辑很高明。保罗觉得有点可笑，一直以来他都以为自己的价值在于所取得的成就——恰恰相反，实际上他的价值恰好在于他一无所成。

“不要愁眉苦脸，”威斯汀豪斯说，“如果运气好一点的话，我们或许能够让你发挥很大作用呢。”

保罗感觉这应该是客户能给他的最好的鼓励了，像是被父亲拍拍后背的感觉。肯定比他从自己亲生父亲那里得到的要多。

“你的朋友特斯拉，”威斯汀豪斯说，“可能已经给我们带来好运了。我的工程师们有很多改进的工作要做，但是我们正在修改目前这套电力系统的几乎所有环节：发电机，直流电发电机，甚至是电线的宽幅。等我们完成的时候，我们的交流电系统不仅会成为全世界能够生产和传输电灯光的最好的电力系统，它也会与爱迪生的直流电系统完全不同，让他那312起官司变得毫无意义。”

威斯汀豪斯对法律纠纷的分析也是正确的。但是，有一项关键细节，这位发明家并没有提到。

“您在修改所有环节？”

威斯汀豪斯知道保罗指的是什么。“我说的是几乎所有环节。”

“我说的是灯泡。”

“我知道是该死的灯泡。”

“这是所有官司里最大的一桩。您可以修改您电力系统中的每一个组成部分，但如果这个系统点亮的灯泡仍然与爱迪生的相似，那么一切努力都是徒劳的。”

“这就是我要用到特斯拉先生的地方。如果他能够从理论上设计出一个全新的电力系统，那么他就有可能从理论上设计出一种全新的灯泡。一种更好的，能够把交流电的高效率充分利用起来的灯泡。”

“它不一定非要更好，”保罗说，“只要不一样就够了。从法律角度来看，如果您和特斯拉能够一起设计出一种完全不同的灯泡，先生……那么，您就不必再担心被爱迪生告上法庭了。”

“孩子……你的法庭，你的官司……如果你能理解该多好。交流电的前景可比这些都伟大得多。”

保罗以前从来没在威斯汀豪斯的身上看到过如此巨大的热情。他想，这应该就是只有在他实验室里工作的那些人才能见到的这位发明家的另一面：这个为了乐趣而选择毕生从事发明创造的人显露出的赤子之心。

“费森登和我，我们在认真讨论关于交流电的想法，如果能够解决远距离传输的问题，它还能呈现出更大的优势。”威斯汀豪斯走到书桌边。他从口袋里掏出一把钥匙，打开最底下的抽屉，拿出一大沓巨幅图纸。保罗以为是工程图。但是他走近才看清，那是地图，美国地图。

“爱迪生的直流电一次只能传输几百英尺远，所以他不得不一台又一台地销售发电机。他干得太漂亮了，能让全国各地的有钱人都在家里通上他的直流电，可是他仍然需要卖给他们每家一台发电机。但是如果使用交流电的话，我们就不必这么麻烦了。”

威斯汀豪斯示意保罗走近些。保罗阅读了地图一角的说明。“大急流城，密歇根。”杰斐逊，爱荷华。

“交流电能够让我们在每一个居民区的中心建造一台巨大的发电机。然后我们只需要让家家户户的电线都连接到这台发电机上，想连接多少家都可以。系统建立起来之后，不需要费太大力气就能连接一户新用户。我们可以先把发电机建起来，给几户家庭通上我们的电……然后，他们的邻居会看到我们的电灯有多好……很快整个城镇就会被威斯汀豪斯公司的电灯点亮了。”

眼前，在伟大的抱负和油污的齿轮之间，是全美电气化的未来构架。

“您能一次把设备卖给整座城市，”保罗说，“一整座城市都会成为威斯汀豪斯的城市。”

“非常正确。交流电不仅是一种更好的技术，它也会带来更好的商机。”

保罗翻阅着这本地图册。标着红点的部分明显已经是爱迪生的地盘——纽约、波士顿、费城、芝加哥、华盛顿。在大城市中，只有匹兹堡地区一个红点都没有。

而威斯汀豪斯也在地图上标出了细小的蓝点，代表接受他的电力供应的小城镇：内布拉斯加的林肯；威斯康星的奥什科什；明尼苏达的德卢斯。

威斯汀豪斯的电力革命并不会起于美国金钱都市的钢铁大厦间。相反，他的星星之火会最先唤醒一千座沉睡的村庄。这些小村子会共同形成一个电力网络，从纽约州的伊萨卡一直延伸到俄勒冈州的波特兰。

爱迪生占领了百老汇，那么威斯汀豪斯就去占领俄亥俄州的“百老街”。

界线已经划定。每个人都要站队。每个人都要选择加入一个网络。电灯光的网络，人的网络，权力的网络，金钱的网络。

“我们可以立刻开始销售，”威斯汀豪斯说，“到秋天应该能够安装我们的第一套系统。”他看到了保罗脸上惊奇的神色。“如果你能让我们免受法庭的骚扰，那么尼古拉·特斯拉和我就能阻止托马斯·爱迪生。”

我做的必定是我能实现的功能，而不是别人要求我实现的功能。

——蒂姆·伯纳斯-李，万维网发明者

16
前进一步，后退两步

在保罗的建议下，特斯拉进驻威斯汀豪斯厂区新实验室的当晚，发明家将会在府上举办一场欢迎晚宴。大家在主宅里和睦地吃顿饭，出席者有特斯拉、威斯汀豪斯以及一些喜欢高谈阔论的资深员工，此外还有费森登和他的部下。特斯拉会不会在威斯汀豪斯的餐桌上做出什么奇怪的举动？很可能。不过，有玛格丽特在，她会打圆场的，如果特斯拉开始长篇大论地聊起一些费解的话题，有工程师们在场。听众早都安排好了。

家政人员帮助特斯拉搬进装修一新的公寓，玛格丽特亲自监督厨房制作迷迭香烤鸡。乔治·威斯汀豪斯调制了家传的沙拉酱汁。男士们的脖子上都佩戴着白色的领结，保罗又把自己唯一的一件晚礼服熨了一遍。

仆人们领着初次到访的特斯拉进入正厅，所有人都到门口迎接。男士们从右到左按序排队鞠躬。特斯拉走近玛格丽特，躬身拉起她的手，然后发出了一声尖厉的惊叫。

保罗——以及所有其他人——都惊讶得说不出话。特斯拉慢慢退回门口。玛格丽特似乎调动了全身所有的肌肉才让自己的脸上依然保持着笑容。最终，是管家上前询问特斯拉是否还好。

“有根头发。”特斯拉阴郁地说。他恐惧地盯着自己的袖子。保罗瞟了一眼。确实，特斯拉的衬衫袖口有一根长长的白发。只可能是玛格丽特的。

“我不能忍受与它接触，”特斯拉说，“我向您致歉，玛格丽特·威斯汀豪斯夫人。”

说完，特斯拉从大门口走了出去。所幸，随后在威斯汀豪斯府上的那一餐也很快结束了。

结果，特斯拉从此拒绝再踏入这座宅邸半步。他的实验室离得很近，沿着土路走几步就到，但是被派去协助他的工程师们都报告说他几乎足不出户。

他每顿饭都只吃水和苏打饼干，夜半时分，实验室楼上他的公寓偶尔响起一阵急促的铃声，仆人就得送饭上去。大家做出了各种努力想让他吃点儿肉，但都以糟糕的失败告终，因为装在精心擦拭过的银盘子里给他端去的炖猪肘的体积是七的倍数，所以被他视为对血液有害。

公司每周都召开例会，其目的是向威斯汀豪斯汇报灯泡设计的进度，他们仍然希望能够设计出一款免受爱迪生专利限制的全新的灯泡。这类会议从始至终都不会见到特斯拉的踪影。公平讲，他确实没有什么进度可以汇报，所以从某种程度上来说，他决定不出席这类会议也无可厚非。

威斯汀豪斯很难容忍他的这些怪癖。这里是一家企业，在这里，人们会以认真的态度对待自己的工作任务。威斯汀豪斯似乎把自己当成了一大群热情孩子的父亲：他会在假日里亲切地向他们赠送礼物，而且实际上他也是全国首位把员工的每周工作时间减少到六天的老板。他公司里的每一个人，从财务主管到工厂里最低级别的装配工，每周都能享受至少一天休假。对于威斯汀豪斯来说，这些待遇是尊重的表现。威斯汀豪斯电力公司的所有人都在共同奋斗。在并不遥远的纽约，他们有一个共同的敌人，而对方在数量、资源和权力上都远远强过他们。

威斯汀豪斯对于特斯拉故意不遵守规矩的行为毫无办法，原因很简单，因为他需要特斯拉，但对特斯拉来说，威斯汀豪斯却没什么用处。威斯汀豪斯不能扣掉特斯拉的工资，因为莱缪尔·瑟雷尔已经明确了其不可侵犯性。他也不能禁止特斯拉使用实验室里的工具，因为他需要特斯拉尽可能多地利用这些资源做出成绩。对特斯拉施加任何社会压力同样没有任何意义：对于一个巴不得独处的人来说，孤立并不是惩罚。

17
一位知名的来访者

八月一个潮湿的早晨，保罗被办公室外一阵急促的敲门声吓了一跳。他从手上的信件中抬起头来，事务所的秘书玛莎面色惊诧地进来了。

“有一位客人找您，”她说，“呃，实际上……是两位。”

在她递过来的名片上，是一个经常在报纸的社会新闻版面上出现的名字。

“阿格尼丝·亨廷顿来找我？”

“是的。”

“是阿格尼丝·亨廷顿本人？”

“如果那么可爱的女孩都不是阿格尼丝·亨廷顿本人，”玛莎回答，“那我可真不敢想象她本尊还能有多光彩照人了。”

纽约舞台上最出色的年轻歌唱家为什么会来拜访他？

他当然很清楚她是谁，毕竟他也看报纸。她出生在美国，却在伦敦成名,她在威尔士亲王剧院演出的《保罗·琼斯》一票难求，那场歌剧中，由于角色安排上的大胆巧思，她扮演的是男主角保罗·琼斯。这次带有喜剧色彩的伟大尝试让她获得的无数赞赏与瞩目，也传到了大西洋彼岸。之后不久，阿格尼丝也衣锦还乡，回到美国，她在波士顿的爱迪尔斯歌剧院驻演了很长一段时间，后来还曾在美国东岸各地巡回。大都会歌剧院最终将她招致麾下，据报纸上说所费不赀。整个夏季演出季都有传闻说她将会再次出演其成名作中那个著名角色。当然，保罗并没看过那部歌剧。大都会歌剧院的晚场演出的包厢票大概会花掉他一个月的薪水，如果他真的有机会买到票的话。相比那些真正的有钱人，律师只是苦工。律师用笔而不是用铁锹劳动，可是这也并不会让他们的职业在洛克菲勒们或者摩根们或者罗斯福们眼中显得更有尊严。这只会让他们努力进入社交圈子的行为显得更加古怪。

然而阿格尼丝·亨廷顿，百老汇舞台灯光照耀下最闪亮的一颗明星，此时正在保罗公司的前台耐心等待着他。

“你说有两位客人？”保罗问道，“另一位是谁？”

“哦,”玛莎回答，“是她母亲。”

“光彩照人”是伦敦的报纸用来形容这位二十四岁女明星的诸多词汇之一。而保罗要使用的形容词或许还不止于此。阿格尼丝卷曲的淡褐色头发精致地编成一个花环一样的发辫，环绕着脸庞。她的皮肤像她的牙齿一样是乳白色的。她的眼睛是冬天的灰色，而且充满神秘。她绿色长裙的裙角垂着蓝色的蕾丝花边，仅仅那条蕾丝似乎就比保罗的整套西装还要昂贵。虽然她看起来清新纯洁，但是她的举止却并不娇弱。她可不是瓷娃娃。她是远方的一座冰山，遥远而安静，但是在表面之下，却蕴含着巨大而不可知的能量。

保罗觉得她的气质让人紧张。幸运的是，她的母亲范妮已经把他们三个人的话都说了。

是的，来点儿茶就好。不，不要放糖。她们来访的事由相当棘手。她们希望保罗能够保密。她们需要一位能够解决此事的律师，并且能够保证眼下这件事不会出现在《纽约太阳报》的社会新闻版上。范妮·亨廷顿了解到保罗是代表乔治·威斯汀豪斯与托马斯·爱迪生对阵的律师，所以或许他对于帮助处于劣势的人有一定经验。他不惧怕实力悬殊的较量。

托马斯·爱迪生这个名字也提醒了保罗，他有专业能力。“我能够向您保证，”他说，“无论找您麻烦的是谁，他都不可能比托马斯·爱迪生更难对付。”

这正是范妮·亨廷顿想要听到的。在保罗看来，她并不是一个很容易服软的女人。她是保罗见过的身材最娇小的女人之一，但是那矮墩墩的子弹一样的身体里却装着两倍大的个性。她就像是来复枪的子弹，坚硬而冷酷，上好了膛，随时准备爆发。这位母亲是如何培养出这样的女儿的，这就是达尔文先生研究的范畴了。

范妮解释说，她们遇到的麻烦始于波士顿，阿格尼丝小姐曾经在波士顿爱迪尔斯剧院驻演。保罗是否知道这家剧院呢？她问道，是否知道阿格尼丝以前在那里的地位？

“克拉瓦斯先生很清楚我是谁，妈妈。”阿格尼丝用超乎他想象的尖刻口吻说道。她讲话的声音很硬朗。听起来完全不是那种让她闻名于世的天籁之音。“他知道我在爱迪尔斯剧院演唱过。他知道我现在正在大都会歌剧院演唱。我打赌他很可能已经看过下午场的演出了。”

“恐怕我还一直没有机会去。”保罗觉得坦白这一点可能会让自己在她眼中更加低人一筹。

“这样啊，那我们一定要邀请你去看一场演出。”阿格尼丝优雅地回答，没有丝毫的轻慢。

保罗见过的名人只有两种。第一种竭尽全力地矫揉造作，假装根本不知道自己的名气；如果你知道他们是谁，他们会假惺惺地表示惊讶。**天啊**！第二种人对名气已经习以为常，所以根本不会在意。阿格尼丝年纪轻轻却已经成名多年，她属于后一种。

她觉得自己没必要向他证明任何事情，而他却渴望着向她证明很多，这反而让他们之间的社会差距更加明显了。

“所以，您在波士顿遭遇了什么事情？”他一本正经地问。

“哦，事情是从波士顿引发的，”范妮回答，“但是麻烦出在皮奥里亚。”

她解释道，那是爱迪尔斯剧院第一次到中西部地区巡演。印第安纳、俄亥俄、伊利诺伊和密苏里。当然，阿格尼丝以前从未到这些地方演出过，范妮随即补充。但是爱迪尔斯剧院的老板W.H.福斯特受到金钱利益的驱使，想要去这些从未接触过高雅艺术的地方巡演。演出的门票被打折卖给了农民和其他类似的人。爱迪尔斯用观众数量上的增加来弥补高质量观众的缺失。

巡演的标准日程是每个地方每晚只演一场。比如，在印第安纳州的加里市演一场，现场两千名观众，用范妮的话来说，“没有任何欣赏高雅艺术的经验”。然后第二天晚上再到代顿演一场。她的女儿开始感觉自己加入了P.T.巴纳姆的马戏团。

在伊利诺伊州的皮奥里亚，冲突开始变得严重了：福斯特先生告诉阿格尼丝，为了节省开支，她要与合唱队的成员坐同一辆车赶路。这样做显然是不行的。阿格尼丝礼貌地表示了不满。但是福斯特先生并没有对阿格尼丝的意见加以理智考虑；相反，却对她施加了不公正的惩罚。

首先，他阻止范妮陪同女儿一起巡演。然后，他开始克扣阿格尼丝的薪水。他们签过合同，合同上明确规定，巡演期间阿格尼丝每周的薪水是两百美元。起初,她收到的支票上数额少了十美元。福斯特先生说是他的会计师出了差错,他会把钱补上。但他并没有。又过了几周，薪水少了五十美元。然后是一百美元。很快，阿格尼丝拿到的薪水比规定数额少了一半还多。

所以，阿格尼丝遵照忧心忡忡的母亲的建议，退出了爱迪尔斯剧院。她收拾好行装，在芝加哥登上火车，两天之后就回到了波士顿的家里。之后几个月内，大都会歌剧院已经欢天喜地地把阿格尼丝和她的母亲接到了纽约。她的事业也开始飞黄腾达。

然而，她们想要忘掉那段悲惨遭遇的愿望却没有实现。福斯特先生威胁说要就突然离开巡演一事起诉阿格尼丝。她让他留着他克扣掉的那些钱不必还了。但是这对福斯特先生来说仍然不够。他要求阿格尼丝返回波士顿，重新在爱迪尔斯剧院演出。

“如果亨廷顿小姐不按照他要求的做呢？”保罗问道。

“福斯特先生声称自己在芝加哥报界有很多朋友。他说自己只要写一封信，就能引发轩然大波。关于阿格尼丝退出中西部巡演的原因，他可能会对媒体扯出弥天大谎。他甚至可能会暗指……我真的说不出口。”

保罗抬了一下手，示意她不必再继续了。“丑闻一类的事情。”

他看着阿格尼丝，想观察一下她对这起不愉快事件的反应。什么反应都没有。阿格尼丝仍然保持着那种极为平静的表情。她的眼睛仍然闪烁着二月一般的寒灰。她的嘴唇既没有呈现出不悦，也没有笑意。

“我们需要让这件事情消失掉，”范妮说，“并且我们需要它安静地消失。您能否帮助我们？”

保罗接下去不得不表态，这很艰难，但他也没有别的办法。

“我很愿意把您介绍给我的合伙人们。他们都是非常优秀的律师，您会得到最专业周到的帮助。”

女士们沉默了一阵。两个人似乎都不是很习惯被人拒绝，就好像她们不太知道该如何回应这种情况似的。

“很抱歉，只是时间安排的问题，”保罗继续说，“我没有任何时间。为乔治·威斯汀豪斯辩护需要我投入全部的时间和精力。”

“竟然还有这种律师，”范妮说，“对新客户不感兴趣。”

“目前，我只有一个客户，我只有一个案子。我必须打赢它。”

阿格尼丝似乎觉得保罗的认真表态挺逗的。如果她实际上生气了，也丝毫看不出来。她似乎更像是已经忘记了保罗的存在，正准备回到充满音乐会和派对的美丽世界中去了。保罗很郁闷地想到，她很快就要走了。他上次跟一位与自己年龄相仿的女士说话是什么时候？但是他也知道自己应该做什么。

“走吧，亲爱的，”范妮说，“这个街区还有其他一百个律师，能够立刻接下你的案子。”

保罗再一次道歉，但没有得到回应。她们走得比来得还快。阿格尼丝离开时在身后留下的那一缕具有异国情调的香水的味道，他可能再也不会闻到了。

他看着自己桌子上堆积如山的文件。**这是获得胜利必须要付出的代价**，他提醒自己。当天晚上他在办公室里工作到很晚，直到写字的手已经完全麻木，而且，那一晚他没睡好。

一般来说，家庭出身对一个人的影响微乎其微。
真正造就一个人的是他的自身。
——亚历山大·格雷厄姆·贝尔

18
父与子

伊拉斯塔斯·克拉瓦斯没觉得有什么了不起。八月底的纽约之行中，他向儿子明确表示出这一点。

伊拉斯塔斯没觉得保罗的客户有什么了不起。对于他们在纳什维尔的家来说，煤气灯已经足够好了。

保罗在五十街的公寓也没有给他留下什么好印象。伊拉斯塔斯从来就不怎么喜欢纽约，他不明白为什么保罗想要住在那里。伊拉斯塔斯觉得，曼哈顿的夏天实在是闷热难当。他觉得这座城市嘈杂、肮脏、让人反感。他发现犹太人的生活条件很恶劣，他们都栖身于下东区狭小的公寓里。他发现在城市边缘地带的黑人的待遇更加糟糕。就没人担心伤寒病爆发吗？

伊拉斯塔斯不明白，儿子住进这间公寓已经两年了，为什么仍然没有好好布置一下房间。他也没有问起儿子周日到哪一家教堂去，因为他知道答案会是什么。

他觉得中央公园的草木修剪得太整齐，像是某位古代英国爵爷家的花园，过分讲究了。他不喜欢龙虾的味道，但是如果保罗愿意把钱花在享用这些海鲜上面，他也不需要对一个二十七岁的成年人的饮食习惯指手画脚。

保罗从家信中得知父亲要来纽约。这是保罗搬到纽约之后父亲第一次来。伊拉斯塔斯是来办事的，他要和费斯克学院的一些赞助者开个会——他们是纽约屈指可数的几位既拥有强烈的道德信念又拥有必要的资金来帮助他们的人。老头子在信里甚至都没提一句他很想见到儿子。

保罗于是给伊拉斯塔斯回信说，虽然他高兴让父亲住在他家，但他正忙于手上的案子，经常会工作到深夜。他可能没有太多时间陪父亲四处游览。伊拉斯塔斯回复说，他并不确定纽约有什么好玩的地方，就算有，他应该也不会喜欢。

伊拉斯塔斯抵达后，自己提着行李爬上四楼保罗的公寓，他气喘吁吁地上楼梯，拒绝别人帮忙。他几乎和保罗一样高，但是肚子比保罗的大很多。保罗注意到他的白胡子已经很长了，稀疏的胡子尖儿延伸到衬衫的第三颗纽扣处。

保罗下午请了半天假，但是伊拉斯塔斯说一路上太累了，如果能在保罗的沙发床上小睡几个小时那就太好了。保罗告诉父亲家里没有沙发床，但是老克拉瓦斯可以在他自己的床上睡一会儿，并且他来纽约期间那张床都可以让他睡。于是，下午两点，伊拉斯塔斯躺下休息，保罗在公寓里无所事事地待着。他特别想回办公室去。

伊拉斯塔斯睡醒后，保罗提出带他出去吃顿大餐。但是伊拉斯塔斯认为那样纯属浪费钱，他更愿意自己在家做点炖菜。附近的哪家肉铺可以买到牛腩？

保罗犯了一个愚蠢的错误，他承认自己不知道。这就让伊拉斯塔斯找到由头说，如果保罗有一位妻子，那么买菜这类事就不用他操心了。保罗一直单身这件事又被提起来。

保罗让父亲放心，他自己也想有一位妻子，婚姻并不是遥不可及的事情，但是目前这段时间他的工作确实太忙了。先立业，后成家，这样不是最好吗?

“但是，”他的父亲一边在厨房里煮洋葱一边说，“你不能选择一个因为你的名气才爱上你的女人。你需要的是一个能爱名声背后那个真正的你的女人。”

保罗的目标就是让这次谈话尽快结束。从父亲那里听取感情方面的建议就像是从洛克菲勒家的富二代那里听取理财方面的建议：如果一个人从未经历过想得而不可得的痛苦，那对于获得幸福所需的代价他也不会有任何概念。

保罗的父母婚姻美满。虽然这也让他颇为惊讶，但他仍然相信他们的感情。他的父母在很年轻的时候相识，并且马上结了婚。他的父亲相当爱发脾气，而他的母亲似乎比他父亲还喜欢对别人评头论足，但是他们两人在一起很幸福。而且他们还会为对方的错误辩解。他们顽固的道德观念在两人位于田纳西的两层别墅门前止步。他们给予彼此的那种宽容的善意，很少为外人道。直到保罗年纪大了一些，看到自己的朋友们都陷入种种不适又孤独的婚姻生活时，他才意识到自己的父母享受的是一种稀有的幸福。但这样的幸福保罗目前还负担不起。

二十七年来，保罗一共亲吻过四个姑娘。当然他从没提起过这些。但是他有时会想起她们，回忆让他感到快乐。两周前他与阿格尼丝·亨廷顿匆匆见过一面之后，他发现那些记忆更加挥之不去，却也更加遥不可及。

他吻过的第一个姑娘叫伊夫琳·阿特金森，那时他还住在纳什维尔。她的爸爸在码头区有一家船运公司。保罗在家上学，但是每天下午他都会跑到河边去跟同龄的孩子们一起玩。某一天的晚上他吻了伊夫琳，田纳西的月亮正在掩映的云层中投下缱绻的光，照着她微笑面颊上的酒窝。她总是在微笑，那是保罗对她记忆最深的印象。即使在他们接过吻之后，她的嘴角仍然是轻轻扬起的。

在秋天的烟草节上亲吻过格洛丽亚·罗宾森之后，他对接吻的喜爱已经毋庸置疑。他没有告诉任何人。其他男孩子出于嫉妒经常开他玩笑，但这些嫉妒只是根据猜测而来，猜测他都做过什么，猜测其他姑娘允许他做过什么。

他和格洛丽亚的妹妹埃米莉接过三次吻。他觉得这样很不好，但是他知道格洛丽亚没把接吻的事情告诉埃米莉，埃米莉也没告诉格洛丽亚，他也没有告诉过任何人，所以对大家都没有造成伤害。不过，那仍然算是他人生中不太光彩的一段日子。

他在奥伯林认识了莫莉·汤普森。她是个文静的红发女孩，俄亥俄的草地总是容易让她一阵阵怕刺痒。他们常常接吻。他的同学们都确信他们做过比接吻还要出格的事情——在人数并不多的学校里，流言总是传播得非常快——但是保罗和莫莉知道到底是怎么回事。他们在梅溪边散过步，在艾伦克罗夫特音乐厅里小提琴手的伴奏下跳过舞，也在洛雷恩街的砂石房屋之间向对方轻声诉说过自己年轻生命中的一段段往事。她让他在两人毕业后跟她一起回到她的家乡辛辛那提。保罗告诉莫莉,他要去纽约。然后就没有然后了。

在法学院就读期间，他收到过她的一封信。她的儿子已经六个月大，她的丈夫是市长办公室里负责财政的一名高级文书。有时候，她也会想，不知道保罗过得怎么样。他给她寄去了一张《哥伦比亚法律周刊》上的剪报作为回应。他的文章赢得了大三年级的年度大奖。他告诉她，自己很快就要以班级第一的成绩毕业。

她再没有写过信来。

他的接吻史也就到那时为止了。法学院的学生根本没有时间接触女性，他进入职场后机会就更少。算起来他的单身生涯已经好几年了。

保罗知道自己二十七岁还没结婚，已经算是大龄青年了。虽说还没特别老,但是已经比绝大多数适婚女子中意的年龄大一些了。作为律师他还年轻，但是作为单身汉他已经太老了。保罗在人生中做出过一些正确的选择，他也因此收到了回报。他有时也会想，如果自己做出了其他的选择，人生会是什么样子，不过那并不意味着他后悔已经做出的选择。

他并不太擅长跟父亲谈起这些事情。保罗在语言方面的天分却并不能帮他与这个教会他认字的男人进行深入交流。就算他很不谦虚地告诉父亲，从很多方面来看他已经是同辈人中最成功的律师，是美国历史上最大的专利诉讼案的主要诉讼律师，他又能得到什么呢？无论保罗做出了什么惊天动地的事情，父亲都不会对他刮目相看。

伊拉斯塔斯永远不会改变。他不会突然对儿子的世界观产生兴趣。他不会开始赞赏保罗的雄心或者成就。向父亲坦露自己心中的紧张情绪并不会给他带来任何好处。能跟老头子保持良好的关系已经让他很满足了。任何过分的推进都会破坏两人之间好不容易形成的微妙平衡。

伊拉斯塔斯认为信心是通往正义的唯一道路。他向上帝这个救世主祈祷，而保罗甚至根本不相信“祂”真的存在。但如果他向父亲坦承这一点，就会带来不堪设想的后果。他觉得，无论他打算向父亲坦言什么，在大学里培养的无神论观念都绝对不能说。

所以，他们在交谈中很优雅地周旋着。保罗问到他的妹妹。她很好。他问到他的母亲。她也很好。整个冬天她都咳嗽得很厉害，但是春天一到似乎好转了很多，谢天谢地。伊拉斯塔斯对大选发表了看法——亲身体验过克利夫兰对经济造成的破坏之后，他便开始强烈地支持哈里森当选。保罗则很怀疑哈里森是否能够在秋季前说服那些骑墙派重新加入共和党。晚上十一点，伊拉斯塔斯又一次准备上床休息了。保罗躺在客厅的地上，身上搭着一条蓝色的棉布床单。夏天公寓里很热，保罗好一阵子无法入睡。辗转反侧，然后他做了一长串的梦，其中一个梦还相当下流，和一个长着阿格尼丝·亨廷顿面容的女人有关。

早上五点半保罗猛然醒来，发现父亲已经在炉子上煮起了咖啡。正在读早报的伊拉斯塔斯看到儿子起床到脸盆旁边刮胡子，嘟囔了一声。

保罗刚一坐下，伊拉斯塔斯就把前一天的《纽约晚邮报》中的一页推向保罗。

“报上有些东西你应该想看一下，”伊拉斯塔斯说，“那篇社论——跟你工作有关，对吧？”

刚一读完那篇社论的第一句话，保罗就立刻向父亲表示抱歉。他需要立刻到匹兹堡去。他得马上动身到中央车站赶下一班火车。

伊拉斯塔斯表示理解。他说接下去的几天他能照顾好自己；他离开前会把钥匙放在五十四街的咖啡馆转交给保罗。他需要去见一些捐助人，以保障学校的未来。伊拉斯塔斯还从来没有见过三一教堂的尖顶，所以他很高兴能有机会走一趟。

保罗手里拎着过夜的小皮箱匆匆出门后才意识到自己忘记了给父亲一个告别的拥抱。他回头敲响自己公寓紧闭的大门，门钥匙和伊拉斯塔斯都好好地待在里面。

然而保罗的父亲并没有来开门。或许他又回去继续睡觉了，或许他在清洗昨晚的餐具时发出的声音让他没有听见敲门声。保罗转过身，走下四层楼梯，前往匹兹堡。

美国是一个发明家的国度，这些发明家里最伟大的就是新闻记者。

——亚历山大·格雷厄姆·贝尔 世界上第一台可用的电话机的专利权获得者

19
死于电线之间

坐在宾州铁路公司的一等车厢里，保罗又读了一遍《纽约晚邮报》上的那篇社论。

“死于电线之间”，巨大的标题格外刺眼，“交流电的危险”。文章的作者是“哈罗德·P.布朗，电气工程师”。保罗首先关心的是，这个哈罗德·P.布朗到底是何方神圣。其次，保罗也很想知道为什么他能占到版面上如此显著的位置来发表他荒谬的观点。

“每一天我们都能在新闻中知道，又有生命被城市上空横贯的电力线路提前断送、戛然而止。在这个国家的历史上，还从来没有过把这种危险、未知以及未经检验的技术应用在我们的家庭和我们的儿童活动室里，并罔顾他们的人身安全的情况出现，这是危机四伏的，如同犯罪。”文章接着提到了保罗曾经在百老汇目睹的那场悲剧,以及其他一些由于电力线路操作不当而引发的死亡事件。“有几家唯利是图的公司已经不顾公共安全而开始采用一种新型的‘交流电'来点亮白炽灯，"文章继续说，"如果说电弧电流有一定的危险性，那么'致命的'就是最能确切形容交流电的词汇了。一家公司为了多发放一点分成而迫使公众持续暴露在突然死亡的危险之中，这毫无疑问就是作恶。"

文章继续用同样激烈的措辞指出，交流电会把一百英尺范围内随便一个小孩子的骨头都烤焦。因为它产生的电压是直流电的两倍，所以，哈罗德·P.布朗认为，它的危险性也要大两倍。此外，并没有合理的科学解释能够证明交流电优于直流电；只是市场导致这些邪恶的死亡商人采用这种歪门邪道的技术。而且，最后，报纸点明了这一致命技术的主要拥护者：乔治·威斯汀豪斯。"一个为了从天真与轻信的民众身上多赚一点钱而不惜堕落的恶人。"

"为了阻止人类生命的大量损失，"哈罗德·P.布朗的社论文章总结道，"所有的交流电，比如乔治·威斯汀豪斯提供的那种，都应该被本州的立法机构立即禁用。"

那天晚上，保罗看着乔治·威斯汀豪斯在他的实验室里来回踱步。墙壁上挂着的煤气灯给这个宽敞的空间里填满微弱的橘色光线。威斯汀豪斯的工程师们担心电灯光会影响他们对新灯泡的测试。市场上最新的光线颜色——最温柔的黄光，最细微暗淡的白光，最明亮刺眼的日光——都是在这里被研发出来的。属于未来的颜色必须要在属于过去的昏暗中接受考验。

布朗这篇社论还被原文发表在另外四家东岸的报纸上。威斯汀豪斯的公司基于特斯拉的创意而研发的第一套交流电系统的广告几周后就要在布法罗发布。亚当—麦德伦—安德森超级商场已经开始为498型号的交流电灯泡做宣传了，声称它们很快就能够在意大利风格的天花板上发出光亮。当然，除非哈罗德·布朗真的能让这个系统遭到禁用。

“这不是事实，”威斯汀豪斯说，“交流电**不会**比直流电更危险。实际上恰恰相反。为什么《纽约晚邮报》会这样明目张胆地说谎呢？”

“你知道《纽约晚邮报》的拥有者是谁吗？”保罗说。

“不知道。”

“亨利·维拉德。”

“他是……”

“一个普通的报业大亨。但是这个普通的报业大亨最近刚刚得到了两千多股爱迪生电气公司的股票。”

威斯汀豪斯停止踱步。“爱迪生给他股份，换来他报纸上的头版位置刊登诋毁我的文章？”

“我们永远无法证实这一点。”保罗说。

“他能这样做吗？他真的能让州立法机构禁用我的电流吗？”

“这要看情况。”

“该死的律师们，”威斯汀豪斯喃喃道，“就给我一个干脆的回答：能还是不能？”

“我在车站跟奥尔巴尼那边打听了一下。爱迪生似乎已经找到了一个纽约州参议员朋友提交了这一议案。”

“我也斗胆猜测一下，爱迪生也已经想办法好好回报这位州议员了吧？”

“他不能生产出比你的更好的产品，所以现在他要运用法律判定你的产品不合法。我已经给我的州参议员捎过信了。我会在州议会上亲自为你辩护。他不可能买通**所有人**。”

威斯汀豪斯低头望着地板。“交流电真的更好，”他安静地说，

“我的产品比他的更好。”无论他这句话是对谁说的，反正都不是对保罗。

“你能帮我弄明白吗？我是个外行。把我当个外行来解释。你的交流电的电压是他的直流电的两倍。你自己也是这样告诉我的。那么，对于一个外行来说：电流强度加倍，危险性也加倍。听起来合情合理。”

轮到威斯汀豪斯开口的时候，他的嗓音很低沉。“但这就是电力的特点。它的一切都不合常理。”

威斯汀豪斯找来雷金纳德·费森登帮忙做一个演示。来这边工作才几个月，费森登看起来似乎老了好几岁。他显得很疲惫。他具体在从事的工作，以及承受的压力，无论是什么都已让他两鬓飞霜。

一台小型发电机被连接在一台被威斯汀豪斯称为电容器的设备上。这东西大概六英寸长，形状像是个圆柱，外面包裹着某种很光滑的纯黑色材料——是橡胶？在保罗看来，它更像是某种法式甜点。

按照威斯汀豪斯的要求，费森登摇动了几下机器旁边的手柄。机器随即发出了一声轻柔的轰鸣，转了起来。

“现在，”威斯汀豪斯转身对保罗说道，“我想让你用两只手分别握住那两根线头。对，就是那两根。”

保罗惊恐地看着那些“线头”——也就是豁开的电缆线。他想到了百老汇上空那个燃烧的工人。

“先生……这不会让我触电吗？”

“会的。当你用手握住那些线头的时候，110伏的交流电就会从你的身体里穿过。”

保罗眨了眨眼。听起来是必死无疑。

威斯汀豪斯注意到了保罗的恐惧。“你不相信我？”

“并不是，只是……”保罗看着那台机器。这些致命的、属于未来的东西。保罗缓慢悠长地吸了口气，用尽全力紧紧地握住了线头。

只听见“噼啪”一声。

保罗喉咙深处迸出一声尖厉的叫喊。

然后，不到一秒钟，就过去了。

保罗向空中挥起手，手指扭曲着要把那根线甩开。疼痛的程度相当于不戴手套接住一个棒球。

没有闪光。没有火花。没有闪电劈开他的血肉之躯。

“哎哟……”保罗终于回过神来之后叫道。

“所以，”威斯汀豪斯耐心地说，“我们学到了什么？”

保罗转头向费森登寻求解答。

“电压，”费森登尽职尽责地回答，“和电能不是一回事。交流电的电压或许比直流电的高，但是它的振幅是一直在变化的。如果你有兴趣，我可以把满满一本的公式都给你看。”

“啊哈！”威斯汀豪斯说，“过了这么久，我们终于开始教保罗学习科学知识了。那么：让交流电更安全的核心**特质**是什么？”

保罗又一次转头看费森登。

“好吧，”费森登说，“嗯，它被称为**交流**电，你要记住，是因为它的电流方向真的会每秒**交替变换**几百次。而直流电的方向则是持续不变的。那么，人体的肌肉在接触到电流时会发生收缩。就是你刚才的那种反应。这就是人们会被电死的原因。他们抓住了电流，又没办法摆脱它，因为电流正好让他们抓住电线的那些肌肉发生了收缩。”

“大脑想让肌肉放手，”威斯汀豪斯说，“但是肌肉不听使唤。刚才你刚感觉到触电时，发生了什么？”

“我放手了。”

“你能够放开手，正是因为交流电每秒钟要转换几百次方向，所以电流实际上是有极细微的停顿的。你把它想成一辆马车：它以顺时针方向尽量快跑，然后为了掉转头它必须要慢下来，停住，然后再加速往另一个方向跑。交流电就是这样。”

“除了减速的部分。”费森登纠正他。

威斯汀豪斯表示同意。“电能这种东西很不适合用比喻来解释。重力、地心运动——这些现象都更容易用文学中的类比方法来说明。如果牛顿从事诗歌创作，那我们就只能跟着说文解字。我偶尔会这么想。”

保罗把刚才听到的全都记住了。可是，如果不让每个人都把手伸进交流电发电机里亲自体会一下的话，他们又该如何把这一切解释给潜在客户呢？

如果他们无法向公众解释自己优秀在何处的话，那么即便做出了比爱迪生的更好的系统，也没有用处。现实一点都不重要，认知决定一切。爱迪生先于他们意识到了这一点。当威斯汀豪斯正在利用特斯拉的发现研究超级产品的时候，爱迪生已经跳过这一步，直接去研究超级故事了。

而讲故事本应是保罗最擅长的事。

威斯汀豪斯好像能知道保罗在想什么似的，他又开口了。他声音中的职业口吻已经消失不见。

“保罗，”威斯汀豪斯平静地说，“我以为你能够预见到这类事情发生的。”

威斯汀豪斯的话像一阵寒冷的微风。它们轻柔到几乎听不清，但又足以让保罗僵立当场。

“我很抱歉，威斯汀豪斯先生，”保罗说，“我知道爱迪生会对我们聘用特斯拉以及改用交流电这些事情有所反应。但是我不知道是什么样的反应。我没想到他会这么过分。”

“这是你的工作，”威斯汀豪斯继续说道，“如果目前的状况能够说明什么问题的话，那就是你并没有如我希望的那样把工作做到最好。”

保罗感到很难堪，他望向费森登。但是那位工程师正忙于手里的文件，似乎是在有意避免跟他眼神接触。

“你的错误在于，”威斯汀豪斯说，“你低估了托马斯·爱迪生的邪恶。”

“我承认。但我今天可以向你保证,我再也不会犯同样的错误。”

几分钟后，威斯汀豪斯让他们离开了。保罗和费森登离开实验室，把发明家独自留在黑暗而空旷的一片寂静之中。

“他会没事的。”一起穿过月光照耀下的草坪往宅邸走去时，费森登对保罗说道。湿热的空气似乎随时会在乡间的橡树林上空形成一场夏季的暴风雨。“我也被他用那样的眼神盯着看过。他总是有办法让你觉得自己只有六英寸高。但是别担心——到明天他的注意力就会放在其他人的错误上面了。”

“特斯拉怎么样？”保罗这几个星期都没听到任何人投诉特斯拉，他认为这是个可喜的进步。

一听到特斯拉的名字，费森登就苦笑起来。“呃……恐怕这就没那么容易说清了。”

20
特斯拉先生和威斯汀豪斯先生之间的意见分歧

原来，特斯拉给威斯汀豪斯看了一张设计草图。事关某种用真空来填充灯泡的想法。威斯汀豪斯建议做出一些调整，然后测试这两个版本的设计，看看哪种效果更好，特斯拉对此的反应是回到他的办公室里，并关上门以示抗议。

四天之后，费森登和他的手下仍然没有特斯拉的任何消息。他只是不停地用几乎难以辨认的笔迹在机械部采购单的背面写下需要更多苏打饼干，然后随性地把纸条从门缝下面推出来。整整一天之后，才有一名打扫卫生的女孩发现那张纸条。女孩把纸条交给了管家，管家则只好开动脑筋把这件事情告诉威斯汀豪斯，但同时又不至于让老人家气得打碎某些贵重的玻璃器皿。

所幸，苏打饼干不厚，可以从特斯拉的门缝下面塞进去。

保罗请费森登带他到特斯拉私人实验室楼上的公寓。特斯拉仍然把自己锁在里面，他曾经答应过，苏打饼干一送到他就会出来，但他食言了。

特斯拉并没有来开门。保罗请求跟他简单聊几句，但他被缄默的木质门板挡在了外面。

正要转身走向走廊另一端时，保罗注意到从特斯拉的门缝下面递出来一张白纸。他躬身捡起那张纸。

“保罗·克拉瓦斯先生，”机械部采购单上的第一行字这样写道，“我迫切需要退出乔治·威斯汀豪斯先生的公司。他并不是一个发明家。我要离开，我会在纽约州纽约市曼哈顿与你再见。——尼古拉·特斯拉。”

保罗要处理的问题一下子多了一倍。他不仅要处理爱迪生和威斯汀豪斯在报纸上的舆论交锋，现在还要处理威斯汀豪斯和特斯拉之间的私人矛盾。

意外的是，选择和谈地点的人居然是特斯拉。虽然他看上去对美食没有什么鉴赏力，对葡萄酒也丝毫没有兴趣，但他显然认为德尔莫尼克餐厅是个亲切的地方。即便是特斯拉这样的人也无法抗拒高端感。他只是能够毫不在乎地不讲礼貌而已。

所以，同一周内，爱迪生的律师们不停骚扰，让保罗疲于奔命地在三个州出庭辩论直流电和交流电的区别，而纽约州议会也在召开冗长的会议讨论完全禁止使用交流电的提案，同时，保罗还不得不请求他的客户到纽约，和最有可能让他们免除所有这些麻烦的那个人一起品尝**橄榄鸭翅**。

“这位先生对于发明创造的意义简直一无所知。”特斯拉发难说。酒杯里倒满了波尔多红酒，但他一口都没有动。“他从来没做到过，将来也永远做不到。”

“这种胡言乱语我已经听了**好几个月**了。”威斯汀豪斯说。

“我有个建议，”保罗公平地提出，“我们今天谈话时的措辞最好能够柔和一点。”

特斯拉却不这样认为。“是乔治·威斯汀豪斯先生所使用的语言完全词不达意，跟我说不到一起。”

“这也恰恰是我的想法！有人能听懂一丁点儿他到底在说什么吗？听起来他的英文都是从乔叟那里学来的。”

“我不认识乔叟这个人，”特斯拉申明，“他是你实验室里的另外一头傻狒狒吗？”

“别说了，”保罗请求，“二位，都别说了。”

保罗知道这个场面一定不会轻松，但是他并没意识到两人之间的分歧已经延伸到了私人关系上。“问题不只是真空灯泡，对吗？”

“你是对的，”特斯拉说，“我眼前的问题是，乔治·威斯汀豪斯先生不是一个发明家。”

“我眼前的问题是尼古拉·特斯拉先生是一个浑蛋。”

“特斯拉先生，”保罗说，“威斯汀豪斯先生是美国历史上最有成就的发明家之一。我并不是站在他律师的立场才这样说的，请你明白，我是作为一个每天都受惠于他制造出来的产品的普通人这样说的。”

“气动刹车，”特斯拉说，“您，先生，魔术般地创造出了一些能够让快速移动中的大质量物体停下来的好方法。二十年前，您让一辆相当大的火车停住了。太棒了。全场起立，每个人都向您鞠躬。”

“求你，”保罗说，“如果能多讲事实，少来人身攻击，我想对大家都更有帮助。”

“您发明过什么电气系统，威斯汀豪斯先生？”

看到保罗的眼神，威斯汀豪斯非常耐心地回答。“我的公司正在完善——并且已经开始销售——交流电系统，这个产品一部分来自您最近的突破，这一点上我承认全部功劳都归您，还有一部分来自我们不久前获取的索耶和曼的专利。您，先生，拿出了一个很棒的想法。而我建立了一个系统来利用它。”

“对，确实，完全正确，”特斯拉恶声恶气地说，“但是您没有发明任何东西，您明白吗？索耶和曼两位先生，他们才是我的同行。他们有很多伟大的想法。您只是签支票。”

“他们申请了专利。我购买这些专利的使用权。然后我把他们的工作还有您的还有我自己的结合在一起，创造出了一个——正在完善中的——能够改变人类生活本质的电气系统。这是做事情的方式。”

“您做事情用什么方式，”特斯拉说，“并不在我所关心的范围之内。”

“那您关心什么？”保罗问道，期待着通过这个问题能够明确两人不和的根源。

“交流电能用。它能让马达转动，它可以点亮电灯，它可以点亮城市。我知道这是真的。”

“我也知道。”威斯汀豪斯说。

“好吧，”保罗说，“我们大家其实想法一致。”

“所以我们应该去其他领域探索一番了，”特斯拉说，“你希望能做出一台使用交流电的电灯，要跟爱迪生的不一样。为了什么？是为了你的官司，并不是为了科学发现。你想要的是新产品。我想要的是新发明。”

这一番话让威斯汀豪斯和保罗一时语塞。侍者趁机为他们倒上波尔多红酒，并送上三份嫩煎鸭胸。

“我制造产品，特斯拉。我制造伟大的产品。我的公司生产三阀门自动空气制动系统和蒸汽引擎还有安培表和回转空气阀。我们的产品比全国任何其他厂家的产品都好。比伊莱·詹尼[1]的好，比乔治·普尔曼[2]的好，也肯定比托马斯·爱迪生的好。”

“我愿意承认您所述的均属事实。”特斯拉表示。

“爱迪生是你们两个共同的对手。”保罗说。

但是连威斯汀豪斯都没理他。“你制造了什么？”他问特斯拉。

“思想，”特斯拉像是在回答小孩子提问一样说道。“我有思想。还有我的想象力，他们比你那些经不起折腾的玩具更长久，对后代的影响也更深远。”

“我制造的很多事物都能够使用很长时间。”

“不，乔治·威斯汀豪斯先生，建造是短暂的，能永久存在的是思想。”

特斯拉站起身，示意侍者去拿他的长大衣。

保罗调节的这场争端产生在两个毕生致力于创造出新事物的人之间。而他们所创造的事物又是如此不同！威斯汀豪斯创造产品，特斯拉创造想法。而几英里之外，爱迪生正在忙着创造一个王国。

保罗并没有什么创造性思维。他知道爱迪生、特斯拉和威斯汀豪斯这类人拥有一些他不具备的特质。像是一个额外的器官，大脑中额外的一个区域，一支由上帝点燃的蜡烛，就像是让圣奥古斯丁拥有信心的那一支——那是一种创意的**天赋**，而保罗知道自己没有。

1 伊莱·詹尼（Eli Janney，1831—1912），火车自动挂钩发明者。——编者注

2 乔治·普尔曼（George Pullman，1831—1897），实业家，曾设计豪华型列车车厢。——编者注

做一个有创意的人是什么感觉呢？感受他们的灵光乍现，为他们因发明而产生的疯狂激动不已？保罗试图去想象爱迪生、特斯拉、威斯汀豪斯这样的人，在受到启发的那一刻的感受……但是他做不到。保罗的工作不是发明，而是解决。各种各样的问题被送到他的桌面上，他去解决。问题会得到答复，错误会得到纠正。保罗认为，如果你问他一个问题，他很善于提供正确的答案。但是他不是那种能够提出问题的人。

保罗有种很奇怪的感觉，他觉得自己对他们三人的看法，比他们三人对彼此的看法更加透彻清晰。因为当局者迷，旁观者清，他能够从远处审视远处迷雾中的三位巨人，审视接近科学、工业和商业的三条完全无法相容的途径。

“别了，”特斯拉转身走出门口时说，“你们不必再把我视为威斯汀豪斯公司的一员了。”

21

卡特—休斯—克拉瓦斯事务所里的阴谋

“我们是来帮忙的。”查尔斯·休斯谎称。他斜倚在保罗办公室的门框上，试图显得随意一些。但并未奏效。

卡特站在他身后。老头子紧绷着脸，让休斯没法继续装友善。

“感激不尽。”保罗也口不对心地回答。

“我很怀疑。”卡特说。他并没打算掩饰自己对待这位旧徒弟的傲慢态度。

“你跟特斯拉谈得如何了？”休斯问。特斯拉和威斯汀豪斯那次倒霉的晚餐已经过去两周了。保罗给莱缪尔·瑟雷尔写过几封信，但是没收到回音。

“我没有收到回音。但是有人在曼哈顿看到过他几次——他在跟上流人士共进晚餐，信不信由你。我认为他正在找人出钱帮他成立自己的公司。地点还是会选在纽约，但是瑟雷尔要么就是不想告诉我确切的地点，要么就是他自己也不知道。”为什么他的合伙人对特斯拉如此关注？在他们面临的所有危机中，失去特斯拉似乎是最容易应对的一个。

“我们必须说服他回到威斯汀豪斯公司。”卡特说。

“或者找到其他人帮威斯汀豪斯设计一款不会侵犯专利权的交流电灯。”保罗知道，才华能与特斯拉比肩的人绝对不是随处都有，但也一定会有的。“失去特斯拉的技术专长确实是个问题，确实，但那是个学术问题，不是法律问题。他的专利仍然稳稳地掌握在威斯汀豪斯先生的手里。”

“是的，”休斯说，“这正是我们担心的地方。”

看起来保罗的合伙人们知道了一些他自己都不知道的事情。

“我们仔细看了合同。”卡特说。

“每售出一个单位的电力，就要支付每马力两美元五十美分的使用费？”休斯问。

“我现在合同没在手头，不过应该是对的，我相信那就是威斯汀豪斯要付的使用费。”

“而无论特斯拉是否会帮助他让专利投入应用，他都要支付使用费？”

“是的，”保罗说，“就算特斯拉离开，威斯汀豪斯仍然拥有专利使用权，条件不会改变。这是件好事。”

“好吧，”休斯带着精心呈现出来的谦恭语气说，“问题在于，这并不是好事。”

“……你这话什么意思？”

“我的天啊，”卡特说，“他是真的没明白。”

“沃尔特，”休斯说，“我们不需要让克拉瓦斯为这件事感到更难堪了，对吗？”

“让我为什么事感到更难堪？”保罗问。

“当你跟瑟雷尔谈判的时候，”休斯说，“你自行其是，没有咨询过我们的意见，你谈下的是用一笔固定费用外加一笔按公式计算的使用费来支付特斯拉先生的专利使用权以及他未来的工作成果。而且，用这个公式计算出的使用费可以说是非常慷慨的，对吗？”

“也非常值得，我这样认为，”保罗说，“威斯汀豪斯先生也是。”

“如果它能够买到专利使用权以及后续的产品改良工作，那才是非常值得。但是现在，支付同样的使用费只买到了专利使用权。威斯汀豪斯不得不找人替代特斯拉，但是他仍然付给特斯拉全部的钱，而且会永远付下去。”

“你以为你在谈一项专利权的交易，保罗，”休斯插话说，“但是你实际上在谈的是一份劳务合同。现在你的客户——本事务所的客户——正在为了对方不一定会做的工作支付着高利贷一样的使用费。”

“但是……”保罗努力想要回应，他的双颊因为羞愧而发烫，“那我还能怎么——”

“你可以在协议中加上一条他妈的补充条款，”卡特吼道，“‘如果特斯拉离开，那么自他离开之日起，使用费减少到五十美分’，或者二十五美分——谁知道你能谈到多少。”

“我们在这类交易中经常附加这种条款，”休斯说，“美国钢铁公司跟本杰明·马克的协议中就使用过。我以前也跟瑟雷尔打过这种交道。他知道我们会谈条件。但是你根本没有想到这一点，而且你也没有问过我们。他当时一定笑疯了。”

瑟雷尔怎么会把他要得一愣一愣的？保罗在脑子里回想着谈判的过程，瑟雷尔的狡诈才终于昭然若揭。

这一点卡特也明白过来了。“他邀请你去他那儿工作，是不是？”卡特抱起双臂，怒其不争地看着眼前这个曾经前途无量却最终变得愚不可及的人。

休斯说起这件事的语气比他的岳父多了些同情。“他请你去他的事务所工作,所以你就不会跟我们交换意见。他知道你经验不足。而且他知道你有雄心壮志，想要自己独占所有的功劳。所以，凭着一些和我们对着干的小诡计，他离间了你和你经验丰富的合伙人。”

保罗的羞耻感在胃中凝结。“我不知道可以附加这种条款。”他竭尽全力才把这句话说出口。

“你不知道,”卡特说,“因为你才二十七岁。你把脑袋埋在土里，你太蠢了，根本没有意识到危险的存在。”

“沃尔特,”休斯冒险说了一句，“没必要这样讲。”

“我不需要你假惺惺的怜悯,”保罗以一种自己都没预料到的强硬语气说道，“你唱白脸，卡特先生唱红脸？别跟我演戏了。”

“由于你的疏忽，威斯汀豪斯将会损失几十万美元,”卡特说，“几百万，甚至。”

“专利的期限只有六年,”保罗无力地争辩，“这确实是一大笔钱，毫无疑问，但是六年后一切损失都会停止，而且，只要我们打赢了爱迪生，那这就无关紧要了。”

“打赢？”卡特说，“威斯汀豪斯不得不支付每单位两美元五十美分的使用费，而爱迪生却不用付，照这样下去他还怎么打败爱迪生呢？威斯汀豪斯或者需要把电力的单位售价提高，就会比爱迪生的卖得贵，这在市场上是死路一条；或者需要以几乎不盈利的价格出售他的电力，然后整个企业就会垮掉。是你让他陷入了这样一种绝妙的境地。”

“你”这个词是最伤人的。这场灾难都是保罗引发的。

“我犯了一个错误。”

“你犯了一个错误，”休斯重复道，“但是你不会再犯。这是我们要求的全部。”

保罗看着休斯，真恨不得自己能立刻找条地缝钻进去。

“你们想怎样？”保罗问。但是话一出口，他就猜到了答案。随即他也意识到，自己根本没有能力抗争。

他们想要共享这个客户。如果保罗拒绝，他们就会向威斯汀豪斯和盘托出一切，不仅会告诉他这笔被迫承担的昂贵使用费的实际效力，还会告诉他如果不是保罗的失误，他完全可以不付这笔钱。坏消息可以有两种方法来传达：一种是采取平缓而遗憾的语气，这也是律师们安抚客户时的惯用伎俩；另一种是问责，是保罗逃不掉的。整个事务所可能会被炒鱿鱼。但是只有保罗手上没有其他客户。只有他无法从失去这个客户的损失中恢复过来。

或许他还是太年轻了，处理不了这么大的案子，保罗自己承认。或许威斯汀豪斯不应该把信心寄托在他身上。

他没有争辩就接受了他们的提议。

“那么好吧，”卡特说，“我们会给威斯汀豪斯去信。我们会告诉他这是事务所的政策，以这场官司的规模与重要性来看，任何人都不可能单枪匹马地胜任。用请一位律师的钱得到三位律师的服务——他不会不高兴。”

保罗看着卡特和休斯离开房间。他没有避而不看他们脸上浅浅的笑容。他希望自己能够牢记他们的表情。以后再有过度自信的时候，他会让那些笑容来告诫自己。

一个开篇。一个主体。一个结尾。然后消失，需要的时候才被回忆起来。

门关上的时候，有一个解决办法突然从脑子里冒了出来。保罗知道，要获胜，只有一条路可走。那就是把特斯拉争取回来。那一天，直到想出具体的行动计划之后，他才离开办公室。

22

到格拉梅西公园4号的一次拜访

阿格尼丝和范妮·亨廷顿住在格拉梅西公园4号一栋褐砂石的两层小楼里。这个街区没有第五大道那种老牌富人区的倨傲气质，也不能与华盛顿广场附近的世袭豪宅相提并论。不过这里高雅的艺术时尚气氛让它与前两者相比并不逊色。这条街属于一个眼光敏锐并且引领流行的社会阶层：这群人也要靠工作挣钱，但是他们的工作报酬颇丰。总而言之，此地方圆半英里之内居住的艺术家、作家、演员和歌唱家们可以说是全美国最受瞩目的一群人。作家约翰·比奇洛和墙纸商人詹姆斯·平肖就住在这条街上。铁路大亨施托伊弗桑特·菲什最近刚在拐角处买下了一座四层小楼，并且花了相当大的一笔钱请建筑师斯坦福·怀特重新装修过。菲什新豪宅中位于四层的宴会厅和通往那里的大理石楼梯已经是社会新闻版的热议话题。

亨廷顿家的房子是这个街区里最小的一栋。它的八扇白色窗户显示出一种古典的简洁美，把保罗引到大门口的六级台阶和黑铁栏杆都很有品位地显示着恰到好处的富有。

保罗在茶室里等待着女士们。他前天刚买的新帽子在屋里派不上用场，已经挂在了门口。他就坐的那个图案鲜艳的沙发太小，所以他一直在努力调整自己庞大的身体，想尽量保持坐姿的优雅。在等待中，他一会儿跷起腿，一会儿放下，想要找到一个让自己看上去不像马上要翻倒的姿势。

“或许你更愿意坐在扶手椅上？”

范妮·亨廷顿像是一枚黑丝绸的小弓箭，出现在东方风格地毯的另一端。阿格尼丝安静地跟在母亲身后走进来，脸上仍然挂着那种冷淡而礼貌的笑容，跟上次见到她时一样。保罗尽量让自己不要去思考那笑容背后隐藏着什么。

她们都坐下之后，保罗再次感谢她们接受他如此匆忙的拜访。正如前天的信中所说，他改变了主意。如果她们能够原谅他最初的拒绝，并且恰好还没有找到合适的律师人选的话，他非常乐意接手她们的案子。从范妮颇有兴趣的神情来看，他敢说她们还没找到别人。保罗不确定为什么，但是也不想问。或许她们对这位律师最大的需求就是绝对保密。在纽约，或许那就是这个阶层的女人们唯一没办法花钱就可以买到的东西。

他告诉她们，他代理此案的策略很简单。他会给波士顿爱迪尔斯歌剧院的经理W.H.福斯特写信，通知他卡特—休斯—克拉瓦斯律师事务所现在全权代理亨廷顿小姐的一切法务事宜。保罗不会透露其他细节。他的角色应该是息事宁人。当然，无论亨廷顿小姐和福斯特先生之间有过什么不愉快，他都会礼貌地提议，就让一切都成为回忆吧。翻旧账对任何人都没有好处。

保罗也不会发出警告。那些都是以后的事，并且只有在绝对有必要的情况下才会去做。“只有外行才会一开始就先威胁对方。”他说。他尽量想要表现出权威，可是阿格尼丝的灰色眼睛似乎要从他的神情中寻找弱点。“如果一个人表现出歇斯底里，那就再也没有转圜的余地了。最有力量的威胁都不会被挑明，因为双方都很清楚地知道他们各自要承担的代价是什么。

“对你们非常有利的一点是，你们只想维持事情当前的状态，他却希望改变。因此，对我们来说，对方没有采取行动，就是我们的胜利。”保罗心里很清楚，这个策略其实对他的另一个客户同样非常适用。他的专长就是想办法拖延时间。他觉得这很合理。谁会为了加速事态发展而聘请律师呢？

保罗说完之后，范妮往自己的茶里加了点牛奶。“你这次改变主意所需要的酬劳是多少？”

她一点都不傻。保罗给出了一个比行价低了一半多的数目。这个数似乎让范妮觉得这笔买卖很划算，但同时也有点起疑。

“此外，我还希望您能帮我一个小忙，作为回报。”

“我能帮您什么忙呢？”范妮说。

“不是请您帮忙，亨廷顿夫人，而是请您女儿帮忙。并不是为我，而是为了乔治·威斯汀豪斯先生。”

阿格尼丝厌倦地笑了一声。“恐怕我不能再进行私人表演了，”她说，“我跟大都会歌剧院的合约里有规定。”

“实际上，”保罗说，“并不是这件事……我想……呃……我想请您带我去参加一个晚宴。”

毛毛虫身上没有一点迹象告诉你它将来会变成蝴蝶。
——巴克敏斯特·富勒，建筑师

23
玩家俱乐部

与阿格尼丝·亨廷顿家相隔几栋房子的那座四层石头豪宅于几个月之前被演员埃德温·布思买下。不过，布思并不打算把格拉梅西的这座宫殿般的房产全部用于日常居住。他自己住在顶层的一间小公寓里，把余下的空间都用来建立一家私人俱乐部。“一个属于艺术家的俱乐部”，他这样告诉《纽约太阳报》和《纽约时报》的社会版记者。它比华盛顿广场那些倨傲自大的居民所属的俱乐部更加时尚。他把它命名为“玩家俱乐部”。百老汇舞台上的明星人物和纽约文学界的时尚翘楚悉数受邀加入这个俱乐部。媒体争相报道说，这里每周的聚会总是星光灿烂。

不过，媒体刻意避而不谈，却让爱八卦的纽约读者们津津乐道的一桩传闻是，布思明显是想通过建立这个俱乐部来修复家族的名誉，他的哥哥约翰·威尔克斯二十年前的那次惊人之举让家门蒙羞至今[1]。布思想为公众舆论呈上一个新的话题供大家讨论。他的俱乐部会很高端。受邀加入的人越少，期待能加入的人就越多。这个俱乐部里发生了什么，成了每周人们茶余饭后的谈资。那么布思这个名字，就会等同于某些事情——任何事情——联系在一起，总之只要不是难堪的刺杀行为就行。

保罗告诉阿格尼丝和范妮·亨廷顿，一周后，玩家俱乐部要举办一次聚会。女性不能成为俱乐部成员，不过阿格尼丝在戏剧界的声望让她也受到邀请。

“那些聚会，”范妮礼貌地说，“名声可是不太好的。”

“我也读过报道。”保罗说。

“我觉得我女儿在那种地方会很不舒服的。”听到母亲的意见，阿格尼丝转头看向别处。

“我没打算出席。”她一本正经地说。

“亨廷顿小姐，如果您愿意出席并且把我作为您的客人带进去，那就真是帮了我很大一个忙。”

“恐怕我不太明白，”范妮在她女儿做出任何回应之前就抢先说道，她双手交叉放在膝盖上。“出席玩家俱乐部的一次聚会，怎么能帮您为威斯汀豪斯先生打赢官司呢？”

“这一次的聚会，”保罗说，“是斯坦福·怀特主办的。”

范妮眨了眨眼。斯坦福·怀特是纽约最著名的建筑师，曾经设计过维拉德大宅和麦迪逊广场花园。他为华盛顿广场设计的拱门目前正在施工中。不过，虽然他因为构筑了曼哈顿天际线而著名，但他事业上的声望却远不及他的私人生活引人瞩目。始终保持单身

1 约翰·威尔克斯·布思，美国戏剧演员，于1865年4月14日刺杀了林肯总统。——译者注

的怀特一直是花边新闻的主角，身边不乏各种年轻女性出没。

范妮·亨廷顿脸上的表情明确表示出对这种事的厌恶。她一点儿都不喜欢让女儿跟这种人来往。

“事情是这样的，”保罗说，“怀特先生好像交了一个新朋友。下周的这个聚会就是为这位朋友举办的。他要把这位尊贵的客人介绍给曼哈顿上流社会中最时尚的一群人。”

保罗从座位上向前倾身。“这位贵宾是个非常古怪的科学家，您可能都没听说过他。但是我必须要跟他见面谈一谈，这至关重要。”

一周之后，一个清爽的九月夜晚，保罗到4号阿格尼丝家里接上她，陪她一起走过格拉梅西公园，到玩家俱乐部所在的16号。

她的母亲简短地提醒他们两人，斯坦福·怀特出席的任何聚会都必然有些危险，阿格尼丝几乎没有说话。随后，范妮出乎意料地送他们出了门，他们单独站在了4号的门外。

保罗很识趣地伸出胳膊让她挽着走过穿越公园的一小段路。在他准备开口谈论这个美妙的夜晚之前，阿格尼丝先说话了。

“哎呀，我的天啊，我真的需要喝一杯。”在他们此前的会面中，阿格尼丝很少讲话，所以她的音色和她瞬间的兴高采烈都让保罗吃惊。

“你是一个大圣人，”她继续说，“把我带出了那座房子。我搬到格拉梅西来，可不是为了每天晚上跟我母亲玩扑克牌。”

保罗不知道自己应该作何反应。他想到了范妮的告诫。说道：“我希望现场的气氛不会太没分寸。任何时候如果你觉得不舒服，我们随时可以离开——”

“你开玩笑吧？斯坦福的聚会是最棒的。我上次去的那个一直持续到黎明后两小时才结束。我回家的时候，母亲已经起来了，坐在客厅里等我。不过我跟她说我醒来太早，所以出门散了个步呼吸一下新鲜空气。我觉得她相信了，但是后来一个月她都没再让我出去玩过。这就意味着你，克拉瓦斯先生，是我的守护天使。”

保罗发现，自己身边的这个阿格尼丝·亨廷顿明显与他签约代理的那位尊贵人物截然不同。之前那种装出来的完美笑容瞬间变成了带点坏意的狡黠微笑。

“你跟怀特先生关系很好？”快到俱乐部时他问。他不知道这么问的后果会是什么，并且立刻开始担心这个问题会不会不礼貌。

她爆发出一阵大笑，这是她第一次在他面前这样。“任何识时务的女孩子都与斯坦福·怀特先生**关系很好**。我不担心跟他走得更近的唯一原因是我的年龄。谢天谢地。”

保罗尽量把自己的回话说得轻松随意。“很高兴知道您的年轻……能让这种男人望而却步。”

阿格尼丝失望地看着他。“恰恰相反。对他来说我年龄太大了。”保罗低头看着自己的鞋尖，这样她就看不到他的惊讶了。“最近让他惹上麻烦的那个小姑娘阿斯特，去找家庭医生就诊的那个——我肯定你能猜出她的病因吧？她十四岁。”

“哦”是保罗唯一能够想到的回答。

“有点讽刺，你不觉得吗？那是他周围的姑娘里唯一一个刚够怀孕年龄的，结果他就把人家肚子搞大了。”

保罗觉得自己处在另一个世界的边缘，那里的规矩他完全不懂。

“好了，”他们登上玩家俱乐部大门口的水泥台阶时，阿格尼丝神采奕奕地说，“我的妈妈已经入睡，而夜晚正在苏醒，我想这正是我们大醉一场的绝好时机！”

保罗这辈子从没见过那么多的香槟。俱乐部里到处都是香槟，每一瓶打开的香槟里喷涌的液体与墙上挂着的金色画框交相辉映。在这个地方，连酒精都是金钱的颜色。

阿格尼丝要了一杯放了两粒新鲜覆盆子的香槟。“成功第一步的礼物。”她说。

她把保罗介绍给周围的客人。他很擅长记人名，也很擅长留意那些有助于记忆的明显特征。哈尼罗斯先生留着灰白色的络腮胡子；谢尔登夫人讲话带有西班牙口音；法纳姆先生身材矮小，拄着一根银质拐杖。保罗一边跟他们握手，一边把他们牢牢记住。

阿格尼丝似乎认识每一个人。每次有人吻她的手，她都能讲出几句玩笑话；每行一次屈膝礼，她也会想到某件特别的趣事跟大家分享。她完全沉浸在聚会中，仿佛天生如此。

某种程度上来说，确实是。据保罗所知，亨廷顿是个古老的家族。他们很早就在美国的土地上深深扎下了根。他们通过加州的淘金业和科罗拉多的火车制造业等西部工业发家致富，也在东岸的参议院和众议院占据了一席之地。亨廷顿家族在美国大陆的财富与权力版图上开枝散叶，发展得如此繁茂，保罗意识到，他根本不知道她是亨廷顿家族的哪一系后裔。报纸上提到她的事业成就时，并没有提及她的家庭背景。

然而她却来找他作为诉讼代理人，而没有去找那些更资深或者更知名的律师。阿格尼丝和范妮当时一定是找不到比保罗更有地位的人来保护她们。由于保罗其实并没有什么权势，那就必然意味着，她们是来自亨廷顿家族比较旁支的族系。但是不管她们来自什么背景，保罗眼前这位在玩家俱乐部里游刃有余的年轻女子似乎很高兴到这里来。

“特斯拉，”在足有一千次握手寒暄之后，保罗说，“我要找到特斯拉。”

“他应该是和斯坦福在一起，我确定。再多拿两杯香槟来，我们到楼上去。”

二楼的空间充满了浓烈的雪茄味。一个四重奏乐队的音乐家们挤在一个角落，提琴手一边拉动马鬃毛做的琴弓，一边满头冒汗。厚重的皮靴踏在地板上的响声把乐曲声都盖过去了。阿格尼丝领着保罗穿过一群喝得半醉的人，他们正随着欢快的华尔兹节奏翩翩起舞。

在三楼，保罗看到一群宾客聚在一对沙发椅旁边。人们自动站成了一个半圆。所有人的目光似乎都集中在中间那个露出半个脑袋的瘦高男人身上。

特斯拉。从发明家脸上绽放的笑容来看，保罗知道他很享受这种场面。保罗简直不敢相信，一个几乎从不会因为别人而感到快乐的人，看起来却很乐于沉浸在别人的快乐之中。

“一块磁铁和一个线圈，”特斯拉对众人说，“这就是你们需要的工具。所以这样想：关于磁力我们已经有了一些了解。线圈呢，你们每个人家中的床垫里都有。”听他提到床，人们欢快地窃笑起来。特斯拉似乎不明白他们在笑什么，但他还是很高兴。

“不过，它是从哪里来的？”站在特斯拉旁边的那个男人问道。他个子相当矮，留着一脸茂密杂乱的大胡子，穿着一件浆成白色的燕子领衬衫，一排金色的纽扣整齐地扣好。保罗望向阿格尼丝，跟她确认。这就是斯坦福·怀特。

“电力是凭空产生的，”特斯拉说，“它从任何地方来，从任何地方凭空产生出来。它不是被创造出来的，它只能被驯服并利用。”

“就像一匹马？”怀特问道，人群爆发出大笑。

“就像是蒸汽动力，”特斯拉说，“水是从哪里来的？哪里都不是。就是这样。然后人们学会了把水加热。然后把热水上升起的那一团团气体聚向一个方向……”他拍了一下手，“然后你就拥有了它！动力！”

保罗看着女士们相视而笑，而男士们则互相交换着赞同的眼神。他们都在竭力显示出自己被特斯拉的话深深打动，同时也明白他说的内容。

特斯拉继续说着，保罗注意到他小心地保持自己的身体不与他人的身体接触。他不自然地调整着姿势，避免让女士们精心打理过的长发不小心碰到他身上。他的种种荒唐举动在大家看来都是非常有趣的怪癖。

怀特转身冲大家挤了挤眼睛。**这可不是每天都能听到的故事**。他似乎在告诉他的朋友们。特斯拉是这次聚会的主角。

“你的朋友看起来并不像是一位客人，”阿格尼丝安静地说，“而像个娱乐节目。”

他曾想象过特斯拉可能会以什么样的角色出现，但是曼哈顿艺术贵族家里的宫廷小丑并不在其中。

“他很喜欢新鲜有趣的好东西，斯坦福，”阿格尼丝继续说道，“上次我来这里时，他正拉着一个中国的魔术师招摇过市。玩儿点把戏博大家一笑。不过，这是我第一次看到他拿科学家作秀。”

仍然在绘声绘色地描述着电能特性的特斯拉终于看到了保罗。他停止了演说。“保罗·克拉瓦斯先生。”特斯拉说。他吃惊地挑起眉毛。

人们不明就里地转过头，想看看特斯拉在跟谁说话。他们看到保罗，疑惑也并没消除。

斯坦福・怀特先保罗一步开口了。“特斯拉先生有朋友在？”

“是的，”阿格尼丝回答，“这位是保罗・克拉瓦斯先生。他是我的律师。”

怀特谨慎地看着阿格尼丝。

“我们能否让这两个老朋友单独谈谈？”阿格尼丝建议。

“除非，”怀特说，“我们能有幸听你唱一首歌。”

阿格尼丝笑了。“如果你非常走运的话，或许可以。”她把怀特拉进人群里，很机巧地把机会给了保罗。

“您在这里干什么，保罗・克拉瓦斯先生？”保罗走近后，特斯拉问道。

“我一直在到处找你。”保罗记得这位发明家不喜欢身体接触，所以在距他几英寸的地方举起手，边说边比画，但没有碰他。他把特斯拉带到一个讲话不会被人偷听到的角落。“我们得谈谈。”

特斯拉的语气变得轻松起来。“哦！确实。如果明天晚上你能来，就能看到非常了不起的东西。”

“来哪里？”保罗问。

“我的新实验室。”特斯拉看到保罗难以掩饰的惊讶,笑了。“你不会以为我这段时间都在无所事事地闲逛吧？”

“你又有了新的发明？”保罗试图猜出特斯拉用他自己的设备能够发明出什么来。但是这种事情真的完全超出保罗的想象力。

特斯拉凑过来，轻轻吐出几个字。

“是一部无线电话。”

保罗目瞪口呆。电话刚刚面世十年；几乎没人拥有电话，因为它们的价格非常昂贵。保罗自己甚至从没使用过电话。谁会需要一部无线的电话？而且，“无线电话”到底是什么东西？

特斯拉放声大笑。保罗表现出的难以置信似乎让他很激动。他说了个地址，在格兰德街。“明天晚上来，”他轻声说，“我给你看一些几乎没人敢说自己见过的东西。没错，他们以前从来没见过的东西。”他递给保罗一张名片，上面没有名字，只有格兰德大街的那个地址。

保罗正要让他详细说说，突然被聚会上传来的一阵声音吸引了。一首歌在嘈杂的人群喧嚣之外飘荡，然后又甜蜜哀怨地回荡在空气中。那个声音既动人又温柔，像是这乌烟瘴气的房间里的一道光。

保罗看不见歌者，他也不需要去看。他立刻知道这歌声只可能属于一个人，她的确名不虚传。

阿格尼丝并没有在玩家俱乐部里唱咏叹调——她唱的是《你从哪儿弄来的那顶帽子？》，一首那年夏天意外流行起来的小调。只是她放慢了节奏，演唱中带着一种奇妙的哀伤气氛。她让这首歌更加怡人，同时也更令人难忘。

连特斯拉都呆住了。发明家突然抛下保罗，直奔歌声的源头而去。特斯拉离开的时候，肩膀蹭了保罗一下，但是他似乎根本没有在意这种通常会引发极度恐惧的身体接触。保罗跟着他，两人一直来到被宾客们团团围住的阿格尼丝旁边，她正在唱完这首歌的最后几个音。

保罗试图在掌声中捕捉到阿格尼丝的眼神，她确实非比寻常。

随着掌声渐渐平息，斯坦福·怀特显然认为今晚的歌唱节目可以打住了。

“多么美妙啊！”他高呼道。“特斯拉先生，这场表演不也一样如通电般令人振奋吗？”在一片笑声中，他开始向特斯拉提出更多关于电力行业的问题。人们围住特斯拉。保罗只能看到他的脑袋在烟灰色的晚礼服和珍珠项链中若隐若现。

特斯拉侃侃而谈的时候，保罗在人群外面看了一阵。他听到人们发出阵阵窃笑，嘲笑特斯拉不够纯正的口音和错误百出的语法。这位天才成了他们的宠物——他们用来猎奇的新玩具。

但是保罗知道，一旦季节的转换让这些狂欢者找到下一个好玩的魔术，那么即使是尼古拉·特斯拉这么有成就的人，也一样会被遗忘在寒冬里。即使是特斯拉也不能永远留住他们一时而起的兴致。

就是在那个时刻，保罗第一次感觉到自己跟特斯拉产生了某种亲近感。他们都是被上司安排在机器上的齿轮而已，他们都是被人利用的。可至少特斯拉是个天才，而像保罗这样连聪明都谈不上的人，该怎么在这些人里生存下去？

抑或，在过去的一年里，他已经成为他们中的一员了？他也在利用特斯拉。唯一的区别在于，他们要弄他是为了找点乐子，而保罗则是为了得到他的帮助。他尽量保持着自己在道德上的优越感。

该离开这里了。他在聚会现场寻找着阿格尼丝。他终于在楼下的一个凹室里发现了她，她正跟一个保罗不认识的男人相谈甚欢。他转过身，把她留在这片花园里继续快乐，至少他们其中一个人适合这个地方。

室外的微风让人神清气爽。他希望风能吹得再强烈一些，把他身上的雪茄和香水味道吹散。

他在街上站了一会儿，看着格拉梅西公园。黄色的煤气灯给那片果树染上了模糊不清的色彩。那是他向往的纽约吗？那就是他赢下官司之后就能有钱买票观看的表演吗？保罗觉得自己好像成了某种骗局的受害者。他为自己的成就感到骄傲，但是他更为自己的雄心壮志而骄傲。如果那座建筑里的世界并不是他应该向往的，那到底什么才是呢？

“我觉得你并不喜欢这个聚会。”保罗转身看到阿格尼丝在他身后走下台阶。她把手伸到包里，取出一个小巧的银色盒子。她给自己点了一根纤细的香烟，但并没有问保罗要不要抽。

他不知道该说什么，他不抽烟。

“或许不是因为聚会，”她说，“或许是因为那些客人。”

“他们太可怕了。”他突然冒出来这样一句，连自己都没想到。“对不起，我不是有意的，可能是喝了太多香槟。非常感谢你带我来。”

阿格尼丝朝夜色中吐出一口烟。

“别这么礼貌好吗？”她说，“我在家已经受够了。你跟那个奇怪的朋友见面后有收获吗？”

她的率直令人精神一振。

“他们会把他生吞活剥的，”保罗说，“他太天真了，太不谙世事。可他们都是狼，正在挥着爪子抢夺一块肉。”

她平静而面不改色地表示同意。“斯坦福·怀特是在利用特斯拉找乐子。埃德温·布思利用斯坦福来恢复名誉。我利用埃德温来得到一个离开我妈妈的夜晚。你利用我走进这个大门。这就是世界借以运转下去的交易链。”

保罗看着她抽着那支细长的香烟。这又是阿格尼丝的另一面，是他以前从未见过的。她柔和笑容背后的犀利。上流社会交际花身份背后的暗影。

她挑起一只眉毛。“你不喜欢这里吗，不喜欢跟我们这群狼在一起？”

保罗沉吟片刻后回答：“我想帮助他。”

“我以为你的客户是乔治·威斯汀豪斯。”

“实际上我现在有两个客户，亨廷顿小姐。”

她听到之后笑了。可能他终于还是说了一两句有趣的话。

“克拉瓦斯，”阿格尼丝在石头上掐灭烟头说，“天真无邪并不适合你。你可以选择参与他们的游戏，你可以击败他们。或者你也可以让他们把你撕成碎片赶出纽约。就像福斯特先生想要对我做的那样。但是你知道吗？如果你不参与这个游戏，你就永远不可能赢。”

她把烟盒放回手包里，最后深深地呼吸了一口夜晚的空气。“我反正不会回到他妈的波士顿去。你愿意回到……哪里来着，田纳西？随你的便。但是如果你想留在这里，如果你想在曼哈顿站住脚跟，记住：既然你选择来参加这个聚会。你就不能提前退场。”

她转身往回走。他不知道是什么让自己更为震惊——是她讲了脏话，还是她知道他来自田纳西。

“亨廷顿小姐，”他看着她走上台阶，说道，“我不会输的。”

她转过头看着他，门口的拱廊勾勒出她满头卷发的轮廓。她做了一个滑稽的鬼脸——一副眉头深锁的表情，似乎在努力看进他的灵魂深处。然后她皱起的眉头马上变成了一个灿烂的笑容。保罗的坚决让她发笑。

“是的，”她转身走进房子，“如果我觉得你输了，我就不会跟着你到这里来了。”

独处，是发明的秘决；独处，是灵感萌发的源泉。
——摘自尼古拉·特斯拉的日记

24
尼古拉·特斯拉的奇迹实验室

第二天晚上七点，保罗从他的办公室步行前往格兰德街近拉法耶特街拐角的那个地址。他抬头观望伫立在那里的一栋五层高、足有一个街区那么长的厂房。从入口处的名牌来看，这里每层都是一家不同的小型企业。马斯特斯父子木工坊在二层，杰弗斯铅业在三层。

特斯拉的实验室也在这座楼里。不过与他相邻的是女裁缝和木匠们忙碌着的血汗工厂，还有数不尽的花色的纽扣和刚刚吹制完成的玻璃器皿。全国最超前的科学新思想就是在美国摇摇欲坠的旧产业包围中诞生的。

保罗按下四楼的门铃。那是这座大楼里唯一没写名牌的楼层。他等待着，再一次佩服特斯拉玩消失的能力。

当天下午他给威斯汀豪斯拍了一封电报说特斯拉邀请他到意大利区的新实验室参观。他有机会看到这个人最新的发明成果。“带他去德尔莫尼克餐厅，”威斯汀豪斯立刻回复。“就算他不吃，你也要招待他一顿昂贵的大餐。还有，说服他回到我们这边来。”保罗注意到，他并没有对特斯拉的新发明表示出丝毫的兴趣。

保罗也没有告诉自己的合伙人他已经联系上了特斯拉。使用费的麻烦是他自己惹出来的，所以他也要自己把它解决。

他在大门口等待了漫长的几分钟，门开了。出现的男人并不是保罗希望见到的特斯拉。他是楼里另一家公司的一名工人，他出来刚好让保罗借机进门。

保罗爬上了几层松垮的木质楼梯，来到四层。楼梯被他的体重压得吱吱作响。似乎它们最初只是作为临时脚手架而搭建，但之后就再没有被替换过。

保罗来到了一扇坚固的大门前面。它看起来非常安全，又似乎很不欢迎有人来访。他敲了敲门。

“特斯拉先生？”他喊道，“你在里面吗？我是保罗·克拉瓦斯。”他不知道特斯拉是不是忘记两人有约了。

不过随后保罗听到了一点动静。仔细听了一下他才听清门那边传来的一连串金属碰撞的声音。然后是门锁被打开的声音。然后又是寂静。

他伸手去拧门把手，这次很容易就拧开了。他把门推开。一股带点麝香味的空气扑面而来，卷起了地上的尘土。屋里一片漆黑。保罗盯着面前一无所有的空间。

“特斯拉先生？”保罗喊道，“恐怕我看不到你。”

远处传来脚步声。保罗听到了屋里有人在匆匆走动。“是你吗？”

仍然没有任何回应。保罗迟疑着向黑暗中迈出一步。特斯拉的实验室里出现什么东西都有可能。没人愿意在这个地方摸着黑乱闯。

“尼古拉？这里有灯吗？”

远处又传来几声地板的吱吱声，然后保罗听到了特斯拉鼻音浓重的声音。

“我不应该用普通的灯光给你照明，保罗·克拉瓦斯先生。相反，我要使用电磁**风暴**。”

突然之间，天堂仿佛被一劈两半，一股神圣的光芒把房间完全撕开。至少在保罗看来是这样的，他举起手用衣袖挡住眼睛。他闭上眼，看到亮红色和亮紫色的光痕在视觉中浮现。

伴随这阵强光的还有一种恐怖的噪声——夹杂着噼啪声和吱吱声的巨大爆响，就像是空气被某种原力撕碎了一样。

过了一会儿，他才能勉强睁开眼。他看到，在巨大的房间中央有一台电气设备，和一台手推车尺寸相当。还有一个玻璃轴，形状像个灯泡，只是放大了好几倍，延伸出去至少二十英尺。在玻璃轴的外面产生的那种充满了整个房间的东西，保罗只能形容为电能的巨大触角。它们抓住天花板，墙壁，蔓延到这个空旷房间的各个角落。它们快速遍及房间各处，像是一只巨大的电力野兽张牙舞爪伸出臂膀。

本能的恐惧让保罗畏缩，他生怕这头野兽会降临下来把他完全吞噬。但是那些狂躁的能量触角不知道为什么总是在避开他。他们避开了房间里四处遍布的桌子，它们也避开了冷静地坐在距玻璃手柄仅几英尺外的那把木头椅子上的，穿着黑色西服的高个子塞尔维亚人。尼古拉·特斯拉的双手舒适地放在膝盖上，看着周围的空气在能量的搅动中发出吱吱的声音。

“那么，”他一边把长腿跷起来，对保罗微笑着，一边说，“**威斯汀豪斯**先生的实验室里一切还顺利吗？”

这台设备叫作“谐振变压器”。特斯拉把它关上之后解释道：通过一个线圈产生出迅速交变的电流，虽然电压很高，但是电流强度很低。虽然看起来很吓人，但其实相当安全。而且，虽然这台设备最明显的用处是制造出炫目的视觉效果，但它的内部工作原理可以被应用到电报机、无线电发报机、医学设备……甚至是特斯拉正在设计的“无线电话”中去。两人在实验室里四处走动，特斯拉一一向保罗作了介绍。保罗完全不明白特斯拉给他展示的这些东西都是什么，特斯拉的解释他更加听不懂。爱迪生和另外几个人一直在致力于改善亚历山大·贝尔发明的“电话”机。特斯拉想让电话在没有线缆连接的情况下也能工作。一个人就算不是科学家也能知道这很荒谬。就算特斯拉能够创造奇迹把它实现，到底有谁能让它派上用场呢？

这个实验室与威斯汀豪斯的实验室有很多不同之处，在保罗看来区别最显著的地方有两个：第一是这里一尘不染，第二是这里没有第二个人存在的痕迹。这是属于特斯拉自己的私人世界，他会保护它远离自己曾经的遭遇，免于接触外界的繁杂和打扰。终于，他可以与他的奇迹们独处了。

后面一张桌子上放着某种被特斯拉称为“克鲁克斯管”的东西。它看起来更像是一盏放大了两倍的电灯。它是一个十八英寸长的玻璃管，里面的大部分空气都被抽掉了。一根电线连接基座，另一根伸进密封的管子里面，距离头部大约四分之三距离。这个设备被小心侧放在一个玻璃基座上。特斯拉扭动了基座上的一个旋钮，一道闪光立刻从电线的一端射到另一端。那道光是闪烁的蓝色，不过延伸到玻璃管末端时渐变成了一种暗淡一些的绿色。看起来像是巫师家里冒着泡的大锅。

“阴极射线，”特斯拉解释道，“从一头向另一头发射出负极离子。”

“它能做什么？”保罗一边对着脉动中变幻的色彩赞叹不已，一边问道。

特斯拉好奇地看着保罗。“这就是它的作用。你觉得它不漂亮吗？”

“你应该把这些设备公之于众，告诉人们你正在研究什么。跟**什么人**说说。”

“我不是正在告诉你吗，保罗·克拉瓦斯先生？”

“是。但是我不是科学家。”

“或许这正是我能把这些都告诉你的原因，”特斯拉笑着说，“你就算想偷窃我的想法，你也做不到。”

“我想这意味着我们两人之间可以互相信任。”保罗说。

特斯拉放声大笑。

“我想跟你谈谈重新加入威斯汀豪斯公司。”保罗冒险说。

“我猜你就是为这个来的，”特斯拉腼腆地说，“但是谈到这件事，我并不像你那么热衷。”

保罗正打算说服他，就突然被打断了。

从大楼中间的楼梯上传来一阵骚动，引起了两人的注意。门外有皮靴踩踏楼梯的声音。从脚步声判断至少有十几个人，而且越来越接近。保罗本能地往门口走去，想看看发生了什么。

保罗打开钢质的大门，看到楼梯间里整整五层的老旧楼梯都处于烈火的吞噬之中。

一场科学革命并不能完全被简化为对于稳定数据的重新解读，
首先要明确的就是，所谓数据并不是全然稳定的。
——托马斯 · 库恩，《科学革命的结构》作者

25
系统的不稳定性

保罗一时间僵住了，眼前的一切太难以置信，感觉就像一场恐怖的幻梦，一幅突然悬于眼前的死亡错视画。

正在楼上工作的人们冲下楼梯。大块燃烧的木头在他们身旁落下。保罗看到一个人刚把脚踏上一块楼梯板，楼梯就立刻塌掉了。他的同伴在他坠落前抓住了他，两人稳了稳脚跟又往一楼奔去。保罗正要拉住特斯拉跟工人们一起逃命，一块燃烧的木板坠落在门柱旁，挡住了他的去路。

保罗把金属门重重关上，把火隔在外面。他退后几步，跟特斯拉撞到一起。

“火已经烧到楼梯了，”保罗说，“那条路走不通。”

特斯拉只是盯着保罗。

“着火了。”特斯拉说。显然他的脑子刚刚开始意识到这件事。

“窗户能打开吗？”保罗跑到房间远端墙上的窗边。他一把扯

住窗帘，把窗帘布直接从窗帘杆上拽了下来。

窗外，楼上冒出的浓烟飘向天空。

特斯拉一动不动地站着。房间里开始变得很热，楼上和楼下的火势让特斯拉的实验室变成了一个烤箱。

“我们必须把窗子打开。”保罗坚持。但是无论保罗的话还是他匆忙的行动，似乎都没有对特斯拉产生丝毫的影响。

保罗随手抓起桌子上的一台设备朝窗子砸过去。无论那台设备是什么，它长长的玻璃管都在碰撞中粉碎了，厚重的金属底座撞击着窗棂。玻璃碎片朝四面八方飞溅，朝着窗外的夜色，也朝着窗里的保罗。

“特斯拉先生，”保罗说，“走这边！我们从窗户爬出去比走楼梯的逃生机会更大。”他转过身，看到发明家仍然站在门口。两个人的眼神匆匆对视了一下。几秒钟之间，保罗能够看到特斯拉脸上的一片茫然。他并不害怕。看起来，他好像根本不在那里一样。

然后，天花板塌落下来。

Reverse Salients

第二部分

反向突出

随着科技系统的发展扩大，反向突出也开始形成。反向突出是系统中落后并且与其他部分不同步的部分。

——托马斯·休斯，《技术系统的社会建构论》

在这个行业里，等你意识到自己有麻烦的时候，想自救已经太晚了。你得一直在恐惧中奔跑，不然你就会完蛋。
——比尔 · 盖茨

26
有权势的朋友

连续几周，保罗 · 克拉瓦斯都处于时而清醒、时而昏迷的状态中。即便清醒时，他觉得也像在梦中一样模糊。只有通过颜色才能区分两种不同的思维状态。一种是亮白色的光辉，比白炽灯还要强烈。另一种则是黑暗。黑暗的念头，红色与硫黄色交织。随着日子一天天过去，他每小时接受的吗啡逐渐减半然后又减到四分之一，保罗开始能够更好地区分清醒和睡眠。在一种身不由己的恐惧中，他意识到，他看到的那些关于火的黑暗景象实际上只是梦境，而真实的世界，他醒过来看到的世界，是干净、明亮的，充满着更加强烈的恐怖。

贝尔维尤医院顶层很显然是保罗见过的最洁白的地方。床单每天都被漂白并且熨烫得过于脆硬，到了摸上去会被扎疼的程度。在他的私人病房里进出的医生们的外套和衬衫领口跟床单一样白，像狭窄的墙壁一样白，像包扎在保罗柔软的腹部并每天更换的绷带一样白。

特斯拉不见了，消失了。保罗不记得是哪位前来探病的访客最先把这个消息告诉他的。是乔治·威斯汀豪斯吗？保罗不止一次在床边见到他一脸担忧的样子。是卡特吗？还是保罗刚刚入院时来看望过，并且带来白玫瑰放在床头的休斯和他的太太？

那天事发时已经很晚，工厂大楼里几乎已经没有什么人了，保罗在楼梯上看到的那些工人也都平安脱险。据说保罗倒在了燃烧的木头中间，被一位见义勇为的无名氏拖到了安全地带，并被送上了一辆救护马车。那个陌生人也看到特斯拉了吗？不得而知。如果特斯拉并没有在大楼垮塌中丧生，那他又是如何逃离火场的？最可能的解释就是他的尸体已经在大火中化为灰烬，或者被倒塌的大楼压扁。但是废墟中并没有找到任何尸体。

保罗住院两周后，一位来探视他的警探把这些情况告诉了他。房间里午后的光线令人愉悦,从灰色的十月天空中温柔地投洒进来。保罗的床位能够看到二十六街。每当他转身望向窗外，他身下床垫的弹簧就会发出吱吱的响声，像是在斥责他有逃离的愿望。在最初几周里，任何稍大幅度的活动都相当困难。纱布把玉米粉和热水和成的烂乎乎的膏药紧紧缠在他身上，愈合中的肋骨涂上药后感觉怪怪的。保罗相当确定，如果没有吗啡，他一定会非常疼痛。

他的肋骨、鼻骨和左股骨都折断了。他的内脏器官也受到了一定损伤，不过不同的医生在形容这些伤势时候所使用的词汇也有些出入。医生们不能就哪一种内伤更加严重而达成一致，但是处于吗啡麻醉中的他迷迷糊糊地听明白了要点：他的伤势非常严重，但是他会活过来。

他是坐起来跟警探交谈的。能坐起来是他最近才取得的一项进步，并且这个过程很不轻松。他与警察寒暄的时候觉得自己相对好多了，这位警探的官阶不低，从他的装束就能看出来——他穿着一件得体的大衣，而不是制服。

“所以，你们完全不知道特斯拉先生的状况以及去向？”保罗问道，“是死，是活，还是介于两种情况之间？”

“仍然不知道，”警探回答，“克拉瓦斯先生，我想问您一个问题，希望不会冒犯到您。”

“干我们这一行的，”保罗说，“没那么容易被冒犯。”

“您记得之前曾经跟我交谈过吗？”

“什么交谈过？”

“这是我第三次来看您了，先生，”警探说，“为了向您了解9月19日那天的事情。”

保罗立刻变得紧张起来。“我不……我非常抱歉，我完全不记得了。”

警探看着保罗床头柜上的吗啡药瓶。

“这是意料中的，先生，”警探说，“我不想让您担心，或者引发您更多不适。医生说您会有一段时间神志不清。最近您似乎清醒一些了，所以我以为您好得差不多了，不过或许今天仍然不是时候，不太适合更多人来看您。”

“还有谁想见我？”

“我的上司。他想亲自来向您询问一些情况。”

“我很愿意效劳。”

警探出门到走廊去了。保罗等待着，让他恐惧的并不仅仅是他完全忘记了跟这位警探见过几次面。在吗啡的影响下，他的思考能力显然没有达到最佳状态。但是如果要他开始工作，那他就真的需要集中每一分智慧才能胜任。

警探回到房间，身后还跟着一个六十多岁的谢顶男人。他看起来像是个越老脾气越差的恶棍。就像一只斗牛犬，如今只能靠狂吠来吓唬人，但是年轻时能够更有效地用牙齿解决问题。保罗立刻认出了他。那位警探跟他说自己的上司要来时，保罗并没有意识到他指的是警察局长。

“我是菲茨·波特。我的手下跟我说您伤得不轻，但是您恢复得很好。”

“我希望我这副样子能被视为是‘很好’，”保罗回答，“恐怕吗啡让我的脑子迟钝了些，没办法。”

“神奇的玩意儿，”波特说，“布尔朗战役时让我们少受了很多罪。”

众所周知，被阿瑟总统任命掌管纽约警察局之前，波特曾在战时指挥过联盟第五军团。

战争时期保罗还是个小孩。他的父亲密切关注着新闻，每天都要读出《纳什维尔电讯报》刊登的最新伤亡统计数字。由于伊拉斯塔斯·克拉瓦斯既是一个坚定的和平主义者，又是一个热情的黑人权利倡导者，这场战争让他拿不准自己的立场。正义的一方为了自己崇高的目标要堕落到什么程度？为了解放奴隶，联军要杀戮和牺牲多少人的性命？他的父亲并没有答案，所以，按照保罗的理解，伊拉斯塔斯把枯燥的死亡数字读给全家听，这样大家或许都可以分担他的道德重负。这么多年来，这件事都是一个颇有裨益的警醒：能够分清是非有时候并不能说明任何问题。就算一个人能够划分界线，当他唯一的行动要求他超越那条界线的时候，他还是不知道自己应该怎么做。

伊拉斯塔斯・克拉瓦斯最终还是做了。他作为牧师加入了联军，离开了妻子和幼小的儿子，在军队中度过了战争的最后一年。他回来之后从未跟家人提到过他看到过什么，或者做过什么。

“您亲自前来让我受宠若惊，”保罗对警察局长说，“这座城市里应该不止这一场火灾需要您的关注吧。特斯拉先生有什么消息了吗？”

“如果特斯拉先生还活着，我们会找到他的。”他冷静地说。他看起来并不像是一个为了某个失踪的塞尔维亚科学家而夜不能寐的人。“这位拉梅尔警探告诉我，您刚刚被救护车送到贝尔维尤医院后之后，他跟您询问过情况，您告诉他，您最先是在楼梯间看到着火的，不是在特斯拉先生的实验室里。”

“是的。”

“当时，我们觉得很可能是受惊过度和吗啡的作用导致您记忆混乱。我们认为起火点最有可能是在实验室里。所有那些奇怪的仪器，电力设备。但是我们现在可以确定火是从屋顶着起来的。有人爬上去，故意放了火。”

人们可以为了比一百万美元少得多的利益去谋杀别人。保罗想到了托马斯・爱迪生坐在他的办公桌后面，抽着雪茄，为了他所坚信的必然胜利进行着谋划。

“您看起来似乎并没有太吃惊，克拉瓦斯先生，”波特警长打量着保罗说，“是因为吗啡吗？还是您很容易就能想到有什么人会对您的朋友做出这种事情？”

保罗不知道该如何回答才能避免泄露太多关于那场官司的信息。

“市长本人，”波特继续说，“让我们把这起纵火案当作要案来侦破。您有很多有权势的朋友，您知道。他们都在关照着您。”

“请告诉威斯汀豪斯先生，我非常感激。”

“威斯汀豪斯……先生？”波特警长不解地问。

“乔治·威斯汀豪斯，”警探在旁补充，“他是克拉瓦斯先生的客户。”

保罗突然打了个寒战。

“托马斯·爱迪生亲自给市长打了电话，确保您会得到很好的照顾，并且关照我们调配最好的人手来办这个案子。我们会把调查的每一项进展都直接汇报给爱迪生先生。我们已经让他知道，有人想要加害于您，我们会竭尽全力找到凶手。”

保罗的目光从警察局长回到警探身上。他们两人都呈现出坚定的表情。如果他们是被耍弄了、被迷惑了，或者被收买了，那么从表面上也一点儿都看不出来。“我本人，拉梅尔警探和整个警察局都会保护您的，”局长继续说，“有托马斯·爱迪生的全力支持，我们一定会尽职尽责。”

27

东河边的两次散步

那次玩家俱乐部的聚会之后，保罗再没见过阿格尼丝·亨廷顿。然而在他缓慢的康复期间，他发现她时常出现在他脑海中，在睡着和醒着两种状态下都是。卡特第一次来探望他的时候，他就把这位新客户的情况都交代给了他，这样万一W.H.福斯特来信，事务所能够有人处理。保罗发出的信肯定会让对方有所回应。阿格尼丝和她的母亲应该已经得知了关于那场大火和保罗入院养伤的事情。几周以来他都期待着能收到一封慰问信，但一直没收到。

然后，一天清晨，她没有任何预兆地来到他的病床边，并且立即向护士请求让他呼吸一些新鲜空气。她带他到贝尔维尤的花园里绕着圈子散步——只不过保罗仍然需要坐在轮椅上，阿格尼丝才是真正在散步的那个人。她沿着土路推着略微颠簸的轮椅往前走着，讲话的声音里没有半点同情。

“你很享受吗啡吗？”十月的秋叶变成了橘色，在风中瑟瑟作响，“和我同台演出的一个演员，她很喜欢这种东西，因为演出之后能帮助恢复嗓子。”

不出阿格尼丝所料，在床上待了那么久之后，保罗发觉清冷的空气让自己精神振奋。然而昏暗的天空却呈现出可怕的预兆——曼哈顿，他感觉，因其地理位置的原因，总是像战争中的堡垒一样存在着。它由石头和水泥构筑而成，像一座大坝一样挡住海水，像一座要塞挡住即将到来的风雪。

“我现在已经不用吗啡了，”他说，“谢天谢地，除了每天早上用一点可卡因之外，我没有用其他效力更强的东西。可卡因能缓解头痛。”

“如果我说，我很高兴你没死，你会不会觉得我太多愁善感了？”

“我好像从来就没有用多愁善感来形容过你。”

“很好，”阿格尼丝说，“因为我确实很高兴。毕竟，我们仍然需要你为我们服务。”

保罗微笑着。如果不是因为动作过大会让他的胸口疼得更加厉害，他甚至都想放声大笑。

阿格尼丝很惹人喜爱，保罗感觉，不过与此同时她的那种魅力又让她难以捉摸。她智慧的剑锋已经在实践中磨炼得越发冷酷而锐利，保罗不禁猜想——而且不止一次——福斯特先生威胁要散布的关于她的那些狂野的传闻中是否有一丝一毫的真实性。

他告诉她，他的办公室还没有收到她前任雇主的任何回应，并且问她是否收到过。她很高兴地说同样没有。

“我相信这是个好兆头？”她问道。

“目前来说是。我想我们应该再等一等，然后再宣告胜利。”

“我也是这么想，克拉瓦斯。”

她轻轻地推着他的轮椅，所以保罗并不能看到她脸上的表情，但她讲话的语气有些倦怠。无论阿格尼丝·亨廷顿曾经经历过什么，那都教会了她小心谨慎。

“我想问你关于那场火的事情。”她直截了当地说，好像是受到了好奇心的驱使。“报纸上都认为那是一次不幸的意外。是这样吗？”

“确实是很不幸。”

“但它是**意外**吗？”

轮椅压过小路上的几颗卵石，轻微地颠簸着。保罗想，以他本人对爱迪生的了解，如果他把自己的秘密都向她倾诉，会有什么后果。把她当作自己的同盟，这个想法让他很高兴，但是他能否信任她呢？

他当然不能。

“确实是一次可怕的意外，亨廷顿小姐。很可能是特斯拉新发明的一台没有经过测试的设备引发了火灾，但没办法确定。我们仍然不知道他的安危。你从你的朋友斯坦福·怀特那里听说什么了吗？”

“我最近都没怎么出去参加聚会。我们的律师差点儿没命，这件事让我妈妈神经格外紧张。她目前处于保护欲的顶点。不过上周范德比尔特家族举办了季度聚会，招待夏季没能出席的客人。我在那儿见到了斯坦福，也问起了特斯拉。他噘起了嘴——他玩得正开心的时候，新玩具就这么不见了。似乎他已经当特斯拉死了。”阿格尼丝停顿了一下，“上帝啊，我是不是太过分了？他是你的朋友。”

称特斯拉为任何人的“朋友”都没那么容易，确实。“我感觉自己对他负有责任。我现在也这样认为。”

“你不应该对他的死负责。”

保罗在回答之前顿了一下。他必须小心说话。“我仍然不确定他是不是真的死了，亨廷顿小姐。”

“为什么？”

“我还活着，不是吗？”天气开始变了。该回去了。

一周之后，乔治·威斯汀豪斯又来医院探望的时候，保罗已经不再需要摇摇晃晃的轮椅，而拄上了一根木头拐杖。两个人在贝尔维尤医院的后花园里散步的时候，拐杖短粗的头重重地杵在尘土飞扬的小路上。路面往下就是被风吹起层层碎波的东河。保罗基本上已经戒掉了早晨的可卡因，但是看着水面仍然让他有点头晕。

保罗外出活动的时候穿的是医院的灰色病号大衣。这一个月他都没穿过自己的衣服。他从没想到自己会那么想念家里那屈指可数的几套西服。

“所以你确信是爱迪生的手下放的火？”威斯汀豪斯问。

终于能够跟自己的客户吐露秘密，让保罗感到如释重负。他神志清醒之后，一直在过去几周里与威斯汀豪斯通电报，但是直到面对面的时候，他才敢斗胆提出自己的怀疑。

“是的，”保罗说，“你知道查尔斯·巴彻勒那个人。他为了自己的老板，有什么不敢做的吗？”

“对不起。”威斯汀豪斯突然说道。听到客户嘴里冒出这个词，让保罗一怔。他印象中威斯汀豪斯很少这样说，更不会对保罗这样的下属说。“是我把你带上了战场。而现在受到伤害的人是你。”

“先生，”保罗把拐杖深深插进地面的泥土中，转过头去面向他的同伴，“这不是您的错。是我选择与爱迪生对抗。如果您觉得害怕，也是再合理不过的。如果您觉得不安，那代表您对于我们目前面临的复杂状况有所了解。但是如果您觉得歉疚，那其实对我们没任何帮助。您想道歉吗？那就对特斯拉道歉吧。在所有这些事情中，他是最无辜的。不过，为了能够让您当面跟他说，我们首先需要找到他。”

保罗讲这番话的时候，威斯汀豪斯的目光移向了别处。他看起来并不习惯表达任何情感。他也不会轻易向别人做出道歉的表示。

“如果他还活着，上帝保佑，你要怎么找到他？”威斯汀豪斯说，“我可以找平克顿他们帮帮忙。”

“不。”

“你不信任他们？”

“您信任他们？”

平克顿侦探事务所是全美国最著名的调查机构。不过众所周知平克顿向来是哪个主顾出钱最多，他们就效忠哪个主顾。如果爱迪生能够神通广大到给警察局发号施令，那么搞定平克顿同样会易如反掌。

“那么，只有我们了。”威斯汀豪斯终于回答。

“是的。”

“还有你的合伙人。几周前他们来找过我。你无法工作这段时间，还是得有人继续帮我们去打灯泡官司。”

保罗当然知道。由卡特和休斯接管是再合适不过的。只是一想到这次受伤只会让自己变得更加微不足道，保罗心里就会刺痛。

“很好，”保罗回答，“卡特和休斯暂时能够处理绝大部分的法律策略，他们相当……有经验。”保罗远眺东河。他的目光凝视着冰冷河面上那一艘小舟，两个船夫正在努力划桨。河对岸是布鲁克林，一个巨大的城市，住着爱尔兰人、德国人、黑人、犹太人、意大利人、丹麦人、芬兰人，还有一些非常富裕的古老家族。布鲁克林是美国第三大城市，它的大部分居民都不是在那里出生的。保罗身后，贝尔维尤医院巨大的石头建筑占据了西边的整条天际线。医院屋顶上那一面由38颗星和13条横纹组成的巨大的美国国旗[1]在风中飘扬。在这里，保罗随便瞟一眼，就能看到更多不同的世界，这是他在自己长大的那座城市里看不到的。

“他们什么时候才能让你离开这里？”威斯汀豪斯问。

“再过两天，他们说的。”

“我希望你多加小心。别再半夜出去冒险了。为这件事不值得搭上性命。”

他的关心让保罗感动，但也觉得这种告诫没有什么必要。“杀了我又有什么用？我明白爱迪生想要吓退我。就像他第一次见我时那样，不停吓唬我。但是真要杀了我？这样或许会拖延案件的时间，但并不会让我们的辩护失效。而且坦白说，拖延是对我方有利的事情，因为是他要求您的工厂停止生产灯泡的。”

威斯汀豪斯似乎并不明白保罗这番话到底是什么意思。

“这就只剩下唯一一个可能的解释：纵火犯想要杀的人是特斯拉。”

“为什么？”威斯汀豪斯问。

“因为这是唯一能够保证他再也不会帮助我们的方法。爱迪生知道，没有特斯拉的天赋，想要发明出一个全新的、没有侵权的灯

1 1877—1890 年美国国旗上是 38 颗星。——编者注

泡有多困难。”

“所以你只是恰巧出现在那里？你运气可太糟糕了，孩子。”

“我并没有说我只是碰巧在那里。”

“你什么意思？”

“您觉得他们是怎么找到特斯拉的？”

“天啊，”威斯汀豪斯说，“他找人跟踪了你。”

两人望向奔流的东河。“你一离开这里，”威斯汀豪斯说，“就很可能被再次跟踪。”

“坏消息是，我们不知道特斯拉在哪儿。不过但愿爱迪生也不知道。”

“你们两个该怎么找到他？特斯拉在这个国家没有家庭。你说过，他唯一的朋友斯坦福·怀特相信他已经死了。”

“这就说明现在只剩一个我们都认识的人在特斯拉离开您的公司之后还跟他有联系。而且，对我们有利的一点是，我和他已经打过一些交道了。”

无论我们看到过多少次白天鹅，都不足以证明所有的天鹅都是白色的。

——卡尔·波普尔

28
一项可怕的指控

两天之后，保罗走进莱缪尔·瑟雷尔的办公室时，已经拆掉了石膏。他一瘸一拐地走着，并不算太糟糕，但是仍然有些不方便。他还需要那根木头拐杖。出院后几个小时，他就来见特斯拉的专利律师了，中间匆忙回了趟自己的公寓，换了一身衣服。医院的病号服让他觉得自己很虚弱。穿回职业生涯专属的时髦深黑色外套和白色高领衬衫之后，保罗立刻觉得自己强大了很多。

保罗进屋时，瑟雷尔正在办公桌后面抽烟。保罗坐下时他也没向他问好。瑟雷尔只是依然坐在椅子上，面色严峻。

“我很吃惊，你居然还有脸到这里来。”瑟雷尔说。

“早上好，”保罗也被对方讲话的语气惊着了，“我感觉好多了，谢谢你的问候。”

瑟雷尔挑起一只眉毛，他很清楚一只故意挑起的眉毛在沟通中的价值所在。

“我是来找特斯拉的，我想确定他没事。”

“所有人里居然是你想要确保特斯拉没事？”

保罗盯着眼前那张愤怒的脸。过了很久他才意识到，瑟雷尔正在把一个可怕的罪名加之于他。“你以为是我在特斯拉的实验室里放了火？我为什么要做这种事？”

“每单位两美元五十美分，对你的客户来说可是一大笔钱，克拉瓦斯先生。”

保罗以前从来没有被人指控过试图谋杀。这种感觉让他很不高兴。

“请你仔细听我说，好吗？”瑟雷尔说，“我可以向你保证，特斯拉先生的死亡并不会给你带来丝毫帮助。他的妈妈住在塞尔维亚，如果她儿子去世，她就会得到应该付给他的所有的使用费。我亲自为他准备的遗嘱，所以无论你用什么方法去继续达成你那邪恶的目的，都是毫无意义的。”

“瑟雷尔先生，”保罗希望自己的语气尽量保持理性，“你看到我的拐杖了吗？着火时我跟特斯拉先生在一起。我差一点就死了。”

“警察去过现场了。他们跟我说了你跟特斯拉在一起——这正是我要说的重点。如果你知道特斯拉的实验室在哪儿，那么我想全世界只有我们两个人知道。而我们之间只有一个人希望特斯拉死掉。”

“那么托马斯·爱迪生呢？”保罗建议，“他比我们两个人都有理由想要加害特斯拉。”瑟雷尔在几年前曾经为爱迪生准备过专利申请。十年前可能他们还没结束合作关系。

“爱迪生？”瑟雷尔微笑，“那就太荒唐了。”

“为什么？”

“因为如果托马斯·爱迪生想让尼古拉·特斯拉死，那他就一定会死。”

瑟雷尔给保罗指明门口的方向。“我现在请你离开，虽然我一点都不想对你客气。你还想谋杀我的客户，这件事更让我相信他应该还活着。因为据我以往与你打交道的经验来说，我觉得你是唯一一个蠢到根本没能力把事情完成的人。”

保罗站起来的时候，他那条受伤的腿在颤抖，但他面不改色。他不会被莱缪尔·瑟雷尔打败，不会再次被打败。

“我不知道你是有意与爱迪生合谋，还是他手下愚蠢的爪牙，”保罗说，“但我知道这件事的幕后主使是他。我不会让他，或者你，栽赃到我头上。”

说完这句话，保罗转身走出了门口。跨过门槛之后他才意识到，自己根本没有使用拐杖。

常规科学的目的并不是寻找奇特的理论或事实，
而成功的常规科学研究也并不会找到它们。
——托马斯 · 库恩，《科学革命的结构》作者

29 死胡同和错误的线索

与莱缪尔·瑟雷尔冲突之后的一周内，保罗去过美国电机工程学院；到《电气世界》周刊的编辑部找过主编托马斯·马丁；到威斯汀豪斯位于匹兹堡的实验室找过费森登；还去了纽约周边的六家实验室，它们虽然规模较小，但是仍然有可能雇用此前与特斯拉共事过的员工。所有这些走访——无论保罗如何恳求，如何施展魅力，如何在握手时把两美元的钞票叠好放在手心递给对方——都没有得到任何线索。

在火灾几周前就没有任何人跟特斯拉有过联系。他们坦白告诉他，没有人知道特斯拉到底在做什么，而且自从他八月份离开威斯汀豪斯的工厂之后，就再没人见过他。众人都猜想，他一定就住在自己的新实验室里，直到大火把它付之一炬的那天。

保罗也到旅馆去找过。他去过包厘街的廉价旅店，不过他很难想象，那位有着严重洁癖的发明家会到任何不仅晚上能听到老鼠

叫，连白天也都经常有老鼠出没的地方住下。他把自己半个月的薪水都塞进了这座城市各个酒店门童的手掌心里，但是没任何用处。没有人见过这个身材高大，讲话有浓重塞尔维亚口音，并且会把动词放错位置的人。保罗也想过到那些名声很差的酒馆，甚至是更下流的男人俱乐部——那些专门让男人秘密做些不雅之事而设的地方去找找。但是，随后他想象了一下特斯拉正在跟切尔西某家著名“公寓”的主人讲话的样子，这个想法太滑稽了，所以他很快就打消了这个念头。

一周的搜寻之后，保罗还是没有一点线索能帮他找到这位消失的天才。他所有努力的回报仅仅是让他那条受伤的右腿恢复得更缓慢。他的靴子都磨损了，他的小腿随着脉动迟钝地疼痛。

他也与他的第二个客户简单地通了几封信，或者说是客户们——他的通信对象一直是范妮·亨廷顿，而不是她的女儿。保罗从贝尔维尤出院后不久，福斯特先生亲自给范妮写了封信。正像所有勒索者会做的那样，他警告她不要让律师插手他们目前的事情。他说，牵扯进来的人越多，他就越难以对此事保持沉默。他试图把保罗的参与形容成亨廷顿母女所面临的最大问题。

保罗写信给范妮说他正在着手处理这件事，让她放心。私下里，他其实也并不知道自己该做些什么，但他知道他最好快点想出办法。阿格尼丝的处境有潜在危险，而他几乎又帮不上什么忙，这让他很痛苦。

此外，十亿美元专利诉讼案的细碎事情仍然存在。而帮助乔治·威斯汀豪斯捍卫继续生产灯泡的权利这件事也进展得并不顺利。

保罗反诉爱迪生的案子被匹兹堡巡回法庭驳回。布拉德利法官判决爱迪生的灯泡与之前的版本都明显不同。所以，爱迪生并没有侵犯到威斯汀豪斯购得的索耶和曼专利权。爱迪生所享有的专利权仍然是不可侵犯的。保罗养伤期间，他的合伙人提出过上诉。没有人对获胜抱有什么希望。

一个星期一，他回到了卡特—休斯—克拉瓦斯事务所，天空中正酝酿着在这座城市降下今年的第一场雪。保罗走上大门口的台阶，然后又沿着铸铁楼梯上到三楼，他感觉很不平静。回到这个熟悉的地方让他有种奇怪的舒适感，也有种奇怪的生疏感。他在这里已经工作快一年。然而当他把大衣挂到门口的黄铜衣钩上时，他感觉自己像个小孩。但他现在既不敢想象自己当年多么年轻，也不敢奢望自己能再有感觉年轻的时刻。

他发现卡特和休斯正在和一个态度严肃的小个子男人开会。似乎律师们和他们的客人正在签署一些合同。保罗从玻璃窗外做了个打招呼的手势，但是屋子里的三个人都没看到他。他回到自己的办公室，开始慢慢地处理病假期间堆积在他办公桌上的山一样高的文件。

那位客人离开后，休斯才经过保罗办公室门口。

“欢迎回家。”休斯说。

保罗问起刚才那位访客。休斯在回答之前，脸上已经浮现出自豪的笑容。

保罗不在期间，卡特和休斯发挥了他们最大的优势：他们谈下了很多合作。威斯汀豪斯的新商业计划——创造一个横贯东西两岸的“电流网络”——仅靠他自己是无法实现的，他需要更多人加入来共同操盘。比如，让威斯汀豪斯把一整套发电机以及所有相关的技术人员都运到密歇根去搭建电站显然是不现实的。因此卡特和休斯觉得，或许，把生产与安装的工作分包给全国各地一些规模较小的当地公司来运作更好。就连保罗都不得不承认，这确实是一个很好的计划。

所以，卡特和休斯开始在东岸和中西部地区大量买进小规模的公司。无疑，威斯汀豪斯电力公司手上并没有多少现金，所以购买行为需要从策略层面仔细考量。而且很多情况下，他们可以通过向这些当地的厂商分包生产，而不是直接购买工厂来节省开支。

这些交易中最重要的一单是与位于马萨诸塞州林恩市的托马斯—休斯敦电气公司的总裁查尔斯·科芬谈下的——也就是早晨刚刚签署合同的那位先生。他的公司有能力生产发电机，供货范围可以从缅因州到康涅狄格州。科芬先生的加盟是极为宝贵的。

威斯汀豪斯的团队正在寻找和集结合作伙伴。

几天之后，保罗正坐在办公室里，听到外面邮差的声音。那个男孩告诉玛莎，他有一封信，只有克拉瓦斯先生本人才能拆开。保罗以为是案件的新进展，或者是出庭通知。但是那封简单的电报的内容却大大出乎他的意料。

“克拉瓦斯先生，请立即赶来大都会歌剧院，我的化妆间，有些东西是你想看到的。你诚挚的，阿格尼丝·亨廷顿。”

30
大都会歌剧院

保罗只花了一分钟时间就叫到了一辆马车，但是又花了三十四分钟才到达三十九街。大都会歌剧院占据了一整个街区。七层高，几乎同宽的大都会就坐落在时装区那些没那么威严庄重的血汗工厂区北边。这座被人们昵称为“黄砖啤酒厂”的建筑刚刚落成五年，保持了与周边建筑共通的一些设计元素。它看起来确实更像是一家工厂，而不是高雅艺术的殿堂。

大都会歌剧院创立于1883年，它的出现被认为是对联合广场上那座宏大的“美国音乐学院”示威。只有纽约那些祖产丰厚的古老家族才有资格占据那里的丝绒座席。它的十八个包厢中，每一个都已经在五十年前卖给了名门望族。此外并没有其他座位可以出售。就算城里新产生的百万富翁足够把其他三家歌剧院都填满，音乐学院的董事会仍然不会屈服，连洛克菲勒家族、范德比尔特家族和摩根家族都无法入内。所以这三个家族以及他们同为新富的朋友们就在一起建造了属于他们自己的歌剧院。大都会歌剧院刚刚建成就大获成功，而五年之后的今天，来自欧洲或者费城的所有顶级演出来到纽约后，都会在大都会进行首演。1886年，美国音乐学院倒闭，其经理在报上发了一条简短的声明："我斗不过华尔街。"

所有这一切都说明了一个教训，保罗想。美国是一个权力与名望注定要尴尬共存的地方。金钱，即使是纽约世世代代累积的金钱,也是不容小觑的。但是它们已经远远不够了。新富豪舒展拳脚，展示出让美国强大起来的真正的力量。时尚就是声望，声望来自人民，而人民总在变化的品位才是这个国家最富有的人群都要去讨好的东西。如果没有一个人仰慕你，那么就算你再有钱，又有什么用处呢?

迎接保罗的是剧院经理，一个穿着晚礼服的高个子男人，他不时盯着一群正在四处打扫或者擦拭墙壁浮雕的女仆。因为还是上午，所以走廊里的灯都是灭着的。但是保罗从自己站的位置也能够看清楚那些灯的形状。它们都是电灯,而且都是爱迪生公司的产品。

保罗对剧院经理说他要找亨廷顿小姐。直到他跟那位疑虑的经理保证自己并不是狂热粉丝想混进去索要签名，而是这位女高音的私人律师，那个人才接受了保罗递来的名片。

很快他就又出现了，引领保罗走进了位于歌剧院中央巨大的剧场。他们的脚步声在穹顶下回荡，感觉很奇妙。四千个空荡荡的座位在长长的地板上排列，直抵末端的墙壁。保罗转身瞥了一眼两侧有五层楼高的空荡荡的包厢。

想象着这些座位中间每晚发生的场景。每一次中场休息时这里都会上演背后插刀、趋炎附势、家庭苦情戏等各种事件。众所周知，观众中上演的戏剧要比舞台上的精彩得多。安静上午的空旷似乎正孕育着晚上必有的一番争斗。

经理带领保罗走上舞台，穿过大幕，终于走下了后面一段楼梯，来到一扇门前，门上的金字闪闪发光——“阿格尼丝·亨廷顿”。即便这些字是用纯金铸造的，在保罗看来也没什么奇怪。

经理敲了两次门，报上了保罗的姓名。保罗已经见过两个截然不同的阿格尼丝·亨廷顿，一个在她妈妈的家里，一个在玩家俱乐部。他会在大都会歌剧院见到第三个吗？

“他们在等您。”经理说完转身走了。

保罗站在那里定了定神，深吸一口气。

“他们？”

但是经理已经走远了。

门开了一道缝，阿格尼丝·亨廷顿圆圆的脸庞出现在他面前。她穿得很随意，身上一件雅致的黑色休闲裙一直延长到脚踝处，也遮住大部分胳膊，只有手腕处有一道白色的荷叶边。她没穿鞋。

“克拉瓦斯先生。”她说着把他请进化妆间。一面巨大的镜子占据了一整面墙壁，镜子边缘亮着一排爱迪生公司的电灯泡。这面镜子让房间显得足足有原来的两倍大。镜子下方是一张化妆台，旁边是挂着服装的衣架。上面挂着的衣服都是亮红和亮蓝色，保罗从没见过色彩如此饱满丰富的服装。灯泡让深色的丝绸面料都熠熠发光。

服装架之间有两把木头椅子和一张收拾好的折叠床。一个身材高大的男人正坐在床上前后摇晃着身体，自言自语。

“这位特斯拉先生你认识的。”阿格尼丝说着，关上了身后的门。

决定不做什么跟决定做什么一样重要。

——史蒂夫 · 乔布斯

31

尚未解答的问题

阿格尼丝告诉他，尼古拉 · 特斯拉那天一大早就去了大都会歌剧院。她刚到后台入口，他就迎了上来。她过了一会儿才认出他就是保罗在玩家俱乐部要找的那个奇怪的人。不过特斯拉很容易就认出了她，好像他就是专程来找她一样。虽然他浑身脏兮兮的，身体似乎也不太好，但他仍然直接叫出了她的名字。他几乎说不出太多话。她不得不请剧院经理帮忙才把他送进她的私人化妆间里。

歌剧明星的沙发床上坐着一个浪子回头的发明家。保罗想起了特斯拉对于德尔莫尼克的偏好。很奇怪，这个难以捉摸的人常常很会享受的样子。

保罗走近一些，才发现特斯拉确实受到了很大惊吓。他似乎并不知道保罗在这儿，只是不停喘着气自言自语。保罗竭力从他发出的含混不清的声音和吞吞吐吐的咬字中听出一些词汇。

“尼古拉？你能听见我说话吗？”

“他不会回答的。但是无论你要问他什么，我敢跟你保证，我有更多问题是给你的。”

特斯拉的眼睛是睁开的，但是它们凝视着远方的某处，好像化妆间的墙是遥远的地平线。保罗发现特斯拉仍然穿着他们上次见面时的那套衣服，已经脏得不成样子。特斯拉的棉衬衣本应是白色的，但是现在已经被不知道什么东西染成了黄褐色。他浑身散发着泥土、汗水和马粪的味道。

在保罗看来，原本把特斯拉与外面的世界隔开的那道篱笆已经变得更厚更高，变成了一道壁垒。一般你至少能够朝墙那边抛过去几句对话。但现在，什么都落不到那边了。无论是什么样的精神错乱困扰着他，都已经完全切断了他与周围世界的连接纽带。如果特斯拉的意识还在——如果，按照保罗的父亲的信仰来解释，特斯拉的灵魂仍然在他的头颅之内——那它现在也变成一个闭关锁国的国家里唯一的居民了。

“他有没有说过什么，比如他去了哪儿，他是怎么脱险的？”

“什么都没有。”

“他为什么会来找你呢？”保罗还记得在玩家俱乐部时阿格尼丝的歌声让特斯拉如痴如醉的情景。

“我完全不知道。我更感兴趣的问题是，下一步你打算怎么做。”

情况相当复杂。“还有谁知道特斯拉在这儿？”

“在大堂见你的那个剧院经理，”阿格尼丝说，“不过他根本不知道特斯拉是谁。”

“你妈妈知道吗？”

“对，让你说着了。无论我的生活中发生了什么值得关注的事情，我第一件事就是告诉我妈妈。”

“亨廷顿小姐。这个男人有危险。”

保罗能够想到她的脑子在快速转动。他意识到，他的难题很可能会变成她的机会。

“你可以放心，你是我第一个也是唯一一个通知到的人，克拉瓦斯。我们应该立刻把他送进医院。”她在试探，他明白。她想看看保罗是不是愿意把特斯拉带到公共场所。他的表情一定很清楚地表明他并不想。“除非，当然，你有什么特殊原因不想让别人知道特斯拉在这里并且是安全的？”

在贝尔维尤，保罗觉得自己不能信任阿格尼丝。这次的新一番遭遇也并没改变他的看法，但是他还有什么其他选择呢？

阿格尼丝是这场游戏的旁观者。就算她居心叵测，起到决定作用的是参与游戏的其他玩家，以及她能从他们每个人手里得到什么好处。她需要保罗——至少目前这段时间如此。保罗知道，让自己有把握的并不是相信她永远不会背叛他，而是相信她只有在遇到最大的利益诱惑的时候才会这样做。所以他必须确保这种情况永远不会发生。

“有人想杀了这个人。”

“啊？”她说，“那看起来他们工作很不力。”

“我之前对你撒了谎，我说火灾是一次意外。”

“是吗？”

“你其实也早猜到了，不是吗？“

“我不是猜，我是分析。据我分析，可能性很大。是谁要针对特斯拉先生？”

保罗脸上的表情似乎证实了她的怀疑。

“我指的是托马斯·爱迪生亲自到格兰德街放火吗？”他说，

“不是。但是我确定他是这场火的幕后主使。”保罗跟她说了案件的详细情况，以及托马斯·爱迪生的威胁。她思考着这些话，没有表现出任何惊讶或者担忧。

“你真的太会给自己挑选敌人了。”阿格尼丝并不是个容易害怕的人。或者至少爱迪生并不能吓到她。

“其他演员什么时候来？他们会到这个房间里来吗？”

“一般这个时候他们差不多随时会来。我们每个人都有自己的房间，所以没有人需要来这里。不过他们可能会来敲门。随便闲聊几句之类的。”

“我必须要把他安顿在一个安全的地方。”

“哪里？”

保罗自己的公寓虽然小，但是也够用。不过，如果爱迪生的人跟踪他，那么特斯拉几小时之内就会被发现。保罗的办公室也不行；他的合伙人不太可信。威斯汀豪斯的庄园里人多嘴杂。宅邸、实验室、工厂、花园和私人火车站里到处都有员工和访客——肯定会很快走漏风声。保罗能安排特斯拉住进饭店吗？那他会被很多陌生人看到，而陌生人是可以被收买的。

保罗并不是小男孩冒险书里的英雄，他也从来没读过儒勒·凡尔纳。

“我能提个建议吗？”阿格尼丝说，“你需要把特斯拉先生安排在一个让爱迪生的人意想不到、所以也不会去搜寻的地方。那里必须足够近，能很快把特斯拉送去，也要足够大，因为你要让他在那儿住一段时间。这个地方要有人能够照顾一个精神不济的病人，而且再过几百万年都永远不会被爱迪生和他的人怀疑。”

她的理由非常清楚合理，但是当她大声说出她的建议时，保罗几乎不敢相信。

“你可以让特斯拉先生住在我家。”

“……你家？”

“是的。”

“你为什么要把特斯拉安置在你家？”

“但你没办法拒绝吧？”

特斯拉在沙发床上又喃喃自语起来。

“我可以让他住下，”她说，“我甚至可以让我妈妈帮忙。别那样看着我。她比看上去贤惠得多。我们会让他吃饱穿暖，保证他的安全。然后，等他的意识恢复了——恢复到以前那样——你可以说服他重新加入威斯汀豪斯公司，去创造你们需要的设备。民众会购买威斯汀豪斯的系统，而不是爱迪生的。至于你，我相信，你会成为美国最大并且最有影响力的公司的首席律师。如果福斯特先生再敢威胁我的话，你和威斯汀豪斯先生可以把波士顿爱迪尔斯剧院买下来。”

阿格尼丝赤裸的脚趾无声地敲打着木头地板。她所说的句句在理，而且说完之后也不想对方做出反驳。

“你不相信我？”阿格尼丝问道。

“我对你有一些信任，”保罗说，“但是你要求我对你有很多信任。”

任何时候，阿格尼丝只要在某次饭局上随便说几句坏话，特斯拉的生命和保罗的前途就都完了。

“如果你在担心我会把你出卖给爱迪生，那你或许应该这样想想：如果我真想出卖你，我早就能那样做了。”

他眨了一下眼睛，她说的有道理。保罗发现自己对她又敬又畏，程度相当。

“你应该当律师。”他说。

他的这个回答就等于是同意了。阿格尼丝到衣架那边。她取下了一件绿色的长大衣和一双纤小的平底鞋。

“我们要让他穿上新衣服，这样他就不会被认出来。服装组有很多衣服。然后你和我要分别离开，如果爱迪生找人跟踪你，我们绝对不能掉以轻心。你离开几分钟之后，我会带着他坐上马车去格拉梅西。”

“你怎么跟你妈妈说？”

“那是我的问题，”她一边说一边把那双软便鞋穿在脚上，“我今晚有演出。你晚点来我家看他。午夜，一言为定。”

“好吧。”

“现在扶他站起来。”

再次离开特斯拉让保罗觉得很不安。终于找到他之后，却要再次让他离开自己的视线？可是他没有其他选择。

保罗快速转向阿格尼丝。“谢谢你，”他说，“我保证这件事不会对你的歌唱事业造成任何影响。”

“嗯，我来告诉你一个关于歌剧演出的糟糕的秘密，”阿格尼丝一边按铃叫舞台工作人员一边说道，“每晚的演出都千篇一律。”

就算有些事情的发展没有符合你的预期，那也不代表它们毫无用处。

——托马斯·爱迪生

32

格拉梅西公园4号每晚的恐怖

尼古拉·特斯拉突然出现这件事，保罗决定先对威斯汀豪斯保密，至少目前先不说。

他怎么能说呢？威斯汀豪斯在匹兹堡的环境相对单纯，他对于上流社会的各种伎俩也并没有什么经验。他是一个直率的老板，没有耐心掩饰自己的情绪。如果威斯汀豪斯知道了这件事，那么很可能他实验室里那六七个高级工程师或者各个生产部门的每一位管理人员就都知道了。这些人跟在威斯汀豪斯身边工作的年头都比保罗长。保罗可以把生命托付给威斯汀豪斯，但是这个秘密他不能信任他——现在还不能。

保罗感到愤怒。但他并不是气自己做出了向客户隐瞒关键信息的决定，也不是气特斯拉的精神失常，也不是气卡特和休斯目光短浅的背叛行为，也不是气威斯汀豪斯太不善于保守秘密所以自己只能瞒着他。

让保罗愤怒的是托马斯·爱迪生。是爱迪生发动了这场战争，让他陷入了这个腐蚀灵魂的境地。

托马斯·爱迪生本人就是魔鬼。他到底有多邪恶，要看他迫使保罗做出了多么出格的事情。

那天晚上，保罗第一次夜访格拉梅西，此后他还会来很多次。许多个晚上离开办公室之后，介于十一点到十二点之间，他会从马车边悬空的台阶上下来，快速环视公园四周。他会查看有没有人在旁边盯梢。不过当然，这么热闹的地方，也很难看到什么。欧文广场两边的餐馆和酒吧挤满了欢聚的人群，年轻男女即使入冬以后也聚集在街灯下饮酒作乐。欧文广场的剧院就在几个街区之外，如果保罗刚好在演出散场时抵达，他会看到整条街都是快乐的音乐爱好者。他到阿格尼丝家去的每一次，都能听到周围传来歌声。

一个年轻男人深夜到访一位女演员关着灯的住宅这种事，在格拉梅西这个街区并不会引起四邻的注意。

保罗第一次拜访时，是范妮开门让他进去的。她歪着脖子，直视着他的眼睛。

“我不喜欢这样。”她告诉他。

“如果我处在您的位置，我也一样不会喜欢，亨廷顿夫人。如果我能找到任何其他的办法，我向您保证我一定不会出现在这里，我那位正在遭罪的朋友也不会。”

“我女儿成名太快，她绝对不应该被一个狡诈的剧院经理的要挟、上流社会恋童癖举办的派对、神志不清的疯子的谩骂或者一个狡猾的律师为了自己省事而想出来的诡计所耽误。我女儿喜欢你，我不喜欢。所以你放心，如果有机会让我这样做，我绝对会对你和你的朋友特斯拉毫不客气。”

然而阿格尼丝说服了她的妈妈让她们来接待特斯拉，事情很顺利。不过，范妮仍然不能算是在心甘情愿地帮助他们实施计划。这也可以理解。如果被不怀好意的人看到一个年轻男人在那么晚的时间去找她女儿，后果会很严重的。

这就是保罗和范妮对话最多的一次了。之后的探访中他只会简单点头打个招呼，她会板着脸回应。除了最基本的礼节之外他们几乎没有任何交流。

有一些晚上，保罗来的时候阿格尼丝已经回家了。另一些日子则没有。开头几天之后，她把家里的钥匙给了保罗一把，这样他就可以自己开门进屋，但他还是觉得不打招呼就进去很不礼貌。毕竟，有些礼数还是应该保持。

进屋后迎接保罗的总是门厅墙壁上镶嵌的闪烁的煤气灯。他会把大衣挂起来。随着时间从十一月流逝到十二月初，他会从磨损的皮靴上掸掉积雪。

特斯拉被安排在二楼一间小卧室里，那里原来是佣人房。他的大部分时间都穿着保罗的睡衣在床上度过。保罗进屋时，总是会发现特斯拉蒙着被子躺着，没什么变化。然而，这位发明家似乎也没太睡着。

他一直在产生幻觉。保罗刚刚可以让特斯拉开口说几个字的时候，就更加证实了这一点。保罗坐在他的床边，听到他艰难吐出的几个词，他的声音非常微弱。

“一头巨大的带翅膀的野兽。”特斯拉说。

第一晚他几乎没说出其他保罗能听懂的话。第二晚，他又说了几个词，但是没有什么具体意义。

“一场火，”特斯拉说，“我只看见了火。”

“对！”保罗惊呼，“确实有一场火，在你的实验室，但那是好几个月之前了。你逃了出来，你现在安全了。”

特斯拉坚持摇着头。“不不不不不，和我们在这里，我看到大火把我们都包围吞没了。”

之后的夜晚，特斯拉还会描述更多的幻觉。他提到了长着角的甲虫，然后还有鲜血汇成的河流，永远不会结束的日食。最终他形容了一群永远不会死去的军队，以及遥远星辰的粒子形成的一群蚂蚁。随着日子慢慢过去，特斯拉的形容变得越来越啰唆。他一成不变地说着，似乎这些恐怖的景象不是梦，而是活生生发生在他面前的事情。对他来说，它们就像保罗、阿格尼丝和范妮一样真实，就像他的小床和点亮他房间的那唯一一支蜡烛一样明显。

每天晚上保罗都会带来一盒新的苏打饼干。特斯拉狼吞虎咽地吃着。他似乎很饿，但他又不吃任何其他东西。保罗真不知道特斯拉这个样子怎么还没得上坏血病死去。一晚又一晚，保罗一边喂特斯拉吃饼干，一边想要知道他现在到底是什么状况。这位发明家认得保罗。他对两人过往的历史有一些记忆。到第二周，特斯拉甚至开始叫他的名字了，正如他一开始就能叫出阿格尼丝的名字一样。然而，“爱迪生”或者“威斯汀豪斯”这两个名字似乎无法唤起他的任何印象。他要么完全不记得他们是谁，要么以他现在的状况来看，他完全不在乎。

然而特斯拉的存在却对阿格尼丝产生了出乎意料的影响。她似乎真的愿意让他住下来。保罗赶到的时候常常会发现她已经坐在特斯拉的床边。很多次保罗离开的时候，她还会多留一会儿。

特斯拉似乎让她变温柔了，让她那刻意做出的笑容舒畅了一些。当她和特斯拉一起大笑的时候，那种笑完全不同于她在斯坦福·

怀特的聚会上爆发的大笑。甚至与她偶尔对保罗展现的微笑也不太一样。和特斯拉在一起时，她的微笑更加温暖。那不是诙谐，而是友谊。

她好像也比保罗更懂特斯拉。她更加擅长听懂并解读他那折磨人的语法。她甚至还为他杂乱的独白而深深着迷。

“你喜欢他。”有一天晚上，两人上楼到特斯拉房间的时候，保罗对她说。他刚刚到，两颊还冻得通红。她与W.H.福斯特之间的纠纷仍然是他们之间笼罩的阴云。但是保罗心里也明白，再写一封信也不会起作用，他需要想出更好的办法。

“我喜欢特斯拉会让你吃惊？”

“他似乎跟你圈子里的大部分人都不一样。”

“我大部分时间都在表演。在舞台上表演，是为了钱。在舞台下表演，为了得到尊重。他这辈子一天都没有这样过。这永远不会成为他担忧的事情。除了他自己的意见，他才不会在乎任何人。”

他们一起进入特斯拉的房间。他们看到他像往常一样喃喃自语。冬天的风猛烈地吹向厚厚的窗棂，似乎是在为他们的对话提供低音伴奏。

“船，”特斯拉说，“那些粒子在移动，滑动，互相挤压。它们就像一只只小船。我们必须要看到它们带来了什么。我们必须要追踪它们航行过的水域。”

保罗看着阿格尼丝。他们一起听过太多这种自言自语。明天晚上，后天晚上，他们还会一起听到更多的自言自语。

“粒子，它们只是小船，对吗？我会制作一台机器把它们推进水里。把港口一个个连接起来。我真不敢相信没人想过这个点子。当你看到那些船，一切就显而易见了。”

阿格尼丝俯身贴近床边，想听得更清楚。

“那是个线圈，阿格尼丝·亨廷顿小姐。线圈的形状。你看不到吗？就在那里。它因为奇迹而发光。”

保罗环视了一下狭小的卧室。“这儿什么都没有，”保罗说，“你的脑子里出现了很多这里并不存在的东西。”

听到这句话，特斯拉转过身来，从他出现以来第一次，用真正思考的目光迎向保罗的目光。

“没错。”特斯拉说。

“你在产生幻觉，尼古拉。”保罗说。

“不，”特斯拉脸上浮现出一种让保罗感到久违了的微笑，回答说，“我在发明创造。”

一个不寻常的人能够通过不寻常的方式……让他的名字为全世界所知……而且仅凭少得可怜的真本事就获得巨大的财富……那我要说这个人是天才——或者让我们用一个更加流行的词汇——一个魔法师。

——弗朗西斯·耶赫尔，爱迪生实验室的一名助手，1913年

33
爱迪生先生不会同意

保罗再一次走进亨廷顿家的时候，遇到了令人不安的一幕。

在特斯拉的床边有一个健壮的身影。谢顶，但是从脸颊往下留着乱糟糟的大胡子，像是要弥补头顶上毛发的稀疏。保罗进屋的时候，他正朝着特斯拉俯过身。

“啊，”那个人看着他说，“你带苏打饼干来了。”

“你是谁？”

在床脚边的阿格尼丝替他回答。“别担心，克拉瓦斯，”她说，“这位是丹尼尔·陶夫医生。他是精神病专家。”

这件事引发了他们之间的第一次争吵。医生离开之后，保罗生气地质问她。

“你怎么能不经过我同意就把外人带进来？”他没想喊叫，但是发现自己不自觉提高了音量。

“我不需要经你批准才能决定该如何照顾尼古拉。”她平静地

回答。

阿格尼丝是几个月前在阿斯特夫人的万圣节派对上和陶夫医生认识的。据说他在需求特殊的人群中非常值得信赖，从事他这个行业的人必须做到这一点。

当时他们已经到客厅去了。阿格尼丝耐心地坐在沙发上，保罗则在屋里不停踱着步子。她解释说，这位精神科医生对于特斯拉的“潜意识”格外感兴趣，他是这样形容的。保罗问这个词的意思是什么；阿格尼丝承认她自己也不明就里。她解释说，这位名医认为特斯拉可能患上了démence précoce——某种叫作“早发性痴呆”的病症。保罗问那是否意味着说他疯了，但是显然陶夫医生认为这样形容不太合适。“这些精神病专家总是这样，”阿格尼丝说，“他们早已经不用‘疯’和‘没疯’来作为病情分类了，他们一直在尝试修正分类的定义。虽然他们不是科学家，却有着科学家的思维方式。”

“医生给出治疗方案了吗？”他问。

“休息。”

“那我们已经照做了。”

“他还提出了另外一些方法。特斯拉的记忆缺失，但并没有影响到他某些方面的能力。”

“比如？”

“比如英语。你有没有发觉，从始至终他都没有使用塞尔维亚语跟我们讲话？”

保罗必须承认这确实是一个有意思的现象。

她继续说：“还有他对于机械的理解能力。他的言辞中时常有科学词汇，他提到了机器、粒子，以及带翅膀的野兽。”

“他看到的景象……他的幻觉，”保罗说，“他一直在说它们在激发他创造一台新的机器。他看到这些事情，他相信它们是真的——而且这些，对他来说，都是发明。”

“像一道光，就像圣保罗在去往大马士革的路上看到的那样。”

“他告诉过威斯汀豪斯，他对于交流电马达也有过类似的灵感。这就是特斯拉的方式——他有一系列幻觉一样的想法，然后灵感就出现了，他的设备就被发明出来了，然后他就转去发明别的东西了。”

阿格尼丝似乎对这个过程很着迷，如果没有怀疑其效果的话。“但是直到你‘建造’出一个设备之前你都不算把它发明出来了。如果我花费了一下午的时间盯着一张五线谱想象着我该如何唱，我也不能说我已经表演过这首歌了。直到我站在舞台上张开嘴发声之前我都不能说我创造了歌声。我的喉咙会觉得累，最后我会得到掌声才可以。”

“对他来说不一样。”

“只是声称你发明出了什么东西与你正在发明是两码事。”

“我想威斯汀豪斯先生会赞同你的观点……”保罗转移了话题。

“克拉瓦斯？”阿格尼丝说，“这件事很重要吗？”

“如果爱迪生先生不同意你的看法呢？如果爱迪生认为声称已经发明了什么东西跟你真的在发明是一回事儿呢？”

阿格尼丝的表情显示，她完全不知道保罗在说什么。

“1878年9月16日，爱迪生宣布他发明了白炽灯电灯泡，”保罗说，“每个人都知道这件事，因为爱迪生向公众大肆宣扬了自己取得的成果。他在《纽约太阳报》上宣布，还让《先驱报》和《纽约时报》一些仰慕他的记者观看了私密演示。他为这个设备的基础设计申请了专利——包括基座、电路，所有一切——立刻申请了。但是他实际上直到1879年11月4日才真正为灯泡本身申请了专利。”

保罗感觉一股能量窜出来，“我要问的是这个。爱迪生声称自己发明了电灯泡的时候，有什么证据能证实他确实发明了？”

“你认为他撒谎了？”

“爱迪生申请的第一项专利很不明确。或者说，至少我目前的法律论证是以此为重点的。只是，如果爱迪生实际上从来就没有让他发明的东西真正实现呢？如果他只是简单地告诉所有人他成功了？从他的角度想象一下这件事。他在忙于发明电灯。他让几十名工程师每天二十四小时不停地工作。他知道自己快要成功了。但是他也知道还有其他一些发明家在钻研同样一个课题。他们也快要成功了。希巴德，斯万还有索耶……他们都几乎快出成果了。”

“所以爱迪生就抢先宣布了？”阿格尼丝说，“他大张旗鼓地向媒体说‘就是这样，游戏结束了，我发明了电灯’，然后……”

“然后，”保罗说，“其他人就放弃了！伟大的托马斯·爱迪生发明了室内电灯，已成定局。所以他们开始去做其他的设计。但是在爱迪生宣布他的发明与他一年后申请专利期间有一个巨大的空档，申请专利一年后它的产品才开始在市场上销售，这又是一个空档。威斯汀豪斯以为这期间可能会有其他公司加入这件事，希巴德也是这样认为，斯万也是这样认为。但是没有一个人停下来想想：说爱迪生真的发明了一款能够工作的电灯泡，证据在哪里？”

“当时一定做过展示。”

“简短的展示。每次一分钟……两分钟……所有的文章都是这样形容的。一名新闻记者，或者投资人会被带进去看一分钟灯泡。最多两分钟，他们就被催促离开。大家都以为这样做的原因是大家观看的时间都保持短暂，所以才不会有人剽窃他的设计。但是，如果展示时间短是另有原因呢？”

“原因是那个灯泡实际上不灵？”

“所有的问题都是关于稳定性。没有人能够发明一款几分钟内不会爆炸并点燃周围东西的灯泡……如果爱迪生早年的灯泡，也就是他在第一次专利申请中形容的那款灯泡,其实仍然还是会爆炸？”

“但是没有人知道，因为他们每次只能看两分钟。”

“爱迪生争取到两年的时间去完善设计，而其他人则悔恨不已，因为他们不知道他怎么做到的。”

保罗和阿格尼丝目不转睛地对视了几秒。她像保罗一样紧张。“如果我能够证明爱迪生申请专利时撒了谎，”他说，“那我就不需要证明威斯汀豪斯的灯泡没有侵权。我目前纠结的案子，我一直在提出的辩论点——会成为一个没有实际意义的点。因为我们可以另辟蹊径，让爱迪生的专利变得不合法——就会把魔王从头到脚打出水面。”

“然后呢？”

“然后爱迪生通用电气公司和威斯汀豪斯电气公司可以自由生产销售两款不同的产品，由公众决定他们想买哪种。不会再有法律纠纷，不会再有威胁。我们就达到了爱迪生自从知道威斯汀豪斯在质疑他之后就害怕看到的局面——一次公平的竞争。”

创新来自那些在走廊里偶遇的人，也来自晚上十点半有了新想法，或者意识到一直在思考的问题突然灵光乍现脑洞大开而迫不及待给对方打电话的人们。

——史蒂夫·乔布斯

34
创新的王国

深夜和阿格尼丝一起顿悟之后，保罗一直睡不着。他索性一路步行到东五十街，一边构思着他的攻击计划，一边想着，有她作为自己的倾诉对象竟然带来如此不可思议的好福气。他提醒自己，并且不是第一次提醒自己，她是他的客户，不是他的朋友。她当然也更不可能超出目前的范围。纽约舞台上最闪亮的明星跟她的律师暗生情愫，这想法太荒谬了。然而保罗又忍不住去想，这几周里她为了能够和他一起坐在特斯拉的病榻边，推掉了多少邀请。她喜欢特斯拉，保罗能够看得出来。她有没有可能对他也有一些喜欢呢？

第二天，保罗开始整理资料，来证明爱迪生在专利申请时提供了假证据。很快他就被这些材料的数量和混杂程度吞没了。

首先，是围绕着223898号专利的资料。申请书只有三页。第一页只是墨水绘制的灯泡设计图纸，在边缘处有标注不同部件的字样。后面两页只是简单的手写概括，说明灯泡的用途及其工作原理，底部有爱迪生的签名。整份申请书不超过一千个单词。想想这寥寥数语却引发了何等规模的法庭战争。好像是特洛伊的海伦化身一支钢笔，在两张纸上画出了结局。

围绕专利申请的其他文件则极为冗长。这些文件包括宣布发明之后的几年间爱迪生向专利局提交的声明文件，以及到专利被批准之时，爱迪生与专利局之间的通信往来。所有这些文件都认真地签署并认证过。在争取青史留名的问题上，一个人宣布的时间点至少与他宣布的内容是具有同等重要性的。

然后，当然，还有与其他相关专利有关的材料。此前美国和欧洲政府已经给几十个名为"白炽灯泡"的发明发放了专利。爱迪生因此还远未能成功地说明每一项专利都跟他自己的设计有明显区别，也不能说他没有从那些发明家那里得到丝毫的借鉴。保罗一直在努力想要完全了解他们的区别，希望能够辩称哪个发明可以让爱迪生的声明不成立。

此外还有专访，新闻报道和关于爱迪生神奇"发明"的手册。如果保罗的目标是为了证明当爱迪生宣布自己发明出灯泡时，其实际上尚未取得突破性进展，那么保罗需要收集并整理专利申请前后这些年来爱迪生及其助手发表的每一项声明。保罗能否指出爱迪生在某个地方自相矛盾？保罗能否找出爱迪生的工程师的某一份声明与他老板的说法不一？ 1878年冬天目睹灯泡演示的记者里是否能有一个人没有意识到但注意到了某个可以有同样效果的细节？

为了寻找证据需要仔细梳理的资料体量庞大到令人生畏。保罗把成堆的文件带进他的办公室，盯着它们，仿佛一个没有经验的登山者在目测珠穆朗玛峰的高度。这怎么可能凭一己之力完成呢？

卡特和休斯已经有了一个他们很喜欢的法律策略—— 一个防

御性策略，认为爱迪生的专利成立并完好，只是威斯汀豪斯的电灯并没有对其构成侵权。他们和他之间的竞争太厉害，让他强烈地怀疑自己是否能够说服他们采取一种更为主动的策略。他可以跟威斯汀豪斯诉说难处。但是威斯汀豪斯能帮他什么？他的人都是工程师。保罗需要的是律师。

保罗的思绪转到了爱迪生的实验室，那个奇迹上。他忍不住要羡慕爱迪生的组织所达成的成就。就连雷金纳德·费森登形容起它的发明创造也充满敬意。爱迪生的实验室确实在十年之内创造出了比人类历史上其他任何时期及任何地方都多的奇迹。从双工电报到留声机到炭粒传声器到一百多种其他不那么惊人的发明，爱迪生的成就是非同寻常的。

但是他并不是一个人完成这些的，对吧？爱迪生不是一个独自苦熬过上千个橙色黎明的孤独的发明家。他希望向公众展示的形象是他的另一个伪装。爱迪生是一个大公司的首脑，就像是工业时代的巨头一样。安德鲁·卡内基领导的公司冶炼的生铁数量世界第一。杰伊·古尔德修建铁路，约翰·洛克菲勒从地层深处开采石油。这些人里每个人的天才都不是在于他们自己的双手，而是他建立的系统的高效。

爱迪生的王国与这些工业大亨不同。他们建造公司来生产产品，砍伐森林获得木材，挖掘矿井获得煤炭，建造工厂把重工业的原材料结合在一起。即便是威斯汀豪斯电气公司的成立也是想要大量生产工业机械以供公众购买。但是爱迪生的总部，初创于门洛公园，现在位于第五大道，生产的最首要的却是另外的东西：创意。范德比尔特建造了一个船舶王国，詹姆斯·杜克建立了烟草王国，亨利·克莱·弗里克建立了钢铁王国。托马斯·爱迪生建立的是一个发明的王国。

托马斯·爱迪生并不是——保罗觉得——第一个因为发明了某种聪明的产品而变得富有的人；相反，他是第一个建造起能够生产聪明的工厂的人。伊莱·惠特尼和亚力山大·格雷厄姆·贝尔都因为发明过一件伟大的产品而青史留名。爱迪生则建立了一个实验室，发明出很多伟大的事物。他的天才并不在于发明，而是在于发明一个发明体系。即视为研究人员、工程师和发展思想家在爱迪生建立并管理的一个精心架构层级分明的机构里。

在金字塔的最顶端，爱迪生会发现需要解决的问题。他会发现市场上的薄弱环节，找到可能会用创新填补的区域。随后他会建立起一个团队，判定在行业现状和合理的解决方案之间有什么技术上的问题挡在中间。一旦这个团队把相关问题都提炼出来之后，一大群准发明家会修改出一个可能的解决方案，直到找到突破点。然后这个军队会分散出无限变化形式的可能的改善方案，直到经过大量的试错之后，一个"发明"被生产出来。之后那个发明会申请专利，大量生产，在统一的名字下进入市场。那个实验室里出产的每一件设备的一侧都会雕饰着这个名字。每台机器上都会有一个由六个同样字体同样大小的字母组成的名字。一个在任何美国家庭的某一设备上都会看到的名字。

"E–D–I–S–O–N"。

同样是这个名字，在他面前的资料里被写了无数次。他感觉到一种特殊的嫉妒。如果他能像爱迪生那样有一个自己的公司就好了。如果保罗能够像爱迪生创建解决技术问题的体系那样，有一个解决法律问题的体系就好了。

呃，为什么他不能有？

不给自己招兵买马的人都不是有钱人。

——马库斯·克拉苏，公元前54年

35
助理律师

哥伦比亚大学汉密尔顿大楼是一座四层高的哥特复兴式建筑，位于麦迪逊大道校区的中心。大楼高耸的屋顶刚好越过沿着校园土路种植的没有叶子的橡树的树顶。校区是城市中一座石头筑成的壁垒，灰色的尖顶刺入冬日蓝天。

保罗一直觉得，哥伦比亚大学校区的设计一定是在深深的焦虑中完成的。其错综复杂的哥特式立面是为了让人回想起旧世界，石头浮雕描绘着欧洲启蒙运动，以及英国及法国那些历史悠久的学校。虽然哥伦比亚已经是全国最古老的大学之一，但它其实还并没褪去婴儿肥。华尔街暴发户中弥漫的不安全的感觉在城中学术界更加严重。银行家们都想成为王子，教授们都想成为马丁·路德。

几个世纪以来，科学技术都是伦敦的英国皇家学会以及巴黎的法国科学院的领地。最近十年之前，都还没有人能够想到美国在科学进步方面能有任何突飞猛进。美利坚合众国曾经是反对知识分子观点的地方。然而，就保罗所知道的，全世界科技最先进的两间实验室已经不在巴黎的卢浮宫或者伦敦的伯灵顿府。它们现在一个在新泽西州的门洛公园，一个在宾夕法尼亚州的匹兹堡。它们由两个没有受过正式训练而自学成才的人管理。而且，保罗认为，第三个这类实验室或许可能就在一个歌剧演员位于格拉梅西的家中一个狭小的次卧室里。它完全存在于尼古拉·特斯拉的头脑中。

保罗和一大群学生一起进入四层的大礼堂，他很容易就混进人群中。如果哥伦比亚人能够据说是有某种面相——自信、自若、积极热情——保罗仍然保有这些特点。他在礼堂后排位置坐下来的时候，能够闻到空气中有精致头油的味道。

他是来旁听西奥多·德怀特教授的模拟法庭课的。德怀特一直很愿意帮助有需要的校友。让全市最有成就的年轻律师回到他的课堂上，是这位教授以及他班上六十多名学生的荣幸。

差不多七十岁的年纪，德怀特教授留着一把浓密的全白色连鬓一字胡，和他头上的假发很般配。两者一起让他有了一种冷淡的严肃：对于当下时髦的事物漠不关心，对于他毕生从事的工作非常严肃认真。衬衫领口的高度在变，领带的系法也在变，但是法律保持着一种深刻的恒定性。

当天下午的案件是“古德伊尔诉汉考克”，这是几十年前有关防水橡胶的发明而产生的一起基础专利权案。学生们纷纷起身进行案件陈述。德怀特在诉讼中扮演法官的角色，两组年轻男生分别坐在他的两侧，扮演控辩双方的律师。

保罗看着这些学生开始进行热烈且无任何负担的争论，他记下了四个能够最清晰地表达观点的学生。他们的法律分析并不是最尖锐的，但是他们知道该如何在简明的陈述中展开他们的分析。他们是会讲故事的人。

随后，保罗站在德怀特教授旁边，向他挑选的四名学生讲述了他的计划。

“我是来给你们提供工作机会的，”保罗对那群年轻人说，“你们要参与的案件是爱迪生诉威斯汀豪斯案。或许你们听说过吧？”

他们的表情告诉他是的。“我在所有方面都需要协助，”保罗继续说，“调研，起草辩护要点，寻找证人并帮助他们准备证词。我需要一些聪明的人来协助我。”

“所以我们会成为卡特—休斯—克拉瓦斯律师事务所的律师？”学生中最活跃的一个问道，他自我介绍自己叫拜尔。

“并不完全是，”保罗回答，“你们仍然会待在学校，你们为我工作的同时其他并不会变，直到你们毕业。”

“所以你是让我们当实习生？”另一名学生拜恩斯说，“我们所有人？”

“不，我要提供的工作也并不完全是实习生。”

“如果不是实习生，也不是律师，”拜尔说，“那么，你要让我们做什么职位？”

“处于两者之间，”保罗说，“我要提供的这个机会，既新鲜，也是你们能够加入一个全速运行的律师事务所的最好机会。把你们的职位想象成……‘助理律师’，如何？我们要建立起一座法律工厂。人们可以安排自己进入一个能够生产太阳底下任何一种材料、矿物和设备的体系。那么法律事务为什么不能照此办理？”

所有学生都表现出困惑的神色，拜恩斯代表大家发言。

“因为，当然这样说并不是想对您无礼或者不敬，法律事务与体力劳动难道不是从本质上就属于两类吗？一份法庭陈述可不是一块钢板。”

德怀特笑了，他很自豪自己的学生参与了这一个苏格拉底式对话。

保罗早就想好了回答。“如果你可以安排一个生产出某一类的过程，为什么不创造出另一个过程来生产另一类？而且还有额外收益：我能够在整个案件中对你们进行指导。我从这个地方毕业之后，我给卡特先生当过实习生，现在他成了我的合伙人。被提拔为律师是一个很棘手的过程——我之前从未处理过客户，必须在没有任何经验的情况下自己摸到门路。你们不会被扔进这种满是鲨鱼的大海中。”

“那我们该如何获得客户呢？”一个从来没讲过话的学生问。保罗已经忘了他的名字。

“你们会得到我的客户。或者，更确切地说，你们只服务我的一个客户。”

“威斯汀豪斯。”拜尔说。

“你们要为那个案子全力以赴，那是你们唯一的案子，当然是在我的指导下。而且我还有更好的消息：我会付给你们薪水。每周十美元，一年为期，到时候你们已经毕业，成为全职律师。或者，如果你们工作水平欠佳，我可以在任何时候让你走人，找其他聪明的年轻学生来替代你们。但你们有机会为自己的愿望努力，你们未来成功与否唯一的决定因素是你们的工作质量。”

拜尔、拜恩斯和其他两个男生互相看了看，考虑着保罗的提议。法学专业几百年来都是以一种老师与学生、匠人与徒工的体系存在着。律师事务所仍然像是修鞋作坊一样。保罗想要做的，他要建立这种新型法律实体的目的，就是从根本上改变这种体系的形状。

“我们的任务是什么？”拜尔说。

“我们需要证明托马斯·爱迪生向公众、他的投资方以及美国政府撒了谎。”

“……哦。”拜尔说。学生们的热情如预期般消散了。

“嗯，”保罗说，“我从来没说过这是一项容易的差事。”

保罗的年轻助手们立刻开始工作。直到毕业前的几个月内他们每天工作半天，毕业后立刻全天投入工作。他把他们都安排在距离卡特—休斯—克拉瓦斯事务所半英里外的格林尼治街的一间便宜的办公室里。那是一座老旧的楼房，其中的房间被尽量多地当作办公室分租出去。他没费什么力气就租到了一间。他从第一国家银行自己的账户里取钱支付了第一个月的房租。他让孩子们自己找来家具，他们很快就从布鲁克林的市场上找来一张长条桌共同使用。

保罗并不想用“挪用公款”来形容他支付助理们薪水的计划。可以肯定的是，他不能永远自己掏腰包给他们发薪水，他负担不起。他必须要从威斯汀豪斯的账户上转出资金。可是，如果试图清除爱迪生的灯泡专利都不算是威斯汀豪斯电气公司的钱的合理支出，那还有什么能算？

是卡特和休斯的奸猾让他不得已采取这种方式。如果他们之前没有背叛他，他现在就不会被迫背着他们行事。所以，在1888年12月冬天那几周里，曼哈顿用新英格兰的羊毛把自己重重包裹，保罗却用层层财务混乱隐藏着他的行动。

他对于自己所冒的风险没有任何幻想。他并不指望这件事到最终能够有其他结局，它必然会导致他被残酷地从他的事务所中解雇。卡特和休斯最终会发现他在做什么。然后他们就会开除他，甚至还有可能因此起诉他。如果保罗的策略被证实是成功的，他们也会在他宣告胜利的那一刻得知。如果他没成功，他们会在威斯汀豪斯电气公司宣告破产的时候知道他的所作所为。无论是哪种情况，他们都会惩罚他。无论是赢是输，保罗都会以失去工作告终。无论如何，他都会以只身一人为结束。唯一的问题是，他的下一个律师事务所会在曼哈顿，还是在田纳西父亲家里冰冷的二楼。

从某种程度上来说，误导你的正是那些头条新闻，
因为坏消息能上头条，而一点点进步则不能。
——比尔·盖茨

36
亨廷顿小姐接受了一次采访

1888年圣诞节随着锋面冷空气一同到来，包围了这个冷酷的城市。不过这个圣诞节与去年相比还算是不错，因为去年圣诞节刚过，一场几十年未见的暴风雪就袭击了纽约。1888年的假期还好只是寒冷而已。

特斯拉和亨廷顿母女一起度过了圣诞。保罗并没有被邀请加入他们。似乎范妮想要尽量保留家庭的私人时刻，为了她家庭的神圣。特斯拉的打扰已经够烦了。但至少他是因为慈善，他的存在与这个时期相符。保罗只是她们的律师。他是提供帮助的人，他可以照顾自己。

圣诞节那天保罗在自己的公寓工作。他独自一人到一个街区之外的第三大道上那间P. J. 克拉克酒吧吃了晚餐。他以为自己会是那里唯一的客人，但是发现比平时人还多。他并不是唯一一个想在公众场合吃炖羊肉喝啤酒的孤独的纽约客。

第二天，他疲惫地冒着严寒前往市政厅对面的公园街赴约。他抵达后发现面前是一座五层高的罗马式建筑,被脚手架包围起来。这里正在进行一项巨大的建筑工程，似乎要将建筑结构外扩，像是一只破茧而出的昆虫。这个比喻似乎还挺合适的，因为保罗对于在这座大楼里工作的人们并没有非常尊敬。他们是新闻记者。

他要去访问的那家报社并不是纽约最大的，也不是最负盛名的。但是《纽约时报》肯定是最有雄心，也最自我沉醉在其非常滑稽的高尚情操中的。

这个计划是他的主意，不过阿格尼丝也很快同意了。范妮持怀疑态度，但是连她也不得不承认这是她从她的律师那里得到过的最好的想法了。这样做有些冒险。但是考虑到她们被勒索的事实，有什么行动不是冒险呢?

保罗的计划是利用他手上两位客户的知名度互相帮助。他把这件事当成托马斯·爱迪生在所有产品上的标志。每一台设备都带有“爱迪生”的字样，同样的字体，同样的字号。如果一位客户喜欢其中一款，那么他很有可能想去尝试另外一款、完全不一样的产品，他的逻辑是那是同一家厂商的产品。“爱迪生”这个词已经成为了一个“品牌”，不比牲口的皮上盖的戳记更少强烈及持久。爱迪生通用的名牌甚至和一个牧场主人的烙铁相似。这肯定不会是巧合。

保罗要打造他自己作为一个律师的“品牌”。克拉瓦斯将会是他正在经手的两个案件的中心，一个代表着用品位和保密性处理几乎不可能的难题的标志。

《纽约时报》有一位名叫利奥波德·德鲁克的记者。他很乐于为阿格尼丝做一次专访，因为这位歌剧明星几乎很少接受他们的访问。可以相信的是他绝对不会发表任何对阿格尼丝不利的言论，那是很多八卦记者都乐此不疲的。

“但是为什么，”范妮问道，“要安排这次采访？”

“因为W. H.福斯特正在威胁你们要公开用丑闻抹黑。所以与其等着他利用媒体对你们不利，我们先发制人。我们用媒体来针对他。他认为曝光在公众视野里会让你们失势？好吧，我们让他清楚他也一样。”

按照之前的安排，保罗和阿格尼丝在《纽约时报》大楼的大堂见面。一名秘书指示他们上到四楼。

“别说太多话，”保罗说，“刚刚好。”

“我知道该如何应对采访，”阿格尼丝说，“这不是我第一次接受访问。不过，如果我们成功了的话，我敢说这次一定最好玩。”

阿格尼丝喜欢对W. H.福斯特攻击一番，也并不让保罗意外。一旦被得罪，她的性格中也有复仇心理。这是他所欣赏的另一种品质。

“德鲁克先生是对我们友好的人，”保罗说，“但是他并不是完全在我们这一边。这应该是一次恰当的访问。”

“你给他钱了。”阿格尼丝大胆地说。她并不是在提问题。

保罗在回应之前停顿了一下。“不完全是。”

“爱迪生买通了《纽约晚邮报》的一些人，所以你也学他的样子买通了《纽约时报》的人？”

“威斯汀豪斯曾经给过德鲁克先生独家专访，以及可以独家查看新产品报告的权利。作为回报，德鲁克一直在不舍笔墨——同时也是诚实地——发表关于这些产品的报道。这不是行贿，是一种关系。”保罗强调他的重点，“我们还没堕落到爱迪生那个地步。”

阿格尼丝扬起一只眉毛。“嗯，”她说，“你觉得这是不是你们正在输掉官司的原因呢？”

他们在一堆趴在杂乱的办公桌上奋笔疾书的记者中间找到了利奥波德·德鲁克。即使是圣诞节第二天，新闻编辑室里打字机敲击的声音仍然很响亮。

保罗全神贯注地看着阿格尼丝坐在那里接受采访。用一句话说，她太出色了。她的表现比他想象中她在舞台上的风采没有丝毫逊色。德鲁克的秘书把她吐露的每一个词都记录了下来。她把德鲁克当成一个老朋友，虽然两人几分钟前才见面。她的语气很轻松，言辞诙谐又有分寸。她是一个小镇姑娘，只是很开心自己能够在大城市的梦想中生活。而与此同时，她也是纽约上流社会的常客，有着优雅的习惯和淑女的礼仪。

她讲到了巴黎，讲到了伦敦，还有她对于歌唱的终生热爱。她提到了一直陪伴在她身边奉献的母亲。她曾经是艰难的剧场界里一个天真的新手。她让德鲁克问起她曾经参加过的中西部巡回演出——为什么匆忙结束？她不喜欢芝加哥吗？

“芝加哥将会永远被我铭记在心，”她说，“那里是中西部的巴黎。只是与巡演中一位经理的小小的不愉快才让我离开了。”当被追问到这起不愉快到底是什么，她拒绝了。“这件事你要去问福斯特先生了。我当时演唱的剧团是他管理的，那么可爱的人们。如果你采访到了剧团里任何一位女士的话，请代我向她们问好可以吗？她们遭受了非常不幸的一段时光。但是没错，芝加哥——多么天堂般的城市啊！”

保罗不得不控制自己想要鼓掌的冲动。德鲁克可以直接把她的话发表出来。只有寥寥数语，精心措辞，已经足够形成她所希望的打击。“女士”，“不幸”，“遭受”，“小小的不愉快”，她并没有抹黑福斯特的好名声。她说的话里没有任何诽谤的成分。她听上去好像是在努力不要玷污他的声誉。然而从这种语调中，任何一位明辨是非的读者都会做出自己的判断，关于剧院经理和他的女性歌唱演员之间到底引发了什么样的不愉快。任何关于这起麻烦事的本质的猜测都完全取决于读者的丰富想象。

采访结束后，德鲁克先生让秘书当晚就把整理好的记录发给他的编辑。阿格尼丝走过文书和打字员时，新闻编辑室里似乎都寂静了下来。保罗看着她飘过房间。

“对了，克拉瓦斯，”德鲁克对保罗说，“昨天我们收到了一样东西，我想你可能想看一下。在二楼，我带你去，是从哈罗德·布朗的办公室发来的。”

“当然，”保罗说，“《纽约时报》不会刊发布朗的评论文章。”《纽约时报》从来不是威斯汀豪斯的报纸，确实如此，但是它也没有像其他同行那样对爱迪生奉承。

“并不是评论文章，而是广告，一整版。”

“关于什么的广告？”

“一次演示，”德鲁克说，“上帝啊，看起来真像是一场好戏要上演了。”

到底什么是科学家？他是一个好奇的人，从钥匙孔里往外看——自然的钥匙孔，想要知道发生了什么。
——雅克 · 库斯托，探险家、生态学家

37
新年怪人

过去几个月里，保罗手上收集的哈罗德 · 布朗那些极具煽动性的文章数目已经相当可观。成堆的文件就躺在他办公室的地板上，摞得老高，快要支撑不住倒下来了。全美国几乎每一家主要报纸都刊发过他冗长的文章。文章的风格起初是不容置疑的夸张。**交流电出现了，来杀死你的孩子们，输送它的是乔治 · 威斯汀豪斯。**

保罗和威斯汀豪斯尝试过对公众进行一番与科学有关的教育，跟他们解释为什么交流电确实比直流电更安全。威斯汀豪斯甚至亲自执笔写了一篇确保他的电力系统是安全的文章。但是目前为止，公众尚未像此前被布朗的大肆渲染所打动的那样，被科学理由所说动。

现在，布朗的宣传又进了一步。他要发布一次路演，他要向公众展示，威斯汀豪斯的电流有多致命。

1889年的新年，保罗登上火车，前往新泽西州的西奥兰治。

他发现演讲大厅里挤满了人。他估计除了自己之外，这里还有几乎一百个其他出席者，包括城市安全官员，电灯公司的代表，各类工程师，还有相当一部分新闻记者。布朗在整个东岸都发布了广告。他要在波士顿、费城、巴尔的摩、华盛顿进行演示。**爱迪生的国度**，保罗想。虽然，这趟行程中，布朗需要搭乘火车，火车的刹车也是乔治·威斯汀豪斯设计的。

哈罗德·布朗走进演讲厅。让保罗感到吃惊的是，他看起来更像一个保险精算员，而不是一个推销商。他个子矮小，举止温和，声音柔软；如果他不是此时的主角，可能他会随时消失在人群中，毫不起眼。布朗开始演讲，首先他声明自己与全国都在关注的直流电与交流电之争并没有“财务或者商业上的利益相关”；他对这次科学争论的参与是出于他想要追寻真相。然后他让观众把注意力放在一只动物笼子上。笼子是木头制成的，但是栏杆之间有铜线。在笼子里，布朗放了一只中等大小的黑色猎犬。一名助手在猎犬的腿上连接上导线。一个在右前腿，一个在左后腿。铜夹子接触到它的皮毛时，这头猎犬像是并没有觉察到什么一样，也没有吠叫。然后，布朗向聚集的人群展示了一台直流电发电机。它是“爱迪生先生生产的产品”，他介绍道。打开开关后，布朗声称有三百伏特的电流通过狗的身体。那头动物只是发出了一声小小的号叫，几乎都没有想要挣脱。不过显然那些夹子也不会移动的。

“你们看，”布朗拉长声音说，“直流电的伤害比针刺还小。”

然后他把发电机调整到四百伏特，重新向那头不开心的猎犬发出电流。这次狗叫声更大了。

接下来是七百伏的直流电。狗剧烈地咆哮着，用头撞击笼子上的栏杆。这头可怜的动物一直在抖动，直到它成功甩脱了前爪上连接的导线。布朗的助手立刻尽职尽责地重新把导线连上了。

观众中爆发出一阵抗议的声音。**真的**，几个人大叫，**这样太过分了**。保罗把头埋进手里，他有种极为恐怖的感觉。

“即便是七百伏的电压，”布朗不顾观众乞求慈悲的呼声，解释说，“这种直流电显然并不能对动物有持续的伤害。”

“但是，”他随后补充道，“让我们比较一下交流电会产生什么后果。”他的助手把直流电的发电机更换为另外一台，更大更新的。布朗说那是一台交流电设备，与威斯汀豪斯先生生产的多种发电机是同类产品。

“我们还是回到最初比较柔和的三百伏电压。”他一边说，一边打开了新发电机的开关，交流电穿过狗的身体。几秒的挣扎和一声惨叫之后，那只狗瘫在笼子底，死了。“太恐怖了。”布朗悲伤地摇着头说。人群震惊到动弹不得。“我很抱歉给你们展示了如此可怕的景象。但是如果你们有担心，我建议你们向威斯汀豪斯先生提出来，是他想把这种电流输送到这个国家的千家万户中去。如果这就是它能对狗狗实施的伤害，想象一下它可能会如何伤害一个小孩子！”

不顾美国禁止虐待动物协会发出的官方的严正抗议，布朗第二天再次进行几乎同样的演示。一只纽芬兰工作犬被交流电折磨了整整八秒之后死去。接下来的那个晚上是一头爱尔兰长矛猎犬，结果也是一样。

接下去的几周，新闻媒体对于这些演示的报道几乎都是对其可预见性和荒谬性的嘲笑。保罗以为围绕这件怪事产生的争议是对自己有利的。当然不会有人严肃对待一个把动物活活虐待致死的人做出的科学论证吧？

但是保罗发现自己想错了。每一篇报道都是这样的：首先，报纸的编辑部会用最义正词严的语气谴责这种虐杀动物的行为。不过随后，话锋一转，同样的报纸会不情愿地建议，虽然布朗或许为了证明自己的观点做出了太过分的事情，但是那并不能证明他传达的信息是错的。根据目睹的恐怖，他的论点既明确也极为重要。

“虽然如果布朗不用这样一种非人道的方式的话或许能够获得更多人支持他的观点，”《费城询问报》宣布，“但不可否认的是，那头拉布拉多犬被活活烤死，让他非常成功地阐明了自己的观点。”有争议的行为本身遭到了更多口诛笔伐，也随即为布朗的动机引来更多关注。看起来在公众观点的领域，没有什么行为是过分的。布朗的邪恶被成功地转嫁到了威斯汀豪斯身上。

“保罗·克拉瓦斯先生，”两周之后，保罗上楼进入特斯拉的卧室时，特斯拉说，“你的脸色看起来比我的还苍白。”

保罗不得不微笑。出事之后，特斯拉几乎从未点名跟他打过招呼。“我睡得不够。”

特斯拉没有回应。而是转身面向窗户，盯着冰雪在玻璃外面形成的形状。缓慢移动的霜雪绘制出几何形状的图案。保罗又花了二十分钟时间想让他开口说话，但是没有效果。这稍纵即逝的清醒一刻是保罗那一晚能够得到的全部。

不过这也显示出了进步。阿格尼丝昨天甚至听到特斯拉提到了爱迪生。他开始逐渐回忆起姓名，还有事件。保罗希望不久后他就能回忆起他是如何从大火中逃生的。此外，更重要的是，他或许能够重新拥有创造力，去发明一个原创的、没有侵权的电灯。虽然交流电发电机的生产仍然在按照计划进行，威斯汀豪斯和费森登在新灯泡的研发上并没有什么新的进展可以报告。费森登建议说，这需要一位特殊的天才来发明出这样的一个设备。特斯拉短期之内是不可能恢复的，保罗现在只希望他最终可以康复。

深夜时分，保罗和阿格尼丝一起喝了杯波特酒。这已经成为他最近深夜到访的一项必备仪式，是他一整天都盼望到来的时刻。由于他的工作性质，更不用提繁忙程度，他几乎没有几个真正的朋友。他意识到，只有一个人能够让他完全坦诚相对。多幸运，多美妙，那个人是她。

“你的朋友哈罗德·布朗那边有什么进展吗？”阿格尼丝一边从她的小酒杯里啜饮一边问道。她还戴着黑色丝绸手套，虽然他们正坐在她的客厅里。她是个令人好奇的混合体，保罗注意到，她对礼数有接纳，也有拒绝。

他遐想着，如果他现在放下酒杯亲吻她会怎样。但他没有，而是跟她谈起了案子。

“我们还没有发现这件事跟爱迪生有关，我们甚至没法找到他们同一时间出现在同一地点的证据。就好像爱迪生是杰基尔医生，布朗是海德先生。[1]”

“我没看过那个故事。”

“我也没有，”保罗承认，“我的助手倒是发现了一件很奇怪的事情：布朗提出的专利申请，都被拒绝了。”

1 杰基尔医生（Dr. Jekyll）和海德先生（Mr. Hyde）是苏格兰小说家罗伯特·路易斯·史蒂文森作品《化身博士》（*Stromge Case of Dr. Jekyll and Mr. Hyde*）中的形象，讲述体面绅士亨利·杰基尔喝了自己配制的药剂后化身邪恶的海德先生的故事。后来“Jekyll and Hyde”一词成为心理学“双重人格”的代称。——编者注

“拒绝？”

“他提交过他自己的灯泡设计，大约五年前吧。几个他自己设计的发电机。我的助手们找出了大约二十几个类似的设备。”

阿格尼丝思考着这些信息，戴着手套的手指轻轻敲击着小巧的酒杯。“他是一个失败的发明者？”

“看起来是的。我请威斯汀豪斯手下的一个工程师查看过那些被拒绝的专利申请。他告诉我它们都是垃圾——思路混乱的仿制品，跟真实的产品相去甚远。专利局向来以批准太多专利而不是太少专利而为人诟病，这样做的逻辑是，让法庭以后见之明推翻这些专利，也比从一开始就基于事实申请要简便。但是连专利局都觉得布朗的想法太一般。他想成为托马斯·爱迪生，但是他做不到。所以他就反而……”

“他就要假装自己在媒体面前代表爱迪生。”阿格尼丝若有所思，好像是在让波特酒慢慢地侵入她的头脑。“《太阳报》刊登了他的简历。”

“《波士顿先驱报》也是，还有其他几家媒体。”

“他们提到了他的实验室，就在曼哈顿。”

“一定是在华尔街，”保罗说，“他故意装扮的。布满污渍的工装裤，磨损的皮靴，曼哈顿的实验室。”

“只是，一个假装的发明家在他真正的实验室里，都能做些什么？”

保罗意识到自己并没有答案。

毕加索曾经说过——“好的艺术家模仿,伟大的艺术家窃取。”我们并不会因为窃取了伟大的创意而羞愧。

——史蒂夫 · 乔布斯，对于巴勃罗 · 毕加索一句名言的错误理解

38

午夜窃贼

凌晨一点，华尔街与威廉街拐角处非常安静。和阿格尼丝聊过之后四天，保罗站在那里，在一盏弧形底座的路灯下，人造的月光下灯柱狭长的影子投射在地面上。在机械照明之下，日落后与日出前这段时间感觉很不一样。在弧形路灯附近是意大利文艺复兴时期的色彩斑斓，而这个范围之外的城市则陷入一种法国印象派的黑暗旋涡中。

在用钱能够买到的最明亮的公共照明之下，保罗再次沉思着自己很不情愿实施的这个勾当。哈罗德·布朗的实验室就在华尔街45号的三楼。那座大楼就在保罗面前伫立,在包围他的光晕的边缘。

“你是克拉瓦斯？”背后传来一个声音。保罗转身发现一个身材瘦小，胡子刮得很干净的男人走了过来。这个人个子不高，穿着简单的工作服，戴着一顶很保暖的帽子。他的双手舒服地插在大衣的口袋中。

“我想我应该猜得到你是谁。”

那个人耸了耸肩，指向华尔街45号。“如果你的目标是长期从事入室盗窃，那我建议你从一个小点儿的地方入手。”

“感谢你的建议，”保罗说，“但我更期望我的这份事业越短暂越好。”

“请便。”

这个人是一个职业盗贼。保罗花了一些时间四处打听，才找到一个从事不可告人勾当的人们聚集的酒吧。他总不能去找自己的法学院同学询问他们是否认识好使的窃贼吧，是不是？

他费了一些口舌，又不止一次把两美元的钞票叠起来放进手心，借握手之际递给一个善谈的酒保。保罗并不爱喝威士忌，但是为了在这个地方找人他也不得不喝。

这个人，（保罗刻意不想知道他的名字）被很多人推荐。今晚，保罗就要看看他是否名副其实。

窃贼从他的夹克口袋里掏出了像是他干活儿的工具。保罗可以听见45号大门的门锁发出轻轻的金属撞击声。

保罗观察着四周的街道。窃贼从始至终没有要求他做任何事情，但是望风似乎是符合逻辑的做法。

漫长的三分钟过去了，保罗听到锁芯发出令人满意的撞击声。两人进入了一个黑黢黢的大理石大堂。墙上有电灯——保罗能够看出它们的形状——但他不敢把灯打开。

他在外套口袋里准备了几支蜡烛。他用一根火柴点燃了两支，其中一支递给了那个窃贼。烛光很昏暗。他们只能看到前面十公尺之内。

保罗找到了楼梯。白天中午的时候他就在这个地区徘徊了整整一个下午，他知道哈罗德·布朗的办公室在哪里。爬上三楼，来到布朗的门前并没有花费太久。

窃贼不需要口头指示就知道该再次把撬锁的工具拿出来打开这扇室内的大门。有两个锁要撬，他脸上的表情很轻松，保罗觉得那是因为他干过太多次这种事情了，这个晚上对他来说并没有什么特别。

有时候为了抓住一个罪犯，需要动用另一个罪犯。而托马斯·爱迪生——还有他的同伙哈罗德·布朗——绝对是罪犯。

保罗自己是不是也成了罪犯呢？他不得不承认，从哥伦比亚大学法学院到入室盗窃，中间的路途确实奇特。

保罗巡视着黑暗中的三楼走廊。他仔细聆听着楼梯间是否有任何动静。但是他能听到的只有窃贼工作时发出的轻微的刮擦声。

两把锁中下面那一把很快被撬开了，只花了不到一分钟时间。目前为止一切顺利。

“开不了。”窃贼突然轻声说道。

“什么？”保罗问。

“上面这个锁，我开不了。”

“你都没怎么尝试。”

“是锁的类型……太重了，我没有相应的工具。”

“你是专业撬锁的。”

窃贼又耸了耸肩，他的专业性并不是他觉得需要去捍卫的东西。

“那现在我该怎么办？”

“我他妈怎么知道，但是无论怎样，我都需要加快速度。很快会有人注意到我们的烛光。”

他没说错。走廊上均匀地分布着朝向华尔街的玻璃窗。保罗在经过这些窗户时能看到街上的路灯。这说明如果有人抬头，就能够看到他们，不管他们手中的烛光有多微弱。

“这扇门有多牢固？”保罗问，“我们能把它踢开吗？”

窃贼打量了一下那扇门。

“也许不能，要我说。不过也许可以。如果你在这个部位狠狠踹上一两脚。”——这时他指着木门中间部分——“你或许能够踢开一个洞。你可以爬过去。不过我不敢肯定。而且你说的方法会发出特别大的动静。”

“但你说这是有可能的。”

“我说这很愚蠢。”

保罗沉吟了一会儿考虑他的选择，并没有花很长时间。

“有时候这两件事几乎是同义词。”

保罗后退了三步。他瞄准了那扇门的中间，然后看了一眼窃贼确认，窃贼点点头。保罗深吸一口气。一旦他开始踢向这扇门，他就再也没有退路了。不过……他很久前就已经没有退路了，不是吗？

用尽全身的力气，他抬起右脚，向着哈罗德·布朗办公室的门踹了过去。

如果桌面杂乱代表着头脑混乱，那么，桌面空空又代表着什么？

——阿尔伯特 · 爱因斯坦

39
已经被发明出来的创新

保罗这一踹，在门上踢出了一个三英尺左右的洞。他身体弹了回来，一阵剧烈的疼痛从他的脚部直抵额头。他很快意识到，自己的腿卡在了破裂的门板上。他的身体在门外奇怪地悬着。

他痛苦而缓慢地把腿拔出来。他的裤子被尖利的木屑划破，他能够感觉到木刺扎进了皮肤；他看不见血，但他确定那里一定有血。

“对你这样一个精致的男人来说，你算是很强壮了。”窃贼说。

“我的脚……”保罗说，“你能否……”

窃贼看着保罗的瘸腿和门上的洞。

“你想让我继续下面的工作？”他说。

“是的。”保罗回答。

“我有个更好的主意。”窃贼把头伸进那个洞，从里面找到了上面那个锁。他滑动锁闩，门开了。

“谢谢。”保罗没有时间浪费。撞击发出了巨大的声响，有人可能已经听见了。

所谓的实验室更像是保罗的办公室，而不像威斯汀豪斯的。前面的区域有几张秘书使用的桌子。收发信件使用的桌子。后面似乎有两个私人办公室。保罗立刻向后面走去。在左边，似乎是唯一一个能够贡献给任何形式的科学探索的空间了。那是一个小房间，全是设备，中间是一张工作台。但是那些设备看上去是被杂乱地放置在房间里的。保罗去过足够多的电气试验室，已经有能力分辨出几种不同的发电机、电灯和一些基本的马达。这个屋子里全都是已经被发明出来的新事物。

这不是一个用来发现的空间；它是一个用来分解的空间。布朗拿来其他人的设备，并摆弄它们。他并没有自己的发明创造。

“这些都是什么啊？”窃贼从保罗身后向里张望着问。

“什么都不是。”保罗回答，然后朝后面另外一间办公室走去。这间似乎更能有所收获。屋里有一张简单的樱桃木书桌，一把长背椅子供人坐在上面，还有两个文件柜。在这个地方，布朗才会从事他真正的工作：误导大众。

保罗把蜡烛放在桌子上，开始查看布朗的文件。并不惊奇的是，几乎所有文件都是通信。保罗翻阅了桌面上的文件，又拉开下面的抽屉，几乎没有找到任何可以被称为与科学相关的内容。那里没有电路图，没有设计图，也没有计划书。只有给报社编辑的信件，给布朗的回信，来自市府长官们，忧心市民们，新闻记者们，好奇的市长们，还有……

托马斯·爱迪生。

爱迪生的信头纸。保罗本能地直接去看信的结尾，署着爱迪生的签名。他手里拿着一封爱迪生写给布朗的信,他们共谋的证据。

然而当保罗开始阅读信的内容时，这封信的存在带给他的喜悦很快烟消云散了。

愿望是真理的一种形式：如果大家都相信，那它就是真的。
——比尔 · 盖茨

40
电椅

"哈罗德 · 布朗发明了某种被他称为'电椅'的东西。"保罗说。

乔治 · 威斯汀豪斯皱起眉头。"你怎么能够用电流做成一把椅子？这太荒唐了。"

"椅子不是电流做成的——它会给坐在椅子上的人传送电流。"

"看在上帝的分儿上，你怎么会想要这样做？那会杀了你的。"

"正是。"

两人正坐在威斯汀豪斯的私人火车厢"格伦 · 艾尔"中聊着。车窗外，宾夕法尼亚州乡间空旷的田野飞速掠过。最近的一场雪让大地覆盖上一层沉闷的白色，一片平缓直接延伸到远方。

他告诉威斯汀豪斯，他在布朗的办公室里发现了一系列爱迪生与布朗之间的通信，证明两人之间确实有阴谋存在。

目前看来，哈罗德 · 布朗秘密向纽约州立法会申诉，让他们考虑使用另外一种方法，对那些被州府判处死刑的人执行死刑。绞架是一项太古老的技术。或许，布朗建议，可以使用一种更为科学的方式。他已经想出这种方式了吗？是的。那就是“电椅”。一个被判死刑的罪犯将会被绑缚在一把木质的椅子上，前额和后腰会被连接上金属导线。这些导线会被连接在一台发电机上。发电机启动时，罪犯立刻就会被电死。布朗认为，这种做法要比绞架人道得多，就更不用提行刑队了。

布朗甚至花时间指出了适用于这种设备的最佳的发电机类型是交流电发电机，由威斯汀豪斯电气公司制造。

与这家公司同名的那位人士无法接受这个消息。爱迪生和布朗正在合伙让他的交流电成为官方的死刑电流，国家支持的死亡电流。威斯汀豪斯的交流电系统销量一直不错，在马萨诸塞州大巴灵顿地区，俄勒冈州的俄勒冈城市下城区的初级阶段的安全也都进行得很好。可是，这个世界上有谁希望在自己家里装上纽约州立法会选择在他们的监狱里安装的科学技术？

“可是爱迪生不支持死刑，他公开地强烈反对死刑，我读过他伪善的文章。”

“那是在他意识到死刑可以对他自己的地位有利之前。”

威斯汀豪斯盯着车窗外冬日的田野。“你几乎要尊重他的足智多谋了。”

“‘几乎’是这句话里起作用的词。”

“而且我猜，没有人关心这东西到底能否实现，如果正确组装的话，我的电力系统真的很难杀死任何人。”

保罗的表情很明确，公众是不会关心这类逻辑的。

“那我们该如何回应？”威斯汀豪斯问。

“我已经给阿尔巴尼的州府致函了。两周之后我要在纽约州立法会当面辩诉，用电椅执行死刑是残忍并且很违反常规的刑罚。”

“你不会提出直流电才应该是官方用来执行死刑的方式？”

“我不想让州议员们成为科学家。我希望他们作为人道主义者。”

“如果你输了，会怎样？”威斯汀豪斯问，“如果他们真的用我的发电机建造出这个电椅呢？这样的情况下我们能与对手竞争吗？”

“我们不能。”

“那么我们该怎么做？”

保罗望着外面洁白无瑕的广袤地域。地平线上刚刚浮现出一座城市的模样。

“我们只能希望，接下去的几年里，纽约州不会有人犯下杀人罪。”

“或者，”威斯汀豪斯悲惨地说，“至少不要让他们被抓住。”

一般来说，保罗在匹兹堡逗留的时间都很短暂——路上花十小时抵达，与客户开会之后，连夜返回纽约。但是这一次，威斯汀豪斯问他是否可以留一晚。他们第二天晚上有朋友来做客，玛格丽特也在纳闷儿为什么保罗再也不到家里了。她邀请保罗出席宴会，如果他有时间的话。客房已经都准备好了。

这次的晚宴只有11个人出席。沙拉酱有一种熟悉的味道。其他客人都不是科学家，都是匹兹堡的上流社会人士。保罗坐在一位年轻女士的旁边，显然她当晚最大的收获就是知道宾夕法尼亚西部最好的女子礼仪学校。她聊起自己最喜欢的狗、慈善活动以及当今的流行时尚的时候，非常在行。

保罗这次并没有在某个不礼貌的话题上让自己出丑，但他并没有归功于自己的进步。这并不困难——没人提起不礼貌的话题，这是一群非常善于交际的人。

保罗想起了上一次在威斯汀豪斯家里匆匆中断的那次晚宴，特斯拉在晚宴开始前就突然离开。他仍然没有告诉威斯汀豪斯，特斯拉还活着。隐瞒这件事让他的草莓可丽饼有一丝苦涩的味道。他很高兴有波尔多红酒能够舒缓他出于好心的罪孽。

“你不太喜欢斯蒂芬妮。”饭后保罗到厨房里的时候，玛格丽特跟他说。其他客人都已经到桌球室去休息了。

“您说什么？”

“保罗，“玛格丽特说，“你并不傻。这就是乔治喜欢你的原因。所以我们才想把斯蒂芬妮介绍给你认识。”

听到自己被乔治·威斯汀豪斯喜爱让保罗受宠若惊，以至于他过了好一阵子才反应过来斯蒂芬妮是晚宴上坐在他旁边的那位礼貌而又热情的铁路大亨的女儿的名字。

“啊，”保罗说，“我没有意识到……”

玛格丽特发出一声失望的叹息，继续给客人们准备饭后甜酒。“我们只是觉得，你是一个条件很好的年轻人。你知道的。而且你也不是那么年轻了，对吗？”

“我二十七。”

玛格丽特笑了，好像在说，他自己讲出的这个年龄确实不像他所认为的那么年轻。

“而且我已经有了意中人。”他解释道。他之前从来没有把这个想法说出来。突然就冒出这样的话，让他自己也立刻感到尴尬万分。

“哦！”玛格丽特说，明显受挫了。“我能知道她是谁吗？”

“我想还不能。”保罗明显不想告诉她那个人的名字。而她也足够聪明所以不再追问。

她端起一个均匀放着十一杯法国沃莱白葡萄酒的托盘。

“好吧。”她一边说一边带着保罗走出厨房。“如果你不想告诉我她是谁，我希望你至少不要对你中意的那位年轻女士也守口如瓶。”

如果你看得够仔细，很多一夜成名其实都花了很长时间。
——史蒂夫·乔布斯

41
灯丝的神秘

被媒体称为“电流大战”的诉讼已经开启了太多同时发生的战场，让保罗应接不暇。很难记住哪些战斗是能够获胜的，哪些只是在尽量拖延好让输掉的速度尽量慢一些。

首先是爱迪生诉威斯汀豪斯案件本身——最主要的诉讼——还有与之相关的312件不同的诉讼。如果保罗的助手们成功地证明爱迪生在专利申请时撒了谎,那么这些诉讼中的每一件都会不复存在。可是在此之前，他们都仍然是无法避免的苦差事。爱迪生想要把保罗埋葬在巨大的书面文件中的计划非常有效。即便威斯汀豪斯转而使用交流电让他在大部分此类案件中有更大胜算，卡特—休斯—克拉瓦斯事务所也必须要起草312份法庭辩书，出席312次开庭审理，准备312份“继续议案”——以求延迟审理。让保罗感激的是，保罗入院后，卡特和休斯承担起了这部分的工作。他曾经因为他们坚持这样做而感到不是滋味，但是现在这让保罗有精力去应对其他战场。

第二个战场是保罗要向纽约州立法会申诉电流不应该被用来执行死刑。这些辩护必须要亲自当面向奥尔巴尼的州立法议员做出。保罗出差到那里跟各位州议员一起吃饭。他们都很感谢他招待他们品尝的牛排、他分享的香烟、他提出的下次到访曼哈顿时会提供给他们的最好的招待。但是他是否能够赢得他们的投票，这就完全是另外一回事了。在确保一个友好的政府环境方面，保罗招待一百次菲力牛排，都不如爱迪生口袋里的真金白银。

双方在法庭和公众观念继续争斗的同时，美国的电气化也仍在继续。爱迪生向波士顿、芝加哥和底特律的豪宅中出售直流电系统，而威斯汀豪斯则向科罗拉多的特柳赖德和加州的雷德兰兹出售交流电。

在纽约，特斯拉回忆起来的事情越来越多了。保罗会在发明家的窗边坐到很晚，看着他在一本又一本的笔记本上写写画画。看起来，他之前为威斯汀豪斯，为爱迪生，还有为他自己设计的那些内在工作都重新受他控制了。提到威斯汀豪斯和爱迪生的名字时，他会咒骂，这让保罗很受鼓舞。他不知道发明家的胡写乱画是否最终能够形成一个新的没有侵权的灯泡，但是如果可以，那就是目前为止通向胜利的最好的道路。

就是在这样的一次看望时，保罗找机会跟范妮聊了一下。自从他与玛格丽特·威斯汀豪斯那次谈话之后，他就一直在鼓足勇气提出一项求婚。二月初一个周六的夜晚，机会来了。阿格尼丝演出后跟剧组的演员一起出去玩，这意味着保罗找到了跟她母亲单独相处的机会。

虽然时间很晚了，她还是为他们准备了茶水。保罗觉得这是讲和的表示。他们利用媒体对付W. H. 福斯特的策略很成功——《纽约时报》刊登了阿格尼丝的专访之后，亨廷顿母女再也没有听到他的消息。保罗觉得范妮对他不无好感，至少目前是这样。

“我必须要感谢您，亨廷顿夫人，”他说，“我知道这几个月以来，您帮了我和特斯拉先生多大的忙。”

她检查了他们两人中间那张桌子上一些凋零的花朵。“我也非常感激您对我女儿遇到的麻烦的帮助。”她说。

“我们形成了一种双方都有收益的合作关系。”

她在昏暗的烛光下重新整理花朵，保罗不安地等了几分钟。“亨廷顿夫人，我还有一个小小的请求向您提出来。”

“我猜到了。”她说。

再一次，她并不傻。“我希望能够约阿格尼丝小姐出去散步。或许这个周日。到花园里，我想。到展望公园，布鲁克林那边。他们有一些冬天的兰花正在开放的时节，很美，相当美。在我请求她之前，我希望能够得到您的祝福。”

虽然阿格尼丝性格很现代，他还是决定，要跟她约会，他应该采取一条明确的老派方式。她本人是个十足的新女性，这是报纸给她的称号。见过阿格尼丝秘密陪同前往的很多泼洒香槟的社会名流，保罗决定用一种正式的求爱把自己与他们区分开来。到花园里去散个步似乎对于两位亨廷顿女士都有吸引力。

范妮·亨廷顿看着她，好像她平生第一次看到某个遥远星球上的水生动物一样。

“克拉瓦斯先生，”范妮缓缓地说，“我相信阿格尼丝这个周日下午已经另有安排了。”

保罗起初并没有理解她的意思。“好吧，那么或许下周。”

“她要和亨利·拉巴尔·杰恩外出。”

“哦。”保罗说。

“费城杰恩家族的那位。”范妮没必要加上这一句。

“我知道。”

“那也不是他们两人第一次下午外出了。”

“对，对，当然不是。”保罗想逃走。阿格尼丝·亨廷顿当然会被美国的名门望族追求。他有多愚蠢，以为她在必须接受的所有邀约中，她最希望和他在一起？她从未向保罗提起过任何异性追求者，只是更加突出了他的愚蠢程度。她一直沉浸在一个距离他非常遥远的社交世界中，以至于跟他在一起的时候她根本没有意识到要分享。她并没有对保罗的想法加以评判，她觉得保罗太不重要，根本不值得考虑。

亨利·杰恩是船运大亨继承人中最新的一个，他的家族产业刚刚拓展到房地产领域。杰恩家族拥有半个费城，而且最近开始逐渐入侵曼哈顿的大片土地。亨利·杰恩，只比保罗年长几岁，管理着家族在纽约的地位。大家都公认他是家族中所有兄弟姐妹里最有慈善心的，也是家族艺术品特有的标准制定者。

“他们会结婚吗？”保罗问道。话一出口他才意识到这样问有多不礼貌。这是让人羞耻的说法。他真希望自己嘴巴刚才闭紧些。

“哦，这我可真的不好说了，”范妮回敬他，“但是我想说，杰恩先生是一个很有意思的年轻人。他在莱比锡完成学业，能说五种语言。”

“太有才了。”

“要约我女儿的人很多，克拉瓦斯先生。她会不会嫁给杰恩先生？我不确定。她的天分，更不用说她的品质，给我的女儿提供了一个非常宝贵的机会。她也不想随便浪费掉，而我的任务就是确保她不会浪费掉。”

她在娇小的身躯前交叉起双臂。

“亨廷顿夫人，”保罗说，“我祝愿你们母女一切都好。我很自豪能够成为您和您女儿的律师。这是我所珍惜的一个职位，我希望未来能够长期保留这个职位。”

保罗对于自己位置的强调似乎让范妮满意。她客气地跟保罗道了别。

保罗尽量加快脚步到门口。他让自己太难堪了，但是他刚打开门就吓了一跳。阿格尼丝站在台阶上，正在提包里翻找钥匙。

“克拉瓦斯！”她笑着说，门突然魔法一样自己开了让她很高兴。“太准时了，一贯如此。”

阿格尼丝看起来有点微醺。她情绪高涨，显然外出让她很开心。她是跟其他演员在一起？还是跟杰恩先生？他意识到，他们两人不见面时他对她的生活一无所知。他没法想象能够再次跟她一起待在特斯拉的房间里。

他站到一边，好让她从寒冷的户外进来。

“你能陪我喝杯睡前酒吗？”她问。“你肯定不能相信我今晚的经历。你知道天鹅也会咬人吗？它们咬人特别狠，太可怕了。你会喜欢这个故事的。”

但是保罗的手并没有从门把手上移开。“对不起，亨廷顿小姐，”他说，“我必须要走了。晚安。”

在她脱掉外套挂在铜质的衣钩上之前，保罗已经走出去并且在身后关上了门。

他快速冲下台阶，决绝地走进夜色。

他并没有回头看她是否透过玻璃张望；相反，他的双眼紧盯着鞋子的黑色皮革。他希望睡意能够早点来临，在梦中把不该记得的都忘记，让黎明快点到来。

他需要投身工作。

第二天早上，保罗走进格林尼治街那间破败的办公室时，他的四名助手都在等他，这是他们的每周例会时间。前一个晚上他们似乎都在这里度过。男人们的领口都松开着，都没系领带。单间里弥漫着汗水和咖啡干掉后的味道。就这一次，他嫉妒他们。

带着得意，他们其中一人递给保罗一个满是文件的档案袋。

“不如你来跟我简单汇报一下，拜尔先生？”保罗一边打开文件夹一边说。

这位助手和他的同伴们交换了一个眼神。

“怎么了？”保罗问。

“没事……只是……我是拜恩斯。”

保罗抬起头。他几乎可以发誓拜尔是那个有胡子的。

“抱歉。你们要给我看的是什么？”保罗问。

“先生，”他们中管他是谁的一个人说，“我想我们抓到他了。”

这名助手指向文件夹里放在最上面的那份文件。“这是1878年10月20日《纽约太阳报》对托马斯·爱迪生进行的一次专访。在文章中，他明确表示他新发明的电灯由一个玻璃泡，抽成真空，以及一条铂金的灯丝组成。灯丝是发光体。”

“我知道灯丝是什么。”保罗说。

“可是，爱迪生的专利，1880年1月27日被批准的那份专利中，提到的是一个玻璃灯泡，抽成真空，内部置入的是一根棉线作为灯丝。他更换了灯丝的材料。”

保罗知道这意味着什么。“他告诉媒体他使用的是一种灯丝，但是当他申请专利的时候，他已经在使用另外一种不同的灯丝。当他做出声明的时候，并没有让他的电灯完全可用。”

“是的。”男生们说。

“但是，”一个保罗确定既不是拜尔也不是拜恩斯的助手说，“这还不是最精彩的部分。这些只能说明爱迪生确实对媒体撒了谎。”

“但这不是犯罪。”那个留着胡子的助手说。

“对，”第四名助手说，“所以，如果我们能够证明爱迪生对专利本身也撒了谎呢？”

“那就非同小可了，那个谁……”

“我是拜尔。”那位男生说。

保罗完全不敢相信竟然是这样，但是他完全不在乎。

拜尔继续说：“爱迪生通用电气公司的生产线上一直以来生产的灯泡都是用竹子作为灯丝的。”他给保罗看了那张有问题的设计图。即使是在外行的眼中，用作灯丝的材料也毫无疑问是竹子。

“他首先告诉媒体灯丝是铂金的，”保罗说，“然后他告诉专利局灯丝是棉的。但是它实际上是竹子的。”

“对。”

“他只是在编瞎话。他是在专利获得批准之后才发现竹子做灯丝管用的。”

这就是保罗一直在等待的时刻。四名助手都在试图用一种专业的不动声色掩盖自己得意的笑容。他们表现得很好，他们也知道这一点。但是他们似乎觉得，要让保罗相信他们的能力，他们需要掩藏起青春的稚嫩。看着这些孩子假装比实际年龄大让保罗越发觉得自己更老了。

“你现在打算做什么？”留胡子的那位助手问，他应该是拜恩斯吧。

保罗并不想掩饰他的笑意。“我想，我们可以对托马斯·爱迪生先生展开调查取证工作了。”

在科学和产业界,人人都剽窃。我自己也剽窃了不少。但我知道该怎么剽窃。他们不知道。

——托马斯·爱迪生

42

对托马斯·爱迪生的调查取证

一年多来，爱迪生这个名字一直是保罗心头萦绕不去的梦魇。他只见过托马斯·爱迪生一次，可是这位发明家此后一直出现在他的思绪中。他每天的生活惯常围绕着爱迪生这个巨大恒星的隐形轨道运转着。保罗桌上出现的每一份文件上都有爱迪生的名字。爱迪生的存在占据着保罗醒着工作的时候，也常常出现在他的睡梦中，他梦见爱迪生的时间和次数远远超过他与爱迪生讲话的时间。

保罗早早去申请调查取证。刚刚早上七点，他就已经走进了位于布罗德街的格罗夫纳·劳里的法律办公室。贴着墙纸的房间里一片生龙活虎。助理，实习生，秘书还有跑腿的男孩儿穿梭来往做着准备，充满活力。保罗等待着，整个办公室都在为大人物的到来而精心打扮。铜把手用醋擦过，木地板用酒精擦过还打了蜡，每一张纸都被放进抽屉或者文件柜里。

爱迪生终于姗姗来迟的时候，保罗立刻被他外表的变化震惊了。过去一年中他老了很多。他的头发已经几乎全都灰白了。他的腰腹变粗了，衣着也比以前随便了很多。

说到底，他也是个人。这也是看起来最奇怪的一点。魔鬼本人几乎没法自己打领结。

爱迪生在长条桌边坐下，仿佛这次质询是他当天早上不得不参加的诸多活动中的一项。毫无疑问这就是。他跟坐在他左侧的律师劳里耳语了几句。爱迪生的右边坐着法庭的秘书，来记录他说的每一个字。

“好了，”爱迪生说，“我们抓紧把事情说完吧。”

“早上好。”保罗说，一丝不苟地把他的文件都摊开在桌上。

“你是？”

保罗的动作停止了，爱迪生笑了。发明家在戏弄他，试图在问询开始前就让他乱了阵脚。爱迪生的行动非常优秀，他能够以一种外人看来不动声色的方式制造混乱，然后趁机在最合适的时刻发起进攻。

“我是保罗·克拉瓦斯，乔治·威斯汀豪斯先生的律师。”

法庭文书尽职尽责地把他们的谈话内容都记录下来。

“我是格罗夫纳·劳里，托马斯·爱迪生先生的律师。”

“而我是托马斯·阿尔瓦·爱迪生。”

“请说明您的出生地，以供记录。”法庭秘书说。

“俄亥俄。但我是在密歇根州的休伦港长大的。”

“您现在居住的地点？”

“我在新泽西州的西奥兰治有一处家宅。我的办公室位于纽约市第五大道65号。”

秘书点了点头。“今天是1889年3月11日，”她通知在座所有人，

“克拉瓦斯先生，您可以开始了。”

保罗这几天一直在准备他的问题。

“您的第一件发明是什么，爱迪生先生？”

爱迪生大笑。“应该是……嗯，一台复读机。”

“是在什么时候？”

“乔治·威斯汀豪斯现在是要宣布这件东西也是他发明的吗？”

“是哪一年发明的？”

“1865年。在那以前我还是个屠户家的小孩，在铁路上卖糖果。只带着一个背包就离开了家。在铁路上混了几年，好好学习了一番铁路的知识。四处做过一些奇怪的工作，修理和整理的工作。我对机械总是很有办法。”

“看起来是这样。”

“我在车站上跟西联汇款公司的人成了朋友。那么，他们有一些很有趣的设备，对吧？我就开始从事我一直从事的工作。我修修补补，问了很多问题。有一些他们能回答，有些不能。如果他们回答不了，那我就需要自己想出答案。他们会讨论一些事情——我会偷听他们的谈话。如果我们能够重复发布信息，如果我们能够有一个可以重复发出信号的设备。不过之后他们不会为此采取任何措施。他们只是继续，就着啤酒把他们的牢骚吞下去。所以我就做了一件从此我一直从事的工作：我发现了一个问题，然后我着手去解决它。已经有一台小机器能够自动重发电报了？太好了。我花了几个月的时间改进，直到我做出一台能够工作的设备。”

“然后，”保罗说，“你把设计卖给了戈尔德和斯托克。卖了两百美元。”

“你知道这个故事？”

“你在媒体上反复讲了很多次。”

“这是个好故事。”

“是个很简单的故事，”保罗说，“不过你的发明故事都是这样，对吗？”

“这就是你这种人——请让记录反映出我说的‘你’是指克拉瓦斯先生，而‘种’是指白痴——永远不会动脑子。它本来就是简单的。我找到了现有科技的缺陷，然后我填补了它。就用我的这双手。哦，我才意识到。你在试图引起我的注意，是不是？”

“如果克拉瓦斯先生希望能够辩诉，”劳里提出，“我可以提请法庭——”

“不，不，格罗夫纳，”爱迪生说，“克拉瓦斯先生和我只是互相开些玩笑而已，是吧？”

保罗默默同意。他想到会有一些针锋相对，如果没有他会失望的。

“你所形容的这个过程，”保罗说，“你的填补空白。从那以后你又用过吗？”

“在复读机之后，西联公司跟我达成了协议。我为他们发明了一些设备。然后我就来到了纽约，开了我自己的公司。一个修修补补的地方。”

“你曾经是一个流浪的少年，在铁路线上度日。二十二岁你就在纽约立足了。”

“到三十岁我已经成了百万富翁。人们似乎在我的修修补补中间发现了一些价值。从电报到电话到留声机到灯泡。它们都是问题，等待解决。我解决了，并且——并非拜你所赐——很坦然地享受我应该获得的回报。”

“你发明了电话？”保罗问。

“是的。”

“有意思。我一直以为是亚历山大·格雷厄姆·贝尔发明的。”

“那是个谎言，”爱迪生说，“不过目前法庭还没有认清事实真相。是我发明了电话，不是他。是我的想法，我亲手做出了产品。他只是抢在我之前给他的设备申请了专利。”

“谁先申请，专利就属于谁。”

“律师当然这么说。而这个桌上的发明家却要说，‘凭什么？’为什么一定要这样？情况并不该总是如此。”

“确实，法庭并不会一直承认先申请专利的人拥有专利权。但他们现在会了。”

“你这种人把我的专业拉低成了文字游戏。太糟糕了，而且很荒唐。”

“你并不是最先申请电话专利的人，”保罗说，“但是你在这里宣布那项发明是你的。那么灯泡呢？”

“让你失望了，法庭对我的支持并没有发生变化。”

“我们还没完。”

“我是第一个申请灯泡专利的人。”

“可你真的是吗？当然，你所谓的‘问题’已经存在几十年了。上千名工程师在致力于解决室内电灯照明的问题。”

“但是只有我成功了。”

“那么索耶和曼呢？”

“他们怎么了？”

“他们对于白炽灯的专利——现在我的客户被授权使用——比你的早出好几年。”

“我想或许是吧，”爱迪生不以为然地说，“但是他们的设备并不完善。它不能工作。他们的专利相对宽泛。只是对于这个东西的建议，而不是那件东西本身。”

“比如，”保罗提出，“索耶和曼的专利并没有特别指明某一种类别的灯丝？”

爱迪生的表情亮了。“我的天！你说的这是很技术的问题。是的。索耶和曼的专利在那些奇谈怪论里确实建议说，应该有某种碳化的灯丝。在中间的一条细线，受热时候会发光。但是它并没有做出进一步的说明，在其他方面也是一样。”

“然后，当你申请专利的时候，你指明了某一种灯丝，是吧？”

“几乎肯定我是。”

“那种灯丝是什么？”

爱迪生指着桌上的一堆文件。“你面前这些文件里一定有我当时的声明。”

“我希望你直接告诉我。为了记录在案。”保罗冲着打字员点了点头。

“那你可能要失望了，”爱迪生说，“我不确定我还记得。”

“那么我来帮你。你的申请书上说，是棉质灯丝。”

“好吧。”

保罗从他整齐的文件堆里挑出一份文件。“是吗？”

“什么是吗？”

“经过几十年的尝试，最后让电灯能够工作的是棉质的灯丝吗？”

“是的。”

“你确定吗？因为你告诉《纽约先驱报》灯丝是铂金做的。”

“正如你之前说过的，克拉瓦斯先生，我接受过很多采访。”

“你现在发送给你客户的灯泡里是棉质灯丝吗？”

“你问这个是什么意思？”

“难道不是竹子的灯丝？”

劳里迅速插嘴。“不要回答这个问题。”

“我愿意回答。”爱迪生说。

“不要。”劳里坚持。

爱迪生把怒气从保罗那里移开，转向他自己的律师。“我说了我要回答，格罗夫纳。别用那样该死的眼神看我。”他把注意力放回到保罗身上。“是三合一。”

“三合一？”

爱迪生摇了摇头。“你永远不能明白我从事的工作是什么。”

“那就告诉我。”

爱迪生向前俯身，把手肘撑在桌面上。“我创造东西，克拉瓦斯先生。以前不存在的东西。像你这样的人永远不会明白，把一些新东西带到这个乏味的世界上来是怎么一回事。”

“你的员工没有参与吗？你实验室里所有那些工程师。爱迪生电气公司里进行实际试验的那些技术团队。”

“是的，”爱迪生说，“这正是我要说的重点。我雇用了那些工程师。我给他们派发任务。我制定他们调研的范围，然后为他们可能进行的调研设定方法。一个世纪以来，科学家们都没办法发明出一盏室内电灯。直到我做出来了。我怎么做的？这就是你想听到的？是这样：我调查了所有此前出现过的设计。我看到什么已经接近了，我看到什么距离目标还很远。我发现漏洞，我让我的人着手填补漏洞。这就是科学的意义，克拉瓦斯先生，这就是发现的意义。它并不是天花乱坠，也并不是灵光闪现。它不是上帝伸手下来按住指向他的那根手指。它是工作，是乏味的工作。它是尝试一万种不一样的灯泡形状，然后尝试一万种不一样的填充气体。然后，对，尝试一万种不一样的灯丝。它是意识到这三个元素是最关键的，然后再进行一万乘以一万再乘以一万次的组合尝试，直到其中一种最终能够成功。然后再卖给从来没想过这个东西真的能用的普罗大众。你真正在指控我的是这最后一步。而对于这一点，我承认。我确实有罪。是的，克拉瓦斯先生，我卖电灯泡。美国人之前没有电灯泡可以用。然后他们有了。然后他们开始整车地购买，哪部分让你怀疑这一切都是因为我?!哪一部分会让你相信没有我的话美国人还会在家里点上电灯？当然没有。你想要灯光，但是你不想知道我是怎么实现它的。你享受结果，但是你却对有人实际上是这个结果产生的原因这件事感到害怕。是我发明了该死的灯泡。我在公众的脑子里形成这个印象。你却为了灯丝跟我抱怨。铂金，棉花，竹子？还有其他上万种材料。我的专利把它们全都覆盖了。乔治·威斯汀豪斯可以继续摆弄他那些没有根据的细节。他太爱他的细节了，不是吗？这种灯泡的精确形状，这种精确的布线角度，都很棒很好。但是知道步法没用，你不能跳舞就不能算是成功。我雇用了乐队，我订了舞厅，我给这场秀做了广告。而你们，却因为海报上写了我的名字而恨我。好吧，我这样说：灯泡是我的。如果‘发明’这个词能够维持哪怕是表面上的一点儿理性意义的话，那么我必须要说，灯泡是我的想法，是我的创新，而且它也是我的专利。每一个灯泡，每一种填充气体，每一款让你们揪住不放的灯丝材质。而对于你们回报给我的这种无声的忘恩负义，我只有最后一句话要说。”

爱迪生向后靠在他的椅背上，然后说出了最后一句话。

“不用谢。”

有时候我们盯着一扇正在关闭的门太久了，以至于错过了开着的另一扇门。

——亚历山大·格雷厄姆·贝尔

43 失败，失败，再一次失败

两个月后，当纽约联邦法庭在灯泡专利中心案件中作出对威斯汀豪斯电气公司不利的判决时，并没有什么可吃惊的。自从对爱迪生调查取证那次之后，保罗就一直在准备这次失败。爱迪生向保罗做出的辩护被劳里在法庭上重复，无可否认它起到了很大作用。

托马斯·爱迪生并没有为完美的灯泡设计申请专利，法官认同这个观点。他申请的专利是灯泡这类产品。他后来又完善了他自己的设计，而威斯汀豪斯后来又可能做出了更好的改进，这些都不在法庭讨论范围内。威斯汀豪斯的灯泡侵犯了爱迪生的专利，即便爱迪生申请的那项专利是为了一个没有按照预想工作的设备。保罗的策略是把爱迪生的专利范围缩小到一个不存在也不能工作的设备；爱迪生的反击则成功地扩大了他的专利覆盖的范围，把几乎所有能够点亮的东西都包括了进去。

法庭上，休斯代表威斯汀豪斯做出了几乎所有的法庭发言，卡特进行了必要的补充。保罗几乎没有一个词被记录在案。他想要为他合伙人乏味的技巧带来的劣势做出一点挽回，但他从心里知道那并不是他们的错。爱迪生的天才不仅是在科学方面，也很显然是在法律事务上。

保罗和他的合伙人走下曼哈顿下城法庭的台阶时，春天给曼哈顿带来了草茱萸、紫罗兰和玫瑰的芳香。他们将会上诉。保罗已经在准备文件。纽约法庭不会是爱迪生诉威斯汀豪斯一案的终结地。联邦上诉法庭是下一个地点。而如果上诉也失败的话……仍然有最高法院，保罗期待的只是从更高的地方摔落。

让保罗心情更差的是，灯泡专利权案并不是他在这个月里输掉的唯一一场官司。保罗还发现奥尔巴尼的纽约州立法会并没有站在他的一边——人民选出的代表投票通过了使用电椅的建议。现在保罗也需要把这场战争带上法庭了，以这项州立法违背宪法基础为由。保罗的论点是，电刑恰恰符合宪法明令禁止的“残酷而奇怪的刑罚手段”。

他必须要尽快上诉，因为很快就会有纽约人被威斯汀豪斯公司输出的交流电处决。

保罗的失败还没有到此为止。他很快就被召到了亨廷顿家的客厅里。

他能够听到楼上特斯拉在房间里踱步的声音。在他与范妮那次令人心灰意冷的对话之后，他几乎就再没有到这里来过。他的工作给了他非常好的理由，所以他的晚间探望变得不太频繁而且非常简短。范妮一定已经告诉阿格尼丝，她们的律师做出的不合时宜的邀约。他无法忍受与阿格尼丝单独相处，担心她会提到这件事。他最大的愿望就是让他的迷恋很快被所有人遗忘。毫无疑问，和亨利·杰恩先生外出一定足够吸引住阿格尼丝的全部注意力。

阿格尼丝穿着一贯的华丽衣服坐在保罗对面，只要她妈妈在场，她的脸上就会浮现出一成不变的蒙娜丽莎式微笑。保罗曾经以为他懂得那种笑容背后蕴含的深意。但是现在他确定自己并不懂。

“自从我女儿接受采访以后，”范妮说，“就是你帮忙安排的，我们再没有听到过那位可恶的福斯特先生的任何消息。我们相信，你成功了。我们特别感激。”保罗想看阿格尼丝的反应。他什么都没看到。

“谢谢，”他回答，“这是我的荣幸，我向您保证。”

“那么我肯定你能够理解，如果我建议你楼上的朋友也差不多该离开这座房子了。”

保罗知道总有一天范妮会提出这件事,但是现在？“特斯拉先生没有别的地方可以去，”他说，“如果我能够拜托您再多招待他一阵……”

“我们不能再让他多待了,我相信你会理解。”

阿格尼丝转过了头。这不是她的计划，这一点他很清楚，也不是她的意愿。但她还没准备好反对自己的母亲。

范妮继续说。“这件事之所以紧急，是因为四天之后我们会邀请一些人来晚餐。周四晚上，杰恩家的人。”保罗觉得她讲这番话时脸上有一丝笑容。“自从特斯拉先生住到楼上，我们一直没办法在家里招待客人。我想请求你让他在晚宴之前搬走，我希望你能帮忙。”

如果亨利·拉巴尔·杰恩的父母要来亨廷顿这个相对寒酸得多的家里吃晚餐，那他们就是在审查阿格尼丝。目前为止阿格尼丝的感情一定进展得很好，所以他们这次到访的真正目的应该是拜访范妮。她是需要被判断的人。一次与豪门望族的联姻绝对不能被尼古拉·特斯拉的存在而破坏。

“我懂了”是保罗唯一能够做出的回答。

“我们对此非常抱歉。”阿格尼丝说。这是保罗来之后她说的第一句话，“我真的非常抱歉。”

“我会保证我的朋友在周四之前从这里离开。”保罗说。他站起身，系好黑色西服的纽扣，好让自己做出一种专业的姿态。“非常感谢您的耐心，我希望我还能继续做您的律师。”

他往门口走去，阿格尼丝又开口了。“你要把他送去哪儿？”

对于她的问题，保罗一时没有答案。纽约还有没有其他的角落可以躲避爱迪生的魔爪？他可以把特斯拉送到山区里的某处疗养院……只是疗养院里也会有护士、工人和擦玻璃的人。

保罗需要做的是把特斯拉送到一个钱不能买通的地方，一个爱迪生的人脉毫无用处的地方，一个光线仍然来自跳跃的灯芯的地方。

“亨廷顿小姐，”保罗想到了一个不让人愉快的解决方法后说道，“别怕，特斯拉先生会绝对安全的，我有其他的地方可以安置他。”

我相信对世界进行更多的探索是值得的，哪怕它只会让我们明白我们懂得太少。对我们有益的一点是要时刻牢记：虽然我们由于各自所知的不同而参差多态，但总的来说我们的无知并无差别。
——卡尔·波普尔

44
天才克拉瓦斯的回归

阿格尼丝坚持要陪同保罗和特斯拉一起前往纳什维尔，她的要求之坚决让保罗和范妮都很吃惊。保罗知道阿格尼丝非常关心特斯拉，他与他们在阁楼的那个房间里度过太多个夜晚，因此对这份关心毫不怀疑。但是他并没有意识到，为了留在他身边她会付出怎样的努力。

保罗觉得阿格尼丝绝对没法说服她的母亲同意此行，然而她竟然办到了。在亨廷顿家里无论发生了什么后台的戏剧，两个女人的谈判都没有让他知道。阿格尼丝到底跟她母亲说了什么，不得而知。范妮反过来又会回应什么，更是无法想象。不过最终范妮还是让步了。和杰恩家族的晚餐被推迟了一个星期，一名替补演员有了在大都会一展歌喉的机会。这一切都是为了让阿格尼丝确定特斯拉安全地抵达了田纳西。

是范妮的控制变得不那么强势了？还是阿格尼丝增加了反

叛？可能与杰恩谈恋爱的暖心想法让范妮没有那么担心了。或许阿格尼丝对于玻璃箱子外面的生活的需求变得更加大胆了。

前往纳什维尔的旅程需要搭两段不同的铁路，在辛辛那提转车。旅行者们占据了三个一等卧铺车厢。阿格尼丝把自己的一切安排得很妥当。座位，餐食，车票，发车时间。特斯拉很安静，几乎从不离开他的卧铺包厢。这是他几个月以来第一次出门，很显然让他兴奋不已。第一个晚上，保罗隔着车厢的墙壁听到阿格尼丝为他唱起催眠曲。他意识到自己之前只在玩家俱乐部听到过她的歌声。特斯拉很显然已经是一个长期的私人听众。保罗竖起耳朵贴到墙上，努力想要听得更清楚时，他知道特斯拉是个幸运的人。

旅途的大部分时间里，保罗都在担心阿格尼丝对纳什维尔会有什么样的印象。他想象着克拉瓦斯家那座寒酸的三层别墅可能会把她吓退，他更是不敢想象她怎么看待他的父亲。但是在他们一起进餐的时候，她几乎都在谈论特斯拉。他缓慢的康复过程，她的精神病专家最新的诊断结果，等等。她非常明确自己此行是为了谁而来。

两天的旅途中，保罗邀请她周日散步的事情没有被提起。亨利·杰恩的名字也没有。她非常善良，不会用这些事情让保罗下不来台。保罗非常感激她。除了在拥挤的餐车里就餐或者照顾特斯拉的时间之外，两个人几乎没有单独相处过。很幸运他没有太多机会让他在自己的客户面前进一步难堪。他很享受她的陪伴，让他几乎能够忘记这或许是他最后一次有此殊荣。

黎明时分，一声恐怖的刺耳刹车声宣告路易斯维尔铁路公司的五号列车已经到达纳什维尔车站。列车员催促着哈欠连天的旅客们赶紧起身下车。保罗一步就从列车上迈下站台。他的眼睛花了一会儿时间才适应田纳西的金色阳光，一个晚春的繁华日子即将开始。

在他身后，阿格尼丝领着特斯拉走进阳光中。她看起来睡眼蒙眬；他很清醒，如果不是一贯麻木的话。

保罗走出车站时，能够看到柳树下站着一个熟悉的高个子身影。

“我的儿子。”伊拉斯塔斯·克拉瓦斯一边说，一边伸出手。

伊拉斯塔斯喜欢用强有力的握手表达问候，他一直如此。

保罗转身介绍他的同伴，但是他的父亲抢先开了口。

“而你，”伊拉斯塔斯说，“一定就是亨廷顿小姐。”他礼貌地鞠了一躬。她用毫无矫饰的真诚回了礼。

“您的儿子跟我说过很多您的事情，先生。很荣幸终于能够和您见面。”

“哦，我亲爱的，你一定不要听保罗告诉你的事情，他特别喜欢夸大其词。”

“父亲，”保罗打断他，“这位是尼古拉·特斯拉。”

“天啊，你个子真高，很高兴能跟你认识。”他伸出手，但是发明家只是盯着远方目不斜视，他似乎根本没有察觉到周围有人。或者其中一个，保罗的父亲，正在跟他问好。

“你病了，我的朋友，”他说，“我能理解。我们看看能否让你好起来。”

他向大安妮做了个手势，那是保罗小时候给家里的那匹马起的名字。它被拴在家里的马车旁边的一根马桩上，那马车比它的年纪还大。

保罗和他的父亲在一小时的回家路上并没有说很多话；相反，保罗在为他的客人们指点着不同的风景。虽然保罗是在俄亥俄出生的，但是他五岁时就随家人搬到了纳什维尔。随后不久，他的妹妹贝茜也出生了。贝茜现在已经离开家，嫁给了克拉克斯维尔一个令人尊敬的丈夫。她偶尔给他写信，但他总是没有时间回信。

从保罗最后一次沿着坎伯兰河走以来，纳什维尔繁荣了一些。喧闹的码头现在满是年轻的工人，这一代工人已经能够用农具换取筒式升降机了。

伊拉斯塔斯和露丝·克拉瓦斯住在城中心西北部一座三层农庄里。这里跟大学有一段距离，不过保罗的母亲希望能够离自己丈夫的工作远一些。克拉瓦斯夫妇选择农庄是为了灵魂上的简单，而非使用上的舒适。他们从来没有务过农。他们也从来没有在旁边的谷仓里养过牲口，除了寥寥几匹代步的马儿之外。他们不种玉米。保罗住在纽约，伊拉斯塔斯经常外出筹款，家里没有人能够帮忙做农活儿。围绕这座农庄的荒芜天地一直延伸到地平线。

倾斜的木头屋顶从保罗上次看过以来已经破败了不少，整座房子似乎已经沦落为一种舒适而杂乱的所在。伊拉斯塔斯或者露丝都不会要求改成更厚的窗子或者更坚固的门口台阶，除非这些部分完全坏掉。保罗的童年时期,没有人想要任何自己真正需要的东西，但是没有人拥有他们仅仅需要的东西。

房子的颜色就是田纳西土地的颜色。

“你好，母亲，”保罗推开吱吱作响的纱门说道，“我回来了。”

科技不值一提。重要的是你要对人们有信心，相信他们都很优秀，很聪明。如果你给他们工具，他们会用它们做出非常出色的事情。

——史蒂夫·乔布斯

45 所有幸福的家庭……

保罗和阿格尼丝花费了漫长的一天才向伊拉斯塔斯和露丝解释了他们相当特殊的困境。在家信里，保罗已经把过去十八个月里发生的主要事件都告诉了他们：特斯拉，威斯汀豪斯，爱迪生。他跟他们讲了他在法庭上的困难以及围绕电椅产生的可怕灾难。这些都不是新闻，但是保罗和阿格尼丝合谋把特斯拉秘密保护起来，避免让爱迪生对他不利，甚至还瞒着威斯汀豪斯……这些都是家信中不太适合提及的内容。露丝和牧师接受了这一切，他们似乎更关心特斯拉的安全，胜过其他。伊拉斯塔斯的信念在面对一个需要帮助的人时才是最宝贵的。

露丝建议特斯拉可以住在贝茜以前的卧室里。房间里她童年时期的物品还没收拾，但是伊拉斯塔斯希望特斯拉不会介意房间里的杂乱。

“您做了一件善事。”阿格尼丝对露丝说。

露丝耸了耸肩。“这件善事你已经做过了。”

“他可能要在这里……住上一阵子。”保罗说。

“我们很荣幸，儿子，”伊拉斯塔斯说，他转向直挺挺地坐在沙发上的特斯拉，“可以让我带你去你的房间看看吗？”

特斯拉盯着前方，眼神固定在通往白色墙壁中间的某个点。过去几天的活动似乎让他的康复过程出现了反复。

“宇宙穿着大衣，宇宙穿着衬衫，宇宙应该被解开扣子。”

一时间，每个人都盯着特斯拉。“我们会让他好起来的。”露丝说。

那天深夜，父母都就寝之后，保罗走出房子来到后面的门廊上，发现阿格尼丝正在那里悄悄抽一根烟。看到她出现在那里，在他童年家里的门廊上，让保罗一下怔住了。月光照着她卷曲的头发，比任何灯泡的光线都美。

“亨廷顿小姐。”他轻声说。

她看他的眼神好像自己在犯罪被当场抓获。

“对不起，我知道你父亲讨厌抽烟。”

“如果你不说，我也不说。”

他坐在门廊上她的旁边，老旧的木头在他的体重下发出咯吱的声响。“我知道你为尼古拉付出了很多，谢谢你。”

“啊，好吧。”她深吸了一口烟。“他也没有别人可以依靠。”

她望向夜晚的天空。她把一口烟雾喷向空中，看着它一点点消散在星辰之内。一群蟋蟀在远处的草丛中发出窸窣的鸣叫。

“你以前见过像他这么孤独的人吗？”她突然说。

“他是他自己私人王国的国王。”

“他的国度只是不能有别人进驻。”

“是的。”

“所以那也让他成为了它的奴隶。”

她似乎若有所思，几乎是有哲学味道。自从他们抵达她就一直这样，他不知道是什么让她改变了举止。之前的场合，保罗见到的阿格尼丝在她妈妈凌厉的眼神下都是激烈并且嬉闹的。现在她是惆怅的。

保罗在火车上对她是否能适应纳什维尔的所有担心，被证明都是多余的。她让自己把这里当成自己家一样。她和他的父母关系融洽，她一定要帮露丝一起为特斯拉整理床铺。阿格尼丝住进了保罗童年时的卧室里，就像一个失散多年的表妹。

她又抽了一口即将熄灭的香烟。“尼古拉·特斯拉到曼哈顿的时候，口袋里只有，多少，几毛钱？他无家可归。他没有工作，没有人脉，没有家人朋友可以依靠。你知道他拥有什么吗？”她指向自己的头，“他的头脑。那就是他唯一的理想世界，让他成为他。他在这里成为不亚于托马斯·爱迪生的最著名的发明家并不是因为他太会玩游戏——他的做法是根本拒绝参与游戏。而作为一个自己也很会玩游戏的人，我因为这个非常尊敬他。我非常愿意生活在一个不用看到人们把他生吞活剥的世界里。”

“那么亨利·拉巴尔·杰恩呢？”保罗问，“他也同意吗？”

他之前从来没有在她面前大声说出这个名字。他的声音听起来没什么好气，即使对他自己来说也是如此。

“显然你对一个你一点儿都不了解的人有很多看法。”

“这样说太刻薄。”

“是的。”

火车上的两天里保罗都在回避这个话题。在纽约他也回避了很多次。但是阿格尼丝在自己父母家，这种亲切感让他觉得不能再保持这种客气的沉默了。

“我一生都在和名字叫杰恩的人竞争并且落败。你是不是觉得我已经习以为常了。”

“落败？”

保罗查看着她的脸。她妈妈显然并没有告诉她自己邀请她周日到花园中散步。这是范妮做出的慈悲举措？它为保罗省去了更多尴尬的时刻，在他不知情的情况下。然而，实话说，他没有什么可失去的了。

“我曾经问过你母亲，是否我可以和你一起出去散个步，”他坦承，“她跟我说当时你正跟杰恩先生约会。”

“这听起来像是我母亲能做出来的事情。”

“我很抱歉对他不敬，”保罗说，“这对我来说不公平。”

“我很抱歉我妈妈让你难堪了，”阿格尼丝也说，“她……想法很复杂。情况也很复杂。”

保罗好奇地看着她。他不确定她到底什么意思。

她似乎正要做出一个非常艰难的抉择，保罗安静地等待着。如果她想跟他说什么……困难的事情，他会让她自己做出那个决定。

“你看，”她终于开口了，“这件事牵扯到很多人——我母亲，亨利·杰恩——你不了解他。而……好吧，我想告诉你。”

“好的。”保罗说。

“但我不敢。”

在她向他表达的所有情绪中，从来没有过恐惧。爱迪生并没有吓倒她，斯坦福·怀特也没有，让特斯拉住在家里的危险也没有让她惧怕，是什么让她觉得害怕？

去他的，这里不需要什么规矩——我们正在干大事。
——托马斯·爱迪生，《哈泼斯杂志》，1932年9月

“你可以相信我，”保罗说，“不说别的……我是你的律师。”

她微笑了一会儿。“我跟你撒了谎。”

“关于什么？”他看着她努力想要找出合适的词语，“亨廷顿小姐？”

“就是这件事，”她终于说道，“我的名字不是阿格尼丝·亨廷顿。”

科学的历史，就像一切人类创想的历史一样，是一部不负责任的梦境构成的历史。

——卡尔 · 波普尔

46
而不幸的家庭……

她出生在密歇根州的卡拉马祖，出生时名字是阿格尼丝 · 古奇。她的母亲，范妮，当时还不是保罗见到的上流社会的常客；她是一名女仆。阿格尼丝的父亲是远洋船员。她八岁那年，有一次收到父亲的一封信，邮戳显示的地点是奥斯陆。他画了一张平静港湾的速写给她，并且问候她身体健康。他没有留下联系地址，而她从此之后就再也没有他的音讯了。

她一直热爱唱歌。楼上的邻居有时候会用靴子跺地板，但是她不在乎。她妈妈也不在乎。

阿格尼丝十四岁的时候，范妮带着她搬到了波士顿，她为恩迪科特家族刷洗地板，擦洗瓷盘，而阿格尼丝则去毕舟夜总会试镜。那个职位最终给了当地的姑娘们，因为她们的父母跟经理认识。阿格尼丝得到了一份在霍华德雅典娜剧院打扫舞台的工作，但是那和她想象的完全不一样。她并没有和一群关系亲密的艺术家接近，也没有志同道合的艺术同行。她是个清洁工，歌手是歌手，而舞台工人都很无礼。剧院像是妓院一样，不过妓院至少还是能够盈利的。

波士顿不行。范妮看到了她女儿的眼泪，也感觉到了自从她们离开密歇根之后她郁郁不得志的痛苦。她知道阿格尼丝有多想要唱歌，但是她也知道女仆的女儿是不会成为绝世名伶的。范妮不得不看着自己早熟、好学、好奇的女儿变得愤世嫉俗。这是她不能忍受的。

事情发生的时候，阿格尼丝不知道母亲为此筹划了多久。这到底是一次突然的决定,还是她妈妈早在几个月前就安排好了一切。

她十七岁那年，有一天，阿格尼丝回家发现一条长裙躺在她的床上。长裙的颜色是阿格尼丝从来没有见过的。它是绿色的，鲜艳但又柔和。那是兰草的颜色，是地幔的颜色，是虎耳草的颜色，是远方海洋的颜色。她一看到就倒吸一口气，脏兮兮的小方窗里投射进来午后的阳光与她的目光相遇。在长裙的顶端，精细地放在丝绸上面的，是一串钻石。

阿格尼丝走近了一些。她伸手去触摸面料，但是又缩回了手。她害怕把自己油乎乎的手指按在这样的布料上。这件长裙，这些珠宝，不属于她认识的任何人，或者她可能认识的任何人。这是一个公主的晚装。

“你喜欢吗？”阿格尼丝转身看到范妮在走廊上，抽着烟。

“这是什么？”

“是一条长裙，”范妮说，“而且它是你的。”

“你……”阿格尼丝不敢相信自己要说出的话。“你……偷来的？”

“是从恩迪科特小姐试衣间里拿的，珠宝也是。那姑娘跟你差不多年纪——比你小一点。可能在臀部有点肥，但是我们能改改。”

“你从玛丽·恩迪科特那儿偷了一件长裙？”阿格尼丝目瞪口呆，吓坏了。他家会发现丢了东西，而她的母亲已经为他家清洁银器足够长的时间，绝对可以成为第一个怀疑对象。几天之内警察就会找上门来。

这个时候她母亲才开口解释。她们要离开波士顿，而且是当晚就动身。她们要搭乘一艘蒸汽船前往巴黎，把衣物都打包进小旅行箱。阿格尼丝要穿着普通衣服登船，但是下火车的时候穿着绿色丝绸长裙。她离开波士顿港口的时候是一个清洁女工……而她抵达巴黎的时候，会是一个加州新富豪的女儿。

“阿格尼丝·亨廷顿小姐，”她妈妈当时说。“这名字听起来很好吧？”

“我不知道那是谁。”阿格尼丝反对。

“没错，没有人知道。但是很快，大家就都会认识你了。”

带着唯一一件极为昂贵的长裙和一串宝石，少女阿格尼丝将会在巴黎重生。在那里，她可以成为她想成为的任何人。世界各地有太多有钱的亨廷顿家族的后裔，所以没人能确定她是哪一支的后代，而且如果她举止得当，也不会有人敢冒犯去问。阿格尼丝很漂亮，她的妈妈说。她光彩照人，幽默风趣，既有智慧又聪明，这两者其实并不是一回事，而且她又极富才华。在美国，唯一阻碍她的就是她的家庭出身。

“那你怎么办？”

范妮也会陪伴在侧，在侧幕等待。安静，不引人注目，范妮会在后台，等待着她女儿成功的时刻。

警察不会在巴黎找到她——他们从来不会到这么远的地方调

查。但是她们一定会被通缉。恩迪科特家族不是好惹的。所以，如果她们的冒充行为成功了，范妮也将永远活在自己女儿的影子里。

“我很害怕。”

“我知道，”她的母亲回答道，“但是我爱你，而这就是我们为什么要这样做的原因。”

范妮走近，亲吻了阿格尼丝的额头。然后范妮把两个人的行李都打包好，而阿格尼丝则坐立不安，太震惊以至于都不能争论，也不知所措，除了让她做的事情之外什么都做不了。

当晚她们就登上了开往欧洲的卡纳德邮轮。

而从那以后，再也没有人见过阿格尼丝和范妮·古奇母女。

在客舱里，阿格尼丝全程都把那条长裙藏起来，即使是在睡觉的时候也抓住自己的包不放。直到最后一天的早晨，她的妈妈才把那条绿色的裙子拿出来。她们船舱里的其他女人都难以置信。阿格尼丝和范妮什么都没说。

阿格尼丝从船上的男人口中听说了一间咖啡馆，头等舱的绅士们到公共甲板上抽烟时的闲聊被路过的她听见了。从她能够偷听到的只言片语的形容来看，那里似乎是认识新朋友的好地方。到巴黎的第二天，她离开范妮找到的便宜的女性公寓，打听到了这家咖啡馆的地址。

早上十一点，阿格尼丝穿着一件高档的晚礼服，戴着相配的首饰，坐在圣马赛尔大道路边享受一杯欧蕾咖啡。不过二十分钟之后，一个身材高大、一头顺滑黑发，穿着一件旧羊毛大衣的男人过来和她搭讪。他其实真的还算英俊。

他用法语跟她讲话，可是她当然不会讲法语。

“对不起，”她说，“你能否试着用英语再说一遍？”

“你早上穿成这样有点过于隆重了。”

她上下打量了他。“我要说你最好去把你自己穿得体面一点。”

男人听到她的反击大笑起来，然后主动在她对面坐下。

第二天晚上有一个聚会。她后来明白，这里总是有各种聚会。他邀请她参加，她接受了，然后他问道当天晚上他应该去哪里接她。

“怎么，就在这儿啊，当然！”她回答，“你不希望在一个漫长的夜晚之前先喝一杯咖啡吗？除非，”她补充说，“除非你觉得那个夜晚不会太长。”

他向她保证那会是个丰富的夜晚。第二天晚上他的两匹马的马车来接她的时候，她发现他说的没错。

如果他注意到了她穿着前一天一模一样的绿色长裙，他也并没有发表任何评价。她后来会学到，他这类人永远不会做出这种评价。

她只参加了三次聚会，就找到一个愿意为她买新礼服的人。他的名字是库尔特，他跟雅克·杜塞先生是好朋友。当然她很愿意从他的店里有些收获。她收集的礼服数量和她收获的男性追求者的数量成倍增长。一位丝绸大亨，一位老派的小贵族，一位经常到巴黎的拉扎德府上拜访的德国银行家。没有人需要任何人鼓励就会自动送给她一些小礼物。

第一年里，她的母亲是她唯一的朋友。巴黎社交圈的女人们竞争很激烈，她们能够闻到威胁的到来，虽然她们的兄弟、丈夫和父亲都不能。但是她们又能做什么才可以把阿格尼丝排除在她们的茶聚之外？不停地传她的流言？不停地用恶毒和轻蔑的口吻提到她？

每天晚上她都回到妈妈身边，妈妈给了她一切，却没有得到任何回报，至少当时还没有。

如果交际上的阴谋诡计不时让她感到刺痛，那么歌唱很容易就会抚平伤痛。阿格尼丝在托马斯·亨奇府的一次聚会上初试歌喉。人们非常欢迎，她的名字开始被传颂出去。她先是在聚会上演唱，然后沙特雷剧院邀请她献唱。当她在歌唱中途闭上双眼，当她感觉到喉头的气息和面前热情高涨的观众,那就是她曾经梦想过的一切。如果她可以忽略掉她来到这里的情形，那么她就回到家了。

人们都说，阿格尼丝能够用声音把最铁石心肠的观众都感动落泪。如果那是真的，那是因为她知道自己所唱的是什么。

一年之后，亨廷顿母女移居伦敦。阿格尼丝利用自己在巴黎建立的名气，光明正大地穿过了海峡。这次，她的母亲从加州“抵达”来与她会合。到这个时候她们已经有了足够的钱，连范妮也可以按照上流社会的习惯来打扮自己。西区的剧场老板们在阿格尼丝抵达之前就争相预订她的演唱档期。她和范妮在那里度过了非常成功的几年。哈伍德伯爵为她着迷，她跟法伊夫公爵一起出海进行了一次美丽的旅行。然后她回到巴黎,受到了荣归故里般的热烈欢迎。

在欧洲游历一番之后，阿格尼丝在二十一岁那年，作为欧洲大陆家喻户晓的人物重返波士顿。歌剧院和后湾区的私人会所都张开双臂欢迎她，这些地方她之前都从来无法进入，而且并没有人认出她，也没人认出范妮。谁还会记得有一位叫作阿格尼丝·古奇的穷困悲惨的清洁女工呢？阿格尼丝·亨廷顿是欧洲贵族中的翘楚，是所有美国各阶级都仰慕的对象。某一件绿色长裙和相搭配的钻石早就被卖掉了。范妮远离各种聚会，远离首演仪式。她远离恩迪科特家族。在波士顿上流社会里她的面目不会出现，即使她的名字因为阿格尼丝的缘故经常被提及。

她们成功了。阿格尼丝赢得的生活变得如此丰富，连她自己都相信。她并没有屈服于愤世嫉俗她成长为自己梦想的那种女人。阿格尼丝·亨廷顿的才华，让她成为舞台明星和舞会美人的东西，完全是真实的。她不是任何人造就的，她成就了自己。虽然她是靠撒谎才抵达那里，但是每天晚上在大都会歌剧院四壁回荡的歌声并不是谎言——它是事实。谎言只是给她提供了一个公平的机会。她不欠任何人，除了一个人，而那是她每天都要偿还的一笔债。范妮是不是难相处，控制狂并且无处不在？当然。阿格尼丝是否喜欢偶尔在晚上出去玩？不常有的微醺的瞬间，偶尔放下她妈妈希望她随时保持的完全的警惕性？当然。但是即便她偶尔回击妈妈的愤怒，那并不代表她不爱她。范妮给了她一切。

“你为什么要告诉我所有这些？”

“因为我没有跟任何人讲过，”她说，“而且我觉得……我希望你了解为什么这件事非常重要。为什么我不得不……”

“这就是你妈妈想让你嫁给杰恩家族的原因。她担心总有一天这些往事会浮出水面来找你麻烦，有人会认出阿格尼丝·亨廷顿就是阿格尼丝·古奇。”

她迎向他的凝视。

“而这就是你一开始想要我当律师的原因。并不只是福斯特捏造事实——你可以自己处理好那件事，你担心他可能会开始挖掘你的过去。如果你的真实身份被曝光，所有这些——你做过的一切——就都毫无意义了。”

她的笑容很悲伤。

“除非你有一些保护的措施，”保罗总结道，“阿格尼丝·亨廷顿是可以被质疑的，但是阿格尼丝・杰恩不能。”保罗不得不赞叹她们这个计划的聪明。“没人敢冒犯你，即便恩迪科特家族发现了你，他们很可能也不会说什么。他们会被杰恩家族生吞活剥的。”

“对抗杰恩家族，”她说，“就像是对抗托马斯・爱迪生，只有一个蠢货才会尝试。”

“像我一样的蠢货？”

“或者像屋里我们那位神经兮兮的朋友。”

保罗比以往任何时候都清楚，他不可能跟她结婚。她值得拥有一种他无法给她的平静生活。她是否在乎他的感受？这是她跟他坦白的原因吗？他不知道。她能吗？他希望如此。但是因为他知道自己那么关心她，他让这份希望慢慢消逝在星光闪耀的夜色之中。

保罗上前拉起她的手。他并没有刻意去做，只是自然发生了。他们的手指立刻交缠在一起。他不确定是他用手指包住了她的，还是相反。她的皮肤温暖。

“有时候我真的恨极了这种生活，”她说，“永远要伪装。”

保罗紧紧抓住她的手。“这里是美国，”他说，“我们都在伪装。”

他抬头看着晴朗的夜空。他的目光最终找到了群星中间的星座，小熊座，猎户座，仙后座。当他还是个小男孩的时候，他就是在这个地方观看星座隐藏的形状。而星座的讽刺性在于，它们的形状是善于遐想的头脑才能看到的大概轮廓。天堂最伟大的设计实际上只是你想象中的样子。用不同的角度望向星空，它们组成的形状便突然之间也变得不一样了。眨一下眼睛，你就能够把它们之间连上线条，组成任何你想看到的东西。

他俯下身，吻了她。

47
次日清晨

第二天清晨的感觉很奇怪。保罗在楼下的沙发上睡得不太踏实，醒得也晚。他从枕头里抬起头的时候，已经能够闻见锡铁壶里煮咖啡的香味。等他穿好衣服走进厨房，他发现阿格尼丝和伊拉斯塔斯正在聊天。气氛很随意，居家。保罗想要观察阿格尼丝。他想到她的嘴唇，她的手指，他们紧紧相拥时她的身体压向他的那种感觉。她从厨房望向他的时候，她的脑子里也会浮现这些场景吗？他在她的笑容里找不出任何头绪。她道了早安，温暖地微笑着，然后回去继续跟伊拉斯塔斯谈论特斯拉。伊拉斯塔斯明白了特斯拉的头脑的特殊性质，亚维拉的德兰修女也受同样的幻觉所苦。或许特斯拉也像她一样，有福气看到神圣的景象？

他们一早上都在跟保罗的父母聊天，然后到车站赶上正午发出的列车。他们与特斯拉和露丝道别之后，伊拉斯塔斯在沉默中把保罗和阿格尼丝送到车站，然后如往常一样正式跟他们告别。

在站台候车的时候，保罗花了几分钱买了一份报纸和一个烤面包。关于昨晚他需要说点什么，但是他不知道说什么，也不知道该怎么说。他应该道歉吗？他是否应该承认自己这样做不够绅士，因为她很快就要订婚了？或者，他是否应该告诉她，就这一次，只是为了一吐为快，他曾经爱过她？

“亨廷顿小姐，”保罗吞吞吐吐地说，“我是说阿格尼丝——”

“他为你自豪，你知道。”她说。

“什么？”他问。

“你的父亲深深为你自豪，不管你是否意识到。”

显然，他的家庭给她留下了一些深刻的印象。或许，保罗认为，她自己家庭的不完整，导致她羡慕他的家庭。

保罗自嘲。“我觉得很难相信。”

“你觉得他很冷漠。”

“我觉得当他意识到我的存在，我总是让他非常失望。”

“他多久到纽约看望你一次？”

保罗想了想。“只有一次。还是因为菲斯克的公事。”

“或者那是他告诉你的借口。”

“那他为什么不直接跟我说他想见我呢？”

“上帝，你真是太……大大咧咧了。听着，你有没有想过，或许他觉得你不以他为荣？”

这个想法很荒唐。“你到底在说些什么啊？”

“你是离开家的那个人，保罗，不是他。想想他会怎么想。”

“他觉得我应该怎么做呢？”

“在菲斯克教书，在纳什维尔传教。他觉得是你拒绝了他，而他想得到的是你的认同。”

“这完全不合情理。他怎么会这样想？”

“因为，”阿格尼丝说，好像这是全天下最显而易见的事情，“你们两个非常相似。”

保罗安静了下来，从没有人把他和他的父亲比较。

“你应该告诉他。”她说。

“告诉他我以他为荣？”

“告诉他你尊敬他。告诉他他是个好人，一个值得尊敬的人，而你一直这样想。告诉他他是你的家，而纽约只是你选择落脚的地方而已。”

保罗思忖着这番话。为什么前天才跟父亲第一次见面的阿格尼丝比他还懂得他的父亲？

“我会尝试。”

这似乎足够让她满意了。

“还有……关于昨晚，”她说，“你不需要说任何话。我也不希望你说任何话。这就是我们所在的地方。这就是我们自己。我希望事情可以有不一样，我知道你也同样希望。”

“我很抱歉我吻了你。”

“我不感到抱歉。”

然后他们都低下头。这种感觉太美妙，没法礼貌地处理。

保罗看着手边的那份报纸。一条小小的头条，在中缝下面，立刻吸引了他的注意力。

保罗转身看着显示到达与出发列车时间的告示牌。

“我很抱歉，”他说，“我必须要先走。有一趟车五分钟后发车。”他的思绪纷乱。

阿格尼丝似乎很不解。“五号列车还有一个小时才发车啊。”

“我要去布法罗。”他抓过报纸，胡乱给了柜台后面的报童很多钱。“你看，发生了一起谋杀案。文章说，布法罗有一位威廉·凯姆勒先生，刚被宣判用斧头杀死了他的妻子。”

阿格尼丝一边阅读一边皱起眉头。“那又怎样？”

“那如果他被判处死刑，他就会被一把用交流电的电椅处决。”

她抬头看他，太清楚这件事对保罗来说意味着什么，以及对特斯拉来说。“快去。”

他站在那儿。“我很抱歉，”他说，“我希望……我应该说……”

她朝他挥挥手。“走吧。”

“再见，亨廷顿小姐。”他提起行李箱说道。他的礼数瞬间显得非常荒谬。“你自己回纽约没问题吧？”

“我觉得我可以，克拉瓦斯先生。”

他跑过了车站。

48
布法罗的斧头人

“如果庭上允许，”保罗用最像律师的声调说，“使用电力设备执行死刑是不……”

“再次反对，法官大人，”哈罗德·布朗说，“您已经对于使用这项适宜科技执行死刑一事做出了判决，而克拉瓦斯先生试图推翻……”

“而您看到了，大人，我不仅没有‘推翻’，他说的‘推翻’甚至都不是这一个意思。我想要再一次反对布朗先生在没有一名正式的律师在场的情况下举办这次听证会……”

“你们两个，都肃静。”戴法官喊道，这一天的事情已经让他够烦的了。

保罗首先吃惊的是，爱迪生没有安排自己的一名真正的律师来处理这项动议，反而让布朗自己来演这场戏。这当然是一场戏。虽然保罗也知道或许这正是爱迪生的意图。在公众面前，爱迪生仍然与布朗没有任何牵扯，也远离电椅这种令人不悦的话题。唯一的问题在于，布朗本人根本不是律师，跟他争论等于是跟一个一知半解的孩子争论。法律界讨论过，需要未来的律师都通过一项资格考试，但是这个提议还只是口头一说。在纽约，一个人不需要经过任何考试就可以从事法务工作。布朗找了一个关系不错的事务所证明他与一位当地律师花了一些时间学习，这对于戴法官来说已经足够了。哈罗德·布朗绝对有权坐在保罗对面，争辩威廉·凯姆勒应该被交流电处死。

“克拉瓦斯先生，”法官说，“我不想再浪费时间听你再一次争辩这个话题了。”

“我也不想一再重复这些辩词。”

“那么，你想怎样？”法官问。

“我只是想简明扼要地指出，就算纽约州有权用交流电处死一个人，州里也并没有行刑的设备。”

法官看起来很迷惑。这并不是他意料中的辩论方向。“你什么意思？”

“非常简单，纽约州唯一能够生产交流电发电机的公司是威斯汀豪斯电气公司，而我的客户从来没有向纽约州政府出售过发电机。此外，我的客户也没有这么做的打算。我建议，如果你们很热衷于用电流处死他，那么州政府别无选择，只能选用直流电。”

“这太荒唐了！”布朗吼道。“直流电的电压太低，根本不可能……”

“安静！”法官又一次打断他。“克拉瓦斯先生提出了一个很好的问题。但是我要多问几句：州里难道不能从众多拥有发电机的纽约市民手中购买一台威斯汀豪斯公司的发电机吗？我想不出布朗先生会很难找到一位愿意出售发电机的人。”

“是的，是的，大人，”保罗说，“我肯定在布朗先生的威逼利诱下一个人可以把新生儿都卖给他。我肯定他一定可以找到愿意出售给他——或者州政府—— 一台交流电发电机的人。问题只是，这种情况下，这位买家无权出售这台设备，而买家也没有合法性去使用他购买的设备。”

保罗从桌上拿起一沓文件，走向法官席。“如果庭上允许，这里是威斯汀豪斯电气公司与每一位购买交流电发电机的买家签署的销售和使用协议。绝大部分都是小城镇或者社区。偶尔有一位富有的个人需要给大片土地供电。这就是交流电的价值所在——它的覆盖范围是直流电的几倍远。不过我离题了。你可以看到，这份合同上的标准语言明确地表明，购买这些设备的人不能把设备卖给第三方。我们从一开始就致力于确保威斯汀豪斯的设备不会落到不当之人的手里。不过因为它禁止向第三方出售，所以也意味着，如果任何人想要未经威斯汀豪斯电气公司的书面许可，把他的交流电发电机组卖给纽约州政府——我可以向您保证他们绝对不会得到许可——那么他们就违反了使用这一设备的许可。这就意味着州政府非法拥有了这一设备，所以在法律上他们无权打开这台机器。”

戴法官仔细阅读了保罗递交给他的文件，条文非常明确扎实，卡特和休斯写的。如果布朗了解的法律术语足够他明白这份合同，他很快就会知道他输了。

保罗满意地回到了自己的桌子边。他代理威斯汀豪斯案以来在法律范畴内并没有太多成功；这一次的胜利感觉很好。

“我只想补充一件事，”哈罗德 · 布朗说，“来明确一下克拉瓦斯先生形容的这种情况。”

“是什么？”戴法官问道。

“如果我已经拥有了一台威斯汀豪斯先生出品的交流电发电机了呢？一台我确实在法律上有权出售给我们在州立法会的朋友？”

“我的客户从来没有向你出售过交流电发电机，我可以保证。你呈上的任何相关的文件都是伪造的。”

“我同意你说的，先生。威斯汀豪斯电气公司从来没有，未来也永远不会，向我或者我的代理人出售经过许可的交流电系统。”

“没错。”

“但是对于拥有威斯汀豪斯先生授权的执照持有者来说，情况就不是这样了。”

保罗在贝尔维尤养伤期间，卡特和休斯帮助威斯汀豪斯向各地的厂商授权，允许他们生产并且发售他的电力系统。那些当地的商户自己拥有企业，每出售一台发电机都会向威斯汀豪斯支付使用费，他们同时也应该使用威斯汀豪斯提供给他们的销售合同——由卡特和休斯撰写的合同。如果有人用自己的语言重新写过，那就一定是刻意为了跟威斯汀豪斯耍花招而做。这应该是很久前就计划好了的，在威斯汀豪斯公司里有一个内鬼。

听众席里有一位小个子、圆滚滚的男人站起身来。法庭里所有人的目光都集中在他身上，看着他从中间的通道走向哈罗德·布朗的桌子。

“如果庭上允许，”查尔斯·科芬站在布朗旁边说，“我是汤普森—休斯敦电气公司的总裁。我是威斯汀豪斯电气公司授权许可的经营者，我有权向任何人出售发电机。”

保罗转身望着他，上次见到他，是在他自己的办公室，他从贝尔维尤出院后上班的第一天。

“这是销售合同，”科芬说，“我的公司向哈罗德·布朗出售一台交流电发电机。这份合同赋予他权利把这台机器销售给他选择的任何人，在任何他愿意的前提下。这份文件是由我的人撰写的，不是由克拉瓦斯先生和他的合伙人写的。”

科芬向保罗挤了挤眼睛，保罗真不敢相信自己所看到的。他的脸因为愤怒而涨得通红。汤普森—休斯敦公司所有生意都依赖威斯汀豪斯——否则根本无法生存。做出这样的背叛行为，威斯汀豪斯会切断与科芬的公司的一切往来。科芬到底在想什么？除非……

科芬在重新调整公司，他转投另外一方了。

“我很确定，法官大人，”保罗说，“不久后，可能就在下个星期，汤普森—休斯敦公司就会宣布他们放弃交流电而改为生产直流电设备，而且他们要与爱迪生合作。我毫不怀疑科芬先生的这次背叛会给他带来一大笔收入。”

“我不认为我与爱迪生通用电气公司的交易对于今天的事件有任何影响，并且，当然我的公司已经不再属于你们任何人。”

戴法官没有花费太长时间就审阅完所有文件，判定他们确实如科芬和布朗所说。几分钟之后，保罗又一次输掉了。

“是个不错的尝试，”他们都离开法庭时，哈罗德·布朗说，“不过还是不够好。”

“我会把这当成使命，我要看到你们没人能够逃脱。”保罗说。

“真的？”科芬笑着说，“怎么做？”

保罗张口要说，但是发现自己没有可以反驳的言辞。他没有行动了。

“哦，”布朗又加了一句，“你或许可以想成这是为我办公室门的赔偿。你真的需要把那该死的门踢倒吗？”

有时候你在创新过程中会犯错。最好立即承认错误，然后继续完善其他创新。

——史蒂夫 · 乔布斯

49

威廉 · 凯姆勒的死刑

1889年8月6日，威廉 · 凯姆勒将要被哈罗德 · 布朗设计的一把“椅子”处决。这把椅子将与一台交流电发电机连接。这台发电机是基于尼古拉 · 特斯拉的理论，被乔治 · 威斯汀豪斯完善并组建成一个能够起作用的系统，然后被查尔斯 · 科芬生产制造出来的。它很快就会把一千伏的交流电送遍威廉 · 凯姆勒的全身。

布朗厚颜无耻地邀请威斯汀豪斯和保罗一起观看行刑。威斯汀豪斯把邀请函扔了。爱迪生当然也不会出席。对于布法罗的喧闹，他对公众发表了几次看法,但是仍然保持着“不参与”的一贯态度。围绕交流电和直流电辩论而报道过其“争议性”的记者们问他是否认为威斯汀豪斯的电流能够完成任务。爱迪生回答说，威斯汀豪斯的电流是一种非常可怕的事物，除了用来杀人之外几乎毫无用处。

所以，就剩下保罗一个人出席行刑了，他觉得自己这边应该有人出席。保罗以前见过可怕的场面。他甚至也见过一个被电死的人，一年前在百老汇大街上空。他不是一个惧怕恐怖场景的人。如果这就是一切的终局，保罗并不想蒙住自己的眼睛。

早晨六点，保罗抵达位于奥本的纽约州监狱，门外已经聚集了一群人。记者们等待着写出第一条新闻发给编辑，市民们希望能看一眼被处死的杀人犯。保罗奋力挤开人群,有一些记者认出了他。他不想跟任何人交谈，特别是媒体。

监狱大门里，保罗被带到一个为了行刑而重新装修过的地下室。墙面被粉刷过了，玻璃被擦得干干净净，观刑的座席新放进来一些椅子。保罗注意到了墙上的两盏煤气灯，他几乎笑了出来。他们不需要照明。清晨的阳光从两扇高窗照进干净的地下室，三十多位客人纷纷就座，几乎没有人闲谈。大部分的在座者都是医生，来亲眼看一看奇怪的电流能够对人体产生什么作用。两名记者被获准入内——是由监狱长亲自挑选的。一些刑事犯罪律师、地区检察官，还有法庭为凯姆勒指派的辩护律师代表法律界出席。戴法官也在场。还有哈罗德·布朗。

“早上好，律师先生。”他对保罗说。

保罗在布朗身后几排坐下，坐在观众席后面。这并不是让人想要坐在前面的那种表演。

六点半左右，两名狱警押着准备受刑的犯人走进了阳光明媚的地下室。保罗这才意识到自己以前从没见过凯姆勒本人。他看起来不像是一个用斧头杀人的人,或者不像保罗想象中的斧头杀人狂。他个子很矮，胡子修剪得很短，眼睛狭细。他看起来很瘦，似乎监狱的餐食不合他的胃口。他头发是黑色的，他的三件套西装是纯正的夏日灰。

椅子本身结构很简单，只是一把高背橡木椅，颜色也是均匀的黑色。座位上蒙着皮革表面。用来缚住双臂的带子也是皮革的。

“先生们，”凯姆勒跟在座的所有人说，“我祝你们都交好运。我知道我要去向何方，我也知道那是一个好地方。我只是希望这对你们来说也是一样。”

凯姆勒脱掉外套。他活泼地把外套叠好，放在一把没人用的椅子上。

他在屋子中间的椅子上坐下。“好了，不用着急，慢慢来，确保你们的工作不要出差错。”

两名狱警把电极固定在凯姆勒的后背上，这样做需要他们在他的白衬衫上开洞。他们动手的时候他发出了叹息。电极上连着长长的导线，一直经过天花板穿过墙壁。

为电椅提供电的交流电发电机很大，而且很吵，所以大家决定把它放在一个远处的房间里。到了需要打开开关的时候，典狱长会摇铃通知操作发电机的人。

狱警们用皮带把凯姆勒的身体固定住。先是双腿,然后是腹部，然后是小臂和上臂。一枚头套被套在他的脑袋上，也是用皮带一样的材质制作的，只是有一块湿海绵被塞进凯姆勒的嘴里。用海绵压住他的舌头之后,头套会紧紧压住他的下巴。他就不能发出尖叫了。

“好吧，那么……”监狱长后退了几步说道。保罗看了看布朗，他的表情像是圣诞节一早的小孩儿,正在用鞋子敲打着木质的地板。

保罗已经感觉到恶心了，在惨状开始之前他的胃已经在翻滚。

但他不会闭上眼睛，他要看清每一个细节。如果他需要收集足够多的宝贵而恐怖的事实，可能或许这个想法能让他撑过去。

没有多话，监狱长摇响了铃。铃声尖厉而清晰，监狱长重复摇了几次铃，确保听得真切。凯姆勒的死期到了。

突然，罪犯的身体开始抖动。隔壁房间里的开关显然已经打开了，一千伏特的交流电涌向了他。他的肌肉紧张起来，双手拼命抓挠，想要挣脱束缚。正如威斯汀豪斯在实验室里给保罗展示的那样，交流电不会让身体静止，凯姆勒的肌肉并没有永久收缩。如果不是皮带把他绑得太牢，他可能都有办法站起来。

威斯汀豪斯的交流电系统本来可以是非常安全的，如果不是布朗和科芬合谋制作出一个为了杀人而设计的设备的话。

保罗看到凯姆勒右手的中指向内弯曲，指甲深深陷入自己手掌，因为用力太猛而导致他把自己的手抠得鲜血淋漓。

然后就结束了。电流在凯姆勒的身体里穿过了十七秒，监狱长又一次摇铃，发电机房里的人们关闭了机器。所有在场的人长出了一口气，总算结束了。

保罗看着布朗，他似乎已经准备好鼓掌了。

保罗站起来。夏天的新鲜空气会对他有帮助，但他正要走的时候，他听到了一声奇怪的噪声，非常微弱，是从电椅的方向传来的。大家好像都听见了，所有人都转头去看。那个声音是威廉·凯姆勒发出的。

鲜血继续从他的手掌中流淌出来，他的头左右摇摆着，他的胸膛上下起伏，空气被吸入他的肺里。他在喃喃自语，试图从已经变成焦炭的那块海绵后面说些什么。

“我的上帝啊！”有人喊道。意识到凯姆勒还活着，每个人的脸上都浮现出惊恐。保罗看到罪犯口吐白沫，他在努力呼吸。他的内脏现在又是一种什么样的状况，简直难以想象。

监狱长很快控制了局面。他请大家重新就座，然后疯狂地摇铃。他们要再试一次。

电流又一次通过凯姆勒的身体，但第二次尝试也跟第一次一样没有获得成功。罪犯剧烈地反抗想挣脱他的束缚，他身体的每一块肌肉都收缩放松然后再次收缩。他嘴里的海绵开始冒烟，就像是铁盘子上一块烧焦的鸡肉。保罗看到微弱的一丝烟雾从他的头发飞向天花板，威廉·凯姆勒正在被活活烤死。

但是他仍然没有死。让监狱长感到难堪,让众人感到恐惧的是，第二次尝试，他还是没有死。第三次通电他仍然没死。

到第四次尝试的时候，观众里抗议的声音变得非常强烈。“我的上帝，天啊！”一名医生喊道。“你必须要停下来。这是折磨。”很难反对他的观点。就连记者们都参与进来，请求监狱长停止这种野蛮的暴行。但这是法律,监狱长的职责就是逐字逐句地执行法律。州长本人的办公室亲自给他下的命令，他必须要贯彻到底。

哈罗德·布朗起身走近监狱长。他们低声简单交谈了一番。看起来布朗在出主意，他总是特别愿意扮演发明者的角色。不过监狱长摇了摇头，很快让布朗回到座位上去。这是州政府的事务。

电流再一次通过了凯姆勒的身体。罪犯狂暴地挣脱皮带，力量太大以至于他的皮肤都已经磨破了。他的嘴巴和眼球因为炙烤而变得发黑。他的手掌已经不再滴血，而是大量喷涌鲜血。他的头顶冒出阵阵黑烟。

然后，突然之间，凯姆勒的嘴里蹿出蓝色的火焰。保罗眼看着以前在曼哈顿的大街上空见过的同样的蓝色地狱之火从凯姆勒的头上蹿出，点燃了他的头发，然后吞噬了他的身体。它把他的皮肤从骨头上剥离。

鲜血洒满了地下室的地板，客人们纷纷跳了起来。保罗和其他人一起在地板上奔逃。

在监狱的院子里，保罗做的第一件事就是呕吐。他的胃里没有食物，所以吐出来的只是一些苦涩的胆汁。他跪在土地上，吐着嘴唇上的苦味。

保罗抬头看着其他的目击者，他不是唯一一个感觉不适的人。习惯恐怖场面的医生们点起了香烟，他们热烈地交谈着，试图想明白他们刚才看到的一切。他们从未见过人体有那样的反应，他们内心的恐惧被职业的好奇心冲淡了。

记者们在他们的笔记本上奋笔疾书。保罗意识到，几分钟之内他们就会把所见的一切都写成报道发出去，这个场面将会在全国众多报纸上被描绘一番。威斯汀豪斯的交流电系统刚刚证明它根本无法胜任杀人的工作。如果爱迪生和布朗希望展示交流电有多安全，那么他们做得不能再好了。

保罗仍然觉得恶心，但是长久以来第一次，他也感觉到好像自己这一边赢得了什么。

保罗转身看到布朗从监狱大门匆匆走出去。他觉得布朗的麻布西服上一定会有黑色的血迹，他的手上也一样。

对于知识的投资回报最为丰厚。

——本杰明·富兰克林

50
伦敦颤抖的时候……纽约地动山摇

保罗推开两扇门冲进他的私人书房时，乔治·威斯汀豪斯正挽起袖子。想到前一天发生的事情,保罗对自己的兴奋有点难为情。然而，一名不知羞耻的斧头杀人犯得到了惩罚，他的死也向公众展示出爱迪生对于交流电的谎言。现在不会有人相信交流电特别致命了。报纸上已经在发出质疑的声音：布朗是搞错了？还是说他一直在撒谎？如果是后一种情况，为什么？

保罗并不经常有机会把这样的好消息跟他的客户报告。

“克拉瓦斯先生？”威斯汀豪斯看了一眼口袋里的怀表。

“先生，我先打过电报来。布法罗的新闻——您肯定已经看过了吧？”

保罗自豪地从外衣口袋里掏出当天的《纽约时报》。他把报纸拍在威斯汀豪斯的桌上。

四十八号字的大标题横贯头版头条：布法罗的电椅暴行——是

否应该责备爱迪生？

“报纸都在怀疑爱迪生，”保罗说，“他们都在报道说布朗是个骗子，一定是有人指使他这样做的。”

威斯汀豪斯什么都没说。他低头看着报纸，拿在手里，长久认真地盯着头版标题。

“这很好。”威斯汀豪斯说。

“没错，确实很好。”保罗说。这并不是他所期待的反应。“你的电流太安全，所以根本没法用来执行死刑，他们怎么尝试都很难把一个人杀死。全国每一份报纸都在以同样的词语来报道这件事：交流电太安全了。这起丑闻不再是关于担心你的电流太危险——而是关于你的电流安全得让人忧虑。”

“我们会卖出更多发电机。”

“我们会卖出特别多的发电机。”他的客户这种沉静的反应让保罗有点担心。最近交流电系统的销量有些缓慢，这件事刚好可以让买家重新热情起来。这应该是一个让人期待已久的胜利时刻，但是威斯汀豪斯看起来像是他们两人在守灵。

“我们必须要做到，”威斯汀豪斯放下报纸，坐进他的椅子，“我们破产了。”他突然冒出来一句，保罗甚至没有确定他什么意思。

“什么？”

“呃，还没完全破产。但是很快，非常快。”

“我不明白……”销售确实有减缓，但是还没有削减到这个程度。

“或许你看错了报纸。”威斯汀豪斯从桌子另一端的一堆信件下面抽出来一份叠起来的报纸。他把那份薄薄的报纸放在保罗的《纽约时报》上面。那是一份《华尔街日报》。

伦敦市场震荡……纽约地动山摇。副标题则没有那么耸动，而是更多说明文字："巴林兄弟银行倒闭，传闻横越大西洋两岸。"第二个副标题则补充说明得更清楚："世界最悠久银行或因阿根廷基金损失而倾覆——这对美国来说意味着什么？"

"是该死的阿根廷人，"威斯汀豪斯说，"每个人当时都觉得那是一笔稳赚不赔的生意。"

保罗拿起桌上的《华尔街日报》，快速浏览了左边的专栏文章。他能了解到的是，这份报道基本上全是道听途说。没有来源、没有指明身份的留言。这类"建议"最近"越来越敢于发声"。这些建议都说伦敦的巴林兄弟银行很快会倒闭。因为这是一家经历了一百二十年金融动荡的机构，所以如果巴林兄弟出了问题，那么很可能会波及很多。"如果连英格兰银行本身都有问题，"文章说，"那就再没有比这更严重的震荡了。"文章还多说了一些关于阿根廷交易的性质的技术信息——一次南美大萧条，巴西的泡沫，一个大陆的小波澜可能在抵达另一个大陆时形成一场大浪潮。

"这怎么会导致我们的破产？"保罗问，"巴林银行又不拥有这家公司。"

"但是我们有多少债权人很快就会成为他们的债权人？"

保罗开始懂得问题所在。

"你的债主们要比预期更加急于要求回报。"

"比预期着急得多，"威斯汀豪斯指着桌上一封信说，"那是A. J. 卡萨尔寄来的。他想让我们在周五前偿还贷款。"

"天啊……今天已经周二了。"

"这你也是从报上看来的？"

"偿还多少？"

“很难说。但是这封信不会是我这周内收到的最后一封类似的信件。我已经核算过我们的财务数字……我们在亏损，这不是什么秘密。在通常的情况下，这不是问题。很多成长中的生意都采取同样的策略。”

“我们负债多少？”

“你，克拉瓦斯先生，一分钱都不欠。我，负债差不多三百万美元。”

“公司的全部资产有多少？”

“所有都算上？大约两百五十万美元。”

保罗开始在房间里踱步，思考这个问题。“所以我们需要增加至少五十万美元的资本，才能说服你的债权人不要没收公司。”

“我很高兴看到你在努力学习数学。”

保罗在房间远端一排天花板一样高的书架前停止踱步，他转身面向威斯汀豪斯。

“负债的并不是你，而是你的公司。所以这是要点，你不是独自一人承担。”

“你错了。”威斯汀豪斯说。

“我已经把这套房子和所有的一切都抵押了，虽然不一定能值五十万美元，但是它也不是普通的公寓房间。”

保罗知道乔治·威斯汀豪斯总是对公司的事务格外上心。公司是以他的名字命名的，他对待整个企业的态度就好像公司是他自己身体的延伸。但是感情上这样想是一回事，拿着他太太头上的屋顶去冒险是另外一回事。

看到保罗脸上的表情后，威斯汀豪斯带着一种固执的天真笑了。

“你认为这是致命的错误。”威斯汀豪斯说。

“先生，这关系到您的家庭。”保罗说。

“我愿意听你说教吗？你的演说很不错，孩子，这我要赞扬你。但是如果你的目标是说服我在没有把我拥有的每一分重量都押上来支持它之前就让我的公司倒闭，那么……就连你也没有那么善辩。”

保罗知道自己的争辩是会输掉的，他学到的关于劝说他人的第一件事就是如何去判定在什么时候——以及关于什么事情——这些人能够被说服。那天，他知道威斯汀豪斯是不为所动的，所以他也同样知道唯一能够拯救他的客户的方法就是尽量避免破产的发生。

51
认错的百万富翁

随后的几周里，保罗和威斯汀豪斯轮流满怀歉疚地拜访纽约金融界最有钱的富豪们。他们途经的车站不外乎华尔街、联合广场和麦迪逊广场，没有一位百万富翁给予他们虔诚。威斯汀豪斯坚决要为公司脱罪。金融上的脚踩两只船将会结束，机构的管理者被迫保证勤俭节约。在那些请愿声中,他们要求比仅仅祈祷更多的东西,他们要求赦免。

对于更新更复杂产品的研发将会被终止，重点被完全放在改善目前已有产品的生产和成效上。他们并没有J. P. 摩根给爱迪生提供的那种没有上限的专款，所以他们的文化也自然是相当不同。他们不想成为某种不可实现的点子工厂。威斯汀豪斯的产品能够投入使用，公司将会继续生产产品，它们仍然将会是全世界质量最好的电气产品。这一向是他们的目标，以后也永远如此。

就连研发一种与爱迪生公司产品完全不同的新款灯泡的项目也

被放弃了。他们不能继续承担把人力花在一个一年后仍然毫无建树的任务上。威斯汀豪斯公司的工程师都很优秀，但是他们也很昂贵，而且他们都不是尼古拉·特斯拉。公司的生死存亡到了关键时刻。

他们只需要注入中等程度的资本就能让公司运转度过这个冬天。与生产电灯光所获得的收入相比，维持运营的那几十万美元简直是小菜一碟。

但是每一次保罗和威斯汀豪斯结束他们精心准备的恳求之词后，他们对面满怀歉意的百万富翁都会提醒他们，这一切都基于一次赢过爱迪生的胜利。隔着上了釉的橡木办公桌，银行家们很快建议，如果直流电成为了如今的标准，那么威斯汀豪斯电气公司在这次兴旺发达中几乎没有任何作用。问题并不在于节约或者高效运营公司——问题在于公司存在之基础的脆弱。谁会想要给一个已经病入膏肓的病人提供昂贵的药物来盈利呢？

他们确实经历了一些成功的瞬间。休·加登、A. T.罗安德和威廉·斯科特的新投资让公司的寿命得以延续几个疯狂的星期。卡特和休斯也发动他们的人脉，在危机之后一周就带来了救命的十三万美元：这又让他们能多活一个月。保罗也从他在哥伦比亚大学的关系网里四处搜刮，为公司赢得了几天寿命。这是他们现在计算的方式——不是以几块几分，而是几周，几天，甚至几小时。一百万美元能支撑一年，一千美元只能撑过一天。

经过一致投票通过，卡特—休斯—克拉瓦斯事务所决定暂时停止收取法律服务费用直到渡过危机。可以肯定的是，欠下的费用一直在累积。他们尽职尽责地在专用的皮面账本上记录下他们的工作时长，写下每一次会议，每一封信件，每一次在办公室煤气灯下工作到很晚的情形。账本的右边栏里写满了预期收到的服务费。谁知道他们到底能不能收到这笔钱？事务所——如保罗一样——在积累起一笔理论上的财富的同时，所有人都非常清楚，这些书面上的财富可能永远不可能成真。保罗仍然秘密地管理着他的“助理律师”，希望他们能够从爱迪生的专利中找出另外一个漏洞。保罗从自己很快削减的储蓄和他从公司贫瘠的账户上能够秘密借到的每一分钱中支付他们的薪水。每天结束都不知道第二天是否还有钱可以发薪。

九月的一天，阿格尼丝来到了他的办公室，距离他们在纳什维尔告别已经过去四个月。她没有提前预约。

他没给她写过信。他不知道该说些什么。看到她出现在面前，他仍然不知道。他知道她的秘密，她知道他的心，他们在各自无解的艰难处境中就这样交织在一起。

“亨廷顿小姐。”又一次，他唇间吐出这个名字之后就感觉到自己有多愚蠢。可是除此之外他还能称呼她什么呢？

“早上好，保罗。”她一边把门在身后关上，一边说。

“很高兴见到你，”他说，他说的是实话，“你要不要坐一下？”

九月潮湿的空气从敞开的窗户中吹进来。当天早上才下过雨，微风都是湿润的。

“尼古拉怎么样了？”她问道。

他把自己了解到的情况告诉了她。他让父亲在通信中不要直接写上发明家的名字，因为他们并不能确定还有什么人偷看保罗的信。伊拉斯塔斯只会谈论花园里的田纳西向日葵。他的父亲描述起向日葵，保罗就知道他真正在说的是特斯拉。老人家并不喜欢这种花招，但是他理解这是必要的。他最近一封信上说，花儿开得很好。并没如他预期那样高，但是已经开始呈现出颜色。

阿格尼丝称赞保罗处理这件事情的方法显示出一如往常的聪

明。保罗很自豪自己被她视为聪明。在他们之间，过去一年中他们一起和一位天才度过了很长时间。聪明这个词已经足够了。

“杰恩先生怎么样？”保罗问。他仍然不知道为什么她要来找他，但这是显而易见的话题，他不能不提到他。

“他邀请我下个月和他一起到巴黎旅行，在法国观光三周。自从我在那里演唱过以来就再没回去过。他的家庭——嗯，他们在城里有房子，在巴黎。还在南部有一座夏季度假小屋，在里昂附近。”

他们当然有。“你们会结婚吗？”这个问题很难问出口，但他必须要知道。

她顿了一下。“保罗……我……”她自己住口了。当她再次开口时，声音轻松了一些。“我相信这次旅行的目的就是向我求婚。”

“当然。”

“他会在巴黎把他祖母的戒指送给我，我想。然后我们会到乡间庆祝几周，然后回到曼哈顿和费城把这件事情告诉各自的家庭，虽然他们其实早就知道了。”

“所以你会接受他的求婚？”

“保罗……”

“他对你在大都会歌剧院演唱是什么态度？他肯定会希望你停止吧？”

“亨利是个好人，”她说，“你以为我一定是为了他的钱才委屈自己嫁给他。好吧，让我告诉你，他是所有男人里最好的，任何女人能够拥有他都是足够幸运的。他来自富裕的家庭并没有让他不谙世事，而且如果你知道我多么希望能够不再继续唱歌这份事业，或者有多少次我几乎想要退出……我从来不喜欢一直为了地位和声望钩心斗角。我能够为任何人演唱，亨利自己的嗓音也不差。”她的声音很坚决，但是她的眼睛湿润了。

“我明白，”他说，“我尊重你的决定。”

“你一直没有给我写信。”

“你也没给我写。我一直在尝试打赢这场官司——或者至少不要输掉。”

“所以我们都在忙着玩游戏。你不能因为你自己输了就埋怨我赢了。”

一时间两人都沉默了。保罗不知道她是不是也觉得自己像是别人棋盘上的一粒棋子。

“我来不是要告诉你这些的，”阿格尼丝终于说道，“我是为了你的案子来的，跟威斯汀豪斯有关。我知道你拜访了十四街往下几乎所有的投资人，想要获得一些资金。我也知道进展并不顺利。”

“你怎么会——”保罗不需要问完就已经想到了答案。“杰恩。”

“他当然知道你是我的律师。他告诉我你的麻烦。城里每一个银行家都认识他。但他告诉我一些事情……一些并不是城里所有的银行家都知道的事情。他告诉我为什么你们会遇到这么大的困难。”

“为什么？”

“J. P. 摩根。”

“摩根拥有爱迪生通用电气60%的股权，”保罗说，“私人拥有。”

“是的，”她说，“但想想他还拥有什么。”

他的脑子飞速旋转起来，想要明白她话里的含义。除了在爱迪生通用电气公司控股之外，纽约证券交易所上市的公司里一半的公司，摩根都有股份。这是威斯汀豪斯从一开始雇用保罗当律师的核心原因。

“摩根的人已经在我们之前走访了所有投资人。摩根威胁他们，

‘只要敢给威斯汀豪斯投一分钱，你们都会受到惩罚。’”

“他做得比这个聪明。摩根并没有威胁他们——他给他们更好的生意。如果他们在这次危机中仍然有钱做投资，他让他们知道投给他旗下的公司会更加稳妥安全。北太平洋铁路公司，其他一些，等等。他给他们开出的条件很优厚，比你们能给出的任何条件都好。”

“他利用了他们的贪婪，不是他们的恐惧。”保罗不能否认其高明之处。“但是他怎么会知道我会去见谁？他怎么做到抢先一步的？”

“我不知道。他是J. P. 摩根。在这方面，他是全世界最棒的。”她没说出口的还有，这就是为什么摩根和爱迪生终将获胜的原因。他们这类人总是会赢。曼哈顿会给自己人丰厚的回报。而且，无论多久以后，它都会把保罗赶出去。远离华盛顿广场，远离华尔街，远离百老汇，更加远离阿格尼丝。

保罗的悲伤深处，产生了铁一般的决心。“我们已经找到了几个投资人，我会找到更多，我不会放弃。”

阿格尼丝笑了。“我知道你不会的，”她说，“从我见你的第一面起，我就知道你从来不会放弃。”

说完这句话，她该告辞了。他需要到纽约以外更远的地方去寻找投资人，这会起到什么作用吗？他不知道，但是至少她给他指出了一条更加好的路去走。

他们在走廊里逗留了一会儿。他伸手去握她的手，但是感觉到她的手指触碰他的那一刻，他知道自己无法承受。

她先把手缩了回来。这对她来说是否也像他一样那么艰难？

她转身，没有说话就离开了。

保罗平静了好一阵子，才回到他的办公桌前。

我相信成功的创业者和不成功的创业者之间的区别，
有一半是因为纯粹的坚韧。
——史蒂夫·乔布斯

52

终止时间

随着1889年潮湿的夏天逐渐凉爽入秋，全球银行系统的地壳开始移动。巴林兄弟因为阿根廷基金而引发灾难性后果的传闻最终被证实，而爱德华·巴林这些年累积的债务问题被揭露出来，比想象中还要严峻。恐慌开始了，让金融街生龙活虎的资本血池仿佛是被投了毒。九月，英格兰银行介入，控制了巴林银行的损失，希望可以扭转全球范围内的大萧条。但是到十月，即便是英格兰银行的后援也显得不够充足。英国政府缺乏足够的资本来拯救爱德华爵士。幸运的是，罗斯柴尔德勋爵动用家族的财力鼎力相助。他好像把英国的财政大臣当成一个不成熟的小孩子一样训斥了一番。

但是谢天谢地，十一月的风吹向东岸，让银行家们纷纷竖起衣领的时候，纽约顽强地抵御住了伦敦颓势的下拽力。华尔街被破纪录的夏季小麦收成挽救了，出口再创新高。

即便如此，到了十二月第一次霜冻的时候，保罗一直在玩的把威斯汀豪斯的债务从一家投资人转移到另一家投资人身上，这种三张纸牌游戏被证实像从前一样只是低级的伎俩。八月份还向他们敞开的大门现在已经关闭。由于越来越少的投资被视为是稳妥的，所以银根极为吃紧。曼哈顿收集到的点点滴滴少到对匹兹堡没有什么用处，而可以争取的大血池则都因为J. P. 摩根这座大坝而对他们关闭。

交流电的安全性已经变得越来越成为公认的事实，更大的城镇也选择使用威斯汀豪斯的发电机而不是爱迪生的。但是，给纽约州的埃尔迈拉,甚至是马里兰州的巴尔的摩供电所获得的宝贵收入，仍然远远无法覆盖公司的支出。即使发明家本人缺席，他们仍然继续向特斯拉的律师支付交流电的使用费，这只能让公司距离盈利的目标越来越远。他们曾经取笑过的金融方案很快显得很必要了。威斯汀豪斯的金库正在倾囊而出，面对企业一贫如洗，保罗感觉到一个不可避免的词正在逐渐在他的唇角形成。

休斯先说出来的。并不是在某个昏暗晚上他们的一次紧急会议上，而是在一个清新的早晨，他刚进办公室的时候。没有前面的铺垫，没有对这个议题的解释性拓展。他只是脱口而出。

“我们必须要准备破产文件了。”

保罗还不知道他在干什么之前，就已经在附和了。“我已经在查阅相关程序，”保罗立刻回答，“《1867年破产法》的1874年修正案似乎有点太复杂，但是我现在知道怎么处理。”似乎他们已经省略了做出这个可怕决定的痛苦过程，而直接跳到执行它的程序阶段了。

他们花了一个上午的时间制订了一份行动计划。威斯汀豪斯电气公司的债务非常巨大，债主也众多。重中之重是把威斯汀豪斯盈利级高的铁路生意和他亏损严重的电气事业分隔开来。威斯汀豪斯的空气刹车在几十年间仍然可以获得可观的收入；他们的目标是审视这份收入能否用来借力支持威斯汀豪斯名下的其他产业。他们想要做这样的安排，是想要他至少可以保住房子。

不到一周，他们就做出了一个基本的行动结构。这是一次没有感情的事情。对威斯汀豪斯产业的分割如外科手术般精细。保罗能够让自己被这个任务的复杂性完全吸引住，从而忽视它在大局上的影响。

休斯的妻子——卡特的女儿——在新年之前即将临产，是他们的第一个孩子。保罗的高级合伙人们要继续代理新的案件，建立起自己的事业和家庭。而保罗未来会怎样，则远远没有那么确定。

保罗和他的合伙人们完成工作时，是一个明亮清新的周二早晨。疲惫不堪的男人们又一次审视着摆在他们面前的那一堆精心准备的文件。纽约正在苏醒，保罗想，而他们终于准备好了让威斯汀豪斯这个品牌入睡。保罗抱着手上温暖的瓷杯，一小口一小口地啜饮着黑咖啡。卡特在抽烟。休斯从窗户望出去，好像旁边那座楼的砖石里面才是他真正想去的地方。

“那么，”卡特把雪茄放在桌子上，说道，“谁去告诉他？”

生活中很多失败都是因为人们在放弃的时候并不知道自己距离成功有多近。

——托马斯·爱迪生

53
保罗收到过的第二神秘的电报

去匹兹堡的火车旅途很漫长。过去一年半里，这条路他走过很多次，但是这一次感觉漫长到无休无止。宾夕法尼亚州灰蒙蒙的大草原绵延不绝。保罗觉得自己是被送上了——虽然是以缓慢的速度——绞刑架。而当他接近套索时最大的感觉，是羞愧。

他一直想象着威斯汀豪斯的表情。威斯汀豪斯做对了每一件事情。他豪赌了一把，而且他赌对了：首先是电灯，然后是交流电。他认识到了未来的市场，他认识到了为了服务这个市场需要解决的技术难题，然后他也设计并且制造出了全世界最好的产品，来供给这个利基市场。你还能要求一个商人做什么呢？

有人可能会要求他找个更好的律师。如果卡特从一开始就负责这个案子，他们现在还会是如此境地吗？如果给他机会，休斯是否能够通过谈判把他们带出困境？有人能吗？乔治·威斯汀豪斯为什么这样愚蠢地把公司的未来都交给保罗？

保罗签下威斯汀豪斯这个客户的时候，他被称为天才，但是他当时并没有天才的感觉。只有现在，当他简短的律师生涯即将结束的时候，他才意识到自己之前的成就有多大。现在，一切都不再重要了，他意识到自己早先的工作有多令人赞叹。他坚持了很久。有多少人能够做出同样的声明？

而又有多少人浪费了这份期待？

保罗疲惫不堪地走进威斯汀豪斯庄园的正宅。管家取走了他的大衣，帽子和手套。威斯汀豪斯先生在书房，保罗慢慢穿过房子去找他。这应该是他最后一次到这里来了。威斯汀豪斯仍然会保持友善，一定会。玛格丽特可能还会偶尔邀请他来吃晚餐，但是保罗知道自己没脸再出席。他的羞耻太深，他不敢想象自己能够再一次直视乔治·威斯汀豪斯的眼睛。

保罗在书房门口的走廊停住了脚步。威斯汀豪斯坐在他那张巨大的书桌后面。他正在仔细阅读一张图纸一样的东西。机械设计，很可能是，永远不可能实现的设计。

保罗等了好长一会儿。他足足地吸了一口气，才张开嘴。

“威斯汀豪斯先生，”保罗说，“我们需要谈谈。”

威斯汀豪斯并没有抬头。“好的，好的，”他说，仍然专注在手里的图纸，“坐下，孩子。”

保罗并不想坐下。他又站了一会儿，聚集自己的勇气。

有人大声敲门。

“进来！”威斯汀豪斯喊道。

管家进来了。“抱歉，先生。但是我刚收到一封电报。上面写着‘急件’。”

“好的，好的，”威斯汀豪斯说，“拿过来。”

“是给克拉瓦斯先生的。”

卡特和休斯一定不会在这么重要的时候打扰他。他们想离这次会议越远越好。谁还会知道他在这里?

保罗从管家手里接过电报，拆开蜡封。

这绝对是他收到过的第二神秘的电报。

“田纳西的向日葵开放了,”电文说，“它们现在是最美丽的时候。你一定要亲自来看看。请立刻到纳什维尔来。”

电报的署名是:“阿・古。”

科学的核心是在两种看似矛盾的态度之间找到一种基本平衡——无论想法多古怪反常，都持开放态度；无论想法新奇还是陈旧都要无情地怀疑与审视。这就是从最高深莫测的妄言中把最深刻的事实挖掘出来的方法。

——卡尔·萨根，天文学家

54

克拉瓦斯家的下午茶时间

“特斯拉在哪儿？”是保罗对阿格尼丝说的第一句话，后者正坐在他父母在纳什维尔家中的厨房里，像是做梦一样。露丝·克拉瓦斯正在煮水准备沏茶，而伊拉斯塔斯正磨磨蹭蹭地确保阿格尼丝想要的东西都满足。显然她已经在这里好几天了。

保罗没法不去注意到阿格尼丝无名指上那一颗闪亮的钻石。他尽量不去盯着看。它或许比他们所在的这一整座房子都值钱，不过这也说明不了它的贵重。至少他不需要再问她与亨利·拉巴尔·杰恩的巴黎之旅是否顺利。

“保罗，”伊拉斯塔斯提醒他，“这样问候我们的客人不太礼貌。”

“特斯拉先生在哪儿，父亲？”

“通常他午餐时就会回来。”

“通常？”

阿格尼丝更加同情保罗的困惑，可以理解。“一周前我收到了威廉·伦琴的一封信。”

这个名字他不认识。“哦。”

“他是维尔茨堡大学的一名教授。”

“太好了。”

“保罗，”露丝说，“你想喝点茶吗？”

“母亲，”保罗有点不耐烦，“请让我跟我的朋友把话说完。”听到“朋友”这个词，露丝挑了挑眉毛。

“伦琴先生告诉我，他一直收到一名尼古拉·特斯拉先生的信。每周都有。”

“是谁允许特斯拉寄信的？”保罗用责难的眼神看着父亲。

“尼古拉想给德国的一名科学家寄信，”伊拉斯塔斯说，“我觉得这不会让他有危险。”

“该死，”保罗说，“那恰恰就是会让他陷入危险的行为。”

“注意你的语言，”伊拉斯塔斯斥责他道。

“所以这就是把我带来这里的原因，”阿格尼丝说，“因为伦琴给我写信说，他和特斯拉之间的通信太有意思了，所以希望在即将到来的访美行程中与他见面。可是特斯拉说除非得到我的允许，否则是不可能的。所以伦琴是请求我允许。”

“为什么是请求你的允许？”

阿格尼丝盯着他。“因为，”她平静地说，“他信任我。”

无论是出于什么原因，她是特斯拉在火灾之后投奔的人。她的家成了他临时的住所。阿格尼丝亲人很少，特斯拉没有亲人，他们一起就像是最不可思议的兄妹一样。

“如果他在跟伦琴通信，那么很可能他也在跟其他人通信。科学家的圈子很小，你为了让我明白这一点，付出了沉痛的代价。我反正要暂停下一年的演出，因为我有……其他的旅行安排。我来就是为了确保他没有被发现。”

房间另一端，保罗的父母似乎对于事态的发展感觉到完全舒服。

“所以他是安全的。”保罗说。

“你应该已经看到了，他做出来的东西，是魔法。”

“他做了什么？”

她的脸笑出皱纹。“很难解释。”

“是一款新的灯泡吗？”保罗热切地问，“一个完全原创的交流电灯？他一直都在研究这个。”

“或许，”露丝插嘴，“搞清楚这件事最简单的方法就是去特斯拉先生的实验室看看。喝过茶之后。”

“他的实验室？”保罗惊呼，“特斯拉先生的实验室在哪儿？”

大家沉默了一阵。只有露丝把四个茶杯放在茶盘上发出的轻微的碰撞声。

阿格尼丝转向伊拉斯塔斯。“您应该告诉他，”她对保罗的父亲说，“这是您的主意。”

我们能够体验到的最美妙的事情就是神秘感……如果一个人不熟悉这种感觉，不愿意停下来思考，或者站在那里充满敬畏地迷恋，那他就跟死了一样。
——阿尔伯特 · 爱因斯坦

55
菲斯克

“你怎么会给他建了一个实验室？”保罗问父亲，他们的马车正沿着土路往菲斯克大学的方向疾驰。马蹄扬起阵阵尘土，在空气中蒙上一层浅浅的土褐色。

“他自己建立的实验室，”伊拉斯塔斯说，“我只是在地下室给他找了一块没人用的空间。”

“我还从来没见过那样的东西，”阿格尼丝从车厢后座帮腔，“他在那里建造出来的东西。”

“再一次，我会问一个你们都不会回答的问题：他在那里做出了什么？”

“哎呀，儿子，”伊拉斯塔斯说，“我对自然科学不太在行。这个你需要问你自己。”

阿格尼丝耸了耸肩。“我连整个交流电和直流电这件事都没搞明白，而这个人在我的仆人房里住了好几个月。”

菲斯克大学校园出现在视线里，保罗在座位上烦躁不安。虽然只有二十五年的历史，这座学校已经从一个利用废弃军事堡垒改建的公民演讲厅发展成为了一个拥有一千名学生的学校。校园里有六座石头建筑，都采用了哥特风格的设计。保罗四岁那年，他父亲协助建立起菲斯克大学。他对那段日子的记忆很少，但是那个故事一直是家里晚餐桌上延续的话题。第一个班级全部由之前的奴隶组成：小到七岁，大到七十，几乎没有人读过书，更不用说正式的教育。在自由民局和美国传教士协会的扶持下，这座学校蓬勃发展起来。它最近才录取了第一位第二代申请人，一个曾经在西田纳西种植园摘棉花的工人的十几岁的孩子。

保罗走进朱比利厅的地下室，发现尼古拉·特斯拉正精力充沛地被五个黑人学生簇拥在中间。他们都背朝着门口，所以没有人看到保罗一行人进来。特斯拉和他的学生们都太专注于他们面前那张金属桌面上发生的事情，所以都没注意到有人来了。

“移动那个盘片，”特斯拉命令其中一名学生，“再多一英寸，对，停。”

特斯拉摆弄着桌面上的一台设备，另一位热切的助手把保罗觉得像是发电机的东西搬到了附近的桌面上。

“你只需要动嘴就行。”学生助手说。所有学生都穿着褐色或者浅灰色的西服。没有一个人领口的纽扣是松开的。他们的衬衫袖子上没有一丝折叠过的痕迹。他们显然已经继承了他们的老师对于整洁的要求。

“罗伯特，”特斯拉并没有从眼前的设备上抬起头，说，“爬到桌子上去。”

学生们交换着疑惑的眼神。

“您说什么，先生？”学生中个子最高的一个回答。

“罗伯特·迈尔斯先生，”特斯拉说，“把你的身体移动到桌子上去。”

“您想让我站到桌面上？”罗伯特说。

“不，”特斯拉说，“你不要站着。我要你在电路管前面躺下。”

虽然这样说也并没有更清楚一点，罗伯特还是按照要求照做了。他很显然已经跟随特斯拉学习了一段时间，知道最好不要去质疑老师的要求，不论是多么奇怪的要求。

罗伯特自己爬到桌子上，躺下，脚对着特斯拉，头对着桌面上放着的一个银色盘片，盘片上反射的光照亮着整个房间。

“转。”特斯拉说。罗伯特迅速将特斯拉的意思翻译成英文之后，把身体移动了九十度。他的长腿悬挂在桌子长边缘外，他的头悬垂在另一端，保罗看不见。

“像这样？”罗伯特问。

“就是这样，”特斯拉回答，“现在请你抬起你的右腿。”

罗伯特努力控制着他的腿在空中的平衡，特斯拉仍在调整面前那台设备。

“贾森·巴恩斯先生，”特斯拉对着空气说，“请给电。”

发电机旁边的一个学生转动了两个金属旋钮。机器开始发出轰鸣。

“这里你们就能看到了。”特斯拉自豪地把面前设备的某项开关打开了。在银色盘片旁边的那名学生凑近仔细地观看。罗伯特尽了最大努力尽量在桌面上保持静止。特斯拉说完后，在漫长而紧张的几秒钟之内，整个房间似乎陷入了焦虑的期待中。

什么都没发生。

尴尬的沉默延续了十秒，然后二十秒。

特斯拉和他的学生们都没有费力从桌上抬起头。保罗觉得很纳闷儿。

“啊哈！”特斯拉大叫。他突然站起来，高大的身材一下子从他周围的学生们中间脱颖而出。“罗伯特·迈尔斯先生，你可以下来了。”

罗伯特跳下桌子。学生们都在盯着那张银色的盘片看。让保罗吃惊的是，它现在开始变黑了。

“你们都应该耐心一点，”特斯拉说，“盐正在产生化学反应。”

直到这时，特斯拉才注意到有客人来。

“保罗·克拉瓦斯先生，”特斯拉微笑着说，“很高兴见到你。”

“我也是。”保罗回答。特斯拉头脑中最远处的海岸上，不时有客人来来去去。他们怎么来的，又是怎么走的，特斯拉似乎根本不知道，也不在乎。

“你在这儿发明了什么东西？”保罗说。他并不认识桌子上的设备。但是如果它是——或者预示着——威斯汀豪斯需要的设备，保罗感觉无论发明家愿意不愿意，他都难以抑制住贴身拥抱他的冲动。

“几秒之后，你就会看到了。来啦，来啦，来啦！”

特斯拉招呼保罗和他的同伴们加入到这个临时实验室另一端他和他的学生们中间。这里汇集的设备和机器不如他在纽约那间被焚毁的实验室里的庞大，而品种似乎也不多。保罗能想象得出的几乎每一个形状的玻璃物品沿着墙壁一字排开，蘑菇灯泡，还有圆滚滚的环状，以及又长又细的剑一般的形状。每一个都非常透明，亲手擦拭得一尘不染。另一面墙上都是好像电器元件的东西：环绕的铜线、蜘蛛般的天线和精密天平等特斯拉所有工作的基础。利用这些工具，特斯拉驯服了电力这种神秘的流体，并且利用它建造了……什么东西。交流电马达还只是他的第一次表现，保罗在纽约目睹的巨大的闪电线圈是第二次，第三次会是一个全新的灯泡吗？尼古拉·特斯拉给这个世界带来的奇迹有尽头吗？

"来看，克拉瓦斯先生们，还有阿格尼丝·亨廷顿小姐，"特斯拉说，"我把它称为阴影照相。"

特斯拉把客人们的注意力吸引到曾经是银色的盘片上。现在它几乎是漆黑了，只有盘片中间有着幽灵般银色的痕迹图像。保罗花了一会儿才辨认出银色痕迹勾勒出来的形状：是一根骨头。

"那是……"阿格尼丝也明白过来，问道。

"是我的股骨，"罗伯特说，"在我的腿里面。"

"尼古拉，"伊拉斯塔斯说，"你刚刚是给这个人的腿的内部拍了一张照片吗？"

"不，不是，"特斯拉回答，"并不是一张照片；它是一张阴影照相。它记录的是密度，而不是亮度或者照度。在一幅阴影照片中，密度最大的地方，颜色最轻，也就是图上没有全黑的部分。"

"它竟然拨开了皮肉，"阿格尼丝说，"显示出了下面的骨头的图像？"

"没错。"特斯拉说。

静悄悄地，在田纳西平原上一个即兴搭建的地下实验室里，特斯拉秘密地带领一群南方解放农奴的聪明的后代，发明了爱迪生和他富有的同伴们做梦都想不到的怪异奇迹。保罗曾经认为托马斯·爱迪生是同龄人里最能代表美国精神的人。但是环视眼前这张工作台，看着特斯拉和他的学生们仔细地观察面前那块黑漆漆的盘片，保罗看到了另一个美国。这个美国诞生于一个贫困的塞尔维亚乡村和一片田纳西西部的棉花田。第一个美国是优秀的，第二个是独创的。第一个美国没有发明出的东西，第二个会不停摆弄它直到成型。华尔街不会资助的，纳什维尔的地下室可以容纳。这就是爱迪生和摩根那样的人所恐惧的。手里拿着他们那样的支票簿，拥有一个签名就可以买下或者卖出菲斯克这样的地方的能力，他们却仍然在第五大道的安全港湾里熟睡。他们动用他们的律师去打击的正是这样的地方。他们有他们的专利，他们用措辞精致的声明来显示卓越。特斯拉和他的学生们只有他们的创新。保罗从罗伯特和贾森和他们的同伴们的脸上可以看出，这些人做这个不是为了钱，也不是为了阶级，或者什么抽象的社会成就。这些人发明新东西，因为他们聪明。他们热情，他们聪慧，他们好奇。保罗一直想要住在这样的美国，在这里，托马斯·爱迪生会惧怕某个地下室里的孩子，孩子的父亲已经收获了足够的棉花，而他的儿子或许能够收获伏特。

“疼吗？”伊拉斯塔斯问罗伯特。

学生本能地看着自己的腿，并且动了动。“我觉得没有吧？”

“你没事的，”特斯拉说，“所以你看到了这个机器怎么工作的。威廉·伦琴先生会感到高兴的。”

“这就是我要来跟你讨论的事情，”保罗说，“你恢复了健康。你也恢复了记忆，还有你的天才。我没法向你形容我看到这些有多高兴。这台机器……或者墙上的任何其他机器……有没有一盏白炽灯呢？”

特斯拉望着保罗，好像他才是讲话基本上会让人听不懂的那个。“为什么它们必须是电灯呢？”

“一个能够利用交流电的灯泡，”保罗提醒他，“一种明显不会侵犯爱迪生的灯泡专利的东西。这是威斯汀豪斯先生需要打赢官司的关键。这是你曾经跟他的团队一起建造的东西。你现在发明出来的这个设备能够在这方面帮助他吗？”

特斯拉几乎快要爆发出大笑，保罗从没见过他这样。

“哎呀，保罗·克拉瓦斯先生。我已经告诉过你了。谁还在乎灯泡？我们已经有灯泡了。可是这个，我刚才建造出的——威廉·伦琴先生称之为‘X射线’，不过我更喜欢用我的称呼，叫它‘阴影照相术’。我已经把设计图寄给他了，他可以拿去生产机器。这是一件新东西，这是一个奇迹。”

“人们到底能用X射线干什么呢？”保罗说。

如果世界上能有一个人拯救保罗的事业，他的生计，那就是特斯拉。然而他并没有想救他。或者他不能。或许对他来说这两者没有什么区别。保罗关心特斯拉。然而特斯拉回过头来也一样关心保罗吗？他不确定。特斯拉不想费心思研究除了他自己的异想天开之外的任何事情，甚至不愿意去拯救这个世界上他唯一的朋友们。

特斯拉注意到保罗脸上挫败的表情。“到底出了什么事情，克拉瓦斯先生？”

“保罗快要输掉官司了，尼古拉，”阿格尼丝说，“他担心托马斯·爱迪生最终会赢。”

特斯拉同情地点点头。“对此我也感到很悲伤。”

保罗意识到，这期间发生的很多事情，特斯拉都还不知道。他开始快速地讲述。或许这是他唯一的机会让特斯拉意识到他在交流电上面的工作的重要性。保罗把过去一年中发生的所有事情都巨细靡遗地告诉了他。去他的保密协议。他的客户没有什么可隐瞒的。学生们纷纷就座，专注地听着。相当精彩的一个故事。

保罗说到威斯汀豪斯濒临破产时，观察着父亲的表情。几乎没有任何反应。伊拉斯塔斯并没有如保罗想的那样给他同情，但是他也没有表现出保罗惧怕的嫌弃的神色。

他悲惨的故事讲完了，保罗心情沉重地站在屋子中间。任何人还能说什么呢？

“嗯……”罗伯特说。保罗转过身，听到他的声音很惊讶。

“罗伯特，”伊拉斯塔斯说，“如果你有什么要补充的，你应该说出来。”罗伯特看看校长，然后看看保罗，又看看特斯拉。

“呃，只是……”罗伯特坐立不安起来。“特斯拉先生说，世界上的问题分两类。其中一类问题是，你的问题是大家都在努力克服的，无论能否解决，他们都永远在解决。这就是已知的问题。不过还有另外一类，你有一个别人根本没有想到去解决的问题——新的问题。还没有被开垦的领域，对吧？未知的问题。”

“我说的时候可比这个精彩得多，”特斯拉补充道，“但是罗伯特先生是对的。”他对着学生欣赏地点了点头。不知道为什么，保罗想，尼古拉·特斯拉竟然成了一名出乎意料的好老师。

“所以呢？”保罗说。

“所以，先生，我无意指点您生意上的事情，但是当我们面对一个问题的时候，特斯拉先生总是让我们，最首要的一点，就是将其分类。我们要决定它是属于已知问题，还是未知问题。您也如此将您的问题分类了吗？”

“我猜是的，”保罗说，“打败爱迪生应该是一个未知的问题，因为还从来没有人……”

保罗不说话了。“不，等等，”他继续说道，“爱迪生以前被打败过。我对他调查取证的时候他自己告诉过我。”

“那么，”罗伯特解释道，“如果您想解决的问题是这个类别的问题，那么您第一步可能应该先去找那个已经解决过这个问题的人。”

“只有一个人与托马斯·爱迪生对抗并且赢了，”保罗说，“而你建议说他可能有一些有意思的建议分享给我们？”

阿格尼丝笑了。她已经知道保罗指的是谁。

“你的顿悟让人高兴。”特斯拉说。

“好啦，”伊拉斯塔斯不耐烦地说，“到底是谁？”

保罗告诉了他。他简直不敢相信自己没有早点想到他。

“你该怎么找到他呢？”伊拉斯塔斯问。

“我猜我会给他打个电话吧，”保罗说，“毕竟，电话就是他发明的。”

我的座右铭之一——专注和简化。简单比复杂更加难。你必须非常努力地让你的思想提纯，让它简单。但是最终还是值得的，因为等你到了那个境界，你就可以移走高山。
——史蒂夫·乔布斯

56
班 · 维阿的脚下

结果亚历山大·格雷厄姆·贝尔家里没有电话。

十四年前，贝尔为一种“用电报输送人声及其他声音的设备”申请了专利。另外十几名发明家，以托马斯·爱迪生为首，也一直在研究能够把人的声音通过电报传递的相似的设计。这种使用方法和设备能够带来颇为丰厚的收入。但是贝尔击败了他的所有竞争对手，以利沙·格雷也宣布设计出了几乎一样的设备，但是贝尔抢在他之前仅仅几个小时提交了他的专利申请，也比爱迪生早了几个星期。由此引发的法律诉讼仍然在继续,然而目前为止贝尔大获全胜。他的电话专利是不容置疑的。

这项发明，轻松地位列全球最伟大发明之一，让他获得了同时代最重要的发明家的地位。然而，让科学界无比震惊的是，贝尔本人选择不生产这个设备，也不会把它推向市场；相反，他指派了一个远房亲戚来管理自己名下的公司。贝尔和他的妻子是贝尔电话公司最大的股份持有方,但他仍然拒绝卷入公司经营的任何事务中。当他的股份每年能够轻松带来几百万美元收入的时候，贝尔全家迁往加拿大半岛一个偏远地区。

亚历山大·格雷厄姆·贝尔在他自己的游戏场内击败了托马斯·爱迪生，然后就消失了。

保罗和阿格尼丝花了一周时间才从纳什维尔尘土飞扬的庄稼地来到贝尔门口冰湖的安静港口。他们动身之前，阿格尼丝给亨利·杰恩发封电报说她要跟母亲紧急出趟门。她给她母亲发了封电报说要在纳什维尔多待一个星期。保罗指出，范妮一定会写一封措辞严厉的回复，但是阿格尼丝只是耸耸肩。反正寄来的时候她也收不到了。

“她还能怎么样？我回家以后她会大喊大叫。肯定会大吵一顿。她会把我锁在家里，直到我结婚那天。我肯定。但是至少在这一切发生之前，我能把这件事办完。”

他们愉快地走完了前往加拿大的一千八百英里的路程。甚至可以说是快乐地。他终于鼓起勇气问起她订婚的事情，但是他们尽快跳过那些让人痛苦的细节。婚礼要等到明年七月才能举行。需要时间来筹备。纽约的所有人，更不要提费城的，都会参加。每一个人，保罗猜想，除了他以外。

这件不愉快的事情过去了，保罗和阿格尼丝随后在火车上一起度过了六天。火车构成了一个自己的世界——像一条被包裹在真空里的发光的灯丝。远离纽约的社交圈，他们只需要做自己。保罗不再是一个青云直上的年轻律师。阿格尼丝也不再是大都会歌剧院的明星歌手。他们只是一个来自田纳西的强壮的好小伙儿，和一个来自卡拉马祖的非常聪明的小姑娘。在所有发生的事情中间，这种感觉竟然很……好玩。

刚刚越过边境的时候，他们和一对新婚夫妇交上了朋友。当新娘指着阿格尼丝手上的戒指，问起他们即将到来的婚礼日期时，保罗才意识到，这次旅行几乎像是蜜月之旅。在他纠正他们的误会之前，阿格尼丝回答，“九月！”让保罗吃惊的是，他自己也跟她一起编造起谎话来。他们在一起捏造除了他们生活的所有经历——姓名,日期,一场虚构的罗曼史,很快就要演变为一场想象中的婚礼。“艾丽斯 · 布恩”和“彼得 · 谢尔登”是田纳西矿业继承人，去加拿大拜访远房亲戚。四个人在一起打桥牌直到深夜。

保罗觉得不无讽刺，在火车上，以一个假名字演戏，反而是他觉得最接近自己的时刻。阿格尼丝似乎有同样的感觉。阿格尼丝 · 古奇假冒的阿格尼丝 · 亨廷顿又在冒充一位艾丽斯 · 布恩，保罗假扮成一个允许爱她的人。他们是一等餐车里的国王和王后。

但是这并不是一次真正的蜜月旅行，每天晚上他们分别回到各自的包厢。保罗不是偷情者，他坚定告诫自己。火车驶入积雪的缅因湾时他们之间连一次偷偷的亲吻都没发生。六天里，两人的手指尖都没接触过。保罗能够感觉到她柔软温暖肌肤的唯一场合，是在他睡梦的守护中。

那些梦是那么生动。

威斯汀豪斯打电报向贝尔介绍了这次探访，过去在工程研讨会上碰面，两人算是老相识。贝尔回复说，他一般不见客，因为他家太偏僻了。但他很乐意与几位智慧的同伴共进午餐。保罗猜测，这毫无疑问是他为了三文鱼三明治和一壶茶而走过的最远的距离。

贝尔和他的妻子梅布尔住在新斯科舍的布雷顿角岛上一处占地六公顷的庄园内。被布拉多尔湖蓝色的边缘环绕其中，这处领地有自己的私人半岛。贝尔先生和梅布尔将这里命名为班·维阿。这是盖尔语，意思是“美丽的群山”，指的是港口对面耸立的山峰，在它的阴影下，是他们的僻静王国。保罗和阿格尼丝的马车翻过了一座葱茏的小山，把天空一样蓝的湖水和红石构成的湾区地貌甩在身后。贝尔家的建筑瞬间映入眼帘。把这座建筑称为“富丽堂皇”并不算轻描淡写，而是认知错误。它更像一座小城市，而不是任何类型的宅邸。

贝尔的园区由一系列互相连接的建筑物组成，从一座三层楼的主宅延伸出去到附近的棚屋、小木屋、船屋、仓库、实验室，以及佣人房。在茂密的丛林中，大部分建筑之间都开辟了小路互相连接。有些建筑物甚至是由带屋顶的走廊连接，好让人在下雪的冬天也能从容穿梭。庄园的建筑风格则与其规模形成了鲜明的对比，因为它采用深色木材的淳朴设计，给人的印象是整个建筑群仿佛是从周围茂密的森林中自然生长出来的一样。亚历山大和梅布尔·贝尔在门口等待着迎接他们的客人。一队仆人接过了他们的行李箱，把他们的提包拎进屋里，保罗和阿格尼丝则跟他们的主人握手问候。

“我的天啊，”贝尔先生说，“乔治提到了你很年轻，但是他并没说你还在襁褓中呢。”

贝尔身材高大，几乎像保罗一样高。虽然只有四十二岁，贝尔的脸看起来比实际年龄老很多。他留着白色的山羊络腮胡，足有四英寸长，颇为惊人。可是这个人——比保罗见过的任何发明家都富有得多——穿着松垮的工装裤，裤脚塞在他褪了色的皮靴里。他的马甲跟他的外套并不匹配，而且他并没有系上一条正经的领带，而是在脖子上系上了一块手绢。梅布尔把一头灰色头发梳在脑后，盘成了一个女学生式样的圆发髻。她的米色大衣是为了保暖而设计，不是为了时尚,而她身上那件朴素的麻布长裙似乎是十年前的款式。

“你一定是著名的亨廷顿小姐,”贝尔说着亲吻她伸出来的手,“我很遗憾从未看过你在舞台上的表演,但是现在我们必须尽量多去纽约几次。”

“我深感荣幸,”阿格尼丝回答,“不过如果您能挖出一架钢琴的话,我可以为您省下车票钱。”

接下去的一个小时里,保罗和阿格尼丝坐在这座豪宅众多客厅中的一个,喝茶聊天。梅布尔说起他们在湖面上的日子,他们的孩子怎么学习帆船,全家一起在树林茂密的小山上野餐有多美妙。每年圣诞节那天,孩子们获准坐着雪橇沿着海角一路往下,穿过冻得坚硬的冰面。梅布尔每年都看着他们,心跳加速。贝尔先生介绍了他在土路再往下几码的地方建立的实验室,并且热切地保证在午餐后会带客人们去参观一下。他一直在研究水翼船,一种烧汽油的能在水面滑动的船只。他也已经开始制作飞行器了,一个带翅膀的设备,能够带人在天上飞行几百英尺远。他和俄亥俄州的几名正在从事同一项研究的自行车设计师通过几封颇有启发的信件。贝尔自己的发明尚未深入,但是初期测试还是可以预期的。

果然,一台古老的玫瑰木钢琴出现了。阿格尼丝唱了“你结婚之后会失去很多乐趣”,梅布尔弹钢琴为她伴奏。老太太有几次弹错了音,和音部分错变成小音阶。阿格尼丝用微笑掩饰住这些错误,并且用更加高亢的和音遮盖了过去,她的音乐技巧已经高超到可以弥补同伴技艺的不足。洒满阳光的客厅里响起阵阵笑声。

保罗一直等到所有人杯子里的茶都差不多喝完时,才把话题引到他们此行的目的上来。

“您的家如此精美雅致,贝尔先生,显然和这世界上唯一可以宣称自己击败了托马斯·爱迪生的男人非常般配。”

“我想我应该去看一下三文鱼了。”梅布尔一边说一边站起身。

“不，不，”保罗说，“请求您。您不需要回避，只是我们发现我们深处死亡的海峡内，我们来是想求得你们的指导。”

“那么，我希望你们能够不虚此行，”梅布尔回答，“但是从我的角度来说，我搬到加拿大来并不是为了在我余生还要有一分钟的时间谈论托马斯·爱迪生。”

贝尔看着她离开，他的妻子在身后把木门关上的时候，他脸上浮现出爱恋的笑容。

“她有点夸张了，”现在只剩下贝尔和保罗及阿格尼丝在一起，“很不幸，她仍然还是要把生命里几分钟的时间用来谈论托马斯·爱迪生，虽然我尽量让她远离这个话题。”

“您这样说什么意思？”

“你们猜，我被门洛公园的魔法师起诉了多少次？”他问。

“威斯汀豪斯先生被爱迪生起诉了312次，”保罗回答，“我无法想象您面对的屠戮比我们的少。”

“我的律师在一封信里帮我总结了一下，”贝尔说，“过去的十五年里，包括爱迪生，以利沙·格雷和他们在西联的那些朋友，我一共被他们起诉了超过六百次，就是为了那个愚蠢的电话生意。”

保罗和阿格尼丝都被这个疯狂的数字惊呆了。

“你们用过吗？”贝尔问。

“用过什么？”保罗说。

“当然是电话啊。”

“我还没有。”

“我用过，”阿格尼丝说，“确实让人激动。”

“很快就会消失的，”贝尔说，“可怕的东西。地狱一样大声。只要你连上电话线，该死的铃声就不停地响，那就是我家里不要装电话的原因。就为了这么讨厌的一件东西惹出那么多风波。你们知道吗？我在华盛顿有一处住址，只是为了打官司用的。高等法院秋天开庭，所以律师们希望我能够每年去那里住上几个月，在爱迪生和他的狐朋狗友们玷污我名声的时候能够亲自出庭做证。”

“华盛顿的秋天很可爱。”阿格尼丝说。

“我在那儿的时候几乎从来不离开法庭。我去进行我一年一度的朝圣，举起我的右手，跟所有人再讲一遍那个第一通电话的无聊故事。‘沃森先生，到这儿来一下。’像很多未来的电话通话一样，真的不像人们想的那么有意思。我讲完我的故事，法庭再次判决说我的专利合法。爱迪生和他的人回到纽约继续挖黑材料，直到他们找到另外一个原因起诉我。”

“这六百起官司里您每一场都赢了，”保罗说，“这太了不起了。”

“我确实发明了电话，这个事实对我很有帮助，”贝尔说，“并不是说这件事经常可以扭转局面。但是现在在美国，发明成了这个样子，拜你们这些律师所赐。法庭是新的实验室。”

“而您更喜欢老方法。”

“如果你是来寻求建议的，我的朋友，那么我就给你我能给的最好的建议：在你还能脱身的时候，尽快脱身。”

这并不是保罗期待听到的。贝尔或许已经老了，对退休生活感到心满意足，但他还没有。

“威斯汀豪斯电气公司很快就要宣布破产了，”保罗坦白，“爱迪生就要打赢灯泡的官司。您站在我的位置上就不会这样说，也不会任由他赢。”

“不,”贝尔说,“我就是站在你的立场上说的,很久以前我就会让爱迪生赢了。”

贝尔站起来,活动活动腿脚,踱步到高窗前。他望向窗外的枫树,过了一会儿,才又开口。“你认为你在斗争的是什么?”

“我们在为这个国家的未来而斗。”保罗说。

“你不是,”贝尔柔和地说,“你们是为了钱在争斗。或者荣誉,这个更糟。”

“那么您在为什么而争?”阿格尼丝问道,“您并没有让爱迪生窃取您的专利。”

贝尔转向阿格尼丝。

“您认为呢?亨廷顿小姐?为什么每年秋天我都要去华盛顿?”

她似乎要在他的目光中寻找什么东西。某种沉默又温柔的感觉在他们之间流动,发出一种保罗无法听见的颤音。

阿格尼丝笑了。“您这样做是为了她,为了梅布尔。”

“还有我的女儿们,”贝尔说,“但是我并不控制公司,我没有申请其他专利。捍卫我的权利已经让我这条命惹来够多麻烦了。你想要挣大钱,克拉瓦斯先生?你已经有了。你还没到三十岁,你已经是乔治·威斯汀豪斯的律师。而且你身边有一个女人陪伴,我要说的是,她又可爱又聪明又有魅力,是你这代人里所有男人都梦寐以求想娶的人。看起来并不坏。”

保罗的脸红了。他想纠正贝尔,但是让他惊讶的是,阿格尼丝很快让他不要这样做。

“在我这里的实验室里,”贝尔说,“我可以选择解决任何问题。我能整天摆弄任何让我有想法的设备。我可以免遭公众舆论的恐怖影响，那正是每天折磨爱迪生的东西。我也免于遭受让乔治·威斯汀豪斯无力招架的生产的沉闷痛苦。这才是赢。坐在黑暗中，**创造**出新事物。我们都是这么开始的。然而不知道为什么,我们都忘了,我们把日子花在争论着我们中间是谁首先发明了什么电流通过了那种导线。谁在乎这些呢？”

他转身看着保罗，继续说道。“你们正在争执的未来，属于有钱人。不属于发明家。让前一种人留在他们应该在的地狱里吧。告诉后一种人,到这里来如我,只有天才是重要的,只有奇迹会生长。”

说出这番话的亚历山大·格雷厄姆·贝尔，是一个保罗一见如故的优秀的男人。

“您是全世界最智慧的人之一，贝尔先生。别告诉我您以为我会停手。”

贝尔大笑。“不，克拉瓦斯先生，”他说，“我不这么以为。”他又一次盯着窗外茂密的枫树林，一直蔓延几英里远。他似乎被一系列保罗永远无法明白的思绪引得出了神。

“你真的很恨他，是不是？”贝尔问道。

“您不是吗？”

“我可怜他……你不会理解我今天为什么这样做，你也不会理解我明天为什么这样做。但是当你明白的时候……好吧，请你记住我警告过你了。我会告诉你你想知道的事情。我会告诉你该如何打败托马斯·爱迪生，而且我认为你会成功的。不过请记住，我这样做不是为了你；我这样做是为了他。”

我们通常会错过良机，因为它穿着工作服，看起来像是日常工作。
——托马斯·爱迪生

57
反转突变

“我并没有打败爱迪生，”贝尔继续说，“那个愚蠢的傻瓜打败了自己。我只是足够聪明地任由他那样做了。”

“您的意思是？”

“托马斯·爱迪生遇到过的最危险的敌人就是托马斯·爱迪生，而且就算经过了这么长时间，他还是没有吸取教训。”

“您的话说得太隐晦了。”

“你有没有拿起一份报纸读——比如《华尔街日报》？”

“有过。”保罗回答。

“都是垃圾，但是一个朋友上周来的时候，带了一摞。你需要知道的击败爱迪生所有的信息都在其中一份报纸上。”

“爱迪生的股价？目前在历史新高位置上。我不知道这怎么能帮助到我们。”

“爱迪生的股价被过高估价了，”阿格尼丝说，“因为人人都相信他会打赢威斯汀豪斯。”

“继续说。”贝尔说。

“那就是他的股票价格的主要来源。”阿格尼丝指出。

贝尔笑了。“说真的，”他对保罗说，“你的未婚妻的商业头脑可比你强多了。”

保罗尽量忽略他的评价。“您是在建议我们散布谣言？让他的股票价格下跌？”

“你不需要撒谎。事实真相已经够他受的了。”

“真相是？”

“好吧，”贝尔说，“你问我该如何击败他。其实特别简单，我在他之前发明了这个该死的东西。我更快，他迟了一步。这是杀死他的东西，即便到今天。并不是因为我是比他更好的发明家，而是他太执迷于解决另外一个不同的问题，所以他根本没有注意到电话问题的解决方案就在脚边。他被电报吸引了全部注意力，到那时他已经在电报上花了十年时间。他在电话上做过一些早期的工作，但是觉得有点分散精力。他的电报线路变得越来越完善，那他为什么要把时间花在某个愚蠢的话匣子上面？他实际上是跟我同时产生了电话的想法，你知道。这不是秘密。而这就是到死都要围绕在这个可怜人心头的阴影——他跟我同时产生的想法，但是我获得了专利。而法律就是法律，你知道吗？我想这就是他对待威斯汀豪斯如此心狠手辣的原因吧？他一定发过誓，再也不犯同样的错误。”

“我已经证明了他在白炽灯的专利申请中说了谎，”保罗说，“但没起到什么作用。”

“不，”阿格尼丝说，“贝尔先生想说的不是这个意思。”

“正确。”贝尔说。

“他在说，”阿格尼丝说，“爱迪生是个偏执狂，就像我认识的某个人。这就是爱迪生的弱点。他太过于执迷于一条攻击线路，所以完全看不到其他路途。”

“聪明的姑娘。”贝尔说。

“反向突变？”阿格尼丝问道。贝尔赞同地大笑起来。

“什么？”保罗有点糊涂了。

“有时候部队会故意在前进的方向上制造一次反转突进，”她说，“故意留出一个明显的漏洞，让敌人忍不住想要利用。你对军事史有研究吗？”

“你怎么会对军事史这么精通？”保罗问。

“我曾经跟一位将军是好朋友。在伦敦，无论如何吧。威斯汀豪斯的明显弱点是什么？他能够吸引爱迪生的反向突变是什么？”

保罗尽量让自己的脑子不去想阿格尼丝过去认识的这位将军。

“我以为，”贝尔说，“克拉瓦斯先生对于托马斯·爱迪生的单一执迷的了解应该比世界上任何一个人都多。”

“官司！”阿格尼丝喊道。“保罗，你这几个月一直在说，这场官司让威斯汀豪斯损失惨重。”

“是的……”

“你觉得爱迪生的花费会少吗？”

保罗终于明白了贝尔和阿格尼丝的意思，他开始笑了。

“爱迪生太过于专注赢得专利战争，”他说，“他忘记了自己还要赢得企业的战争。爱迪生通用电气公司……实际上并没有在盈利。他为了打败威斯汀豪斯而让公司亏空。他把产品定价定得太低以至于几乎没有任何利润。在法律费用上大肆挥霍，可这笔钱我猜他的律师可不会那么善意地推迟收取吧。”

“你推迟收取法律费用？”贝尔说，“下次爱迪生告我的时候，记得提醒我雇你来。”

“爱迪生的股东们迟早会注意到他们利润的减少，”保罗说，“他们一定不会高兴的。”

“你需要问你自己的问题是，”贝尔说，“除了爱迪生本人，谁是爱迪生通用电气公司最大的股东？”

保罗和阿格尼丝都知道答案。

“60%，”她非常平静地说，“不可能比这个更多了。”

保罗保持沉默，把所有的线索联系在一起。

“我猜你们心里已经有计划了。”贝尔指出。老人忍不住逗弄他的两位年轻客人。

保罗突然站起身来。“我知道我们该如何打赢他了。”他说。

“你看起来……很高兴。”她说。

“其实，更像是滑稽，”他回答，“结果，相当意外的是，你可能是这个世界上唯一一个能够帮我完成这件事的人。”

Solutions

第三部分

解决方案

和流行的“神话”观点相反，技术并非产生于为了某个难题寻找“唯一最佳解决方案”的一系列研究过程中……技术实验者要面对无法解决的问题，要犯错误，要引发争议和失败。他们在解决老问题的同时，也在制造新问题。

——托马斯·休斯，《美国创世纪》

你朝前看的时候是找不到脉络的，你只能在回看的时候看到脉络，所以你必须要相信这些点会在未来自动形成脉络。你一定要相信些什么——你的胆量，宿命，生活，命运，无论是什么。这个过程从未让我失望过，它造就了我生命中所有的变化。
——史蒂夫·乔布斯

58
大都会歌剧院的舞会

公平地说，大都会歌剧院的新年舞会是全世界第二大奢华聚会。第一名的地位是毋庸置疑的，那就是雅各布·阿斯特夫人的夏日庆典。那场极负盛名的庆典只能接纳四百名客人，每年七月，他们会蜂拥而至阿斯特家族在纽波特的宅邸，共度一个热火朝天、汗水淋漓的夜晚。阿斯特夫人亲自制订与会者名单，并且，会用彩色花体字在每一封邀请函上亲自盖上封印再送出。纽约上流社会整个六月都会紧张地查看他们的邮件台，期待着来信中某个信封上出现那个标志性的封印。与会者的姓名和成就会被《纽约时报》和《世界报》认真报道。《哈泼斯杂志》一般都会用一整页铅笔速写图来记录下这次盛会，这是城中魅力人士最集中的时刻。

大都会新年舞会的参加者是阿斯特夫人的舞会的两倍，这也就让聚会的吸引力减半。客人名单上的人数达到了一千人，包括比平常更多的一些古板的绅士。粗鲁的政客也在受邀之列，欧洲舞蹈家被请来助兴，还有非常漂亮的女人们，没人知道她们只在西区有一套简单的公寓,但是在联合广场有一位慷慨的“叔叔”。仅此一晚，艺术家、铁路大亨和英国公爵兴高采烈地欢聚一堂。纽约社会的名流在这里偶遇，就像是香槟杯里密集的气泡。不意外的是，阿斯特夫人也是这位列第二的庆典的主要组织者。这倒并不是因为她是大都会的私人股东，而更是因为她执着地认为，曼哈顿任何上流社会的伟大庆典都应该有她的参与。她在纽约社交界的独裁比她丈夫在美国矿业的独裁还要厉害。

但是，虽然大都会的新年晚会与阿斯特夫人的舞会相比在高端性上是有些落后，但是这个缺点也被其时尚的新鲜感完全弥补上了。七月的庆典仍然保持着黑白两色的正式着装要求，新年聚会则是一堆黄金上面飘起的一道彩虹。男人们当然还是要按照适当的礼仪打着白领结，穿着黑色燕尾服，但是女士们被允许——被鼓励——来展示一码丝绸和一块精心缝制的平纹布能够演变成何种奇迹。每个女人身体裸露的部分都挂满了珠宝。

保罗仅仅是从报纸和杂志上了解到这些。晚上十点四十五分，他在三十九街后面的小巷里站着瑟瑟发抖，然而，他只是会猜测晚会里的场景。1889年只剩下一个多小时了，他在街上都能听见晚会上的喧闹。保罗非常冷。

他已经在后巷里等了几乎一个小时，在这段时间里，阿格尼丝是他和“低温症”之间唯一的障碍。她也同样是威斯汀豪斯电气公司和破产之间唯一的障碍。保罗需要进入那个晚会的现场。让他等她多久都可以，无论他的脚趾是否已经因为冻伤而变黑。

突然一声刺耳的响声，金属门开了，阿格尼丝随着一道橙光出现。她自如地穿着一件明黄色的长裙，优雅，高级，比一眼看上去更加精心剪裁。

“天啊，外面太冷了，”她说，“快点，进来。”

她把他们身后的门关上，带领保罗穿过曲折的迷宫般的走廊。自从上次特斯拉出现在阿格尼丝的化妆间之后，保罗这一年再也没有来过大都会歌剧院。他仍然没有来看过一场演出。

“他在这儿吗？”保罗等到开口不会再让嘴唇生疼的时候才问。

“是的，”阿格尼丝回答，“但是有个问题，他有一位朋友一起来。”

“谁？”

“托马斯·爱迪生。”

保罗停住了。“该死。”

“我知道。”

“爱迪生也在客人名单上？”

“谁知道？如果我能拿到一份名单，我可能也会尝试把你的名字加上去。所以显然我们只能见机行事了。我猜托马斯·爱迪生至少被允许从前门出入。”

这将让保罗今晚的计划变得相当困难。“他们在一起吗？”

“并不是每时每刻。爱迪生有很多仰慕者。他需要四处寒暄，握手，讲故事。你要找到一个他们分开的时间展开你的行动。”

没有再回头的机会了。

保罗跟着阿格尼丝朝着金碧辉煌的舞会现场，去寻找他的目标。

观众席所有的座椅都被移走了，让上千名客人可以在宏伟的穹顶大厅里自由在地板上穿梭。二楼悬挂着一串串电灯，一直延伸到舞台，像是闪烁的蜘蛛网。舞台上，一个四十人组成的乐队正在演奏一曲欢快的华尔兹。舞者们前后摇摆身体，旋转的身体像是浪花，一波波撞在周围站着不动聊天的人们组成的坚硬岩石上。

保罗像是一条驶入汹涌人海的小渔船。缓步进入会场时，他几乎被一个正在舞场里疯狂旋转的醉醺醺的人撞倒。

“小心，”阿格尼丝提醒他，“我们可不能让你在这儿引人注意。”

保罗看着阿格尼丝在会场里游走，她像是颠簸浪头上一只展翅高飞的小鸟。但是阿格尼丝并不是海鸥，他这样想，她笑着，防备地回应那些向她投来的好奇的目光。她是一只鹰。

“在那儿。”保罗说，转过头。

只有五十英尺开外，托马斯·爱迪生在那里，欢快地和别人聊着天。他穿着燕尾服，显得奇怪地年轻，下巴下面歪歪斜斜地系着一条白色领结。他是那群人里唯一一个手上没有端着酒杯的人。

“你会跳华尔兹吗？”阿格尼丝问。

“什么？”

她用左手拉起他的右手，把它放在自己的腰部，然后又用她的右手握住他的左手。然后她开始旋转。

保罗过了一会儿才明白她正在带着他进入舞池，跳起快三步的旋转。他试图回忆上次跳华尔兹的时间。她的香水扑面而来，一时间，就好像他又和她回到了他父母家那个温暖的田纳西的夜晚。

“稳一点，”阿格尼丝悄声说，“跟着我的节奏。”

他们在舞池里穿梭，围绕其他舞者旋转。房间里是最新时尚的星座。一开始他还重重地踏在抛光的木地板上，但是随着她轻轻捏他的手，她在指导着他的动作。

“慢一点，”她轻声说，“快—快，慢。就这样，没错。”

保罗尽量忍住眩晕感。

她已经告诉过他不必担心亨利・杰恩会出现，他正在费城探望一个生病的亲戚。作为已经订婚的夫妇，他们很少在一起。这是富人们的惯常做法吗？他觉得自己没法忍受跟那个人共处一室，而且他肯定也不愿意这次会面发生在他把手轻轻放在阿格尼丝的臀部的时候。

他能感到自己脖子旁边她温暖均匀的呼吸。他能感觉到她后背的肌肉随着他们起舞的节奏紧张然后放松。保罗知道他这样做不仅是为了威斯汀豪斯，他并不需要仅仅是为了惩罚爱迪生才赢。他需要让阿格尼丝知道，他像亨利・杰恩一样值得爱。

“爱迪生就在你身后三十英尺的地方，”她耳语道，“而我们要找的人就在那边十英尺。来吧。”

阿格尼丝按压保罗的手，催促他穿过一群与会者。他们走近五个聚在一起聊天的男人，他们全都穿着完美的白色衬衫和黑色长燕尾服。没有人在五十岁以下，所有人都有着体现生活安逸舒适的大肚子。在人群中间，保罗看到一个高个子男人，他是这群人里唯一没有络腮胡子的；相反，浓重的褐色一字胡跟他脸上的颜色形成鲜明对比。他头顶的头发是全白。他的颧骨看起来像是从来没有被迫挤出过笑容。

他是J. P. 摩根，他要见的人。

资本主义运转非常好。谁想要移民到朝鲜就请便吧。
——比尔·盖茨

59
与美国最富有的人的一次秘密会见

随着小提琴弓杆奏出最后一个满意的长音，一曲终了。客人们漫不经心地鼓掌，他们的赞赏就像一声咳嗽一样微不足道。

阿格尼丝在观察摩根身边的人。“他们似乎都醉得可以，”她狡黠地低声说，“在这儿等着。”她松开保罗的手。在他开口询问之前，她已经离开一步，走进那群人中间去了。

“劳特利奇先生！”她柔声对摩根的一位同伴说，“布鲁塞尔怎么样？”

保罗看着阿格尼丝巧妙地加入男人们的谈话中。她像只狐狸，他们都是兔子。保罗听到他们突然爆发的笑声，看着他们争相表现，想给面前这位花枝乱颤的漂亮女士留下深刻的印象。保罗默默地站在这群聊天的人旁边，并没有被邀请加入，但是又没法不偷偷地听。

不到一分钟，阿格尼丝就让自己加入了这场谈话，她这样一来，摩根就不再是谈话的中心了。这场面很微妙，也完全不显得无礼，然而摩根毫无疑问被冷落了。

保罗这才明白她在做什么。如果他之前已经对她刮目相看，那现在他的惊讶多了一倍。摩根并不习惯被忽视，保罗感觉到老人的站姿开始显得有些无聊。

摩根手里拿着一杯苏格兰威士忌，从人群中退出来。他走过舞池，保罗紧紧跟在他后面。摩根经过人群时收到一堆点头和微笑，但是他似乎没什么兴趣。他走向后面的走廊，进入了男厕所。

保罗等了十秒钟，跟了进去。

厕所很狭长。一边是大理石的洗手台，另一边是厕间，貌似已经安装了最新的抽水马桶设计。远处的墙边，一把躺椅可以让虚弱的人们休息片刻。保罗进去的时候，摩根正斜倚在躺椅上，手里仍然攥着酒杯。

镜子前面还有另外两个人。摩根在后面躺椅上放松休息，他们在镜子前整理松脱的领结。摩根闭上眼睛，仿佛在享受着短暂而简单的片刻安宁。

保罗站在镜子前面，故意把领结扯开，然后假装很困难地把它系好。他检查了自己的发型，确保没有一丝凌乱。

两个陌生人似乎都感觉到，无论他们在J. P. 摩根进来之前在谈论什么，现在最好还是到别处再继续。他们离开了，互相拍拍后背，把他们的悄悄话封闭起来。门在他们的身后关上，保罗的机会来了。

保罗很快到门边，把门闩插上。

他刚刚把自己锁在男厕所里，和J. P. 摩根在一起。

摩根听到了金属门闩合上的声音，抬头看着保罗。

在摩根的消失引起不必要的注意，或者一个路过的服务生发现厕所被反锁而起疑之前只有很少的几分钟。保罗的时间紧迫。

“如果你想抢劫我，”摩根仍然坐在那里说道，“我应该告诉你我的口袋里都是空的。”

他明显的冷淡显示出他在这个世界上惧怕的东西很少。无论他内心有什么恐惧，都显然不会包括打着白色领结的陌生人在盛装晚宴上对他进行含混不清的威胁。保罗的样子，无论他有没有锁门，似乎都没有引起摩根的丝毫担心。

“我的名字是保罗·克拉瓦斯。”

“很不错。”摩根说。

“我是卡特—休斯—克拉瓦斯律师事务所的合伙人。”

“你的父母一定特别为你自豪。”

“我是乔治· 威斯汀豪斯的首席律师，代表他主理与托马斯·爱迪生的诉讼。”

“哎呀，可惜。或许他们也没那么自豪了，”摩根站起来，“你的名字确实有点耳熟，我现在要走了。”

他朝门口迈了一步。保罗也向前一步，做出明确的姿态，他要挡在摩根和出口之间。

“我有一个建议给您。”保罗说。

“我有办公室。”摩根说。

“是机密。”

“我的天啊。”

“托马斯·爱迪生在耗费你的钱。”

“你在耗费我的钱，外面还有事情等着我。”

摩根再一次朝门口走去，而保罗也再次明确他不会让开。

“我以前随身总会带把手枪，你知道，”摩根说，“我要跟我的保镖们好好谈谈了，让他们非要说服我别带着枪。”

“托马斯·爱迪生和乔治·威斯汀豪斯之间的诉讼会让他们双方都破产的。”

“所以？”

“所以，因为您拥有爱迪生通用电气公司60%的股份，我认为这个问题对您比对我更为严重。”

“我要说的是，你现在最大的问题是，当我离开这里的时候，我的朋友们会怎么收拾你。”

“您和我面临同样的问题。而我提议我们合作来解决这个问题。”

摩根什么话都没说。

“爱迪生和威斯汀豪斯为了只有这么大的一块饼上自己那份而斗到快要死掉。”保罗用手指比画了一个小圆圈，“但是合作的话，我们可以平分这么大的一块饼。”保罗把他比画的圆圈扩大了三倍。“两家公司达成合作——签署一项许可协议——能够让消费者免去必须选择我们两家公司不相容产品的负担。交流电，直流电……都无所谓。你们可以出售我们的电流，我们可以出售你们的灯泡。人人都是赢家。让我们不要再把这些公司的未来放在法庭的手里。我们别再把它留给五花八门的媒体评论和见风使舵的自由市场。我们应该把重要的决策带回董事会议上，那才是它们应该在的地方。”

摩根把双手插进口袋。他抿起了嘴唇。

“竞争，”保罗说道，“不会对任何一方有好处。然而，一种友好的独裁……”

摩根笑了。保罗说的正中他下怀。

“你确实有些诡计。”

“英雄所见略同。”

“我不太会要花招，克拉瓦斯先生。无论你刚才告诉我了什么，我想现实情况总是远不如人们嘴上说的那么严重。你知道谁才是伟大的骗子吗？托马斯。或者你的朋友威斯汀豪斯。我只是个简单的商人。”

“全世界最成功的商人。”

“商人确实是这样，全世界最让我们绝望的就是自由市场。”

现在轮到保罗笑了。

“我现在一下子能想起来的，”摩根说，“对于这个做法我能想出五六个关键的困难点。但是显而易见最不能克服的只有一个。”

“什么？”

“托马斯·爱迪生。”他若有所思地喝了一口苏格兰威士忌，“我不知道你跟威斯汀豪斯说了什么，甚至你要去说什么，你那巧舌如簧，或许你能说服他。但是我可以向你保证，托马斯绝对不会同意这个计划。”

“我知道。”保罗说。

“他鄙视威斯汀豪斯。”

“我知道。”

“所以只要托马斯·爱迪生仍然是爱迪生通用电气公司的总裁，他就绝对不会跟你的客户达成合作。”

保罗向前一步靠近摩根，大胆地把他的手放在这位工业巨子的肩头。“但是谁说爱迪生一定要当他公司的总裁了？”

60

埋下一分钱

“你想知道怎么样才能最轻松地赚到十亿美元吗？”第二天，J. P. 摩根问道。他们正站在大都会博物馆塞浦路斯古董展厅里。

“很想知道。”保罗回答。两人都盯着眼前一排排古董陶器。

“拿出一分钱，埋在地下一千年，然后挖出来。”摩根指着展厅墙边依序摆放的褪色的褐色花瓶、雕刻繁复的盘子，还有布满黑斑的瓷片。塞浦路斯厅对于保存这些古迹来说面积太空旷了。两人的声音在大厅里回荡。

博物馆正在进行改建，第五大道临街的一面被脚手架覆盖。

“你知道卢吉·德·塞斯诺拉吗？”摩根问道。

“恐怕我不知道。”保罗说。

“撒丁岛人，但是他在五十年代来到了这里，参加过内战。我们的，不是他们的。呃，也应该参加过他们的吧，我想，更早的时候。但是他在我们这里成了名，之后他航海回到塞浦路斯，精心搜集起这些文物，然后运回到这儿，卖了……克拉瓦斯先生，你觉得博物馆的董事会为这些文物给他多少钱？”

“我恐怕没法回答。”

“他们把整座博物馆给了他。他们让他担任主管，而大都会博物馆现在的文物藏品已经让伦敦开始忧虑了。”

“听起来是个不错的交易。”

“埋下一分钱，给它足够的时间，你就会收获一大笔财富。这就是我要说的。如果你急于求成，反而会让事情更难。”

保罗环顾四周。仍然只有他们两个，目前来看，他可以说，他们的秘密会面仍然没有被人发现。

“在这里你可以畅所欲言，克拉瓦斯先生。这一下午整个展厅都只有我们。卢吉是我的好朋友。”

保罗知道摩根不管多神通广大都不应该惊讶。纽约的一切都在摩根的掌控之中。保罗也确信，虽然摩根愿意进行这次关于合作的谈话，这个老人也绝对不会是自己的同盟。为了财务上的利益，他会一秒钟之内就跟保罗翻脸。一个人要跟雄狮同床共枕，那么发现自己要被吃掉的时候就不该表现出惊讶。

保罗知道，在舞会上那次见面之后，摩根很有可能立刻找到爱迪生，把保罗的建议一五一十地告诉他。缓解他的恐惧的，是他时刻平静地提醒自己，摩根是个非常贪婪的人。虽然特斯拉、爱迪生和威斯汀豪斯的动机有时候总是有些不确定，但是摩根的动机却毫无神秘感可言。不会有人随便就能像他那样拥有那么巨大的财富，而且谁都不知道人类历史上以前是否有过其他人能够拥有这么多钱。

金钱，相比遗产，或者名声，或者爱情，或者其他任何能够让一个人每天从床上爬起来的动机，都更加可以预见。一名艺术家——或者发明家——是比商人危险得多的合作伙伴。后者的背叛是可以计划的，甚至可以信赖。

“您查看过了我的提议书，”保罗说，“您可以让相关权力层发动一次政变，比如说，在爱迪生通用电气公司。您可以推翻爱迪生，让您自己的人担任主席——对我们的事情有同情心的人。”

“我知道我能做什么，克拉瓦斯先生。我也有律师团，他们比您的经验还更丰富一些。”

“不过我敢打赌，他们告诉您，我说的一切都是完全正确的。”

“他们确实是这样说的。”

“还有您的会计师们，我敢肯定，也分析了爱迪生通用电气公司的损益表。”

“两分钱，”摩根说，“这就是爱迪生通用电气公司每一股的利润。并没有亏损，但是也并不能称之为盈利。”

“所以您看到了，我是对的。如果您能从内部罢免爱迪生，我可以处理威斯汀豪斯这边的事情。”

“在你看来这件事特别简单，对吧？”

“是的，”保罗说，“简单得残酷，但那并不代表它很容易。”

“你信任我吗？”

这个问题让保罗怔住了。“当然不。”他诚恳地回答。如果他想与当代最有权势的商人进行针锋相对的谈判，那么他最好不要侮辱各自的智商，假装他们是朋友。

“我也不信任你，”摩根说，“所以我要告诉你一个秘密，一个非常昂贵的秘密。而你对这个秘密的反应将会给我相当多的信息，让我决定我需要在多大程度上不信任你。”

“是什么？”

“这件事比你想的要更为复杂。”

“为什么？”

“在威斯汀豪斯电气公司里有一个内鬼。”

保罗茫然地盯着他。这不可能是真的。威斯汀豪斯亲手挑选自己的团队。他的工程师，他的工厂工人，甚至他的律师。

“爱迪生在威斯汀豪斯的高级管理层中安插了一名间谍。他一直在向爱迪生报告威斯汀豪斯的所有计划——企业战略，实验室报告，甚至宾夕法尼亚那些工厂里的设计图。他这么做已经一年了，你们这群傻瓜一直被打得落花流水却想不出为什么。好吧——这就是原因。”

保罗觉得恶心，但是他不能显示出自己的脆弱。

“您如何能肯定爱迪生有个间谍？”

“因为，”摩根回答，“是我把他安排进去的。”

保罗死死盯着摩根冷静、一眨不眨的双眼。坦白这个秘密之后，他似乎并不觉得高兴或者解脱。

“你的计划将会比你想象中要复杂很多，克拉瓦斯先生。因为如果威斯汀豪斯先生跟他的高级管理层提起此事，我们的间谍就会报告给爱迪生。”

“他是谁？”保罗问道。“那个间谍是谁？”

“你埋下一分钱，”J. P. 摩根说，他的话在古老的陶器之间回荡，“一千年以后，你就会拥有一笔财富。不过如果你想要快点儿发财……你需要埋下的可就比一分钱要多得多了。”

你书中塑造的科学家角色突然从小气的人转变成伟大无私的人，是因为他们一起看到了大自然的壮丽，并在这些奇迹面前忘记了自己的存在了吗？还是因为我们的作者因为获得了成功并对自己和作品充满了信心，所以才突然之间用一种全新并宽容的眼光看待他笔下的所有人物？

——理查德 · 费曼，给詹姆斯 · 沃森的一封信，收录于后者的回忆录《双螺旋》

61

鸡窝里的一只狐狸

“雷金纳德·费森登？”

保罗脑子飞速旋转，理解了摩根告诉他的话。过去一年里保罗不仅经常和费森登共事，他甚至还亲自把这人招进公司。是保罗的一番话让费森登同意加入他们，在他被爱迪生解雇之后……“你在说谎。”保罗说。

“我经常说谎，但是今天刚好没有。”

“怎么证明？”

摩根叹了口气。“你亲自雇用的费森登，十八个月之前。你在确认爱迪生把他开除之后，到他在印第安纳的办公室里去游说他。你是从报纸上看到解雇的消息的，所以开始寻找并试图收买心怀不满的前任爱迪生员工。你因为爱迪生的专利申请，找到费森登爆料，只是……好吧，你告诉我：他有没有给过你任何能够帮助你们推翻爱迪生的专利的信息？”

保罗回忆着自己在印第安纳与费森登的第一次会面。

“他当然没有，”摩根说，“你的第二个问题应该是，为什么费森登把你们指向那个人，叫什么来着，特斯拉。因为爱迪生认为那会让你们浪费时间。费森登貌似很有帮助，告诉你们一些实际上没有任何帮助的信息。所以我们决定，利用一下那个奇怪的塞尔维亚神经病。他在电机学会发表那篇演讲之前很久，托马斯手里就拿到他的讲稿了；他告诉我那份讲稿很荒唐。让我一下子想到，不如让你去争取他，而你竟然真的让那个男人起了一些作用——这我倒是没想到。但那让托马斯很不高兴。我能告诉你。”

保罗突然觉得自己赤裸裸的，这些年来他的想法、计划和貌似聪明的行动，现在被揭露出来，其实都是绝望的假象。爱迪生从一开始就比他们棋高一着。

“你相信你找到了一个变节者，可你实际上雇用的是一个特洛伊木马。费森登在你客户那里的职位让他可以接触到威斯汀豪斯公司的最新技术。真有点讽刺，真的，因为威斯汀豪斯还以为他能得到爱迪生的最新技术。”

“但是，”保罗质疑道，“爱迪生从来没有利用过交流电。如果费森登一直在窃取威斯汀豪斯的设计——而且你们已经有了特斯拉的讲稿——爱迪生一定会看到，那比他自己的直流电更加高级。如果你跟我说的都是真的，那么为什么爱迪生从来没有设计出一款交流电的设备？”

“啊，”摩根说，“这就是关键所在：爱迪生不同意你们的设想。他看了完整的报告。我也看了，不过，我并没有太在意那些技术上的啰里啰嗦。爱迪生觉得他更有头脑，他对于直流电的推崇——现在看来或许是个错误——并不是某种手段。他真的相信，在检查过他自己的研究和你们的所有研究之后，他的系统更好。”

“他并不是不诚实，相反只是无能？”

“我会说得比较慈悲一点，他只是从同样的证据中得出了不同的结论。这就是科学家。你向一百个人问出一个同样简单的问题，你会得到一百种不同的答案。在工业界他们注定是这么讨厌的，我想。”

“这都是你的主意，”保罗说，“费森登。特斯拉。一切阴谋诡计。”

“当然是。托马斯还远远没有邪恶到能够自己想出这些办法的地步。”

“这个秋天，你阻挠我们寻找新的投资人的时候——正因为这样你才总是能够先我们一步知道我们要去找谁。这就是为什么你总是能先联系到他们。”

摩根看起来很高兴。“我一直在想你能不能醒悟过来。”

自从接手威斯汀豪斯案件的那一刻起，保罗就已经被蒙在鼓里。他已经在自己都不知道有多深的水里沉溺太久了。

保罗是个聪明人。特斯拉、爱迪生和威斯汀豪斯是天才。那么摩根是什么？保罗觉得自己站在一个完全不同的物种面前。

“现在是不是到了你假装你自己比我要高尚得多的环节？”摩根问道，“如果是，我就不费那个劲，如果对你来说没有什么区别的话。”

“我并没有非法在你的公司里安排一位内鬼，摩根先生。”

摩根花了很长时间上下打量了保罗一番。“你知道这件事最终等待你的结局是什么吗，克拉瓦斯先生？我有种看法，你会获得你所期待的所有财富。我提前向你表示祝贺。但是你是否想过，为了得到它你要放弃什么？”

“是什么？”

“你配得到这份财富的错觉。”

摩根若有所思地看着一尊黄铜塑像。它雕塑着一位骑士，手里拿着矛，骑在马背上，奔赴一场伟大而早已被遗忘的战争。

“穷人都认为自己应该有钱，”他继续说，“富人每天的生活里都很不轻松地知道他们不该有钱。”

摩根把他当作自己同阶级的人来说这番话，好像摩根是保罗自己在一面黑暗镜中的影子。

“威斯汀豪斯现在很可能正跟费森登在一起。”保罗说。

“我敢肯定。”

“我必须要跟他谈谈，如果他把我们的计划告诉费森登……”

保罗正准备跑到最近的西联办公室，但是有了个更好的主意。

“摩根先生，”保罗转身面对他说，“我还想请您帮我个忙。”

“好的。”

“您能帮我找台电话吗？”

科学的好处在于无论你是否相信，它都是真的。
——尼尔·德格拉斯·泰森，天体物理学家

62
无论是真是假

结果，卢吉·德·塞斯诺拉在博物馆三楼的私人办公室里真的安装了一部电话。由于这台电话是摩根送给他的，塞斯诺拉非常乐意让银行家的这位年轻朋友使用它，而他和摩根则到楼道里抽烟。保罗把黑色的听筒紧贴耳边，紧张地听着里面传出的奇怪的响声。

一名实验室助手终于在那头接起了电话。保罗要求立刻与乔治·威斯汀豪斯通话。

“保罗？”乔治·威斯汀豪斯有些沙哑但仍然可以辨认的声音从听筒那边传来，感觉他似乎是在跟一个幽灵而非任何活人谈话。那是威斯汀豪斯公事公办的声音，就在那儿，在他的右耳边。私下的那个威斯汀豪斯已经被减弱在空气中了。

“您现在是完全一个人吗？”保罗说。

“你跟摩根见面了吗？他同意吗？”

“现在实验室里还有别人跟您在一起吗？我们通话时，您身边？刚才接电话的那个助手还在吗？”

“你在说什么啊？”

“求您告诉我，您现在是一个人吗？”

“是的。”

从这么远之外，保罗也能知道威斯汀豪斯对这次通话的另一方感到不悦。但是他必须这样做。

“那么仔细听好。”

保罗尽量平静地把摩根告诉他的事情解释给对方。威斯汀豪斯首先是震惊，然后觉得不能相信。他所有电气项目的首席工程师一直在秘密地为他的敌人效力？保罗是在说他本人是个蠢货吗？

“一小时内我就会把警察找来，”威斯汀豪斯说，他的不相信和难堪已经被一阵狂怒取代，“虚假陈述，抄袭盗用，违背雇佣协议，故意欺诈——日落之前我就让他被抓走。”

“这也是我最初的反应，”保罗冷静地对着话筒说，“然后我有了更好的主意。”

“为什么？”

“费森登现在在哪儿？”

“实验室吧，我猜。把我的每一项工作的每一项细节都收集起来报告给——”

“您能让他继续留在那儿吗？但是不要让他参加您后面几天里有关爱迪生的会议。”

“我为什么要这样做？他应该被逮捕。”

“好好想想，先生。如果您逮捕了费森登，接着会发生什么事？”

电话线出现了短暂的沉默，威斯汀豪斯的脑子里正在思考着一系列的想法，那是保罗几分钟前也同样思考过的。

“……爱迪生会知道我们发现了他的间谍。”威斯汀豪斯说。

“是的。”

“他会猜测是他自己的人透露了这个消息。”

“是的。”

“然后他会在他内部寻找告密者。”

“而这个，”保罗说，“正是我们最不希望他去做的。”

“那么你有什么其他的提议？”

“您能否给费森登派个任务？某个项目——可以耗费大量时间，我不管是什么——让他忙着就行？”

“我应该可以想出什么。”威斯汀豪斯说。

“那就这样做。同时，我们或许还能够利用费森登做些事情。”

“怎么做？”

“我们告诉他的一切，他都会汇报给爱迪生。”

“是的。”

“无论是真是假。”

威斯汀豪斯看不见保罗说完最后这句话之后脸上的窃笑。而保罗耐心地听着电话那端传来的杂音窸窣，他希望在远方，匹兹堡附近乡间那座橡木装饰的办公室里，威斯汀豪斯也同样在微笑。

首先要强调的是，准备工作是成功的关键。
——亚历山大 · 格雷厄姆 · 贝尔

63
终场大戏即将登台前的简短花絮

乔治 · 威斯汀豪斯仔细听完了保罗的计划，然后告诉他的律师，自己不会参与。

“你想让我告诉我的全部管理层你找到了尼古拉 · 特斯拉？”威斯汀豪斯难以置信地问道。

“是的，”保罗说，“告诉他们特斯拉正躲在芝加哥的某个地方。”

“什么——为什么——”威斯汀豪斯结结巴巴地问，“为什么是芝加哥？”

“因为那里很远。”

保罗能够听见电话那端发出的不屑哼声。

“我们的目的是分散爱迪生的注意力，不是吗？”保罗继续说，“非常好。爱迪生很清楚他很可能让你破产，除非你能发明出一种全新的灯泡。或者至少特斯拉可以。所以如果我们偷偷放出风声给爱迪生说特斯拉正在秘密研究某种这类产品，在芝加哥的某个实验室，他就会被引到那里去。”

威斯汀豪斯没有回答。

“一场非常完美的白费力气的追逐。”保罗补充说。

“我不会跟我的员工撒谎。”

“对不起。但是我们不能让费森登产生怀疑。如果你只告诉他一个人，他可能会觉察到有什么地方不对。这件事必须要让你的员工们都众说纷纭才行。”

“爱迪生很快就会搞清楚特斯拉并不在芝加哥，”威斯汀豪斯说，“并且他也没有在设计新的灯泡。”

“是的，但是到那个时候这已经不重要了。”保罗听到门口传来吱呀一声。他转身看到J. P. 摩根的身影出现在一缕缕灰色的雪茄烟雾中。和卢吉·德·塞斯诺拉结束谈话之后，摩根觉得保罗差不多也该结束了。他们还有很多工作要做，而J. P. 摩根看起来不像是那种习惯了在一边等待的人。

“没人会相信特斯拉在芝加哥有一个实验室，”威斯汀豪斯的声音从电话那头传来，“甚至没有人会相信他还活着。”

长久以来，保罗一直很害怕说出下面的话。他只是觉得自己坦白欺瞒行为的时候，幸好可以不必看到客户的脸色。

“尼古拉·特斯拉确实不在芝加哥，”保罗说，“不过他活得很好。”

保罗继续说着，摩根雪茄的苍白烟雾在博物馆的办公室里飘荡。

第二天晚上，保罗在大都会歌剧院后门堵到了正走出来的阿格尼丝。剧场观众从大都会歌剧院涌出到三十九街上，远处响起他们喧闹嘈杂的声音。距离午夜还有一个小时，曼哈顿在新式和旧式的灯光下闪耀。

“你来了！”阿格尼丝高呼。她的表情从震惊转为担忧。“我去过你办公室找你。”

“我最近特别忙。”

“摩根同意了吗？有用吗？”

“我需要你回一趟田纳西。”保罗说。

“你说什么？”

“对不起。我们事不宜迟。”

“什么事不宜迟？”

“我需要你接上特斯拉，把他带回纽约。”

阿格尼丝长久而若有所思地看着保罗。这个时刻他们已经等了很久。现在它终于到来了,没有大张旗鼓地庆祝。深夜死气沉沉，夜空星光闪烁。

“为什么是现在？”她问。

“因为我相信托马斯·爱迪生想要杀死他。”

“你希望他这样做的时候，我和特斯拉在一起？”

“当然不是，”保罗说，“这一次，我希望爱迪生到一个错误的地方去找他。”

保罗告诉他自己跟客户坦白了一切，以及他们决定如何利用费森登的背叛。

“我猜你跟威斯汀豪斯的谈话一定不轻松。”她说。

“确实。”

“你还好吗？”

保罗不知道自己感觉如何。他只能继续往前。

“他会原谅你的，”她说，但是保罗的心思完全不在是否能得到安慰上。

“迟早会的”，是他的全部回应。“现在这都不重要。”

目前他没有时间感慨，即使是跟阿格尼丝在一起。

“你希望我把特斯拉带到哪里？”她问。

保罗抬头看看繁忙的曼哈顿。“带他回家。”

“克拉瓦斯先生，”第二天一早，保罗走进办公室的时候，沃尔特·卡特对他说，“你到底去哪儿了？我们还有一项破产案要准备。”

保罗从纳什维尔给他的合伙人们发了电报，提出在宣布威斯汀豪斯公司的破产之前他想尝试利用一下最后一个资源。之后他们就再没有他的音信，除了告诫他们继续多等等之外。

“我想让你帮个忙。”保罗说。

“我们需要知道发生了什么事情。我给威斯汀豪斯写过信，他说他知道你的一切动向。这样做太过分了，年轻人。”

“对不起，但是这件事必须保密。很快你们就会知道为什么。目前，威斯汀豪斯和我需要你们起诉一个人。”

卡特盯着保罗很久。“你到底在说什么啊？”

“把休斯找来。我们需要提起一次诉讼，我们需要立刻着手办这件事。做了这件事，你们就不用继续为威斯汀豪斯准备申请破产了；相反，你们会跟他庆祝胜利。”

“哦，是吗？”卡特说，“那么你到底想让我起诉谁呢？”

“我其实不在乎任何人，只要他的律师是莱缪尔·瑟雷尔。”

保罗只把他需要知道的事情告诉了他，一点没多说。

到了中午，保罗在百老汇南端的西联公司办公室里焦虑地等待着。为了掩盖自己的紧张，他把注意力集中在沿着脚下黑白色大理石地面的缝隙踱步上。

终于，柜台后面的男孩敲了敲把他和公众隔开的黄铜栏杆。他向保罗示意，后者马上凑近过去。

“我们有一封给乔纳森·斯普林伯恩的电报。”男孩说。

“谢谢。”保罗从男孩手里接过了那一窄条电报纸。

电报是一位“摩根”发来的，没有名字或者缩写。电文很短。

“接到托爱发来的紧急电报。特斯拉活着。在芝加哥。爱通电和平克顿所有力量已被派往当地。请指示。”

保罗的计划起作用了。起码目前是这样。

“我想给这位发件人写一封电报。”保罗对男孩说，后者尽责地掏出了他的钢笔。

“前往芝加哥的火车车程是三十六小时。句号，”保罗说，“然后回城还要三十六个小时。句号。我们有三天时间完成。句号。”

“七分钱。”男孩很快清点完字数后说。

“这几句可值钱多了。”保罗一边说一边到口袋里翻找硬币。

那天下午晚些时候，保罗搭乘索格斯铁路前往马萨诸塞的林恩。路途并不遥远，这座小城坐落在波士顿往北十英里处临近海岸的地方。下火车后，他发现中心广场上落了一层厚厚的积雪。保罗的马车在雪地中划出辙痕，载着他前往环绕村庄的伟大工厂区之中最大的那间。

八座独立的四层厂房建筑在一公顷的范围内向四面八方伸展。每一座厂房楼顶的石头烟囱都冒着烟。保罗到其中最大的一座建筑中，找到了管理办公室。

门口用宽体字刻着汤普森—休斯敦电气公司的字样。

几位秘书接连指示他穿过走廊往后，直到他终于来到一间位于大楼深处的办公室。

屋里，查尔斯·科芬正倚在办公桌上。他一大早都在等着保罗的到访，并不想假装自己正在为其他事情忙碌。

“克拉瓦斯先生，”科芬说，“我更愿意猜想我这辈子再也不会见到你了。”

“我也这么想。”

科芬笑了。“你真的不喜欢我，对吧？”

“你背叛了我，也背叛了威斯汀豪斯，你这样做也违背你在技术上和科学上最好的判断。你觉得呢？”

“没有人喜欢一个酸酸的失败者。”

和这种人打交道让保罗愤怒。但是科芬的奸诈正是保罗现在所需要加以利用的特质。

“既然你同意了跟我见面，”保罗说，“那么我猜你一定也已经跟摩根先生谈过了。”

“我收到了一封信，”科芬说，“恳求我听听你的意见。”

“我很难想象摩根先生会做出‘恳求’的姿态。但是无论如何我很高兴你能同意。”

“他说你有一份商业计划书给我。而这份计划书绝对不能让托马斯·爱迪生知道。在通常情况下，当然，我会让你见鬼去。但是如果你把摩根牵扯进来，那么不管是什么事，一定都非同小可。”

“我来是想问你一个非常简单的问题：你想不想当爱迪生通用电气公司的新总裁？”

科芬努力让自己不表示出震惊，他低头看着自己擦得锃亮的皮鞋。

“这个邀约可是不一般。”科芬说。

保罗不以为然地耸耸肩，摩根的作用已经消退了。

“那么托马斯·爱迪生怎么办？”

“他早就没什么用处了。”

“对谁来说？”

“对摩根，至少，”保罗说，“此外，或许对全世界也是如此。”

保罗在柔软的地毯上踱着步子继续说。“你在这里管理的公司并不大,对吧？汤普森—休斯敦的利润率是爱迪生通用电气的三倍，是威斯汀豪斯的四倍。摩根注意到了，我也注意到了。爱迪生和威斯汀豪斯，他们是科学家。但是你，科芬先生，你用实际行动证明自己是个商人。一个出色的商人。”

“那么一个出色的商人在这个局面里能有什么用？”

“他知道风要往哪个方向吹，他会相应调整他的风帆。”

科芬笑了。感觉像是两个人因为共同厌恶某件事而站在了一起。

“具体怎么操作？”科芬问。

“你同意把汤普森—休斯敦卖给爱迪生通用电气公司。”

“你想让我把我的公司卖给爱迪生？”

“我想让你把你的公司卖给摩根，摩根再说服爱迪生通用电气公司的其他投资人解雇爱迪生。”

“然后摩根就拥有了两家公司。”

“是的，”保罗说，“到那时他就能把两家公司合并，然后任命你为新的总裁。”

“他为什么希望由我来……”科芬的声音弱了下去。保罗沉默地等待他自己明白过来。

“我的天，”科芬说，“作为这家新成立的合资企业的总裁，我能有完全的自由去做一些事情，比如，在威斯汀豪斯和爱迪生电气公司之间达成一项授权协议？一项爱迪生永远不可能批准的协议？”

“我早就知道你是这个职位的最佳人选。”

“为什么是我？你可以随便找个人给摩根当傀儡。无论总裁是谁，他都一样掌握着这家公司的大部分股份。”

“没错，”保罗回答，“但是你真的能够胜任这份工作。”保罗不需要仰慕科芬拥有的才能。他只需要利用它。

“摩根最想要的，”保罗继续说，“是回报。不要有更多争端，不要有更多私人恩怨。你掌权之后，你会与威斯汀豪斯签署协议，因为你知道在财务上这是双方互利。这是一笔好买卖。而你，先生，是一个十足的浑蛋，我更想让你下地狱而不是相信你。这意味着，我相信你总是能够做出对生意有利的判断。”

科芬的手指敲击着桌面。他刚刚被邀请担任全美最大的电灯公司的总裁职位。当所有这些交易都完成之后，科芬将会成为世界上最有权势的商业领袖之一。他的手指在木头桌面上有节奏地轻轻弹奏。

“那么爱迪生呢？”科芬最终问，“他会转去什么职位？”

“退休。”保罗斩钉截铁地说。

科芬点点头。很明显这就是他期待的答案。他又一次迟疑。

“真的，伙计，”保罗说，“你还要想多久才能告诉我你是否愿意担任爱迪生通用电气的总裁？”

“哦，我对这份工作并不感兴趣。”

“你在开玩笑吗？”保罗问。

“我对于管理一家名叫‘爱迪生’的公司不感兴趣。我会永远被他不可磨灭的遗产所淹没。”

“你拒绝了电力工业最有权力的一个职位，只是因为你担心公众不会认为是他们曾经误以为爱迪生才是的头顶光环的圣徒？”

“我从没说过我拒绝这份工作。”科芬说。

保罗能够看到他笑容里的暗示。

“哦我的天啊，”保罗说，“你还有条件？”

“只有一个条件。如果你能把爱迪生的名字从公司的名称中除掉，那么，我就不必在每天上班的时候都要盯着那个该死的名字看了。”

“我真不敢相信，听到我提出的邀约之后，一个像你这种地位的人，竟然还在讨价还价。”

“我给你提个建议，克拉瓦斯先生？”

“我一直都期待能听到你的建议。”

“你停止讨价还价的那一刻，就是你能够得到一样东西的最后机会。”

“好吧，”保罗说，“我会告诉摩根。你想让它叫什么都行。我敢肯定你可以把它叫作莎莉姑妈的电力商店，只要它能够比现在多赚一毛钱，他都不会反对的。”

“谢谢。”科芬说着，抽出一支钢笔，开始在一张纸上写下几个字。他是在尝试更改名称，职位，遗产。

“如果我们都同意，”保罗说，“那么这间公司就是你的了。我该告辞了。”

他转身往门口走去。科芬没有抬头，他的注意力还集中在面前那堆手写的名字上。

“嗯……”保罗伸手去抓黄铜门把手的时候，科芬说，“我们就尽量从简吧。就把第一个词去掉，我不喜欢的那个。”

“好。”

“‘通用电气’。这名字听起来很好，对吗？”

知识产权的寿命跟香蕉的保质期差不多。

——比尔·盖茨

64

尼古拉·特斯拉重返曼哈顿

两天以后，尼古拉·特斯拉走下一辆马车，站在了第五大道南段上。保罗在那里迎接他，乔治·威斯汀豪斯站在保罗旁边。

保罗脑子里有太多事情要想，所以根本没有在意清晨的寒冷。

威斯汀豪斯再次见到这位失联许久的发明家时，露出了痛苦的神情，又或者他只是激动得不知所措。保罗假装不知道自己的欺瞒对威斯汀豪斯的伤害有多大，或者特斯拉从那辆双驾马车上活生生地走下来的场面给他的感动有多深。

阿格尼丝跟随特斯拉从马车里下来。她递给马车夫几个硬币，然后与保罗四目相对。她按时把特斯拉带回了纽约，正如计划中一样准时。她完美地履行了自己的诺言，而她的诺言胜过一切，胜过其他任何人的诺言。保罗明白，这个使用假名字并捏造人生经历的女人，是他认识的人里最值得信任的一个。

保罗把阿格尼丝介绍给威斯汀豪斯。他生命中最重要的两个人之前从未见过面，想想也挺奇怪。两人似乎都不知道该跟对方说什么，如果他们能够了解彼此的人生交集是如何复杂就好了。

出乎所有人的意料，特斯拉握住了威斯汀豪斯的手。“你好，乔治·威斯汀豪斯先生，”他说，“我感谢您来迎接我。”

威斯汀豪斯笑了。“我很高兴看到您一切都好。”

“这是什么？”特斯拉说，指着威斯汀豪斯背后的大厦。

“你愿意进去看看吗？”保罗回答。第五大道南33—35号是一座四层石头大楼，就在华盛顿广场公园以南，往北隔着两个街区就可以看到那座拱门。这里的房产是全纽约最抢手的。

威斯汀豪斯从大衣口袋里掏出一把钥匙，打开了大楼沉重的大门。他带领大家沿着铜质的旋转楼梯来到四层，随后打开了一扇钢铁门。

“欢迎来到你的新实验室。”威斯汀豪斯说着，把特斯拉请进屋里。

这间实验室空间非常宽阔敞亮，四边都有二百英尺长。它占据了整整一层楼面，并且是刚刚建成的，闻起来还有新鲜的大理石味道。金属柜子沿着墙壁排开，里面摆放着一应俱全的电气元件。一卷卷全新的电线——锌线、钢线、银线——还没打开过包装，整张整张没有被切割的胶皮堆在一边。有一个柜子里装满玻璃圆盘，它旁边柜子里则放着一罐罐保罗认为是硝酸银一类的东西。成像物质和电气工具都放在一起。

“这里，特斯拉先生，是全国设备最齐全的实验室。”威斯汀豪斯自豪地宣布。他把一串钥匙交给了特斯拉，后者仔细把玩着钥匙，仿佛它们是能够被拆解的东西。

“你要给我一个实验室？”特斯拉问道，他的脸上没有任何表情，“我不明白。”

“我们什么都没有给你，”保罗回答，“这地方是用你的钱买下的。”

特斯拉抬头看着他。

“在你失踪期间，”保罗继续说，“你的律师，瑟雷尔先生，他不知道如何处理我们在销售电能时给你挣到的很多个2.5美元的使用费。我告诉他，威斯汀豪斯电气公司非常愿意继续签支票付钱，但是我们并不确定谁会去兑现支票。我们到底要向谁支付这笔钱？”

“日积月累，这笔钱数目就相当可观了。”威斯汀豪斯补充道。

“所以我们和你的律师一致认为，应该把你的专利费存为一项基金，到你回来时为止。如果你重新出现，你就能领出全部的钱。如果你没有……”保罗的声音弱了下去。他没有说出口的是，一年多以来，他其实一直知道特斯拉活得很好。

特斯拉似乎完全没有感觉到任何不吉利的气氛。

特斯拉开始在实验室里来回走动。他逐一检查了那些柜子，查看里面存放的物品。他转过身面向保罗。

“我会选择铜芯电线，而不是你们准备的锌线，”他说，“不过，确实，这里非常好。”

“我们猜到你一回来就得要一间实验室。”保罗说。

“我在田纳西取得了不少进展，”特斯拉一边继续巡视一边回答，“我会在这里继续。”

“我们也希望如此。”威斯汀豪斯说。

特斯拉从柜子里拿出两个玻璃圆盘，把它们放在桌子上。他抬起头。

“有没有螺丝？”他问。

威斯汀豪斯指向后边的一个柜子。

他们看着特斯拉立刻投入工作。他在螺丝旁边找到了一把螺丝刀和一把用来重新切割玻璃盘子的圆锯。没有一丝情绪波动，甚至完全没有考虑围在身边的其他人，他就这样立即投入工作。

“好吧，”阿格尼丝说，“看起来他是下定决心大干一场了。”

“你觉得他喜欢这样吗？”保罗说。

“我想对他来说，如果某个时刻他没有在创造中，那他一定就在思考应该创造些什么。”

威斯汀豪斯默默地注视着特斯拉。他们两个都是在实验室里才最自在的那种人，然而他们的态度却完全不同。特斯拉工作的时候最快乐，威斯汀豪斯在工作完成时最快乐，而爱迪生只有在他获胜的时候才最快乐。

只差一步，保罗就要确保，他赢不了了。

“特斯拉先生，”保罗在仪器碰撞声中喊道，“我们还想跟你讨论另外一件事。”

特斯拉配合地放下手中的工具。

“我有太多事情要做了，”他说，“你要说的事情对我有帮助吗？”

阿格尼丝看着保罗。这个计划他直到最后一刻都在瞒着她。他痛恨这样做，但是他没有其他办法。她不会喜欢的。

“威斯汀豪斯电气公司还有几天就要宣告破产了。”保罗干巴巴地说。

“我很抱歉听到这个消息，”特斯拉说，好像他费了很大劲才想出一种合适的回应。

“但是我们正在跟爱迪生的公司达成一项许可协议。如果我们成功的话，爱迪生就不会继续掌权了。”

特斯拉的眉毛挑了起来。人类事务中，唯独这件事似乎能够让他有一些兴趣。

“但是如果我们破产了，”保罗继续说，“那这一切就都没有意义了。而导致我们破产的原因，让威斯汀豪斯先生的企业处于这种很糟糕的财政危机中的原因，是我。”

保罗向特斯拉靠近一步，他的双手放在身体两侧，隐约像是在恳求。

“我代表威斯汀豪斯电气公司谈判的每单元2.5美元的使用费，我们一直在支付给你的基金，并且用来购买这间实验室的这笔钱，也无法持续下去了。”

“保罗，你在说什么？”阿格尼丝问道。

他没有理会她。“我想请求你做的，尼古拉，是签字放弃这部分使用费。为了共同的利益，放弃它。”

“共同的利益？”阿格尼丝大喊。“现在到底是在干什么？保罗，跟我来。”她指着外面走廊，这样两人能够私下说几句话。

“让我说完。”他请求阿格尼丝。

“尼古拉，”保罗说，“这些使用费很快就会停止，无论以什么方式。要么我们破产，你也不能继续收到这笔钱，或者你把这项技术当作礼物送给我们。然后我们打败爱迪生。”

“你想让我选择第二条路。”特斯拉说。

“如果你把你的交流电专利给我们，我们就能打败爱迪生。我们能够让交流电成为全国通用的标准。如果你不这样做，那么，呃……”

“爱迪生就会赢。”威斯汀豪斯说。

“肯定不会是这么简单。”阿格尼丝说。

保罗示意阿格尼丝先等等。“如果爱迪生赢了，整个国家的电网将会建立在直流电基础上。如果你让威斯汀豪斯破产，你就导致美国遭受直流电的厄运。落到爱迪生手里，让美国的科技倒退一百年。”

特斯拉的脸色阴沉下来。这是他之前从未想到过的严重而恐怖的后果。

“保罗，”阿格尼丝说，“我不会让你欺骗尼古拉·特斯拉放弃收取他的使用费。”

“我并没有欺骗任何人放弃任何事。我只是把全部的事实都明明白白地摆了出来。他可以自己做决定。”

“特斯拉先生的律师在哪儿？我现在就让他到这里来。”

“瑟雷尔先生恐怕现在没法到场。他在华盛顿,在办别的案子。”

“你把特斯拉的律师支走了，这样你就可以骗他一个人？”

“我没有‘骗’任何人。”

“我的新设备没有一样会使用直流电……”特斯拉在考虑这件事会给他的工作带来的可怕后果。

“如果你不按照我的建议去做，”保罗说，“美国的国家电网将会基于直流电而建立。会有很多事故，会有人因此丧命，整个国家会回到中世纪的黑暗局面。而你视野中所见到的未来，将永远不会在美国实现。”

特斯拉盯着远方，似乎能够真的看到他计划的那些机器都在空气中蒸发。这些伟大的发明就在他的面前，关于镀铬金属和导线的幻象。但是它们正在消失。

“我对金钱一点都不在乎。但是你们一定不能让直流电统治世界。我只想创造。你们都知道我。”

“尼古拉，”阿格尼丝说，“听我说。把你所有的钱都交给威斯汀豪斯，并不是保护你的工作的方法。”

“阿格尼丝 · 亨廷顿小姐，在保罗 · 克拉瓦斯先生所形容的世界里，我没有办法发明我必须要发明的东西。”

“我们可以面对现实，阻止那个世界的出现，”保罗说，“如果你放弃使用费，我们就能幸存。我们能够继续生产交流电系统。我们能够把爱迪生从他的公司总裁位置上罢免下去，与新任总裁达成协议,继续我们的生活。交流电和直流电可以同时在这个国家使用。可能产生的新设备的范围则会更加广泛。”

“那你必须要这样做，保罗 · 克拉瓦斯先生，而我会帮助你。并不是为了你的利益，也不是为了乔治 · 威斯汀豪斯先生的利益，也不是为了要看到托马斯 · 爱迪生先生的败落，而是为了这些科学的未来。我在我的脑子里看到过奇迹。那些能够看穿皮肤的隐形射线。一个能够把你的思想拍摄下来的机器。我也应该把它创造出来。这些奇迹一定要实现。”

乔治 · 威斯汀豪斯知道自己在这次对话中最好一言不发。他让他的律师替他说话。但是现在，他从大衣口袋里掏出几张纸。他把它们轻轻地放在实验室的桌面上，然后掏出一支钢笔。他欢快地把钢笔放在那几张纸旁边。

“你只需要签署这份文件。”威斯汀豪斯平静地说。他并没有与特斯拉对视。

阿格尼丝的脸上满是厌恶的神情。“尼古拉，”她说，“别签这个协议。我知道现在这些对你来说只是金钱而已，但是如果你放弃了使用费，那你以后的收入来源是什么？你的同伴发家致富的时候你只能穷困潦倒地在一边看着。”

特斯拉对她的同情报以微笑。“我创造的交流电的想法已经老了。如果未来我想要钱，我还有很多其他的创造，能够挣来钱。”他走向放着合同的桌子，伸手拿起了笔。

阿格尼丝给了保罗一个非常暴怒的眼神，是他从未见过的。他已经预料到这个时刻会到来。他甚至安慰自己说，她的愤怒是令人宽慰的。有什么要紧呢，他想，如果她因为他完成一件必须要完成的事情而责备他？她永远不会把他当成未婚夫那样深爱。如果她不爱，那对两人不都是更好吗？她很快就要结婚了，如果幸运的话，她的恨意只会帮助他们忘掉对方。

然而现在他面对她咄咄逼人的目光，那种刺痛感比他想象的严重得多。

她把自己的目光转向威斯汀豪斯。“你也是这场恶行的共谋？”

威斯汀豪斯什么都没说，他似乎觉得不需要向一个唱歌的解释自己行为的正当性。

“你们两个都该死！”阿格尼丝说。她愤怒地冲出实验室。她在身后重重地摔上了门。

保罗想跟出去。他必须要解释，她一定能够理解偶尔出于好意的欺瞒，但是他在工作完成之前不能离开。

几分钟之后，特斯拉在纸页的底部签好了自己的名字。他把自己的专利免费赠予，不求任何回报。他做出了选择，它们现在可以被乔治·威斯汀豪斯自由使用了。

“前进吧，”特斯拉放下笔说道，“去创造我的未来。”

保罗深吸了一口气。完成了。

他夺门而出。

近至电能，远至其他类似的自然界神秘现象刚刚被发现的时候，都像是开启了通往魔法世界的大门。难怪每逢那样的时刻，人们对科学的热爱之深，投入精力之大，都丝毫不亚于对女人的热爱。

——纳撒尼尔·霍桑，作家

65

男人们和女人们

保罗在第五大道南和休斯敦街的拐角处追上了阿格尼丝。她正在路边挥着手，想拦住一辆匆匆驶过的出租马车。他以为自己能够忍受她怒火背后死亡般的恐惧，现在他真的见识到了，却发现自己根本受不了。他必须要挽回她。他要为自己辩解。

“你真卑鄙。”她一看到他就大喊。

“阿格尼丝，”保罗哀求，“回屋里来吧，听我解释。”

“你把我当成一个轻贱的女人，因为我选择了一个恰好很有钱的好人。好吧，让我告诉你：从任何方面来说，亨利·杰恩都比你强得多。”

她想要伤害他，她马上就要成功了。

保罗想要抓住她的胳膊，她避开了。

“你从一个无辜的人的口袋里偷了东西，他糊涂到根本不知道你们对他做了什么。那是欺诈，你是罪犯。”她激烈的言辞飘散在寒冬的空气中。

“请你听我解释。”

“你到底怎么了？”

她仔细观察着他的脸，好像要努力读懂它的灵魂，但却什么都看不到。

“是你告诉我要不惜一切代价去争取胜利，而你也比任何人都坚信我能做到。”

“并不是做这样的事，保罗。”

“特斯拉不会有事，”他说，“你看看我为他做了什么。”他指向身后那座大楼。

“你操纵了他。”

“我把真相告诉了他！”

“这件事情你蓄谋已久了，对吧？”她说，“从拜访贝尔之后？”

“是的。”

“那这件事你没跟我说实话。”

“事情没有那么简单。”

“你不是为了我才这样做。你也不是为了威斯汀豪斯，或者其他人。你太需要击败爱迪生，你的自尊超越了一切，像癌症一样吞噬掉你的初心和善良。你并不比爱迪生好多少。你比他还恶劣。”

把他跟爱迪生相比，这太过分了。他没有办法跟她解释，某种程度上来说，他做这一切都是出于对她的爱，都是为了让她知道自己也配得到她的爱。她或许永远都不会看到他对她的朝思暮想，但至少她能看到这种爱慕激励着他取得不可思议的成功。

“我曾经觉得，”保罗说，“有时候为了达到更加美好的境地，我们不得不偶尔隐瞒或者调整一些事实，而在所有人里，你应该是最能够体谅这种行为的。”

“我向你倾诉过的秘密，现在却被你用来反讽我，好掩盖你自己的不道德行为？对你来说就不存在神圣吗？”

“我的意思只是说，我们都做过一些自己并不觉得光彩的事情。”

她狠狠扇了他一个嘴巴。路人纷纷回头看，保罗脸色通红。

然后他也感觉到一股愤怒涌上胸口。她真的不能站在他的角度考虑问题吗？她真的看不到他的行为跟她自己的有多相似吗？他这样做是为了让每一个牵涉其中的人都得到最大的好处，他不应该被她如此非难。

“你的举止像小孩子一样。”他说。话一出口，听上去比他预想中更加盛气凌人。“你在上流阶级的宴会上度过了那么多衣香鬓影烂醉如泥的夜晚，怎么还是对这个世界的真实面貌如此无知！”

阿格尼丝的眼睛里涌出泪水。她任由眼泪肆意流淌，拒绝用衣袖去擦拭。她让自己痛苦万分的面容正对着保罗，迫使他感觉到她所受的伤痛。

“你知道吗，”她流着泪说，“我曾经考虑过为了你而取消我的婚约？因为我以为你懂我,我觉得你可能是这世界上唯一懂我的人。我几乎相信了你。但我以前见过像你这样的人。你这种愤世嫉俗又追名逐利的年轻人，在大洋两岸的大都会里都屡见不鲜。你们这种人把聪明误认为智慧，你们这种人把上流社会的虚饰误认为真正的品位，你们因为自己太过聪明而骄傲得不可一世，但是你知道最悲惨的一点是什么吗？你确实不蠢，克拉瓦斯先生。你只是远远不如你自己想象中那么聪明。祝你好运。你会需要的。我衷心希望你能赢得这场官司，真的。因为我知道一些你不知道的事情。我知道胜利并不能让你成为一个伟大的人，它只会揭露出你根本算不上是个人。”

说完之后，她转身走开，留下保罗自己站在第五大道上。

66

电流之战即将结束

保罗强迫自己忘掉阿格尼丝的谴责。当晚他和自己的助理们一起度过,一遍又一遍地审校着交易所需的文件。董事会的“政变”已经安排妥当，使用授权协议也已经洽谈完毕。剩下工作就只是签署文件了。

他疲惫极了，新年以来他几乎就没怎么睡过觉，他的助理们睡得比他还少。在格林尼治街的小房间里，他们不停地在改来改去的合同上添加标注。没有人信任摩根，所以没有人敢保证他口头同意的事情会如实反映在他的律师送来的合同里。他们需要保持警惕，仔细查看合同,避免某个条目中埋着恶毒的坑。出乎大家意料的是，真的没有坑。或许摩根一反常态变得厚道了，或许他只是觉得这桩交易已经可以给他带来足够的好处。到底他是出于厚道还是出于知足，保罗永远不知道。

1月17日下午，保罗一脸倦容地走进布罗德街3号，他已经喝了三杯咖啡来抵挡仅仅两小时睡眠带来的困意。去往摩根办公室路上，他的手指还在咖啡因的作用下微微颤抖。这个时候已经不需要任何鬼鬼祟祟了；就算被爱迪生发现，他想做什么都为时太晚了。

保罗到摩根的办公室来主持最后的合同签署。屋里没有太多人，只有威斯汀豪斯、摩根以及摩根的几位律师在场，见证着电流之战的结束。威斯汀豪斯和摩根这些年来虽然只是偶尔碰面，但作为超级富翁，他们相互之间自然有种亲切感。两人对对方都不曾有过敌意。现在他们成了合作伙伴。

华尔街的阳光透过高窗投射进来，摩根那张巨大的枫木办公桌上只有一盏没有打开的电灯。相比时下的科技，它是上一代的产品。它是全美国售出的第一盏室内电灯。并不是第一批，而是第一盏。很多年前，当托马斯·爱迪生终于做出第一盏能用的电灯后，他把灯卖给了摩根。那个售价也只有摩根才买得起。现在它就摆在那儿，没什么用场，却代表着一段众所周知的历史风云。

摩根的办公室里还摆放着来自埃及古国和古老的美索不达米亚的各种珍宝。全世界第一个灯泡是这千年财富中最新加入的藏品。

摩根签下了他的名字。当天黎明时分，查尔斯·科芬已经在马萨诸塞州提前签了名。至此，战争终于结束。

“祝贺。”摩根对房间里的人们说。威斯汀豪斯迟疑着从桌边退后，似乎不太敢相信眼前的一切。这么重大的事件就在这么细微的片刻发生了，对比之强烈让人有种游离感。在场每个人都知道事关重大，都知道他们所做的会影响到身后的世世代代。可是现在就只有他们，几个中年男人——其中一个年轻很多——沉默地站在一个烟雾缭绕的办公室里。加百列的号角[1]并未奏响。

威斯汀豪斯转向保罗，他把大拇指插在马甲的口袋里。他冷静地点点头，只说了一句“你做到了”，但是他的眼神传达的内容却丰富得多。保罗也朝他点点头。要说的话太多了，真的太多了。所以一切还是尽在不言中吧。

“我们做到了，先生。”

保罗有一种奇怪的感觉：他真希望自己的父亲能够在场。伊拉斯塔斯永远不会明白保罗刚刚做出了什么成就，但是无论如何，他希望父亲仍然会为他自豪。

随着一声意外的吱呀声，办公室的门开了。

出现在摩根办公室门口的人个头很高。他的灰色头发杂乱地覆盖着头皮。他穿着西服和马甲，但是没有系领带。他白色纯棉衬衫最上面的几颗扣子都敞开着，灰色马甲皱皱巴巴。他憔悴的下巴上布满胡楂，脸色苍白如死灰。

是托马斯·爱迪生。

1 加百列，《圣经》中的大天使长，传说末日审判的号角由他吹响。——编者注我想，如果真的到了某一个时间点，我们觉得自己已经完全清楚我们是谁，我们来自何处，那我们也就失败了。

——卡尔·萨根，天文学家

67

托马斯·爱迪生的垮台

爱迪生的目光穿过房间，望向那群刚刚釜底抽薪般夺走他的公司的人，他的嘴唇在微微颤抖。

“托马斯，”摩根适时掌握住局面说道，“我希望你不是来闹事的。”他从自己办公桌后面走出来，像是要在爱迪生和刚签署的文件之间竖起一道堡垒。但是爱迪生根本没有在意那些文件，他把颓败的凝视所形成的压力都投在做出决定的那群人身上。

“所以是真的了。”他说。

“这是生意，”摩根回答，“我很抱歉必须由我来提醒你，一切都是生意。”

保罗已经做好准备去应对爱迪生不可抑制的暴怒。他本能地往爱迪生的身后望去,看看拿着手枪的查尔斯·巴彻勒会不会出现。但是办公室的门外并没有人，而且非常平静。

让保罗很意外的是，爱迪生并没有暴跳如雷。他的脸上看不到愤怒，他身上的肌肉也没有紧绷起来；相反，他显得灰心丧气。似乎他的整个身体只是靠着体内一根纤细的支柱撑起来的一样。他被打垮了，他自己也知道。

“求你，”爱迪生平静地说，“告诉我，关于名字的那件事不是真的。”

保罗过了一会儿才明白爱迪生指的是什么。

“这件事你要怪科芬，”摩根回答，“是他想把你的名字去掉的。”

“你把我的名字从我一手建立的公司的名称里去掉了。”

“查尔斯·科芬把你的名字从我拥有的公司的名称中去掉了。”

“那是我的**名字**。”他走向摩根，请求也变得更加直截了当，“我可用我剩下的全部身家跟你交换。求你，别去掉我的名字。”

爱迪生马上就要损失不知道多少百万美元的财产，而折磨他的却是“爱迪生通用电气公司”现在要变成简单老气的“通用电气公司”了？

“我很抱歉，托马斯，”摩根说，“你没有什么我想要的东西了。”

“乔治，”爱迪生转过身，把他的敌人当作同盟一般说道，“你是懂我的，这些人——”他指着摩根和律师们——“他们不懂。他们从来没有创造过任何东西。他们从来没有躬下身子，用双手亲自做出过某种前所未有的事物。一些甚至没人相信真的**能够**存在的事物。让他们保留我的名字。我们的战争？你赢了。你听见了吗？我会公开承认你赢了。”他严肃地低下头，这是一位败将在向获胜的将军致敬。“这个国家可以采用交流电作为标准。你要想让每个人都知道你的设备更好？没问题。或许它们真的更好。但是别让他们以为我的设计根本不存在。”

威斯汀豪斯面露同情之色。

“他们不会的，托马斯，”他说，“通用电气公司不会衰败的。它会继续发展壮大。如果真有改变，那也是发扬你的英名，而不是辱没它。人人都会知道它是你的公司。我向你保证。”

保罗惊呆了。爱迪生或许应该得到很多东西，但他不配得到同情。他们两人都曾经被他深深伤害过。

“我希望他们明天早上就把你忘掉。”保罗说。两年间在他心里一直酝酿的苦楚，现在终于可以释放出来了。“你说谎话，你欺骗，你盗窃，你窥探。你想杀死特斯拉，你差点儿杀了我。你收买了警方，你贿赂了州立法会，你还买通了一位法官。你极力赞成把某种可怕的设备用于死刑，只是为了说服公众相信假象。你明知道你的电力系统每年会让几千人丧命，却仍然在全美各大城市推行它。这还只是我知道的罪行，你该受的惩罚应该比这严厉得多。”

保罗说完后，房间里一片寂静。为了打败爱迪生，他倾尽了所有。为了证明爱迪生的罪孽更加严重，他自己也不得不犯下恶行。他推开了自己唯一挚爱的人。现在他拥有的只有愤怒。

这种感觉很好。

“保罗，”威斯汀豪斯制止他，“够了。”

“我确实做过一些我不应该做的事情，”爱迪生说，“我不会否认。但是你对我的指责并不完全属实。”

保罗想反驳，但是威斯汀豪斯打断了他：

“对不起，托马斯。不过你不会被忘记。你的名字将会永垂青史。我向你保证。”

让保罗大为震惊的是，两人竟然伸出手握在了一起。

“谢谢你，乔治。对于我所做过的一切，我也感到很抱歉。”

“你可以重新开始。就像以前一样——只有你，一块热烙铁，还有一间布满灰尘的实验室。”

爱迪生笑了，笑声里带点遗憾。“天啊，我自己都记不得了。”

“你也不会变成穷人，”摩根说，“你可以雇一位助手。你自己的股票价值刚刚达到两百万美元。”

听到这句话，爱迪生耸了耸肩。他转身看着威斯汀豪斯，他们交换了一个眼神。

“这些商人呐。”爱迪生说。这下轮到威斯汀豪斯笑出声了。

然后，爱迪生转身要走了。没有道别，也没有提到这可能是他这辈子最后一次见到在场的各位。无论保罗感觉有多疲惫，爱迪生看起来都比他要疲惫两倍。他就这样默默地离开了房间。

威斯汀豪斯关上门，房间里很安静。胜利者们独自享受着静谧。

过了一会儿，保罗第一个打破了沉默。

“我不明白，你怎么会向他道歉呢？他做过那么多坏事。”

威斯汀豪斯的想法似乎比以往更让保罗费解。

“我知道你不明白，”威斯汀豪斯说，他伸手拍了拍保罗的肩膀，“但总有一天你会的。”

当你穷尽了所有的可能性之后，要记住——还是有可能。

——托马斯·爱迪生

68
狂欢

胜利的感觉很奇怪。

与威斯汀豪斯和其他律师们匆匆正式告别后，保罗离开摩根的办公室，有些茫然。他下意识地沿着华尔街朝自己办公室的方向漫步，直到他意识到卡特和休斯应该都在公司。他们一定很想跟他大吵一架，因为很快他们就会发现保罗有好多事瞒着他们。特斯拉还活着，助理律师们，逼爱迪生“退位”的阴谋……每件事都非同小可。保罗要么是被他们开除的，要么是主动辞职的，全看旁观者的角度为何。卡特会对他咆哮一番，休斯会对他斥责几句，保罗会安静地坐在那里等着他们终于允许他开始谈判——关于离开公司的正式条件。这件事很可能还会牵扯许多人进来：律师们聘用律师们来帮他们聘用律师们，这条蛇在跟自己的尾巴打官司。这个过程偶尔会让人很恼火，但大多还是以枯燥乏味为主。

保罗放慢了脚步。突然之间他无处可去。他不知道自己是想睡觉，想吃饭，想庆祝，还是只想安静地坐在一个黑暗的房间里对着墙纸发呆。一时间他觉得自己应该到那间拥挤的、充满汗味儿的房间去看望一下他的助理们。出去喝一杯是这群勤奋的孩子应得的犒赏。他终于可以搞清楚哪个是拜恩斯了。不过这也不算是庆祝，这些助理们并不是他的朋友，他们只是他的雇员。他们都像保罗一样胸怀大志，跟他们一起庆祝有点无聊。他们很快就会在他新成立的事务所里得到新的职位。今晚他们可以先不着急庆祝。

保罗也想过能找找哪些朋友。他一直很喜欢跟法学院那些关系好的同学一起混，但是他已经好几个月没跟他们见过面了。这意味着他们需要约顿饭来交流彼此近况。他们照旧会重复讲述各自的日常生活：庭审、案件、聚会、社交圈子里新到手的姑娘。保罗能想象得到，几个小时的时间，就着两瓶香槟、一大盘烤生蚝，他会复述最近在忙的各种事情。那更像是一堂历史课，而不是闲谈。保罗需要的是一个知己，但是他得到的却是一群听众。

他想到了阿格尼丝。他仍然在生她的气，仍然在因为她拒绝体谅他的决定而感到愤怒。时间将会证明他做得对，他确信无疑。她不需要原谅他，他也不需要原谅她。

她很快就要结婚了。贫穷时，他没有能力赢取她的芳心。可是为了成为有钱人，他却不得不与她渐行渐远。这讽刺让他气恼。她曾经当面对他说，他真的有机会跟她在一起。她错了。亨利·杰恩那样的人永远比他有优势。杰恩可以避免艰难抉择带来的负担。他永远不需要靠着挖别人的丑事来得到他的财富。这样的天真无辜是种奢侈，是他的福气。阿格尼丝让保罗去争取胜利，然后又被获胜所要付出的代价吓住了。

这一连串孤独的想法把保罗带到了包厘街一家灯光昏暗的酒馆里。他并不想到这么污糟的地方来，但是他发现自己被大街上的噪声召唤着。密密麻麻的人群让他觉得自己受到了欢迎，在陌生人的欢声笑语中间他找到了熟悉的感觉。

保罗喝下了三锡杯布鲁克林最新酿造的淡啤酒。周围一帮男人在狂呼乱喊，这些人磨出老茧的双手终于结束了工作，就跑到酒馆里来继续磨嘴皮子。他们看得出来保罗不是这里的常客，不过他们也没有来打扰他。好像他们都明白他只适合独处一样。

干杯，他喝着略带苦味的啤酒心想。**敬伟大的成功**。

酒精让他感觉到一阵舒服的眩晕感，这时一个男人在他旁边的高脚凳上坐了下来。保罗起初并没有抬头，直到他听到那个男人点了一杯杜松子酒。他的声音保罗以前只听过一次，而且是很久以前。

“你怎么会到这里来，你来干什么？”保罗说。

查尔斯·巴彻勒掏出两个银币付了酒钱。“克拉瓦斯先生，我想向你提个建议。”

保罗差一点儿把手里的啤酒打翻。他感觉到一种潜在的暴力威胁。不过，看到爱迪生的这位得力助手对着那杯劣质杜松子酒苦笑的脸，保罗意识到巴彻勒并不是来找他动粗的，他甚至都不是来威胁要对他动粗的。

“你还好吗？”巴彻勒问，“你脸色突然很苍白。”

“你是跟踪我到这儿来的？”

“你觉得我晚上会经常到这种地方来消磨时间吗？”

“为什么？”

“因为你有个麻烦，我相信我可以帮你解决。坦白说，我自己也有个麻烦。而我们可能都会同意的是，你的麻烦和我的麻烦都可以用同一个办法解决掉。”

“我赢了你，”保罗说，“我赢了爱迪生。我可以向你保证，你这辈子别想再从我这里得到一丝一毫的帮助。”

巴彻勒翻了个白眼。他似乎觉得保罗的义正词严有点古怪。“够了吧，好吗？我们都是专业人士。我在说正经事。端正态度。”巴彻勒把酒杯放在坑坑洼洼的吧台上，用手指转动着杯子。“查尔斯·科芬，你们新任命的通用电气公司总裁，他是个老奸巨猾的家伙，这你很清楚。他不诚实，捉摸不透，总有一天他会背叛你。你需要在公司里安插一个有经验的二把手，一个摩根信任的人，来保证这艘船不会沉。这个人不会在船行途中就把所有货物都卖给第一个出价的人。我在爱迪生通用电气公司当了很多年副总裁，我知道该如何管理这家公司，胜过其他任何人。”

他又一次转动手指，杯子里的杜松子酒像是夏日风暴中的海浪一样荡漾起来。“我在这行业年头太久了，没有回头路。我不会夹着尾巴跟托马斯回到新泽西去。他的怪脾气我早就受够了。我应该换个工作了。你能帮我说句好话吗？告诉摩根把我留下，在科芬手下当副总裁，我保证会效忠你们两人。”

虽然保罗脑子里有很多想法冒出来，但是最主要的念头就是他非常希望还没有喝掉那三杯啤酒，醉意与疲惫混杂在一起让人很难清醒地思考。巴彻勒是想引他踏入某个圈套吗？是爱迪生派他来秋后算账的？

只不过，现在伤害保罗对爱迪生来说已经没用了。对巴彻勒也一样。这场战争已经结束了，巴彻勒的一番话应该是真诚的，否则不太合乎情理。不过，爱迪生的手下主动来找他握手言和的场面也离奇到让人难以理解。保罗只想有一个晚上——短暂地借助酒精喘息片刻——来消化掉他郁积已久的怒气。很快他就要投入下一场战争的运筹帷幄中去了。

“回家去吧，”保罗说，“过几个星期再来找我，到时候再看我能做些什么。”

巴彻勒平静地对待保罗的回避态度。“你在庆祝。我看得出来。我这样来打扰你的……狂欢确实很无礼。”巴彻勒环视这间酒馆，工人们的喧哗声似乎更吵了。保罗盯着自己几乎见底的酒杯。他的孤独并不在巴彻勒关心的范围之内。

“但是有一点你要小心，”巴彻勒继续说，“如果我们不互相帮助，那么我就只能认为你更愿意我们互相伤害。我不希望这样。但是你一定要知道，我能伤害到你的程度会比你能伤害到我的程度深得多。”

“你在说什么？”

“我们之间的这场战争……可谓伤亡惨重。我知道尸体都埋在哪里。不仅是我们这边的，也包括你们那边的。”

这番指责听起来挺严重。不过，潜入布朗办公室，对合伙人隐瞒撒谎，围绕特斯拉所要的花招，以及对那位古怪朋友的最终背叛——这些事情相比对方所犯下的罪恶，仍然是微不足道的。保罗坦白承认自己的罪孽。“我确实做过一些不光彩的事情。但是电死威廉·凯姆勒的人不是我，给特斯拉的实验室放火的人不是我，对美国所有报纸撒谎的人也不是我。”

巴彻勒皱起眉头，似乎在反复琢磨着保罗。“我不得不说，有件事让我好奇很久了。托马斯和我实际上为此有过不止一次的争论。我想你刚刚给了我答案。”他死死地盯着保罗的眼睛。保罗没有任何闪躲。“天啊。你真的不知道。”

“知道什么？”

“是谁在特斯拉的实验室放了火。”

“是你们。”

“不，不是我们，”巴彻勒平静地说，“是乔治·威斯汀豪斯。”

69
好家伙和坏家伙

“那不是真的。”保罗说。

“着火那天晚上，”巴彻勒说，“威斯汀豪斯让你带特斯拉去德尔莫尼克吃晚餐，只不过你们没去。他这样建议是因为他想让你们两个离开实验室。你是不是把特斯拉给你的地址告诉过威斯汀豪斯？他并不是想杀掉特斯拉——他只想吓唬吓唬他，让他回到自己身边。但是火情比他预计的严重多了，你受了伤，特斯拉消失了。他的人放火时并不知道你们还在楼里。说真的，你以为是谁把你从火场里拉出来的？你以为是谁救了特斯拉？”

“警察说是一个陌生人……”

巴彻勒看着保罗，好像他是地球上最愚蠢的人。“你以为是某个见义勇为的市民冲进熊熊大火中把你救了出来？这里是纽约。是我的人救的你。我派他跟踪你一个月了。平克顿的手下相当厉害，他看到起火之后就跑进了大楼，当他进屋时你已经昏倒了。他让特斯拉帮他把你抬出了大楼，但是他忙着抢救你的时候，那个疯子自己跑掉了。恐怖的场面让那个可怜人发了疯。威斯汀豪斯这个计划的效果与他的预期截然相反。我们真走运。”

保罗绞尽脑汁想要记起点什么，来证明巴彻勒在撒谎。

“不必摆出那副脸色，”巴彻勒继续说，“你假扮清白无辜从来没像过，到底你还是替威斯汀豪斯干了肮脏的勾当。是你说服特斯拉放弃了使用授权费，你的花言巧语和文件上潦草的签名让特斯拉遭的殃比威斯汀豪斯放的那场火恶劣多了。”

保罗觉得眼前有个万花筒，好像宇宙间所有熟悉的色彩都被重新安置了一遍。“就算你说的都是真的……**你**又是怎么知道的？你怎么知道那天晚上**威斯汀豪斯**跟我说了什么？”

“到现在你肯定已经知道答案了，”巴彻勒说，“是雷金纳德·费森登告诉我们的。”

保罗感到如鲠在喉。最苦涩的讽刺之处在于，爱迪生比保罗还清楚威斯汀豪斯的秘密动向。

一直以来，保罗都以为自己知道这件事里谁是恶人。

现在他终于明白，他自己才是。

“说到这里，”巴彻勒说，“你们能不能放过那孩子？我是说费森登。他是个好孩子，是我们指使他搞阴谋诡计的，是我强迫他接受这项任务的。匹兹堡对他来说就像地狱，悲惨的地方，还不如印第安纳。”

保罗已经无话可说。他取得的胜利比失败还糟糕。他是赢了，但他现在才知道自己根本不应该赢。他不能再为威斯汀豪斯辩护了，他甚至都不能再为自己辩护。

威斯汀豪斯应该下地狱，爱迪生也是。科芬，摩根，巴彻勒。

他们都该受惩罚。保罗已经受到了惩罚,在这场血光四溅的悲剧中,只剩下一个人不应该受炼狱之苦。

“我会答应你的条件。”保罗说。

巴彻勒点点头。“非常感谢。”他站起来，活动了一下腿脚。他此行的目的达到了。

“你还没听**我**的条件呢。”

“你说什么？”

“你不是想做交易吗？那我们就做个交易，但是首先你应该听听**我的**条件。”

“你还要谈判？”

“是的，“保罗说，“你停止讨价还价的那一刻，就是你得到这个东西的最后机会。”

巴彻勒又坐了下来。

“我们要对这一切保密，”保罗提出，“我这边做过什么。你那边做过什么。你想抹黑威斯汀豪斯？我也可以抹黑爱迪生。我知道他跟哈罗德・布朗之间的联系。我相信你并不希望看到这个人再次出现。”

巴彻勒无奈地摇着头。“我告诉过托马斯——我跟他说过一百次了——不要跟那个人打交道。托马斯一直有这个问题，我认为。太不会看人。”

“布朗捅出这么大的乱子以后就躲起来了？”

“更确切的说法应该是被赶走了。他现在离纽约很远，我们也已经很清楚地告诉他，如果他再次出现在纽约方圆一千英里之内，后果会很严重。”

“我很愿意替你们着想而不去找他。你希望费森登回到新泽西重新为爱迪生效力？我觉得没问题。威斯汀豪斯希望他进监狱，但是我会想办法放他一条生路。你想留在通用电气？很容易。但是作为交换，还有一件事我需要你帮我去做。”

巴彻勒等着他继续说。

为了保守他那些肮脏的秘密，保罗可以开出很多天价的条件。然而他真正想要的对于巴彻勒来说确实是小事一桩。

“我们都会在地狱里焚身，”保罗说，“而且我们都罪有应得。你，我，爱迪生，威斯汀豪斯，布朗。但是我们或许能够有机会一起看到这些恶劣的行径最终能促成一件善事。”

“是吗？”

“我们费尽心思不让对方获得公正，但有一个人，我们应该确保他得到了公正的对待。”

“克拉瓦斯先生，这个人是谁？”

70
人人都能得偿所愿

第二天下午保罗来到阿格尼丝家门口时，她并不在家。他按了十几次门铃，但是没有人回应。甚至都没有女仆出来开门。格拉梅西公园一整条街上，4号是最安静的一户。

保罗接着去了大都会歌剧院。剧院经理显得很为难，亨廷顿小姐现在不在。保罗问她什么时候来。

“她不会来了。”

亨廷顿小姐几天前才告知歌剧院的董事会她要离开，经理解释道。她说这个城市已经不适合她。她并没有提到自己接着要去哪里。

随后几天里，他问到的每一个人都给了他同样的答案。没有人见过阿格尼丝。她的房子被挂牌出售。就连斯坦福 · 怀特都通过信件告诉保罗，他听说了阿格尼丝突然离开的消息，但是并不知道她要在什么地方重整旗鼓。不过如果保罗真的找到了她，可否拜托他带她回来？

三个不眠之夜过去了，保罗从社会新闻版上读到一条最让人浮想联翩的消息：女歌手阿格尼丝·亨廷顿与亨利·拉巴尔·杰恩的婚约已经被取消。**“他是否抛弃了‘保罗·琼斯’？”**《华盛顿邮报》的头版标题颇为耸动地写道，用阿格尼丝扮演过的最著名的角色来指代她本人。保罗多方询问终于得知杰恩家族已经举家前往费城。这件事对他们挚爱的儿子是一个打击，但是他会好起来的。

似乎阿格尼丝也同时离开了她梦想的城市，以及能让她高枕无忧的豪门婚姻。她放弃了自己曾经迫切想要得到的东西。现在的她身在异地，另有追寻。

保罗没花费多长时间就猜到了她的去向。

芝加哥铁路在卡拉马祖不停车，不过密歇根中央铁路在那儿有一站，但是需要在托莱多换车。卡拉马祖不是个能让人扬名立万的地方，它是个让人去逃避的地方。

保罗在一个明媚的冬日抵达。他雇的马车把他带到了冰雪覆盖的城市中心一座两层小楼。找到这个地址并不太困难，这里的房产交易没那么频繁，所以跟当地人稍微打听一下，就能够得到他想知道的信息。

他来到这座褐色板条屋前面时，范妮就在门口。她显然不高兴看到保罗走上她的新家的台阶。但她还是招待他喝了一杯茶，并应他请求，给了他几分钟时间交代一些事情。不过对于他提出的请求，她坦白说那不该由她来答应。

阿格尼丝下楼时看到保罗，几乎没有什么反应。

“你想挨骂的决心有多坚决，才会把你带到这里来？”

“好了，好了，”范妮打断她，“他并不像我所认为的那样愚蠢。”

说完，范妮就离开了。

阿格尼丝倚着厨房的柜子，把橘色的棉布长裙紧紧裹住身体。

“离开纽约之后，我第一次看到妈妈这样开心。”

“我从报上读到了关于你和亨利·杰恩的消息。”

“你是来给社会新闻版做专访的吗？”

“亨廷顿小姐，”保罗说，“认识你之后的大部分时间，我做出了很多相当糟糕的决定，所以我想用一件正确的事情来弥补。那就是：我来就是为了告诉你，我爱你。”

她眼皮都没眨一下。

“我很抱歉我利用了特斯拉，我背叛了他的信任。”

“那么我认为需要听你道歉的人并不是我。”

“但我也要补偿你。你听着：那些伟大的人物，我们一直在他们的阴影下争斗，他们都太可怕了。那些大人物和他们伟大的偏执，我再也不想参与其中了。我想要的是你。”

阿格尼丝嗤之以鼻。

“我以为获胜就足够了，”保罗说，“但并不是。我以为成功……呃，我以为成功能够意味着什么。成功都是存在于旁观者眼中。而我唯一在乎的那双旁观者的眼睛只属于你。”

“你一直很能说会道。”

保罗走进那间俭朴的厨房。“你躲起来了。”

“我回到现实中了。”

“你最终还是无法做到，伪装的姓名，伪装的生活，余生的每一天都要继续伪装的你。你以为你能做到，但是那不值得。”

她低头看着地板，很难说在那个时刻让她更加恼火的是保罗还是她自己。“尼古拉曾经给我形容过一种现象，他把它称为：折射。

光在穿过棱镜的时候会被分解为不同的颜色，我觉得自己就像一个人的折射，那么多不同的形状深浅层层叠加才创造出某个完整事物的幻象。我只是我自己在其他人眼中折射出的样子。对我妈妈来说我是一个端庄的公主，在舞台上我是一个声音嘹亮的伶人，在我的未婚夫眼中我是一个爱笑的精灵。我扮演着所有角色。我以为是值得的，直到我看到……”

“直到你看到它让我变成了什么样子。”

她抬起头望着他。“如果我留下来，我可能会变得比你还差。”

这话很伤人。

“所以你回到这里。你会在某个地方剧院里唱歌。如果有人认出你是阿格尼丝·古奇,没人会在意。如果有人认出你是阿格尼丝·亨廷顿，没人会相信。”她的计划很不错。不过保罗已经动用了一切力量想要证明这样做其实并没有十分必要。“如果你能留在纽约，但不必再伪装下去呢？”

“而你就是我的新任杰恩？”她狐疑地问，“我读到你获胜的新闻了。但是那并不能让你获得你想象中的权力。”

“成功根本没有给我带来什么。但是能够把纽约还给你的人并不是我。”

她眉头一皱。

“是托马斯·爱迪生。”

他来到这里之后第一次让她吃惊了。

“我这里有一封信，”他说着把信从外衣口袋里掏出来，“是波士顿警察局的一位科洛斯警司写来的。”

她的表情明显表露出她对这件事的走向完全不明就里。

“在这封信里，”保罗继续说，“这位好警司告诉我的朋友查尔斯·巴彻勒，没有记录显示1881年恩迪科特家中有盗窃案发生。也就是说警方没有——以前也不曾有过——这样的一份报案记录，而且他还跟恩迪科特家族的人确认过，后者向他保证从来没发生过盗窃事件。”

保罗看着她尽力去消化他刚刚告诉她的事情。他的话的意义太过深远，以至于她还不能立刻动脑子想清楚。

“但那是不可能的。”她说。

保罗笑了。“你的妈妈是安全的。你也是。”

“你怎么会——”

“按照我的理解，查尔斯·巴彻勒——托马斯·爱迪生和J. P.摩根的忠诚部下——向恩迪科特家族以及波士顿警方明确表示，他的老板们对这起案件极为关切。并且由于某些不可明说的原因，如果这件事情从未发生的话，对每个人都有好处。”

“就因为查尔斯·巴彻勒跟他们说了这些，那家人就同意不追究了？”

“‘爱迪生’和‘摩根’这两个名字还是很有威力的，即便是在波士顿。”

她看起来像是十几年来的紧张焦虑终于从身体里释放出来。保罗几乎能够看到她的肩膀开始放松。

“你现在自由了，”他说，“你可以是阿格尼丝·古奇，你可以是阿格尼丝·亨廷顿。如果你愿意，你甚至可以继续去做阿格尼丝·杰恩。但你不需要靠他的姓氏来保护你。你可以为自己正名了。你妈妈也一样。”

阿格尼丝什么都没说。她倚着柜子一动不动。

“做这些事情需要我采取不诚实的行为，但是看看它带来的一切。它牵涉到的每个人的生活都比以前更好了一些。我为了造福一个更好的美国才犯下罪孽。如果你能跟我一起回到纽约，我们可以用余下的人生来补偿。”

“并不是每一个牵涉到的人都活得更好了，保罗。”

“特斯拉并不像你想的那样拮据。他不仅有了一个新的实验室，而且还有了一家新公司。”

“他怎么可能有钱成立新公司？”

“因为不管你相信与否，他找到了第一个投资人。而且这个人钱多到花不完……他就是J. P. 摩根。我正在帮他谈这桩生意。”

她吓了一跳。不能否认，无论如何保罗是个非常优秀的律师。

“我们现在能做任何事情，”他说，“我们能成为任何人。我们能给慈善事业捐一大笔钱，我们能够建立起比我们两人都活得更长久的民权机构。我们可以改变纽约，让它张开双臂欢迎下一个从纳什维尔来的男孩或者从卡拉马祖来的女孩。我们可以照顾特斯拉，并且确保他一直会受到关照。这些我们都能做到，而且还能做更多，但是如果我不能和你一起做这些事情，那它们就都没有什么意义。

“如果你愿意考虑返回纽约的话，”他继续说道，“我有一个小小的请求：别嫁给亨利·杰恩，嫁给我。”

他上前一步。“你知道吗，在我们这些险象环生的经历中，我们认识了三个人，他们都用自己的方式改变了世界？你知道我忍不住在想的是什么吗？他们**为什么**要这样做？是什么能够让他们这么长时间以来一直在坚持奋斗、努力、共谋？”

她抬起一只眉毛。“你现在想要说的竟然是这些？”

“你听我说完，”保罗恳求，“他们热爱什么？他们三个人？爱迪生热爱观众。对他来说，重要的是表演，是人群。他仍然是全世界最著名的发明家。我打赌再过几代他也仍然会保持这个名气。他想得到掌声。那就是他为之奋斗的东西。那么，威斯汀豪斯……威斯汀豪斯不一样。他喜欢产品本身。而且他做的产品比其他任何人做的都好。他是最优秀的技师，不是吗？他不想卖出最多灯泡，他想做出**最好的**灯泡。就算它们太贵，就算它们投产太晚，他都不在乎。但它们必须是最好的，最有用、最新的技术。他做到了，不是吗？最终胜出的确实是他的产品。他想要把灯泡做到完美，他成功了。然后还有特斯拉，他是这只三脚架的第三个支点。他一点儿都不关心爱迪生看重的声望或者威斯汀豪斯看重的产品。特斯拉关心的只是创意。它们的普及根本不重要。特斯拉是他自己的观众，他的想法就是他的产品，只供他本人独享。他的想法有了，他的任务也就完成了。一旦他知道自己解决了某个问题,他就换个问题去想。他知道是自己找到了应用交流电的办法；他知道是自己让灯泡能够亮起来。具体制造上的事情跟他无关。那是别人要去解决的问题。

“所以你看：他们都得到了他们想要的。因为他们想要的如此迥异。我一直都很努力地想要理解他们，到现在我终于明白了，我永远不会理解他们。因为我跟他们不一样。”

“你想要胜利。”阿格尼丝说。

“是的，而且我得到了。但这胜利其实跟失败相差无几。爱迪生拥有了观众；威斯汀豪斯达到了卓越；特斯拉获得了想法，但是我真正想要的，只有你。”

她笑了。在以后的岁月中，这笑容保罗还会看到很多次。他会逐渐熟悉它们的形态，它们的细微差别，它们变化多端的神采。然而在她展露给他的几百万个笑容之中，唯有在这个难忘的下午绽放出的，最特别的这一个笑容，将永远是他的最爱。

“你越来越能说会道了。”她说。

关于科学的争论，原则上来说，是没有止境的。如果某一天有人断言科学论点不再需要进一步测试，并可以被认定为最终结论，那么这个人也就退出了科学界。
——卡尔·波普尔

71
战后

保罗在圣·托马斯教堂与阿格尼丝·亨廷顿举行了婚礼。他们搬进了五十八街的一座公寓，距离中央公园只有一个街区。阿格尼丝很快结束了歌唱事业，但从没停止在家里唱歌。有时候保罗会觉得她的声音已经深深地浸入明亮的木头墙板中，所以每当她的咏叹调响起，连墙壁都会报以回声。1895年，他们的女儿薇拉出生，她长得跟她母亲像是一个模子刻出来的。范妮·亨廷顿也住在附近。

保罗和阿格尼丝共同参与创建了外交关系协会，保罗也成为协会的一名官员。保罗还担任过大都会歌剧院的企业法务顾问，随后又当上了董事会主席。后来，他还曾出任过费城交响乐团团长，茱莉亚音乐学院的受托人，菲斯克大学董事会主席，意大利裔美国人协会的主席，以及美国印度协会的官员。保罗和阿格尼丝夫妇也成为了曼哈顿地区最伟大的社会慈善家之一。

然而尼古拉·特斯拉这个名字一直是他们婚姻生活中的阴影。

每当他们挣扎着既要过好日子又要做好事的时候，或者每当两人关起门来吵架的时候，保罗对特斯拉犯下的罪孽就总会被再次提及。

随后的岁月中，威斯汀豪斯电气公司的系统成为全国电力生产和输送的标准系统。通过与新更名的通用电气公司达成使用许可权协议，威斯汀豪斯将交流电输送到全美，点亮了从西岸到东岸的整片国土。同时，通用电气本身也转换了标准，灯泡销量增加了好几倍。在查尔斯·科芬的领导下，公司的利润翻了三番。两家公司都发展壮大，跻身全球巨头公司之列。

保罗继续在威斯汀豪斯电气公司做了一段时间的首席律师，直到他能够安排公司聘请到一位内部法务。保罗亲自挑选了那位年轻人，他本人仍然担任公司的法律顾问。是时候让他换个轨道继续前行了。

保罗和威斯汀豪斯的关系虽然不再亲近，但仍然保持着密切的合作伙伴关系。保罗从来没有问过他关于那场火灾的事情。在这件事上，保罗做什么都没有意义了，即使威斯汀豪斯承认了，那也说明不了任何问题。争吵对双方都没有好处。他们的友谊淡漠了一些，但是从未凝滞。威斯汀豪斯不是保罗想要的那种父亲，保罗有自己的父亲，伊拉斯塔斯还经常会到纽约看望自己的孙女。

自然，那些年里也少不了各种阴谋诡计。J. P. 摩根曾经企图恶意收购威斯汀豪斯的公司，失败之后还不罢休地又试了一次。真正买断比使用权合作形成的有效垄断更符合他在资产运作上的胃口。但是有保罗辅佐的威斯汀豪斯预见到了对方的动向。摩根的攻势被挡住了，威斯汀豪斯电气公司得以免受外部财团的控制。保罗也因为其足智多谋而从百老汇的律师楼红到了华尔街。

保罗与自己的助理们成立了一家新的事务所。他作为威斯汀豪斯公司首席律师所获得的成功就是吸引客户的金字招牌。他很快就拥有了几十个客户。其中绝大部分都家喻户晓。保罗最终接手了曾属于威廉·苏厄德的律师事务所，该事务所是威廉·苏厄德在阿拉斯加易手案中大获成功之前几十年就创立的。保罗很快拉来税务法这一新兴领域的专家霍伊特·穆尔入伙，后者对于事务所的大企业客户来说作用愈发重要。最终，保罗还提拔了自己的一位学生成为合伙人：他叫鲍勃·斯温，一个聪明的年轻人，刚刚从哈佛大学法律系毕业没几年。（没有人是十全十美的。）此外，保罗在处理灯泡专利案时构建的金字塔体系在其他案件上也被证明是有效的。他在多家法律杂志上撰文介绍了他的“克拉瓦斯体系”。该体系的方法是，每一个案件都由公司的一位合伙人监督，在他手下会有一群助理去处理每天繁复琐碎的法律事务。这些助理从低到高都有明确的职级划分，其级别根据他们加入事务所的年资长短而定——一年资历，二年资历，以此类推，一路升迁到金字塔顶端，直到有一天，如果他们足够幸运的话，他们或许可以把自己变成合伙人。这个体系就像威斯汀豪斯的工厂一样效率非常高。

保罗把律师从一种技能变成了一项产业。从华盛顿到旧金山的律师们都学到了他的体系，也开始采用他的方法。他想，如果当律师也能申请专利就好了，这样它就能像那些申请到专利的设备一样受法律保护。

就连尼古拉·特斯拉也不时会取得一些成功。特斯拉在交流电上的发明没有给他带来一分钱收入，但他用J. P. 摩根的钱建立的公司直到1903年才破产。他的个人财富，虽然无法跟爱迪生或者威斯汀豪斯相提并论，但也足够他在华尔道夫酒店长期租住一个房间。从那里走几步就能到德尔莫尼克餐厅，每天晚上特斯拉都到那里吃饭，从无例外。餐厅经理专为他设置了一张餐桌，每天晚上都为他保留。

作家罗伯特·安德伍德·约翰逊和他的妻子凯瑟琳发誓要为特斯拉找到一位合适的伴侣。虽然这对夫妇把他介绍给了全纽约几乎所有符合条件的女性，而且其中有些女士甚至对这位高大又强势的天才颇为着迷，但他从未对她们的热情做出过回应。

保罗在城中的一些晚餐或者宴会场合遇到过他几次。只要得知某个活动他会出席，阿格尼丝也保证一定会到场。最初她密切关注着他的动态，但是随着时间的流逝，他们也慢慢疏远了。已经被她抛开的所谓名声却明显给他带来了愉悦。有一段时间，他的名气甚至跟爱迪生一样大。记者们排着队想为他做专访。他成了纽约最伟大的人物之一——一个神秘又怪异的圣徒。就像德尔斐遗址里一块瘦长的甲骨文。保罗和阿格尼丝看着特斯拉享受这份风光。他的黑色西服，阿格尼丝指出，永远纤尘不染。就算仍然沉浸于自己的世界中，特斯拉也学会了暂时停下来，偶尔享受一下外面这个世界的精彩美妙。

保罗永远不会料到，尼古拉·特斯拉比他们活得都长久。他1943年去世时几乎已经身无分文，不得不搬出华尔道夫酒店，换到了一家单身旅店栖身。

特斯拉从未发明出保罗曾经迫切需要的未侵权版灯泡，是威斯汀豪斯的工程师团队把它发明出来的。在威斯汀豪斯的带领下，他们有条不紊地对索耶和曼的专利设计进行了改造。他们在灯丝外面罩了两层玻璃，而非一层。这种被命名为“双层灯”的设备由威斯汀豪斯自己的空气刹车工厂大批生产，并且刚好赶上为1893年举办的芝加哥哥伦布纪念博览会提供照明。法庭迅速并且明确裁决这款灯泡从本质上不同于爱迪生的灯泡。整个电流之战里最能赚钱的发明创造并非来源于某位天才的灵光一现，而是经过三年的努力，由一个技术专家团队对十年前一个英国的设计进行煞费苦心的改进才最终得以达成。威斯汀豪斯拥有这种电灯泡的专利，但是任何人都无法单独宣布是自己“发明”了它。

然后，当然，还有当时或许是最具讽刺意味的一件事：223898号专利侵权案那令人好奇又意外的走向。

保罗和他的助理们仍然在精力充沛地继续追究此案。摩根和科芬也是，如果官司打赢，他们就可以迫使一些小规模的电气公司破产或者签下更赚钱的使用许可协议。因为成功而兴高采烈的威斯汀豪斯也愿意花钱继续打这场官司来捍卫自己的好名声。对于保罗来说，一切只关乎尊严。这是全世界最大的专利侵权案，打赢这场官司的律师将会名垂青史。

就这样，保罗在美国高等法院的庭前据理力争。他的辩论非常精彩，抵挡住了富勒大法官连珠炮式的询问。他出色地完成了任务，场面蔚为大观。这是所有律师职业生涯的顶点。

几周之后，保罗得到了裁决结果。他输了。

而且根本没有人在意。

爱迪生诉威斯汀豪斯成了一起无法了结的讼案。连案卷上控辩双方那两个人都已经不在乎判决结果之后很久，这起案件仍然未有定论。待到法庭终于作出了对爱迪生有利的判决时，这项专利也快要过期了。威斯汀豪斯的双层灯已经进入市场，所以法庭禁止他生产的那款灯泡他早已经停产了。为数不多的几家电气公司仍在使用与爱迪生的专利类似的灯泡设计，并期待威斯汀豪斯打赢官司，判决作出后，他们都相继退出了市场。在某个安静的、烟雾缭绕的办公室里，摩根把这桩打赢的官司从一份长长的名单上划掉了。

保罗意识到，律师的命运就是，他们可能会输掉官司，但仍然赢得战争。

保罗·克拉瓦斯的余生中，与托马斯·爱迪生只遇到过一次。

我的商业模式就是披头士乐队那种模式。他们四个人一直在监督彼此是否有消极的态势。他们互相平衡，让总体成效超出四部分成效相加之和。这就是我对商业的看法：伟大的事业从来都不是由某一个人完成的。它们是由一个团队来完成的。
——史蒂夫·乔布斯

72
尼亚加拉瀑布，1896年

最后一次见到托马斯·爱迪生的那天，保罗目睹着一亿加仑白花花的河水从尼亚加拉瀑布的大悬崖上奔涌而下。一台二十九吨级涡轮机利用这翻滚洪流的原始动力让一台发电机运转起来，产生出足够上万个家庭的电灯泡照明所需的交流电。

保罗到那里是去参加一个盛大的招待会，庆祝全世界最大的发电机投入使用。这台发电机基于特斯拉的想法设计而成，并由威斯汀豪斯公司制造，它将为美国东岸所有由爱迪生曾经的公司通用电气生产的电灯供电。这场庆祝仪式的规模如同这座电力设备本身一样是前所未见的。全美国电力领域中每一位重量级人物都悉数出席。

而这就意味着，保罗站在瀑布边上意识到，托马斯·爱迪生、乔治·威斯汀豪斯和尼古拉·特斯拉三个人将会在今晚重聚。让保罗诧异的是，这样的机缘巧合此前从未有过。同时他也明白，以后也一定不会再有了。

庄重又乏味的庆典仪式结束后，保罗站在室外，啜饮着香槟酒，眺望着奔腾的河水。这景象让他感觉很美妙，因为在他一生见识过的所有奇迹或他见证过的所有人类发明中，没有一个能比尼亚加拉更加气势磅礴。或者更确切地说，威斯汀豪斯生产的电流再完美，也要依靠大自然的神力才能产生。为保罗客户的设备提供能量的仍然是保罗的父亲所信奉的上帝。

透过眼角的余光，保罗瞟到爱迪生倚在河边的栏杆上。让保罗吃惊的是，威斯汀豪斯和他在一起，还有特斯拉。他们在聊天。

保罗不知道凑上去是否合适，但是爱迪生瞥见了他，招手让他过去。

“克拉瓦斯先生，”爱迪生说，“我不确定你会不会来。”

保罗点了点头。面对这个曾经在自己生命中占据了重要地位的人，他还能说什么呢？

“贝尔先生向你致以问候。”爱迪生说。

“……什么？”

“贝尔先生向你问好。我上个月才到新斯科舍去跟他一起吃饭。他跟我讲了你去拜访他的事。”

保罗大吃一惊。“他说他帮助我是为了你好。”

爱迪生点点头。“确实是。我一定要找时间请你去我的新实验室坐坐。我最近一直在研究移动影像。”

保罗的表情很明确地表示出他不知道“移动影像”这个词组指的是什么。

“你应该去看看，保罗・克拉瓦斯先生，”特斯拉补充道，“很多照片排成一列。它能创造出一种真的有东西在移动的感觉。”

“你已经看过了，怎么会？”保罗问。

“我在纽约第五大道的实验室里东西太多了。我打碎了一些设备。”特斯拉难过地摇摇头。“我笨手笨脚的，所以很有可能，会打翻仪器。托马斯·爱迪生先生给我提供了一个地方让我工作。同时清理了一些多余的东西。”

“有尼古拉在身边其实很不错，”爱迪生说，“很高兴能够跟他讨论一些想法，了解他对于新式照相机的意见。我手下的人都很敬重他。我在特斯拉的实验室旁边设立了一个研究照相机的实验室；我给它取名叫作‘黑色大丽花’。一个‘移动影像’的制片厂。很好玩。总体来说，这些年……嗯，这些年是我生命中最快乐的一段时光。所以，无论你在其中扮演了什么样的角色，克拉瓦斯先生，我只想说……你做得相当好。”

保罗目瞪口呆。一阵长久的沉默之后，他大笑起来。对于再见面时托马斯·爱迪生会跟他说些什么，保罗有过很多设想，但是他完全没想到会是这样。

他伸出了手，爱迪生跟他握了握手。

四个人都把注意力转回到尼亚加拉大瀑布。他们一起眺望着滚滚白浪，细碎的水滴从瀑布表面升腾而起，形成一片直上天堂的薄雾。这景象令人陶醉。就在他们凝神注视的时候，保罗注意到，特斯拉的目光望向了别处，望向了一个其他人都看不到的地方。

“奇迹。”爱迪生说。

保罗转过身。“你说什么？”

“奇迹，”爱迪生重复道，“我真害怕它很快就会消失。”

“它永远不会消失。”威斯汀豪斯说。

“奇迹？”保罗有些不解地问。

“我们这代人的发明创造，”爱迪生解释说，“这些亲手制造奇迹的日子……不会延续太久。你们有人为此忧心过吗？灯泡，电，我们或许是能够睁大眼睛看到真正的新事物的最后一代人了。我们也会是最后一批能用怀疑的眼光去审视某种前所未有的人造设备的人。我们创造了奇迹，伙计们。我只是在想，还有多少奇迹在等着被创造。”

“对于科学的研究，”特斯拉说，“是永无止境的。”

爱迪生点点头。“确实。但不会像现在这样。它会变得更加……偏重技术。是在魔法产生的框架之内，而不再跳脱界限。电灯泡产生自灵感；X射线本质上是化学魔术。机器会变得如恶魔般复杂，以至于没人能够弄清楚它的工作原理。更要命的是，他们并不需要弄清楚，也一样可以操作它。从此之后，我们只能在改进的基础上设计制造。完善，但没有革新。没有新的颜色，只有新的色调。你们还记得自己第一次看到灯泡被点亮时的情景吗？”

“我几乎昏了过去，”威斯汀豪斯说，“我当时认为它完全不可能实现。大约十五年前的事。”

“没错，”爱迪生说，“你上一次看到让你有这种感觉的东西，是什么时候？”

“我一直能看到，”特斯拉说，大家都转向他，“电灯泡。我一直能看到它们。”他用指尖敲了两下自己的脑袋，“在这里。”

威斯汀豪斯和爱迪生都大笑起来。

“我们知道，”威斯汀豪斯说，“我们也很感激。”

爱迪生问，“你们见过那个年轻人吗——他叫什么来着……福特？”

“他的第一份工作是我给的。”威斯汀豪斯说。

“那他的第二份工作一定是我给的，”爱迪生说，“他应该比我们的克拉瓦斯先生还要年轻吧。真让人郁闷。我喜欢亨利·福特，我真的喜欢他。但他不是……唉，他只是别出心裁，仅此而已，太专业了，方方面面极尽完美。他的职业生涯从一开始就已经完全计划好了。他非常清楚自己的方向：他想成立什么样的公司，该如何运营，要研发什么产品。你能想象吗？我们那年月，你只有几条零乱的电线，还有——如果你特别幸运的话—— 一点点钱，刚够买张邮票好把草图寄给专利办公室。福特竟然有个该死的**商业计划**。”

“一个专业发明家。”威斯汀豪斯说。

“一个专业科学家。”爱迪生说。“达尔文从来没从他的工作中赚到一分钱。牛顿也没有。虎克，皇家学会的所有人——他们只是做出新发现。他们发明是因为他们有能力那样做，不是因为有钱可赚。他们完全为了好玩才做的事情，我们做起来却赚到了很多钱。”

“而如今整整一代人正盘算着靠他们那些毫无建树的雕虫小技来挣大钱。”

“所以将来会有一堆雕虫小技，但都完全没有意义。”

爱迪生这番话中的讥讽让保罗笑了，但是他没有把自己的愉悦表现出来。这种新兴的借由商业与科学的联姻而孕育科技发展的模式正是爱迪生亲自创立的。那是他最伟大的发明。然而，像所有的后继者一样，它现在要把创始人甩在身后了。

保罗看着三位发明家继续凝视着奔腾不息的瀑布陷入沉默。

电流之战已经让人感觉像是一次诡异又费解的争吵。就像一场离奇的梦，其内容已经在晨光中渐渐消隐。他们的那些阴谋诡计很快就会被遗忘。但是它所开拓的世界，他现在身处其中的世界，是永恒的。

谁发明了电灯泡？这是引发整个故事的问题。

是他们所有人。只有经过共同努力，他们才得以让这个已经成为合众国筋骨脊梁的体系诞生。任何人都不可能凭一己之力完成。为了创造出这样的奇迹，保罗意识到，世界需要他们各自所代表的那一类人。特斯拉那样的远见者，威斯汀豪斯那样的能工巧匠，爱迪生那样的推销员。

那么保罗算什么呢？或许这个世界也需要他那样的人，为巨人们收拾残局的凡人，见证并记录伟人事迹的智者。或许，如果说特斯拉发明了灯泡，威斯汀豪斯也发明了灯泡，爱迪生也有份，那么这样看来,保罗也应该有份。或许保罗比自己想象中更像发明家。

这个念头让他轻轻地笑了。

大家互相道了别。几位发明家陆续喝光了手里的酒，从烟雾弥漫的悬崖边离开。

保罗是他们之中最后一个离开的。他看着太阳渐渐从水面上落下，当天出现的最后一道彩虹映在河面上，闪烁着金黄与橘色的光芒。他转过身，走下台阶，走进逐渐深沉的夜色之中。在他身后，那个正在崛起的国家，就是美国。

作者附注

作为一部历史虚构类作品，这本小说的定位是对历史的戏剧化呈现，而非忠实记录。您阅读到的所有内容都不应被视为确凿的事实。然而，本书中描述的诸多事件在历史上确有发生，每一个主要角色也确实存在。本书中的对话大多出自历史人物的口述或他们留下的大量文献资料。不过，这些事件有很多被重新排序，角色出现的地点也与史实或有出入。我时常会创作出一些非常有可能发生过但是又显然没有记载的事件。这本书就像是古希腊神话中的“戈尔迪之结”，交缠着可证的事实、有依据的推测、戏剧化的渲染和纯粹的猜想。我想借由这篇附注帮助各位把这个结解开。

首先，在我的个人网站 mrgrahammoore.com 上，可以找到所有的附加内容，包括真实事件的编年表。

在历史学家的普遍描述中，引发“电流之战”的几乎所有事件都发生在1888年到1896年之间。但我在小说里把它们浓缩在两年时间之内，也就是从1888年到1890年。你们会发现，虽然我描述的大部分主要场景都多少在历史上有迹可循，但我调整了它们发生的时间。在现实中通常是同时发生的事件，在本书中是陆续发生的。我经常会把多起事件或多个历史人物合并起来。这样做是为了帮助读者追踪最主要的几条故事线，并且让浩如烟海的史实更加适合小说的叙事结构。

吉尔·琼斯所著的《光电帝国：爱迪生、特斯拉、威斯汀豪斯三大巨头的世界电力之争》在我看来是描述电流之战的非虚构作品中最出色的一部。它包括了对托马斯·爱迪生、乔治·威斯汀豪斯和尼古拉·特斯拉的精妙刻画，同时也对他们之间的竞争对立以及相互反感提出了经过深思熟虑的见解。

当我刚发现在这场电流之战的风暴中心有一位年仅二十六岁、刚从法学院毕业一年半的律师，而他随后又建立起全美国最负盛名的律师事务所的时候，我立刻想了解他的一切。我很震惊于此前并没有保罗·克拉瓦斯的正式传记出版过。历史学术界的这个空白让我萌生了写这本书的念头，而相关资料的匮乏又决定了这本书应该是以小说的体裁呈现。

本书中关于保罗·克拉瓦斯及其家庭的传记资料都是真实的。我对保罗和他人生经历的描述来自于：《克拉瓦斯事务所及其前身1819—1948》（罗伯特·斯温，私人印制），1932年他成为大都会歌剧院的董事会主席时《纽约客》上一篇对他的特写（“公众人物”，《纽约客》，1932年1月2日），《美国国家传记百科全书（1902年第二卷）》中的一个条目，他与阿格尼丝的结婚公告（“阿格尼丝·亨廷顿结婚”，《芝加哥论坛报》，1892年11月16日），《奥伯林学生报》，当然还有他的法庭档案。

我对托马斯·爱迪生的描写大多基于兰德尔·斯特罗斯所著的《门洛公园的魔法师：托马斯·阿尔瓦·爱迪生如何发明了现代世界》一书。这是一本非常精彩又引人入胜的爱迪生传记，这本书提供了大量关于爱迪生的性格及其生平的内容。爱迪生的言辞都来自收藏在罗格斯大学的他的信件和文章。爱迪生一生中几乎每天都写日记，通过他的日记，可以让人对他的内心想法有吉光片羽的领略。及至本书写作时，罗格斯大学爱迪生文献库中的大部分资料都可以在网上查询。

目前还没有关于乔治·威斯汀豪斯的权威传记，不过我很期待以后能够读到这样一本书。

本书包含的所有关于尼古拉·特斯拉的个人及生平描述都是准确的。玛格丽特·切尼所著的《特斯拉：另类的人》（中文版译名：《被埋没的天才——科学超人尼古拉·特斯拉》）是一个非常有帮助的资料来源，特斯拉的自传《我的发明：尼古拉·特斯拉自传》也同样如此，是你能得到的最好的阅读体验。

很多关于尼古拉·特斯拉的史料都提到他难懂的口音以及人们在努力听懂他的演说时遇到的困难。然而在现实中，他的语法无可挑剔，甚至还相当精致。让美国人真正难懂的只是他浓重的口音。这就留给我一个难题：该如何在书面表达特斯拉的口音？我可以把他的塞尔维亚口音直接写出来，但是读起来似乎不太高级。（“卡拉瓦赫斯先僧”……之类。）

但是我读完特斯拉的自传后，一个解决办法自己出现了。特斯拉总是写又长又绕且语法结构非常复杂的句子。他的英语非常流利，但是太过时了，即便是在1880年前后，也像古英语。每一个句子读起来都像是要被自己那迂回的语法表达和不常见的词汇选择搞垮了一样。这里我采取的方法是把他的书写方式作为他讲话方式的范例，同时把他的语法颠倒，让他的话更难懂一些。这就让他的词读起来跟听起来一样让人困惑。

至于阿格尼丝·亨廷顿，有关她的史料的匮乏程度令人震惊。我们找到的所有关于她的信息只来自《图解美国》（1892年12月3日）上一篇关于她的事业与婚姻的文章；1892年《戏剧名人录》里关于她的条目；1914—1915年《美国女性名人录》里她的条目；她因为与W. H.福斯特之间的法律纠纷而接受采访的文章（“阿格尼丝·亨廷顿的故事”，《纽约时报》，1886年12月14日）；《利平科特文学、科学和教育杂志》（1892年第49期）上她的条目；对她在《保罗·琼斯》中表演的一篇评论（“保罗·琼斯在纽约”，《纽约时报》，1890年9月21日）；1870年美国卡拉马祖人口普查报告；她与亨利·杰恩订婚的花边新闻（《城中话题》，1892年11月3日；“他是否抛弃了‘保罗·琼斯’？”，《华盛顿邮报》，1892年10月30日；“亨廷顿小姐予以否认”，《纽约时报》，1892年10月30日）。

从这些资料中，我有把握断言：阿格尼丝·亨廷顿出生在密歇根州的卡拉马祖，但是直到她在伦敦首次登台演出前，她都默默无闻。她在欧洲成名，她的母亲总是陪在她身边，并且对她们的家庭背景讳莫如深。在我看来，阿格尼丝和范妮虽然姓亨廷顿，但是她们与著名的亨廷顿家族并没有关系，无论是加州那一支还是东岸的那一支。阿格尼丝与波士顿爱迪尔斯剧院的经理有一些不甚明朗的法律纠纷。她在大洋两岸都有很多上流社会的仰慕者。她一度与亨利·杰恩订婚，但是他在1892年取消了婚约。她后来嫁给了保罗·克拉瓦斯，一个很有前途的纽约律师，但当时他还属于相对比较普通的社会阶层。

本书中关于阿格尼丝的其他内容都是杜撰的（被偷走的礼服，更名改姓，等等）。她与保罗相识的契机——找他当律师——也是杜撰的，不过那件法律纠纷是真的。（现实中她的律师叫艾布拉姆·迪滕哈佛。）为了把整体的时间线缩短，我把这起纠纷从1886年移到了1888年。在现实中，这起纠纷在保罗担任威斯汀豪斯的律师之前就已经解决了。

我深信——虽然我无法证实——历史上的阿格尼丝·亨廷顿隐瞒了自己的一部分往事。我始终觉得她的真实故事比我在书中为她杜撰的故事还要精彩得多。

第一章：开篇关于工人自焚场景的描述是基于两起真实发生过的公开自焚事件：其中一起发生在1888年5月11日（“一名电线工人的鲁莽后果”，《纽约时报》，1888年5月12日），另一起发生在1889年10月11日（“目睹电线上的死亡事件”，《纽约时报》，1889年10月12日）。两次事件中保罗都不太可能在场，但是由于第一起事故就发生在距离他办公室几个街区的地方，把他设置在现场似乎是足够合理的。

第七章：雷金纳德·费森登确实是先为爱迪生工作过，然后又为威斯汀豪斯工作过，其间也确实在普渡大学供过职，不过时间线被简化了。费森登实际上并不是爱迪生在威斯汀豪斯公司里安排的间谍。真正的间谍地位并不太高——一个谦卑的绘图员，他在1893年被捕。

第十五至十六章：特斯拉并没有因为把他的交流电专利使用权卖给威斯汀豪斯而开始到匹兹堡郊外威斯汀豪斯的工厂去工作。托马斯·P. 休斯的精彩著作《电力网络：西方社会电气化，1880—1930》一书中讨论过威斯汀豪斯一方在策略上的重要转变，即从一种“每年每户”的电气系统转变为一个“网络化”电气系统。但是，现实中这个转变并非如我所描述的那样突然。威斯汀豪斯在特斯拉做演示之前很多年已经对交流电技术产生兴趣——这是真的，虽然威斯汀豪斯并没有表现出来。威斯汀豪斯早在1886年就得到了某一项交流电专利来进行研发，他只是还没有找到有效利用这项技术的方式。

第二十一章：特斯拉突然离开之后，威斯汀豪斯和他的律师们面临的使用费计算方式的危机也是真实的，不过时间被压缩了，我们也并不知道在谈判中犯错误的是不是保罗。

第二十五章：特斯拉实验室那次奇怪的火灾，还有特斯拉精神崩溃和失忆症状都确实发生过。只是发生在不同的时间，也并非按照小说里的顺序发生。

1892年，特斯拉在他的实验室里为了“无线电话”的概念工作了很长时间，这导致他出现了一次精神崩溃。他昏了过去，醒来时全部的记忆都丧失了，只有童年时一些零散的画面。他卧床休息了好几个月，努力想要恢复记忆。这件事发生在他终于再次能够从事发明工作之前一段时期。

这段插曲也唤起了特斯拉一生中其他一些精神有问题的时刻。据他的自传中说，他经常会有幻觉，影像和声音都有。他写道：“（这些幻觉）通常是我处于某种危险或者紧张的情况下才会出现，或者当我非常兴奋的时候。某些情况下，我看到我周围的空间里充满了正在燃烧的舌头。”然而，这些幻象也给他灵感，让他能够开始设计新的机器。托马斯·休斯和其他人研究过，如果特斯拉活在当代，他是否会被诊断患有精神分裂症；在我看来，他当时很可能是有这种病的。我们都比喻说特斯拉以异于常人的方法看世界，那是因为他**实际上**就是异于常人。

这次崩溃以及恢复之后三年，1895年3月13日，特斯拉的实验室被一场大火焚烧殆尽。起火的时候特斯拉并不在场——他是第二天早上才发现的，当场因为他的机器都被烧毁而伤心欲绝。

第三十四章：保罗认为他可以尝试构建一个适用于法律界的产业系统的宏大想法——就像威斯汀豪斯的制造产业系统和爱迪生的发明产业系统那样——是千真万确的事实。我认为公平地说，是保罗·克拉瓦斯发明了当代律师事务所，以爱迪生、威斯汀豪斯和特斯拉发明灯泡的同样的方式。

不过，20世纪90年代早期，保罗被公认是“克拉瓦斯系统”的创立者。我把这个概念移到了1888—1890年间，以便编入我们的故事线。保罗产生这个想法是否真的受到爱迪生或者威斯汀豪斯的启发，已经不得而知，但是看到他确实在和这两位发明家打过交道之后才开始实施这些想法，似乎很可能他确实受到了他们的启发。

第三十六章：阿格尼丝确实接受过《纽约时报》的采访，不过我把两篇《纽约时报》的报道——1886年12月14日发表的“阿格尼丝·亨廷顿的故事”，和1890年9月21日发表的“保罗·琼斯在纽约”——合二为一了。

第三十七章：哈罗德·布朗这个角色及其背景都是大致准确的，参见吉尔·琼斯的《光电帝国》以及汤姆·麦克尼科尔的《交流电/直流电：第一次标准战争的野蛮童话》，马克·埃西格的《爱迪生与电椅》和理查德·莫兰的《行刑者的电流》。

布朗宣传使用电椅的时间线被我压缩了——在我的描述中，围绕那把椅子发生的一系列事件都发生在1889年初，但实际上它们发生在1887年末。布朗那次恐怖的动物触电实验是史实。布朗在这些场景中所说的话有一部分有据可考，不过我简化了某些部分，夸大了另外一些部分，让它们更像是对话。如果说有什么出入，我可能尽量弱化了他对那些动物所做的肢体残害。现实中，他变本加厉的速度更快，实验对象从狗到马再到——没开玩笑——一头大象。

第三十八至三十九章：1889年8月确实有人撬开了哈罗德·布朗的办公室。被盗的一些能证明爱迪生与布朗有往来的信件被《纽约太阳报》曝光。

是保罗干的吗？大多数历史学家都认为是威斯汀豪斯那边的**某个人**干的。如果真是这样，那么有理由相信保罗至少知情而且没有声张。所以在设计这个情节的时候，这件事让保罗在道德上受到谴责也无疑是很合理的。

第四十一章：爱迪生的专利申请中，被保罗指为“撒谎”的部分——也就是指专利中说明的灯丝和他公司实际在产品中使用的灯丝**不一致**——也确有其事。然而，我简化了爱迪生灯丝实验的复杂程度，至于这种行为是否构成欺诈，这要看每个人对于发明的实质的不同观点。

然而，爱迪生在何时才真正让灯泡能够工作这一点上不可否认做了假，我的描述也是公正的。爱迪生喜欢向忠实于自己的媒体夸大事实——或者在这件事上直接跟他们撒谎——这是贯穿他的事业生涯的主题。

第四十八章：保罗在法庭上据理力争反对纽约州用交流电执行

死刑的情节是对一起真实案件的戏剧化呈现。凶杀案是真实发生的，只不过我把发生的时间从1889年3月延后到5月。

威斯汀豪斯确实如小说中所述遭到了查尔斯·科芬的背叛，一次让他的团队震惊的背信弃义。威斯汀豪斯公司的一位律师也确实去布法罗当庭抗辩过这件事，不过那个人不是保罗，哈罗德·布朗也并不在场。

第四十九章：对威廉·凯姆勒死刑的描述也是准确的，当时很多报纸都对此事进行过报道，比如1890年8月7日发表在《纽约时报》上的“比绞刑糟糕太多”一文。而且，虽然有关电刑的描述是准确的，保罗和哈罗德·布朗实际上并没有到场观看。

第五十章至五十二章：巴林银行倒闭引发的金融危机也是真实的，不过我把发生的时间从1890年11月提前到1889年9月。保罗和威斯汀豪斯试图采取的渡过危机措施也是根据史实描述的。爱迪生和摩根随即动用了华尔街的力量来迫使威斯汀豪斯进一步濒临倒闭这件事也是真实的，不过很难确知在金融危机期间发生过多少的幕后交易。

第五十五章：关于菲斯克大学的所有描述都是真实准确的，克拉瓦斯一家在其中的参与也是。（根据罗伯特·斯温写的《克拉瓦斯律师事务所及其前身（1819—1948）》一文，以及小雷维斯·米切尔写的《你忠诚的子民终将到达：菲斯克大学，始于1866年》。）

有关特斯拉对X射线进行的实验的所有描述也都是基于特斯拉在1895年进行的真正的工作，当然，并不是在菲斯克大学。菲斯克大学的那些学生都是杜撰的。

第五十六至五十七章：亚历山大·格雷厄姆·贝尔的相关情节是杜撰的，不过我尽量准确还原了贝尔的历史和个性。本书中描写的关于贝尔的所有背景故事都是真实的——经过了简化——主要基于夏洛特·格雷所著的《勉强的天才：亚历山大·格雷厄姆·贝尔和发明的激情》一书。

在这本书最后几章里，保罗·克拉瓦斯策划并实施了一个多层次计划来赢取电流战争。这个计划包括在爱迪生通用电气公司组织一次策反，由J. P. 摩根幕后支持，撤销了爱迪生作为公司总裁的位置，让查尔斯·科芬代替他。然后，蒙骗尼古拉·特斯拉签字，使他放弃了自己对威斯汀豪斯的交流电系统的专利使用费。电流战争结束了，以威斯汀豪斯的胜利和爱迪生悲剧地从他创立的公司离开而告终。

所有这些事件都曾真实发生过。然而，这些事件发生的时间跨度从几年被压缩到几个月，保罗被描述为这一整件事的幕后主谋。现实中，我们并不知道他的角色是什么。

特斯拉被蒙骗时保罗应该并没有在场。根据琼斯的记载，威斯汀豪斯是单独去见特斯拉，并说出了小说中保罗说的那番话。特斯拉在自传中提及此事时，似乎很自豪自己做出了放弃版权使用费的决定。他真的相信威斯汀豪斯跟他说的话。

第七十二章：保罗·威斯汀豪斯和特斯拉确实出席了1896年7月19日尼亚加拉瀑布发电站的活动。然而，我把这个活动上的一些情节与1897年1月一次只有特斯拉出席过的后续活动的情节整合在一起了。

这两次活动，爱迪生都没有出席。不过，特斯拉的实验室着火之后，他暂时到爱迪生位于西奥兰治的实验室工作。两个人成了朋友。然后，特斯拉前往尼亚加拉瀑布途中顺便到匹兹堡郊外威斯汀豪斯的家中拜访。特斯拉那段时间和威斯汀豪斯以及爱迪生共度了很多温暖的时光，其中有些场合，保罗作为威斯汀豪斯的法律顾问也同时在场。

格雷厄姆·穆尔

洛杉矶

2016年2月5日

Special Thank

致谢

我能够着手撰写这本书，并最终把它圆满完成，全赖以下几位给予我至关重要的关心与指导，他们是：

珍妮弗·乔尔，我的文学经纪人和创意合伙人

诺厄·埃克，我的编辑和忠诚的对手

苏珊·卡米尔，我的出版商和支持者

凯亚·瓦基尔，我的研究助理和犯罪同伙

汤姆·德拉姆，我的事务经理和坚定不移的冷静的声音

我也要向那些阅读过（太多版）书稿并且向我反馈了很多宝贵建议的好朋友致谢，他们是：本·爱泼斯坦，苏珊娜·福格尔，艾丽斯·布恩，诺拉·格罗斯曼，伊多·奥斯特洛夫斯基，以及苏

珊娜·乔斯科。

这个故事的最初想法产生于和海伦与丹·埃斯塔布鲁克夫妇一起驾车穿越宾夕法尼亚州途中的一次长谈。我对他们两人的热情以及安全的驾驶技术感激不尽。

我关于发明的本质和技术创新的所有想法是在与阿维纳什·卡纳尼、马特·瓦拉尔特、萨曼莎·卡尔普，以及我的弟弟埃文·穆尔的一千次午餐与深夜畅聊中萌发、深究和磨炼出来的。

在为本书撰写标题的过程中，我非常幸运能够得到萨姆·沃森和玛丽·劳斯的协助（以及同情）。

非常感谢几位审校编辑，他们教会我很多学校里没学到的语法规则，他们是：丹尼斯·安布罗斯，本杰明·德雷尔，德布·德怀尔，还有凯茜·洛德。

我也非常感激布鲁克林法学院的克里斯托弗·比彻姆和乔治·梅森大学的亚当·莫索夫这两位法律历史学家，因为他们花了很长时间费尽口舌在电话上给我解释《专利法》的历史。没有比他们更好的老师了；我很羡慕他们两人的法学学生，这些学生太幸运了。本书中所有的法律错误都是我个人的过失。

此外还有很多专家学者非常慷慨地让我借用他们渊博的学识，以填补本书叙述中无数有关历史与科学的细节，他们让我获益良多：

哈格利博物馆及图书馆的克里斯托弗·T. 贝尔

纽约公共图书馆的约翰·巴洛和马德琳·科恩

宾夕法尼亚州历史与博物馆委员会附属宾州档案馆的库尔特·贝尔

斯蒂文斯理工学院附属美国电气和电子工程师协会历史中心的内森·布鲁尔和罗伯特·科伯恩

路易斯维尔和纳什维尔铁路历史社会档案馆的迈克·道尔

克拉瓦斯—斯温—穆尔律师事务所的C. 艾伦·帕克，德博拉·法龙和戴安娜·奥唐奈

马萨诸塞州档案馆的珍妮弗·福克斯史密斯

波士顿大学应用电磁学教授马克·霍伦斯坦

罗格斯大学托马斯·A. 爱迪生文献库主管及总编保罗·伊斯雷尔

纳什维尔图书馆的德博拉·梅

大都会歌剧院的约翰·彭尼诺

波士顿公共图书馆的亨利·斯坎内尔

宾夕法尼亚州铁路博物馆的尼古拉斯·泽米乔斯基

最后，谢谢我的家人，谢谢他们让我能以写作为生。